王伟光　夏宝龙／总主编

中国梦与浙江实践

—— 社会卷 ——

陈光金／主　编

杨建华／副主编

社会科学文献出版社

SOCIAL SCIENCES ACADEMIC PRESS (CHINA)

"中国梦与浙江实践"课题组名单

领导小组组长

　　王伟光　中国社会科学院院长、党组书记

　　夏宝龙　中共浙江省委书记、省人大常委会主任

丛书编撰委员会主任

　　李培林　中国社会科学院副院长

　　葛慧君　中共浙江省委常委、宣传部长

中国社会科学院总协调组

组　长：晋保平　中国社会科学院副秘书长

成　员：马　援　中国社会科学院科研局局长

　　　　张国春　中国社会科学院科研局副局长

秘　书：孙　晶　中国社会科学院科研合作处正处级调研员

浙江总协调组

组　长：葛慧君　中共浙江省委常委、宣传部长

副组长：胡　坚　中共浙江省委宣传部常务副部长

　　　　舒国增　中共浙江省委副秘书长、政研室主任（时任）

　　　　张伟斌　浙江省社会科学院党委书记

　　　　迟全华　浙江省社会科学院院长

　　　　金延锋　中共浙江省委党史研究室主任

社会组

组　长：陈光金　中国社会科学院社会学研究所所长、研究员

副组长：杨建华　浙江省社会科学院公共政策研究所所长、研
　　　　　　　　究员

成　员：王春光　中国社会科学院社会学研究所研究员

　　　　田　丰　中国社会科学院社会学研究所副研究员

　　　　应焕红　浙江省社会科学院公共政策研究所副所长、
　　　　　　　　研究员

　　　　郎友兴　浙江大学公共管理学院教授

　　　　刘志军　浙江大学公共管理学院副教授

　　　　汪锦军　中共浙江省委党校副教授

　　　　张秀梅　浙江省社会科学院公共政策研究所助理研究员

序言（一）

党的十八大以来，习近平总书记发表了一系列重要讲话，深刻回答了新形势下党和国家事业发展的一系列重大理论和现实问题，勾画了党和国家走向未来的宏伟图景，为我们在新的起点实现新的奋斗目标提供了科学指南和基本遵循。习近平同志在浙江工作期间的深邃思考和丰富实践，是科学运用马克思主义世界观和方法论解决当代中国问题的典范，是坚持实事求是思想路线、坚持辩证唯物主义和历史唯物主义的高度体现。2014年3月，为从历史大视野和发展大趋势方面加深对习近平系列重要讲话内在联系的理解，真正在深层次上提高思想理论水平，中国社会科学院与中共浙江省委合作启动了"中国梦与浙江实践"重大课题研究工作。

经过近一年的潜心研究，"中国梦与浙江实践"系列丛书正式出版。这套丛书由7卷专著组成，约200万字，全景式、立体式地揭示了浙江通过实施"八八战略"取得的发展经验。"八八战略"是习近平同志深入调查研究，科学分析省情，一切从浙江实际出发而形成的科学思路，是战略思维，它明确了中国梦在浙江实践的目标和原则，也指明了浙江实践的路径和方法。"八八战略"的实践成就，是形成了以"经济民本多元、社会包容有序、文化自强创新、政府服务有为、党建坚强有力"为主要特点和基本内容的浙江经验。党的十七大以来，特别是党的十八大以来，中共浙江省委继续坚定不移地实施"八八战略"，推进浙江新实践、新探索。新阶段中国梦在浙江实践的突出特点和基本经验，可以概括为"经济倒逼转型、主动引导，政治基层民主、有效政府，文化务实守信、崇学向善，社会城乡一体、平安和谐，生态绿水青山、金山银山，党建巩固基础、发挥优势"。"八八战略"的经验不仅属于浙江，也属于全国。当前，中国全面建成小康社会进入决定性阶段，全面深化改革进入攻坚期，我们必须破解改革发展稳定难题和应对全球性问题。不断总结浙江人民深入科学探索、成功实践中国梦的基本经验，对于我们正确认识所处时代环境和国内外形势，从容应对各种各样的风险挑战，具有特别重要的理论价值和实践意义。

丛书提出了中国梦在浙江实践的五点重要启示，值得我们深入思考：必须始终坚持和加强党的科学领导；必须把充分发挥市场配置资源决定性作用与更好发挥政府作用紧密结合起来；必须高度重视发掘和弘扬传统文化，用文化软实力支撑和助推经济硬实力；必须坚持科学规划、创新与继承相结合，一张蓝图绘到底；必须弘扬尊重规律、尊重实践、尊重人才、尊重群众的首创精神。

"中国梦与浙江实践"系列丛书的研究编著，是中国社会科学院建设中国特色新型智库、发挥智库作用的一个范例。中国社会科学院正在努力建设成具有国际影响力的世界知名智库，正在努力实践全体哲学社会科学理论工作者的中国梦。我们同样要坚持党的领导，把握正确的政治方向和学术导向；要坚持围绕中心、服务大局；要坚持科学精神，鼓励大胆探索；要坚持深化改革，持续推进体制机制和组织形式创新。只有这样，我们才能充分发挥中国社会科学院资政建言、理论创新、舆论引导、社会服务和公共外交等重要功能。

这套丛书是中国社会科学院与中共浙江省委、省政府第二次合作研究的结晶。2005年，双方携手开展"浙江经验与中国发展"重大课题研究。2007年，《浙江经验与中国发展——科学发展观与和谐社会建设在浙江》（6卷本）出版，在社会上产生了广泛的影响，构建了学术研究机构与地方政府紧密合作、理论源于实践又有力地反作用于实践的范式与机制。这次合作研究是上次研究的继续和深化，中国社会科学院党组和中共浙江省委高度重视这项工作，中国社会科学院抽调了7个研究所（院）的所长及20余位研究骨干，浙江省也精心选调了30多位科研精英、党政领导干部，共同开展调研。书稿曾数易其稿，成稿后，双方专家又反复进行了认真修改，中共浙江省委宣传部、省委政策研究室等部门的领导提出了许多宝贵意见和建议。尤其是夏宝龙同志多次精心指导，并为丛书作序。在此，我们要向付出辛勤劳动的他们表示衷心感谢！

让我们不断奋力谱写中国梦浙江实践、中国梦全国实践的新篇章。

中国社会科学院院长　王伟光

中国社会科学院党组书记

2015 年 2 月 9 日

序言（二）

党的十八大以来，习近平总书记站在坚持和发展中国特色社会主义、实现中华民族伟大复兴中国梦的战略高度，发表了一系列重要讲话，深刻阐释了党和国家发展的重大理论和实践问题，提出了许多富有创见的新思想、新观点、新论断、新要求。习近平总书记系列重要讲话精神是中国特色社会主义理论体系的最新成果，是指导具有许多新的历史特点的伟大斗争的最鲜活的马克思主义。特别是，中国梦以一个朴实无华的概念，把远景的期盼和具体的现实、党的执政理念和人民群众对美好生活的向往，紧密地融合在一起，进一步指明了全党全国各族人民共同的奋斗目标，深刻揭示了中华民族的历史使命和当代中国的发展走向，鲜明宣示了我们党执政为民的理念，已成为中国人民团结奋进的精神旗帜，也得到了世界各国人民的广泛赞誉和高度认同。

习近平总书记在浙江工作期间，坚持干在实处、走在前列，深入实施"八八战略"，推进中国特色社会主义在浙江的生动实践，为浙江留下了宝贵的精神财富。我们学习贯彻习近平总书记系列重要讲话精神，需要与学习贯彻习近平总书记在浙江工作时的重要论述结合起来，切实做到温故知新、学新用新，学而信、学而用、学而行。为此，中共浙江省委和中国社会科学院于2014年3月联合开展"中国梦与浙江实践"重大课题研究，全面梳理2003年以来历届中共浙江省委坚持一张蓝图绘到底、深入实施"八八战略"的历史进程，科学总结中国特色社会主义在浙江生动实践的宝贵经验，深入研究解读习近平总书记在浙江工作期间形成的一系列关于经济、政治、文化、社会、生态文明建设和党的建设的主要思想观点和重大决策部署，深入挖掘阐释其中所蕴含的马克思主义的立场、观点和方法。历经10个月，这一课题研究形成了最终成果——"中国梦与浙江实践"系列丛书。该丛书共有7卷，即总报告卷、经济卷、政治卷、社会卷、文化卷、生态卷和党建卷。

"中国梦与浙江实践"系列丛书，以中国梦为切入口，聚焦浙江经验，解析浙江现象，全面研究了中国特色社会主义在浙江的创新实践。我相信，这套丛书的出版，一定有助于我们更好地把握习近平总书记系列重要讲话精神形成的思想渊源和实践基础；有助于我们更加全面系统地总结浙江的实践经验，更深刻地认识到"八八战略"是引领浙江发展的总纲，是推进浙江各项工作的总方略，是认识新常态、适应新常态、引领新常态的金钥匙；有助于我们进一步坚定一以贯之地续写好"八八战略"这篇大文章的信心和决心，通过干好"一三五"、实现"四翻番"，加快建设物质富裕、精神富有的现代化浙江和建设美丽浙江、创造美好生活，全面推进中国特色社会主义在浙江的伟大实践，谱写好中国梦的浙江篇章。

特别值得一提的是，"中国梦与浙江实践"重大课题研究得到了中国社会科学院的高度重视和大力支持。王伟光院长专程率领专家团队来浙商谈，并就课题研究的主要内容、组织架构、成果规划和具体实施提出了明确要求。由中国社会科学院和以浙江省社会科学院为主的双方专家组成的课题组成员多次深入基层考察调研，精心研究撰写。浙江省各地各部门认真准备，积极配合，为课题研究和丛书出版做了大量工作。在此，我谨代表中共浙江省委，一并表示衷心的感谢！

中共浙江省委书记

浙江省人大常委会主任

2015 年 2 月 5 日

目 录

导论
浙江社会建设与"中国梦"

国家富强、民族振兴、人民幸福，是"中国梦"的三个基本内涵，也是近代以来中国人民一直追求的远大理想。浙江省自改革开放以来不断开掘本地各种资源，尤其是地方社会文化资源，大力发展民营经济，走共同富裕道路，省域经济总量居全国各省区（不含直辖市）第一，城乡居民家庭人均收入水平居全国前列，城乡居民收入差距在全国也是最小的。在地方经济不断发展、城乡居民生活水平不断提高的过程中，浙江省各级党委政府、基层自治组织、企事业单位和广大城乡居民和民间社会组织，上下联动，广泛参与，探索创新，在初步实现经济现代化的同时，推动社会现代化。现代社会建设成就显著，现代社会治理体系不断创新、逐步完善，从社会发展维度为"中国梦"在浙江的逐步实现奠定了良好基础，提供了新的动力，也为"中国梦"在全国逐步实现提供了真正嵌入鲜活的社会生活实践的成功经验。

一 社会建设是实现"中国梦"的重要组成部分

"中国梦"的主旨是实现中华民族的伟大复兴，它包括三层含义，国家富强、民族振兴、人民幸福。国家富强，就是使中国综合国力雄厚，彻底摆脱自鸦片战争以来积贫积弱、落后挨打的窘境，真正跨入世界大国、强国行列，在日趋多极化的世界格局中获得与十三亿多人口的国家相称的发言权。民族振兴，就是中华民族的重新崛起，重新获得在历史上曾经取得的辉煌甚至更上层楼，通过现代化的转型再次屹立于世界民族之林。人民幸福，强调的是全中国各族人民在利益上的一致性、协调性，致力于实现全体人民共同富裕，造福全体人民，就是要不断加大力度保障和改善民生，让中国的老百姓更富足、更安全、更快乐、更有信心、更有活力。三层含义是一个整体，重点是人民幸福，目标是人民幸福。尤其是在经济发展进入新常态阶段，人民幸福已经不仅仅是经济发展的成果，更是推动经济进一步发展的原动力。

"中国梦"的实现不是一蹴而就的。为此我们已经奋斗了几十年上百年，今后我们还要继续奋斗几十上百年。党的十八大明确宣布，要在中国共产党成立一百周年时在中国全面建成小康社会。这是实现"中国梦"的第一步。第二步，就是邓小平从1987年以来一直强调的，到新中国成立一百周年时（也就是到21世纪中叶），中国基本实现现代化，达到中等发达国家水平，按照党的十八大报告的提法，就是要"建成富强民主文明和谐的社会主义现代化国家"。第三步，就是中国的发展要在达到中等发达国家水平以后，继续奋斗，到21世纪末接近和达到世界上最发达国家水平。习近平同志指出，"党的十八大描绘了全面建成小康社会、加快推进社会主义现代化的宏伟蓝图，发出了向实现'两个一百年'奋斗目标进军的时代号召。根据党的十八大精神，我们明确提出要实现中华民族伟大复兴的中国梦"。"中国梦是一种形象的表达，是一个最大公约数，是一种为群众易于接受的表述。"

因此，尽管"中国梦"是新近才被提出来的一种关乎中国前途命运的发展战略的概括，但其根本内涵，却是在一个半世纪的漫长历程中积淀形成的。到今天，我们已经有了实现它的初步基础，全国经济总量已经达到世界第二位的水平，现代经济结构和社会结构初步形成，与其相适应的现代政治、经济和社会制度体系也在逐步形塑形成之中，以此为基础，再奋斗一个世纪，最终跻身于世界发达国家行列，这是一个光荣的"梦想"，也是一个现实的"梦想"。"中国梦"是中国人的"中国梦"，它承接中国历史，扎根中国现实，标示中国未来。"中国梦是历史的、现实的，也是未来的。中国梦凝结着无数仁人志士的不懈努力，承载着全体中华儿女的共同向往，昭示着国家富强、民族振兴、人民幸福的美好前景。"① 正是基于这样的认识，

---

① 习近平：《在同各界优秀青年代表座谈时的讲话》，《人民日报》2013年5月5日。

习近平同志在十二届全国人大一次会议闭幕会上提出实现"中国梦"的"三个必须",一是必须走中国道路,二是必须弘扬中国精神,三是必须凝聚中国力量。这"三个必须"是实现"中国梦"的根本条件或原则。

"中国梦"的具体内涵是丰富的,国家富强、民族振兴、人民幸福,是其具体内涵高度浓缩的表达。党的十八大提出,中国特色社会主义现代化事业的总体布局是政治建设、经济建设、文化建设、社会建设和生态文明建设"五位一体",协同推进,这是对新中国成立以来尤其是改革开放以来在理论上逐步明确、在实践上不断探索前进的"中国道路""中国经验"的系统建构,也是实现"中国梦"的根本路径的历史性展开。社会建设在这一架构中占有极为重要的地位,起着极为重要的作用。在当代,社会建设的本质就是要实现社会现代化。[1] 一个现代化的社会,必有与其相适应并作为其结构性基础的现代社会结构和社会组织体系,在此基础上,按照现代社会的要求,不断加强和改善民生,建立健全现代社会事业和社会服务体系,建立健全现代社会保障体系,建立健全现代社会治理体系,促进社会整合、社会融合、社会安全,实现社会和谐,是推进社会建设发展的主要内容,也是国家富强和人民幸福的社会根基所在。

改革开放以来,在中国共产党的领导下,现代社会建设事业不断推进,取得了举世瞩目的成就。随着经济总量的不断增长、经济结构的不断调整和社会主义市场经济体制的不断完善,中国社会结构的现代转型不断深化,城乡结构不断优化,城市人口所占比重不断提高;社会阶层结构不断调整,社会中间阶层比重不断提升,现代社会结构体系初步形成;[2] 社会成员组织方式的现代转型持续推进,以社会团体、民办非企业单位和基金会为主的社会组织体系较快发展,国家、市场、社会三足鼎立相互支撑的现代社会组织架构初步形成;劳动就业体系不断完善,劳动力就业稳步增长;城乡居民收入逐年较快增长,人民生活水平不断提高;社会事业体系逐步健全,社会公共

---

① 参见陆学艺《社会建设就是建设社会现代化》,《社会学研究》2011 年第 4 期。
② 参见陆学艺主编《当代中国社会结构》,社会科学文献出版社,2010。

服务质量不断改善，基本公共服务均等化水平不断提升；现代社会保障体系初步建立起来，朝着"应保尽保"和适度保障的目标稳步推进；社会治理理念与时俱进不断创新，党委领导、政府主导、社会协同、公众参与、法治保障的具有中国特色的现代社会治理体系逐步发展。

浙江省社会建设事业的发展呈现同样的总体趋势，并且表现得更为突出，成就更加显著，在这个过程中积累了丰富的经验，对全国以及其他地方社会建设事业的推进具有极为重要的启示和借鉴意义。科学研究浙江社会建设的实践，深入分析和全面总结浙江社会建设的经验，对于我们实现"中国梦"的伟大事业，在理论和实践上都具有极为重大的价值。

二 现代社会结构调整和社会组织发展

社会结构包含着丰富的内涵，人口结构、城乡结构、劳动就业结构、社会阶层结构、社会组织结构等都属于社会结构的范畴。[1] 从社会发展和社会建设的角度来说，城乡人口分布结构、劳动就业结构、社会阶层结构和社会组织结构等的调整是对社会结构现代转型具有决定性影响的基础层面。这里集中分析浙江社会结构现代转型在这些方面的进展。

浙江城乡人口结构的调整远远走在全国绝大多数省区（不含直辖市）前面，也比全国平均水平高出 10 个百分点左右（参见图 0 - 1）。比较浙江与全国的人口城镇化率，可以看到，全国城镇化率超过 50% 的时间，整整比浙江省滞后 10 年。从 2013 年情况看，在不考虑北京、天津和上海三个老牌直辖市的情况下，浙江省城镇人口比重在其余 28 个省（市、区）位居第四，略低于广东、辽宁和江苏三省的比重。另外，国际上用来衡量工业化程度的指标主要有四项，其中包括城市化率（城镇化率）。按城市化率测算，城镇人口比重介于 40% ~60% 属于工业化阶段，超过 60% 意味着进入工业化后期阶段。据此，浙江工业化已经于 2010 年进入后期阶段。城镇化是经

---

① 参见陆学艺主编《当代中国社会结构》，社会科学文献出版社，2010。

济社会发展的结构或表现，也是经济社会发展的一个动力来源，这一点在学术界已经成为一个共识。

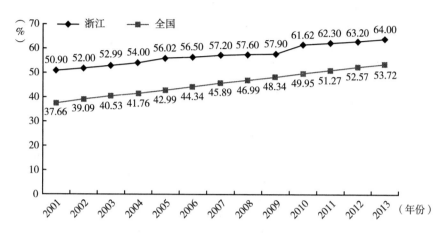

图 0 - 1　浙江与全国人口城镇化率比较

资料来源：《中国统计年鉴》（历年）。

劳动就业结构是社会结构中的基础部分。就中国社会结构从传统向现代的转型来说，劳动就业结构从传统的以农业就业和体力职业为主到以非农就业和半体力非体力职业为主的转变至关重要。改革开放以来，中国就业的产业结构和职业结构都呈现一种"趋高级化"的态势，[1] 反映的就是这样一种转变。从浙江省来说，劳动就业结构的现代转型趋势与全国情况相比更加明显，进入 21 世纪以来更为突出（参见表 0 - 1）。

从表 0 - 1 可以看到，进入 21 世纪以后的十多年中，浙江省劳动就业的产业结构发生了根本性的转变，到 2013 年，农业就业比重已经不到 14%，比全国相应比重低 18 个百分点；非农就业比重已经超过了 86%，比全国相应比重高 18 个百分点。在非农就业中，第二产业就业比重接近 50%，比全国相应比重高出近 20 个百分点；第三产业就业比重则比全国相应比重低了 2 个多百分点，这从一个方面说明浙江工业经济高度发展。

---

[1]　参见陆学艺主编《当代中国社会流动》，社会科学文献出版社，2004。

表0-1　浙江与全国劳动就业的产业结构比较

单位：%

	浙江			全国		
	第一产业	第二产业	第三产业	第一产业	第二产业	第三产业
2000	35.58	35.45	28.97	50.0	22.5	27.5
2001	33.44	36.10	30.46	50.0	22.3	27.7
2002	30.97	37.44	31.59	50.0	21.4	28.6
2003	28.30	41.20	30.50	49.1	21.6	29.3
2004	26.06	43.61	30.33	46.9	22.5	30.6
2005	24.50	45.07	30.43	44.8	23.8	31.4
2006	22.63	45.78	31.59	42.6	25.2	32.2
2007	20.07	46.78	33.15	40.8	26.8	32.4
2008	19.22	47.61	33.17	39.6	27.2	33.2
2009	18.32	48.05	33.63	38.1	27.8	34.1
2010	16.00	49.79	34.21	36.7	28.7	34.6
2011	14.57	50.86	34.57	34.8	29.5	35.7
2012	14.14	50.96	34.90	33.6	30.3	36.1
2013	13.67	49.97	36.36	31.4	30.1	38.5

资料来源：《中国统计年鉴（2014）》《浙江统计年鉴（2014）》。

从劳动就业的职业结构来说，半体力和非体力职业也呈现较快发展和不断优化的趋势。据统计，到2013年末，浙江省城镇单位就业人员中大学本科及以上学历的占18.6%，大专学历的占15.5%，两者合计占1/3多。随着浙江执业资格制度的广泛推行和职业教育的大力推进，以及劳动力专业素质的逐年提高，城镇单位的各类专业技术人员的占比也在不断上升。2013年，在就业人员岗位结构中，管理人员、技术人员、工人的比例为1∶2.4∶7.5，换句话说，在城镇单位就业人员中，管理人员和技术人员所占比重已接近1/3。

社会阶层结构的现代转型，突出地表现在两个方面。一是基于经济社会发展和利益格局变化而出现的深刻的社会分化，新的社会阶层在这个过程中不断涌现和快速成长。其中最重要的变化是私营企业主和个体工商户两个新阶层的成长。浙江省个体私营经济的发展在全国走在前列，由此形成颇具规模的私营企业主和个体工商户两个新生的社会阶层。据国家工商总局统计，2004年，全国有私营企业365万余户，拥有出资者948.6万人，在当年全国从业人员中占1.28%；同期，浙江省有私营企业33.3万余户，出资者76.2万余人，在浙江省从业人员中占2.55%。到2013年，全国有私营企业1253.9万户，出资者2485.7万人，占全国从业人员的3.23%；同期，浙江省有私营企业93.6万余户（其中99%以上为中小企业），出资者188.8万余人，在浙江省全部从业人员中占5.09%。个体工商户的发展情况呈现同样的趋势。按国家工商总局的统计，2013年浙江省有个体户259.2万多个，假定每户有1个业主，则浙江省个体户业主在全部从业人员中所占比重为7.0%；同期，全国个体户业主占全国从业人员总数的比重为5.8%。二是社会中间阶层规模不断扩大。社会中间阶层一般包括两个部分，一部分是拥有一定资产的各种中小业主（包括城乡中小企业业主和个体户业主以及农业专业户等，他们被归类为老中间阶层），一部分是从事经营管理职业、专业技术职业以及办事人员职业的新中间阶层。按照这样的界定，在20世纪90年代末中国社会中间阶层的比重大约为15%，此后每年将增长约1个百分点，目前这一比重可以上升到30%左右。① 而在浙江，2013年，私营企业主阶层（前述私营企业出资人）中的中小业主、个体户业主合计所占比例可达12%，而作为新社会中间阶层的管理人员、技术人员所占比重合计超过1/3，如果加上党政机关和企事业单位办公室白领以及农村专业大户等在内，浙江省社会中间阶层所占比重估计可以超过45%，而且随着浙江高新技术产业的进一步发展，这一比例还有提升的空间。正是在这个意义上，浙江社会阶层结构具备了发展为橄榄形结构的基础和条件。

浙江社会组织的发展速度较快，社会组织的密度较高。据浙江省民政厅统计，2013年，全省登记备案的社会组织（包括社会团体、民办非企业单位和基金会）数量突破12万个，其中正式登记的社会组织40201个。在不

① 参见陆学艺主编《当代中国社会阶层研究报告》，社会科学文献出版社，2002；《当代中国社会结构》，社会科学文献出版社，2010。

考虑备案类的社会组织的情况下，浙江省平均每万人拥有正式登记的社会组织 8.4 个。同期，据民政部统计，全国正式登记的社会组织 547245 个，平均每万人口拥有社会组织 4 个。浙江省社会组织密度是全国社会组织密度的 2.1 倍。社会组织的较快发展，为浙江城乡社会的自我服务、自我治理增添了新的力量。

三 加强和改善民生工作

保障和不断改善民生，提升广大人民群众的物质文化生活水平，实现就业有保障、老有所养、病有所医、居有其房，从而真正实现安居乐业，这是"中国梦"对于每个中国人来说最为现实真切的内容。在浙江，加强和改善民生工作，始终被各级党委政府视为头等重要的任务。总体来说，浙江的民生事业发展也走在全国前列，为提前全面建成小康社会打下了坚实的基础。

就业是民生之本。进入 21 世纪以来，浙江省的劳动就业稳步增长，城镇登记失业率显著低于全国平均水平（参见图 0－2）。从就业总量增长来看，2001～2013 年，浙江省就业年均增长率为 2.71%，而且，在 2009 年以前，劳动就业增长更加突出；2010 年以后，由于产业转移等因素的影响，就业总量增幅出现下降趋势。同期，全国总就业的年均增幅为 0.58%，相当于浙江这一增幅的 21.4%。浙江省的就业增长明显，一方面较好地保证了本地人口的就业，城镇登记失业率在 2004 年以后比较稳定地保持下降态势，而且明显低于全国城镇登记失业率的平均水平。另一方面吸纳了大量外来人口就业。例如，据浙江省统计局的分析，2010 年，全省的省外流入人口大约有 1182.4 万人，占全部常住人口的 21.7%；与 2000 年相比，增加了 813.5 万人，增幅高达 220.5%，年均增长 12.4%。在这些外来人口中，以务工经商或工作调动为目的来浙江的人口占绝大多数，2010 年此类流入人口占全部流入人口的比重为 84.7%。①

不断增加城乡居民收入，是保障和改善民生的一个重要物质基础。在这

---

① 参见章剑卫《浙江省外来人口的研究与分析》，《统计科学与实践》2012 年第 2 期。

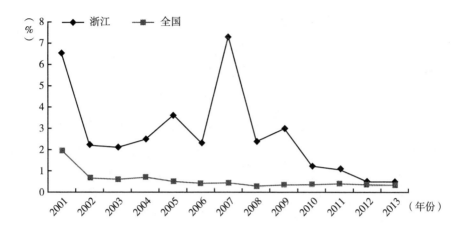

图 0 - 2a 浙江与全国就业增长比较

资料来源:《中国统计年鉴 (2014)》《浙江统计年鉴 (2014)》。

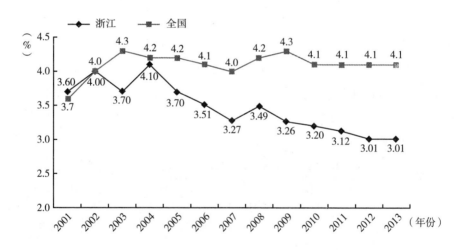

图 0 - 2b 浙江与全国城镇登记失业率比较

资料来源:《中国统计年鉴 (2014)》《浙江统计年鉴 (2014)》。

个过程中,还要努力实现社会公平。改革开放以来,与全国一样,浙江城乡居民收入一直稳定快速增长。进入 21 世纪,在城乡居民收入增长基数不断扩大、最初的改革尤其是农村改革的增长效应得到最大限度的释放以后,城乡居民收入实现快速增长的难度增大,浙江省各级党委政府更加重视这一问题,下大力气抓城乡居民收入增长问题并且成效显著。2000 ~ 2013 年,浙江省城镇居民家庭人均可支配收入从 9279 元增至 37851 元，仅次于上海和北京，年均增长率达到 9.33%；农村居民家庭人均纯收入从 4254 元增至 16106 元（连续 29 年居全国各省/市/区首位，年均增长 8.68%，参见表 0-2），均高于同期全国城镇居民家庭人均可支配收入年均增幅（9.16%）和农村居民家庭人均纯收入年均增幅（7.44%）。城乡居民在收入逐年增长的同时，物质文化生活水平也稳步提升，以家庭人均生活消费支出恩格尔系数来衡量，浙江省城镇居民的生活水平从 2000 年起低于 40%，步入富裕阶段，① 这基本与全国同步；而农村居民家庭人均生活消费支出的恩格尔系数从 2003 年起也低于 40%，比全国农村居民生活消费支出的恩格尔系数降至 40% 以下的时间（2012 年）提前了 9 年。除了收入和消费支出水平不断提高之外，城乡居民家庭人均住房面积也显著扩大（参见表 0-2）。2000～2013 年，城镇居民家庭人均住房面积增长 95.3%，远高于同期全国平均增长水平；农村居民家庭人均住房面积增长了 31%，尽管可能低于全国平均增长水平，但人均住房面积本身则远远大于全国平均水平（2012 年全国农村居民家庭人均住房面积为 37.1 平方米，相当于浙江农村居民家庭人均住房面积的 60.3%）。

表 0-2　浙江城乡居民收入、恩格尔系数和住房面积增长趋势

年份	地方生产总值增长率(%)	人均收入增长率(%)		恩格尔系数(%)		家庭人均住房面积(m²)	
		城镇	农村	城镇	农村	城镇	农村
2000	11.0	9.1	7.8	39.2	43.5	19.87	46.42
2001	10.6	13.3	6.9	36.3	41.6	20.30	47.82
2002	12.6	13.4	8.4	37.9	40.8	21.12	49.53
2003	14.7	11.9	7.8	36.6	38.2	21.60	50.73
2004	14.5	7.4	7.4	36.2	39.5	23.90	51.29
2005	12.8	10.4	6.4	33.8	38.6	26.10	54.98
2006	13.9	10.9	9.3	32.9	37.2	26.44	55.57
2007	14.7	8.4	8.2	34.7	36.4	34.73	57.06

---

① 根据联合国粮农组织提出的标准，恩格尔系数在 59% 以上为贫困，50%～59% 为温饱，40%～50% 为小康，30%～40% 为富裕，低于 30% 为最富裕。

年份	地方生产总值增长率(%)	人均收入增长率(%)		恩格尔系数(%)		家庭人均住房面积(m²)	
		城镇	农村	城镇	农村	城镇	农村
2008	10.1	5.4	6.2	36.4	38.0	34.33	58.50
2009	8.9	9.7	9.5	33.6	37.4	35.09	59.29
2010	11.9	6.9	8.6	34.3	35.5	35.29	58.53
2011	9.0	7.5	9.5	34.6	37.6	36.85	60.80
2012	8.0	9.2	8.8	35.1	37.7	37.07	61.51
2013	8.2	7.1	8.1	34.4	35.6	38.80	60.82

资料来源:《中国统计年鉴(2014)》《浙江统计年鉴(2014)》。

特别值得指出的是,浙江省居民收入差距相对全国而言是比较小的。自2000年以来,浙江省城镇居民家庭人均可支配收入与农村居民家庭人均纯收入之比,也经历了先上扬然后回落的趋势(参见图0-3),但与全国情况相比,浙江城乡居民收入比明显小于全国平均水平,上扬的幅度小得多,向下回落的时间也更早。从整个浙江地区居民总体收入差距来看,基尼系数同样一度出现上升,2005年达到0.403,[①] 但远低于同年全国基尼系数0.485的水平。浙江省可以说是中国各省份中基尼系数最低的省。

作为民生保障的一个重要组成部分,现代社会保障体系的发育发展,具有托底以及调节收入分配差距、促进社会公平的作用。从国际上看,社会保障体系在调节收入分配差距方面的作用甚至远远超过了税收制度的调节作用。例如,在一些经济合作与发展组织(OECD)国家,在同时考虑税收和社会保障的情况下,一国收入分配基尼系数经过调节而下降的部分中,以社会保障为主要目标的公共转移支付所做的贡献占到2/3左右。[②] 中国要实现以人民幸福为主要目标之一的"中国梦",无疑需要建立、健全和完善现代

① 参见陆云航《浙江居民收入差距状况的比较分析》,《浙江经济》2006年第22期。

② égert, B. (2013), "The Efficiency and Equity of the Tax and Transfer System in France", OECD Economics Department Working Papers, No. 1038, OECD Publishing, http://dx.doi.org/10.1787/5k487n4jqqg5-en.

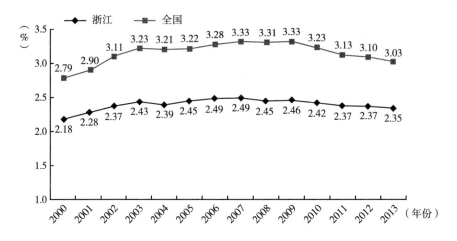

图 0-3　浙江与全国城乡居民收入比率的比较

资料来源:《中国统计年鉴（2014）》《浙江统计年鉴（2014）》。

社会保障体系。20 世纪 90 年代中期以来尤其是进入 21 世纪后，中国社会保障体系建设进入快车道，各项社会保险、社会救助和社会福利制度纷纷出台，到目前为止已经初步建立起一个相对系统的社会保障制度体系。浙江省建设现代社会保障体系的工作极为扎实，不断扩大相关社会保障制度的人口覆盖面，努力提高参保人员待遇水平（参见表 0-3）。

表 0-3　浙江省社会保险参保人员数

单位：万人

	养老保险	失业保险	医疗保险	工伤保险	生育保险
2006	1052.59	504.38	730.59	603.94	382.72
2007	1167.10	584.75	854.97	1002.90	504.96
2008	1386.91	731.10	1053.92	1261.84	689.98
2009	1527.43	784.46	1173.73	1331.09	750.67
2010	1702.22	874.95	1344.42	1475.11	863.73
2011	1821.76	980.59	1514.39	1610.76	979.79
2012	2083.30	1065.56	1670.97	1731.68	1084.78
2013	2272.50	1144.53	1791.08	1826.06	1173.17

资料来源:《浙江统计年鉴（2014）》。

在社会救助体系中,城乡最低生活保障是最主要的救助项目,旨在为城乡贫困人口和低收入人口提供基本的收入保障。浙江省在这方面已经实现了应保尽保。根据《浙江统计年鉴》提供的数据,农村低保人口在2011年达到顶峰,为62.33万人(不含五保供养人口);城镇低保人口在2009年达到顶峰,为9.33万人,之后便趋于减少。更重要的是低保待遇水平的提升。据统计,2007年城镇低保人口的人均年低保支付水平为2184元,到2013年增加到6100.3元,名义增长约1.79倍,年均名义增长约19%;同期,农村低保人口人均年低保支付从1018.9元增加到3387.1元,名义增长约2.32倍,年均名义增长约22.3%。可以肯定,浙江省公共财政对城乡低保人口的人均支付名义年均增长率,大大高于同期城乡居民人均年收入的名义增长率。还要指出的是,浙江省的城乡低保支付水平也高于全国平均水平。有研究显示,2010年,全国城市低保支付水平为人均每月267.47元,浙江省的城市低保支付水平为人均每月366.98元,后者比前者高出37.2%;同时,在全国31个省份中,浙江省的低保支付水平仅低于上海、天津和北京,位居第四。①

四 社会事业发展和公共服务均等化

社会事业尤其是教育和医疗卫生事业的发展,直接关系着人民群众的身体和文化素质,影响着人民群众在经济社会发展中获得怎样的发展机会,因而是社会建设不可或缺的重要组成部分。社会事业发展的资源投入和布局,则从一个方面直接影响着公共服务均等化的实现。由此可见,社会事业的健康发展和公共服务的均等化同样是实现"中国梦"的必需。

浙江省教育事业的发展全方位推进,各个阶段的教育发展比较均衡,达到了较高水平。早在2005年,全省3~5周岁户籍幼儿入园率为86.5%。小学入学率在更早的2002年达到99.99%,小学毕业生升学率在2005年达到99.99%。2005年全省初中入学率、巩固率分别为99.59%、99.93%;初中

---

① 参见姚建平《中国城市最低生活保障标准水平分析(上)》,《中国软科学》2012年第11期。

毕业生升入高中段学校比例达91.02%，高中段教育毛入学率达86%。全国高中段教育毛入学率到2013年才达到86%，比浙江省晚了8年。浙江省是上千万外来人口的流入地，外来人口子女入学问题在浙江各地普遍受到重视。2004年，浙江省义务教育阶段流动人口子女入学率达到96.9%，比同期全国平均水平高出60多个百分点；而且在各地入学的外来人口子女中，进入公立学校就学的占到2/3左右。①

高等教育在浙江省的发展也非常迅速。据统计，2000～2013年，浙江省的高等学校从35所增加到106所，招生人数从9.35万人增至28.34万人。随着高等教育事业的发展，浙江省高等教育阶段适龄人口的毛入学率也逐年快速提高，从2002年的20.0%上升到2013年的51.7%（参见图0-4），高等教育在浙江真正实现了从精英化到大众化的转型。图0-4还显示，浙江省高等教育阶段适龄人口毛入学率显著高于全国的平均水平，而且在2011年之前，这种差距呈现逐年扩大的趋势，2012年以后两者差距才有所收缩，但其间差距仍然很大，2013年两者相差17.2个百分点。

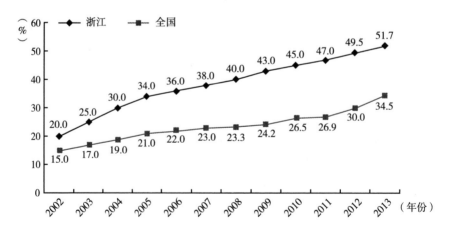

图0-4　浙江与全国高等教育阶段适龄人口毛入学率比较

① 参见张冬素、朱根华《浙江省义务教育阶段流动人口子女入学率达96.9%》，《浙江日报》2004年10月7日。从全国来看，外来人口子女进入公立学校就读的比例到2010年才达到2/3（参见肖庆华《农民工子女就学政策的演变、困境和趋势》，《学术论坛》2013年第12期）。

浙江省医疗卫生事业的发展同样可圈可点。衡量医疗卫生事业的发展有一系列的指标，其中，医疗卫生技术人员的人口密度和医疗卫生机构床位的人口密度，是衡量医疗卫生事业发展水平的两个比较稳定的基础性指标。据统计，2002～2013年，浙江省医疗卫生机构床位由119522个增至230056个，总计增长92.5%，年均增长6.15%；每千人拥有床位数从2.63张增至4.77张。同期，卫生技术人员数从163205人增至352393人，总计增长1.16倍，年均增长7.27%；每千人拥有卫生技术人员从3.6人增至6.4人。从图0-5还可看到，浙江省的每千人拥有卫生技术人员数和每千人拥有医疗卫生机构床位数，也都明显高于全国平均水平，尤其是在每千人拥有卫生技术人员数方面，两者间差距呈现拉大趋势。

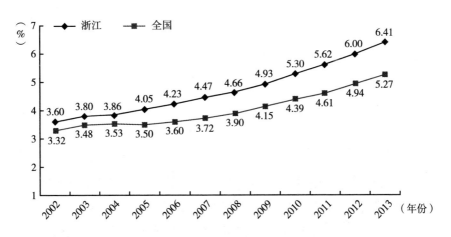

图0-5a 每千人卫生技术人员数

资料来源：《中国统计年鉴（2014）》《浙江统计年鉴（2014）》。

社会事业还包括许多其他领域，如文化体育事业、社会养老事业、社会福利事业、公共交通事业以及各项基础设施建设事业等。改革开放以来尤其是进入21世纪以来，浙江省为发展这些领域的社会事业做出了巨大努力，不断取得进展，一些领域的发展更是突飞猛进。例如，浙江省群众性体育事业的发展就是典型。据《浙江统计年鉴（2014）》，从2009年到2013年，省、市、县三级群众性体育活动次数从7300次增至14687次，参加人数从

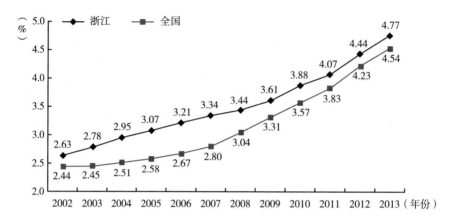

图 0 – 5b　每千人医疗卫生机构床位数

资料来源：《中国统计年鉴（2014）》《浙江统计年鉴（2014）》。

839 万人增至 2167 万人。

浙江省大力发展社会事业的过程也是不断促进基本公共服务均等化的过程。在这个过程中，浙江省特别重视缩小基本公共服务供给的城乡差距。从量的方面来看，在基本公共服务供给的诸多领域，浙江省城乡之间已经不存在多么明显的差距。在这种情况下，浙江省城乡居民在生活质量和发展机会获得方面的差距也不断缩小。如前所述，浙江省的城乡居民收入差距在全国是最小的，城乡居民生活消费恩格尔系数非常接近；九年义务教育几乎百分之百得到实现，高中教育基本普及，高等教育阶段的毛入学率超过 50%；社会保障体系在城乡都基本实现全面覆盖，社会救助尤其是最低生活保障支付水平的城乡差距逐年缩小，并且远低于国内绝大多数省份的同类差距，基本建成城乡一体化、组织网络化、管理社会化、保障法制化、与经济社会发展水平相适应的覆盖城乡的新型社会保障体系，以及包括城乡医疗救助、困难家庭学生助学、经济适用房和廉租房保障、司法援助等在内的社会救助体系。在基础设施建设方面，浙江省的城乡差距也不断缩小。根据浙江省第二次农业普查的结果，早在 2006 年，全省 100% 的行政村和 99.6% 的自然村通电，99.4% 的行政村和 95.6% 的自然村通电话，91.2% 的行政村和 86.8% 的自然村通有线电视，97.6%的行政村和88.6%的自然村通公路（其中91.8%为水泥路或柏油路）。①

五 社会治理创新与"平安浙江"建设

社会治理是社会建设的重要组成部分。社会建设搞得越好，社会结构的现代转型实现程度越高，民生越是改善，社会不平等程度越是被控制在能够较好地体现社会公平正义同时又不影响经济效率和社会活力的合理范围内；社会保障体系越是健全，基本公共服务均等化水平越高，社会矛盾就会越少，社会安全水平就越高。但是无论这些建设工作做得多好，社会矛盾仍然不可避免。马克思主义的辩证唯物主义告诉我们，矛盾无处不在无时不在。这就意味着任何时候任何社会都需要有效的治理，重要的是，要通过社会治理，不断化解社会矛盾，调解各种因为矛盾而可能发生的社会纠纷，保证社会矛盾和纠纷不会演变为对抗性矛盾和对立化冲突，从而促进社会和谐与平安，为社会建设以及其他各项建设工作提供良好的社会环境。

因此，社会治理也是"平安浙江"建设的重要组成部分。"平安浙江"是浙江省委贯彻落实党的十六大精神、促进浙江社会和谐稳定的重要举措。2004年中共浙江省委十一届六次全体（扩大）会议正式提出"平安浙江"建设方略，时任中共浙江省委书记习近平同志在会上做了题为《建设"平安浙江"，促进社会和谐稳定》的报告。习近平同志在其报告中指出，"平安浙江"中的"平安"，不仅是治安好、犯罪少的狭义"平安"，还是涵盖了经济、政治、文化和社会各方面宽领域、大范围、多层面的"平安"，其总体目标是：经济更加发展、政治更加稳定、文化更加繁荣、社会更加和谐、人民生活更加安康。基于这样一种认识，习近平同志将"平安浙江"细化为六个具体目标，即确保社会政治稳定、确保治安状况良好、确保经济运行稳健、确保安全生产状况稳定好转、确保社会公共安全、确保人民安居

① 参见潘伟光等《浙江农村基础设施建设问题研究》，http://tjj.zj.gov.cn/ztzl/lcpc/nypc/dec_1987/ktxb_1989/201408/t20140827_143828.html。

乐业。"平安浙江"的提出，说明对经济、社会问题的讨论更加深入、更加务实、更加贴近百姓生活，内容也更加丰富和完整。可以看到，在这六个目标中，除了确保经济运行稳健外，其余五个目标都直接与社会治理相关。

与传统社会的统治和控制不同，现代社会治理有其独有的基本理念和模式。就具有中国特色的现代社会治理而言，正如习近平同志在担任中共浙江省委书记时指出的那样，就是要"把加强政府管理和推动社会自治结合起来，建立健全党委领导、政府负责、社会协同、公众参与的社会管理格局"。① 习近平同志的这一系列提法和思想，对浙江现代社会治理改革创新发挥了巨大的指导作用。十多年来，浙江省各级党委充分发挥领导作用，各级政府高度负责，推动着浙江省社会治理的社会协同和公众参与，取得了令人瞩目的成就。特别是在基层社会治理方面，社会和公众的创新精神得到充分释放，创造了许多成功的社会治理模式和经验。

建立现代社会治理体制机制，一个重要方面是从现代社会治理理念出发，正确处理政府与社会的关系。从党委政府层面说，领导充分了解民情民意，动员民众积极参与政府决策，可以说是搞好社会管理和治理的关键。浙江省在这方面为我们提供了许多好的做法和实践经验。特别引起广泛关注的创新是"领导下访"和"民主恳谈会"。2003 年 9 月 18 日，时任省委书记习近平率部分省领导和省直 15 个部门负责人到浦江县下访，开全国省级领导干部下访的先河。现在，"领导下访"这一做法，不仅成了浙江全省各级领导干部一以贯之的自觉行动，也已在全国广泛推开。"民主恳谈会"是一种新型民主决策形式，又被学术界概括为"协商民主"，与西方"议会民主"相比有着更加充实的民主内涵。浙江的"民主恳谈会"起源于温岭市。1999 年，温岭举办"农业农村现代化教育论坛"，其初衷是把传统的"干部对群众的说教"改变为"干部与群众的对话"，其后演变为构建社会公众广

---

① 习近平：《树立和谐社会的理念》，《浙江日报〈之江新语〉》2005 年 4 月 4 日。党的十八大进一步完善了这一模式，增加了法治保障的内容。党的十八届三中全会则把"社会管理"更改为"社会治理"，一字之差，更好地体现了习近平同志关于政府管理与社会自治相结合的思想理念。

泛参与的民主决策、民主管理、民主监督的基层地方治理新模式，甚至乡镇财政预算安排也是通过这种"民主恳谈会"来实现的。进入 21 世纪以后，这一创新逐步在浙江全省推广，并于 2004 年获得第二届"中国地方政府创新奖"。

随着社会主义市场经济体制的确立，劳动关系调节成为中国社会治理的一个极为重要的领域。在许多用工单位尤其是非公有制企业单位，工资待遇、社会保障、工作条件等往往成为引发劳动纠纷的因素，纠纷一旦发生，无论对用工单位还是对劳动者都会造成损害。浙江一些地方率先开展了通过今天我们称之为社会治理的模式来建立新型劳动关系，突出的创新实践是温岭市 2003 年推出的"工资集体协商"。温岭是民营经济大市，民营经济对全市经济发展的贡献率达 90% 以上。同时，温岭还是外来务工人员输入地，外来务工人员在民营企业从业人员中所占比例高达 90%。民营经济的高度发达，促进了温岭经济的发展，同时也带来了劳动关系复杂、劳资矛盾突出的情况，集体停工和上访事件不断，严重影响了温岭的经济发展与社会和谐稳定。2003 年，温岭市总工会经过广泛调研，在全国率先施行了让职工与企业平等协商的工资集体协商机制，通过"行业协商谈标准、区域协商谈底线、企业协商谈增幅"，确保职工工资合理、稳定增长。在具体操作中，温岭市总工会首先通过区域内工资集体协商确定最低工资标准。随后在行业内经过划分工种、协商基准工价，最终确定行业工资标准并签订工资协商协议书。此外，对于具备协商条件、有协商能力的规模企业，鼓励在企业内部独立开展工资集体协商，确保职工工资与企业经济效益同步增长。实行工资集体协商以来，温岭市职工平均工资年均增长 10%～15%，劳资纠纷也逐年减少，到 2006 年即已基本实现工资纠纷零投诉。[①] 温岭工资集体协商实践是实现劳资共赢的实践，现在，工资集体协商已经成为全国性的制度安排。

基层社会治理是整个社会治理的基础。浙江省充分挖掘 20 世纪 50 年代

---

① 参见李刚殷、邹倜然《浙江温岭实现工资共决劳资双赢》，《工人日报》2012 年 7 月 26 日。

创造的"枫桥经验",针对改革开放以来出现的新形势、新情况和新问题,进行创造性的转换开拓,开创了基层社会治理的新格局。时任中共浙江省委书记习近平同志把这种格局概括为:"强化基层基础工作,进一步总结、推广和创新'枫桥经验',坚持统筹兼顾、治本抓源,坚持强化基础、依靠群众,坚持完善制度、注重长效。"① 在这方面,浙江省也创造了不少新的做法和经验。例如,2004 年 6 月,武义县率先开展村务监督委员会试点工作,在后陈村建立了全国第一个村级民主监督组织,由群众选举产生村务监督委员会,在村党支部的领导下,实行事前、事中、事后全过程的村务监督特别是村级财务监督。目前,全省所有行政村都建立了村务监督委员会。2007年,舟山市普陀区桃花镇开创了"网格化管理、组团式服务"的社会管理服务新模式,全镇被分成 32 个管理服务网格,所有居民被纳入单元网格中,每个网格配备一支服务团队,团队里有乡镇干部、社工、民警、教师、医生等。目前,这一模式已在浙江全省推开。

社会治理的社会协同性和社会参与性,不仅仅表现为政府及其部门主导下的动员式参与,更表现为民众的自治性参与。尤其是在协调各种人际关系、化解各种民间社会纠纷方面,民众的自治性治理更为有效。在这方面,浙江慈溪市的村级"和谐促进会"、宁波江东区的"邻里中心"和杭州的"和事佬"协会是值得关注的社会治理创新实践。2006 年,慈溪市五塘新村成立"和谐促进会",其初衷是协调处理本村户籍村民与外来流动人口(被称为"新村民")之间的关系,让新老村民共同平等参与自治管理,这一做法很有成效,并被迅速推广到全市 345 个村(社区)。这一做法获得第六届"中国地方政府创新奖",并在全国推开。从 2008 年起,宁波市江东区开始探索建立社区"邻里中心",这是一种枢纽型社会组织,其功能定位主要是承接政府公共服务或社会事务项目、管理服务社区社会组织。"邻里中心"的组建,激活了很多原本处于休眠状态的社会组织,同时还孵化出更多居民

---

① 摘自 2004 年 6 月 11 日时任中共浙江省委书记习近平在全国社会治安综合治理工作会议上的发言。

急需的社会组织，对发展社会组织、实现社会治理的社会化发挥了积极作用。目前，这一做法已在浙江全省推开，并于 2012 年入围"中国社会创新奖"。杭州首创的"和事佬"协会自治组织，以"身边人掺和身边事，草根力量化解民间矛盾"的方式，实现居民自治，尽量做到"小事不出村居，大事不出乡镇街道，矛盾不上交"。目前，杭州社区（村）"和事佬"协会覆盖率达到百分之百，2 万多名"和事佬"活跃在大街小巷，每年化解基层矛盾 6 万起以上。百姓的矛盾纠纷、居民的生活诉求、邻里的大小事情，多由"和事佬"收集、协调和解决，"矛盾纠纷不出楼道"在杭州大多数社区成为现实。"和事佬"协会还向专业部门延伸，成立了杭州医疗、事故、物业等专业纠纷调委会，实现调解组织网络"纵向到底、横向到边"，筑牢维护稳定的"第一道防线"。在遍布杭州全市的"和事佬"们的努力下，很多邻里纠纷、家庭矛盾都被化解在萌芽状态。2009 年，杭州市下城区"和事佬"协会荣获第二届"中国社会组织创新与发展奖"。

从社会治理的实践发展来看，"协同"并不仅仅是与政府之外的社会相关，也与政府自身密切相关，在很多情况下，政府各部门之间的协同甚至更为重要。浙江许多地方对此认识日益清晰，也有不少相应的创新举措。乡镇综治中心、县市司法行政法律服务中心和应急联动指挥中心是浙江地方政府部门协同开展社会治理工作的创新举措。2004 年初，全国首家乡镇综治中心在杭州市余杭区乔司镇成立。中心集综治办、信访办、司法所、巡防队、流动人口管理办公室等部门于一体，协同开展维护社会稳定的工作。目前，全省所有乡镇（街道）均已建立综治中心。2008 年，金华市在国内率先成立应急联动指挥中心，将原公安 110、消防 119、交警 122、卫生 120、工商 12315、城管 96310、供电 95598 等多个部门的报警接处平台合并为新的 110，构建了以应急联动指挥中心为中枢、以政府各部门为骨干的应急大联动工作体系。此举在全省推广，曾获得"全国管理科学创新奖"。2009 年，浙江省司法厅在国内率先建立公益、专业、便民的司法行政法律服务中心，为群众提供窗口化一站式服务，并大力开展"法律服务进社区（村）"活动。目前，全省所有县（市、区）均已建立法律服务中心，基本实现村居都有法律顾问，唱响了城乡公共法律服务一体化的浙江"好声音"。这一做法，也已推向全国。

社会治理创新和"平安浙江"建设的成效是显著的，起到了很好的促进社会和谐的作用。2004～2006年，群众安全感满意率分别为92.3%、96.4%和94.8%，均高于全国平均水平，被认为是最具安全感的省份之一。① 大量活跃在基层的各种民间自治组织在调节人际关系、化解社会矛盾方面发挥了巨大的作用。据统计，在浙江省，以各种形式调解处理的民间纠纷在不断增多（2000～2013年年均增长率达到15.83%），现在已经达到了很大的规模（参见图0-6）。在社会治理创新不断深入、协同治理机制不断完善的过程中，浙江社会的治安状况也不断得到改善，公安机关立案的刑事案件数呈现下降趋势。例如，据统计，2008年1～10月，浙江省立刑事案件同比下降2.44%。杀人、伤害致死、放火、爆炸、抢劫、强奸、绑架等七类严重刑事案件同比下降9.12%。② 2010年1～10月，全省刑

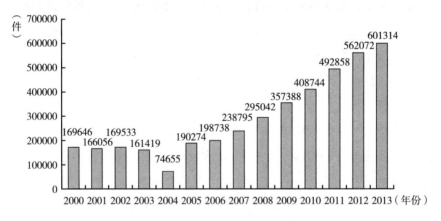

图0-6 浙江省民间纠纷调解件数增长趋势

资料来源：《浙江统计年鉴》（历年）。

---

① 参见浙江省统计局《党的十六大以来浙江经济社会发展成就》，载浙江省区域经济与社会发展研究会编《浙江区域经济发展报告（2007）》，中国财政经济出版社，2008。

② 参见周长康、朱志华《2008～2009年浙江省社会治安形势评估与预测》，http：//shx.zjss.com.cn/infDetail.asp？id=221&tn=inf。

事案件立案数和七类严重刑事案件数同比分别下降 0.48% 和 15.88%。① 这与全国公安机关立案的刑事案件数量变动趋势刚好相反。据《中国统计年鉴》提供的数据，2000～2013 年，全国公安机关立案的刑事案件从 3637307件增加到 6598247 件，总计增长 81.4%，年均增长 4.9%。

六　"中国梦"之浙江实践的动力、路径与机制

研究"中国梦"在浙江的实践经验，就必须深入探讨其中的动力、路径和主要机制。换句话说，就是要探究浙江是如何取得现有成就并创造出令人瞩目的经验的。从历史上看，浙江经济社会的快速发展，并没有足够的工业化基础和得天独厚的区位优势支撑，也没有获得特殊的国家优惠政策或投资倾斜的扶持，在技术、资本、资源等要素禀赋方面也没有多少优势可言。因此，一些学者认为，要探索浙江经济社会发展的动力源泉，必须高度关注浙江人，也即浙江经济社会发展的主体，以及主体所禀赋的精神特质。②

应该说，这种观点也有一定的道理。但是，我们在探讨浙江发展的动力时，必须坚持全面的、系统的观点。概括地说，浙江经济社会发展实践的动力源泉，主要来自三个方面。应当指出的是，对浙江经济社会发展动力源泉的分析，其实也是对浙江经济社会发展路径和机制的探究。

（一）先天比较薄弱的基础条件既是浙江人民生存发展的压力，也是促使他们充分发挥主观能动性的动力源泉

从历史上看，在计划经济时代，浙江始终处于计划体制的边缘地带，工业基础相当薄弱，而且因为没有大型国企在浙江落户，技术水平也比较低；在备战年代浙江由于地处海防前线，一直是国家投资建设最少的省份之一。据统计，1952～1978 年，中央对浙江的投资总共 77 亿元，人均 410 元，相当于全国平均水平的一半，为全国各省市最低。从总体上讲，在改革前夕，

① 参见朱志华《2010～2011 年浙江省维稳及社会治安状况评估预测》，载浙江省区域经济与社会发展研究会编《浙江区域经济发展报告（2011）》，浙江教育出版社，2011。
② 参见陈立旭主编《浙江现象：提升文化软实力》，中共中央党校出版社，2006；杨建华：《社会化小生产：浙江现代化的内在逻辑》，浙江大学出版社，2008。

浙江基本上是一个落后的农业省份。1978 年浙江人均 GDP 只有 331 元，低于全国平均水平 48 元。全省工业总产值 136.2 亿元，在社会总产值中的比重只有 54.38%，大大低于全国 61.89% 的平均水平。城镇人口占总人口的比重 1980 年才达到 14.86%，也低于全国 19.4% 的平均水平。浙江还是一个自然资源特别是工业资源相当贫乏的省份，人均资源拥有量只相当于全国平均水平的 11.5%，位居全国倒数第三。推进工业化所需要的主要矿产资源和能源基本上都依赖于从省外调入。

浙江的农业生产资源也不丰富，人多地少是限制浙江农村发展的一个重要因素。作为一个农业省份，浙江在改革之前一直为严峻的吃饭问题所困扰，1978 年浙江全省人均耕地占有量仅为 0.78 亩，为全国平均水平的 1/2，居于全国最末位；全省的粮食自给率 70% 都达不到，六七十年代不少地方相当普遍地存在以番薯、玉米、南瓜充饥的现象。1978 年，浙江全省有 11 个贫困县，其中青田县 1979 年农民收入仅为 37 元。

多年来，我们在浙江实地调研过程中所接触的干部群众普遍认为，基础薄弱、资源不足，对浙江人民的生存发展造成了很大的制约和压力，同时也是浙江人民寻求新的出路的重要动力。只要他们不安于现状，他们必然就会千方百计、千辛万苦寻找一切可以利用的资源、条件和机会，寻找发展的出路。

（二）独特的浙江精神为浙江的发展提供了不竭的内在动力源泉

浙江现象产生以来，社会各界对浙江人的精神特质进行了广泛多样的探讨，总结起来有四个方面的独特内涵。[①]

一是不安现状、奋发进取的强烈求富欲望。浙江民众身上所表现出的一个极为鲜明的精神个性，就是强烈的脱贫致富、追求富足生活的愿望。即使在改革开放以前，浙江农民也从未停止过这样的追求。党的改革开放政策，打开了抑制人民群众脱贫致富积极性的闸门，浙江人民积蓄已久的发家致富的欲望迅速迸发。为了脱贫致富，浙江人什么苦都能吃，什么脏活、累活、

---

① 参见陈立旭主编《浙江现象：提升文化软实力》，中共中央党校出版社，2006。

苦活都肯干，一般城市居民所鄙视的各种艰苦行当，如弹棉花、补鞋子、磨豆腐、配钥匙等等，都成为浙江人尤其是浙江农民脱贫致富的选择。这样一种不甘贫穷、想方设法改变自己生存命运的强烈愿望，构成浙江人创业精神的动力之源，构成了唤起浙江经久不衰的创业大潮的第一动力。

二是自强不息的自主创业意识和坚忍不拔的创业意志。浙江人民在追求致富和改变命运的过程中始终立足于自谋发展的强烈自主意识。30多年来，浙江人民大力发展乡镇企业和个体私营经济，走出了一条有自身特色的工业化道路。面对资源短缺、市场狭小的现实，浙江人以大胆闯全国市场乃至世界市场的方式来克服所面临的困难，形成了资源与产品"两头在外"的经济格局，创造了所谓"零资源""无中生有"等发展模式，并使浙江市场经济发展走在了全国的前列。面对城乡二元分割、旧体制限制农民进城的现实，浙江农民依靠自己的力量，兴建"农民城"，形成具有浙江特色的城市化路径。温州人在20世纪80年代概括出来的"自主改革、自担风险、自强不息、自求发展"的四自精神，正是浙江人民群众在改革开放的大潮中自强不息、自主创业求发展的精神风貌的集中体现。而20世纪90年代初浙江人概括出的"四千精神"即"走遍千山万水、说遍千言万语、想尽千方百计、历经千难万险"，充分地反映了浙江人坚忍不拔的创业意志。

三是勤于思考、灵活应变的竞争意识和创新精神。浙江人在创业的过程中没有固定不变的经营手段，有的是灵活变通的应对策略。改革开放之初，浙江人民本着薄利多销，"一分钱不嫌少，十万元不嫌多，有钱就赚"的竞争理念，从小商品、服装、塑料编织袋、低压电器这些当时人们不屑一顾的小商品入手，集腋成裘，积少成多，逐步发展出了一个个大市场，获得了丰厚的回报，同时加快了浙江经济社会发展的步伐。

四是脚踏实地、讲求实效的务实品格。浙江人从来都是注重实干，崇尚"多做少说，做也不说"，踏踏实实，一步一个脚印。这种埋头苦干的实干精神使他们抓住了一个个机遇，赢得了许多宝贵的时机。在改革开放初期，面对诸多指责和压力，浙江人不急于甚至不屑于争论和自我辩解；而当他们发展起来、富裕起来时，则习惯于韬光养晦，含而不露，由此形成了"真富而不露富"的性格。讲求实效的风格贯穿于浙江改革实践的整个过程。能否带来实实在在的收益，是浙江人民在改革开放的探索实践中一切行为取舍的最终依据。浙江人重视学习别人的先进经验，但从不盲从；对于符合本地实际，能带来实效的路子，无论外界有什么议论和压力，都能毫不动摇地坚持。为了从计划体制的缝隙中找到创业发展的空间，浙江创业者积极稳健，不过激，不过火，不拘泥名分和个人的眼前得失，不争一时之短长，尽量避免与旧体制发生正面冲突，以循序渐进的务实策略来谋求生存的空间，同时最大限度地利用旧体制松动提供的机遇，在推动经济发展和体制改革方面都取得了很好的实效。

应该指出，浙江省民营经济的快速发展，为浙江省社会发展和社会建设事业提供了很好的支持和保障。例如，几百万中小业主和个体工商户的存在和发展，是浙江省城乡居民收入较快增长的源泉，也是浙江省城乡居民收入差距和总体收入差距相比全国小很多的根本原因所在。

（三）各级党委政府的开明执政和科学行政为浙江经济社会发展提供了巨大助力

在中国，党委和政府是最重要的制度设置之一，党委和政府行为构成社会主体行为选择的重要约束条件。浙江各级地方党委政府作为整个国家执政和行政体系中的具体环节，在行为选择上不可避免地有其特定的制约条件，如自上而下的行政命令—服从关系，国家意识形态的约束，国家宏观政策的控制等等。但浙江各级党委和地方政府的行为同样也受到浙江区域文化传统的影响。一个突出的表现就是各级地方政府官员相对开明，注重实干、实效，没有用行政手段强行压制老百姓为解决自己的生存和发展问题所进行的种种同旧体制和旧观念相冲突的创新试验，而是采取了相对开明、宽容的态度。这是改革开放以来浙江民众的创业精神得以不断发扬光大，并显示出巨大的动力作用的一个至关重要的因素。

改革开放初期，在浙江面临巨大的生存压力，难以通过大量获取体制内资源推进工业化进程的情况下，针对底层民众依靠自身的力量，以创办乡镇企业、兴办家庭工业和专业市场等形式，在体制外寻找发展经济的空间的现象，浙江各级地方党委和政府特别是基层党委政府大多采取了默认、不干预的态度。而当这些创新举动取得明显的增长绩效时，地方政府的态度更是从基于同情的默许逐步转变成了理性化的认同。在浙江民间的种种创新举动同僵化的旧体制和意识形态发生冲突，以致一些思想守旧的人对浙江民间改革试验议论纷纷之时，浙江地方政府着眼于发展经济，着眼于保护群众的创业积极性，将党的改革开放政策同浙江实际有机地结合起来，将对上负责同对下负责有机地结合起来，成功地在自上而下的政治压力与自下而上的民间创新冲动之间建立起了一个缓冲地带，为民间的创新实践提供了一个相对宽松而又至关重要的政策环境。如温州地区在家庭经营大规模发展之初，地方政府采取"无为而治"的不干预政策。随着民营经济的进一步活跃，又坚持"唯实"不唯上的态度，主动为个体私营经济的发展提供政治辩护，并根据实际情况采取种种扶持措施。义乌等地则早在20世纪80年代初就提出"允许农民经商、允许长途贩运、允许开放城乡市场、允许多渠道竞争"的开明政策，从而开启了人们自由经商的空间，掀起了滚滚商潮。

20世纪90年代以来，在邓小平南方谈话精神的激励下，浙江各级地方党委政府更是抓住机遇，积极主动地调整角色，由简单的放手不管转向主动引导、规范个体私营经济发展，由直接介入微观经济过程帮助扶持企业的生产经营活动，转向建章立制、宏观调控、引导服务等方面，为创业精神的进一步勃发和大众化创业浪潮的掀起，提供了前所未有的政策激励。进入21世纪以来，浙江各级地方政府对民间创业活动的支持，进一步转入了旨在完善政府公共服务的行政体制改革领域。从规范政府行为，大幅度减少行政审批项目，简化审批手续，普遍推行窗口管理部门的"一站式"服务，到"强县扩权"，行政体制的一系列改革，进一步优化了地方政府对创业投资行为的保护和服务，并逐步显示出了浙江地方政府行政管理和公共服务的比较优势。

在社会发展领域，浙江各级党委政府发挥了同样的作用。一方面，对于来自社会和群众的社会建设与社会治理创新实践，各级党委政府普遍采取观察、指导、引领以及最后加以支持，及时进行总结并加以推广的态度，从20世纪50年代的"枫桥经验"到21世纪的各种社会治理创新，都是如此。

对许多被证明是有效的源自社会和民间的社会建设和社会治理创新举措，浙江各级地方党委政府都格外珍惜，予以政治的支持和资源的扶持。习近平总书记在担任浙江省委书记期间，就多次对挖掘和改造"枫桥经验"做出指导，对各项能够促进"平安浙江"建设和社会和谐的工作与举措做出具体部署。另一方面，浙江各级地方党委政府积极探索、坚持不懈地致力于转变政府职能，越来越多地把加强社会建设、促进社会发展作为重要工作和任务，紧抓不懈。进入21世纪，浙江省在推动和谐社会建设、发展社会事业、促进基本公共服务均等化、开展新农村建设、大力发展社会组织等领域，倾注了巨大的努力，制定了大量切实可行的战略和行动计划，并把这些社会发展战略和计划的实施纳入政绩考核体系。① 与此同时，浙江省逐年加大公共财政建设力度，逐步把公共财政资源配置的重点转移到社会发展领域，近年来，每年新增财力的70%以上都被配置于民生改善、社会保险、社会救助、社会事业以及促进基本公共服务均等化等领域，为浙江省的社会发展提供了重要的财政保障和支持。特别值得指出的是，浙江省各级地方党委政府积极推动外来人口的社会融合，制定出台了大量相关政策。浙江有千万人的外来农民工，但很少发生外来人口与本地人口、用工单位与农民工之间的大规模激烈冲突，这与浙江省各级地方党委政府促进外来人口社会融合的积极作为是分不开的。

七 "中国梦"之浙江实践的地方性知识与经验

"地方性知识"是美国学者吉尔兹提出和阐释的一个极具创新性、包容性与解释力的概念。吉尔兹曾经对"地方"一词给予如下界定："地方在此处不只是指空间、时间、阶级和各种问题，而且也指特色，即把对所发生的事件的本地认识与对可能发生的事件的本地想象联系在一起。"② 他还以法

---

① 参见浙江省发改委社会处《2012年浙江省社会发展报告》，http：//www.zjdpc.gov.cn/art/2013/7/24/art_78_560944.html。

② 〔美〕克利福德·吉尔兹：《地方性知识：事实与法律的比较透视》，邓正来译，载梁治平主编《法律的文化解释》（增订本），生活·读书·新知三联书店，1998，第126页。

律制度的成长需要地方性知识的支持为例指出，"任何一种企望可行的法律制度，都必须力图把具有地方性想像意义的条件的存在结构与具有地方性认识意义的因果的经验过程勾连起来，才可能显示出似乎是对同一事物所作出的深浅程度不同的描述"。①地方性知识概念和理论的提出，要求我们在总结浙江经验时，要高度关注浙江自身的地方传统、地方特色，着眼于浙江经验形成的具体情境条件。只有在理解了地方传统、地方特色和地方情境条件的情况下，我们才能从中抽绎出具有一般性的知识内涵，通过创造性的转化，变成可以吸收利用的一般性知识。毕竟，即使是扎根于浙江本地情境的社会发展经验，也包含着顺应社会发展的一般规律和时代潮流的质性因素。②其他地方要借鉴浙江经验，不能照抄照搬，生搬硬套，而必须深刻理解其内在机理和价值指向，然后融合本地的地方情境条件，加以创造性的应用。

从地方性知识的理论视角来考察浙江社会建设的经验，旨在对浙江经验进行具有理论和逻辑完整性与实在性的阐释。特别是对于作为浙江发展动员源泉的浙江精神的研究和阐释，对于发生在浙江各地的种种社会治理创新经验的研究和阐释，地方性知识视角能够提供很有意义的启发。

要完整深刻地把握浙江精神的内在质素，就要深入分析浙江地域文化传统及其现代转换对浙江人的行为的影响。从总体上讲，浙江地域文化传统有着自己比较鲜明的特色，尤其是具有较强的自主精神和浓厚的商业文化气息。作为这一文化传统最集中的理论体现，便是在中华民族的文化传统中独树一帜的浙东事功学派。这一学派的基本理论特色表现为经世致用的学风、自做主宰的自主精神、义利并重的功利取向、工商皆本的亲商意识以及肯定私利的价值立场等，这些理论主张在长期的历史过程中逐步融入浙江人的文化精神之中，对他们的行为模式产生着不可忽视的影响。③基于这种地方性

① 〔美〕克里福德·吉尔兹：《地方性知识：阐释人类学论文集》，王海龙译，中央编译出版社，2004，第277页。

② 参见朱俊瑞、赵成斐《浙江基层民主的本土化累积及创造性转换——以吉尔兹"地方性知识"理论为视角》，《浙江学刊》2012年第5期。

③ 参见陈立旭主编《浙江现象：提升文化软实力》，中共中央党校出版社，2006。

知识的理论视角，有学者把浙江经济组织形式和生产方式概括为"社会化小生产"模式。在这一模式下，作为浙江经济社会发展的主体力量的小企业，大多是以家庭或家族为基本生产组织，个体作坊、家庭工商业的居多，产权结构比较封闭，绝大多数企业为个人或家庭控制，有很强的血缘和地域色彩。这种非"小生产"亦非"社会化大生产"的经济组织形式和生产方式，是浙江改革开放30多年来人民群众的一种创造，这种生产实践形式是一种以家庭或家族为基本生产单位，以社会分工和市场为联结纽带的生产方式。这种生产实践方式既有传统社会里"小生产"方式的特征，即以家庭或家族为基本生产单位，以亲缘、地缘、业缘为主要生产网络；同时又有着现代社会里"社会化大生产"方式的主要特点，即以社会分工为基础，以市场为纽带，以专业化生产为形式。这是一种独特的现代化模式，也是一种特别适合浙江情境条件的现代化模式。①

尽管地方性知识理论对于我们理解浙江现代化经验具有启发借鉴意义，但是我们仍然要既深入浙江经验本身又跳出浙江经验来总结浙江经验，换句话说，就是要有一种创造性转化。概括起来，浙江经济社会发展的经验具有以下几个突出特征，这些特征对于中国现代化发展和社会建设事业来说，对于我们实现"中国梦"的伟大目标来说，仍然具有一般性的指导价值和借鉴意义。

一是坚持民生为本。浙江的社会发展和社会建设实践，自始至终贯穿着民生为本的理念。发展民营经济，是民生为本的集中体现。正是在数以百万计的个体私营企业发展的过程中，浙江城乡居民的就业问题得到了很好的解决，还为省外劳动力创造了上千万个就业岗位。浙江城乡居民收入增长，很大程度上依托于民营经济的发展。尽管浙江民营经济的发展最初有着浙江地域的情境条件约束，但经过30多年的改革开放，全国各地的经验都已经证明，最大限度地发挥人民群众自己的创业精神和创造力，不仅是推动经济发展的根本路径，也是不断改善和发展民生的重要路径。浙江经验为我们树立

---

① 参见杨建华《社会化小生产——浙江现代化的内生逻辑》，浙江大学出版社，2008。

了一个先行者的榜样。

二是多主体协同和参与。浙江社会建设实践的一条根本经验就是，社会建设、社会治理事业是全体人民的事业，因而是一项多主体积极参与的事业，党委政府、企事业单位、基层组织、民间社会组织和公民个人，都是社会建设和社会治理的主体，在社会建设和社会治理过程中扮演着不同的但不可或缺的角色。通过梳理浙江社会治理创新的重大举措，我们可以看到，许多创新举措实际上都来源于基层，来源于群众，是广大人民群众的创举。

三是始终坚持改革创新。浙江经济社会发展的过程，就是一个不断改革创新的过程。改革创新不仅仅涉及制度层面，也包括理念更新和与时俱进的要求。不仅仅意味着相关制度设置的改革创新，也意味着一种改革创新精神的确立，新的发展思路和发展举措的涌现。即使对已经得到公认的既有经验，也要根据时代发展的需要进行创造性的挖掘转化。对于在全国享誉几十年的"枫桥经验"，在改革开放以来，浙江就进行了多次重新发掘和改造，使其在新的时代发挥新的作用。①

四是坚持系统性、协调性、科学性和延续性。浙江省的经济社会发展，尤其是社会建设，固然是以多主体共同参与为基础，但并不意味着宏观的计划和规划，恰恰相反，仔细分析总结浙江30多年的发展历程，党委政府的宏观规划和指导是不可或缺的。重要的是，这些规划和计划具有很强的系统性、协调性和科学性。习近平同志担任浙江省委书记时主持制定的"八八战略"、全面建设小康社会"六大行动计划"、"平安浙江建设"五大目标体系，无不贯穿着系统性、协调性和科学性的原则要求。2008年制定启动的全国首个《基本公共服务均等化行动计划（2008~2012）》，规划建立健全多层次、全覆盖的社会保障体系，努力实现基本公共服务覆盖城乡、区域均衡、全民共享，促进社会公平正义和人的全面发展。这些规划和行动计划都

---

① 参见谌洪果《"枫桥经验"与中国特色的法治生成模式》，《法律科学》（西北政法大学学报）2009年第1期。

是在深入研究浙江经济社会发展实际后制定出来的，完全符合浙江经济社会发展的现实要求。正是因为这样，浙江省的这些重大发展战略规划和行动计划具有很强的延续性，历届党委政府始终抓住这些战略、规划和行动计划不放，不达目标不罢休。许多地方也经常出台类似的战略、规划和行动计划，但往往随着一届党委政府的换届而偃旗息鼓；新一届党委政府又重打鼓另开张，这种做法对一个地方的经济社会发展造成的损害是巨大的。浙江之所以在许多方面取得巨大成就，走在全国前列，这一经验所发挥的作用至关重要。

五是坚持不断转变政府职能，使政府更多地担负社会发展和社会建设的责任。这一点可以从浙江省公共财政支出在民生和社会建设领域的配置结构来加以衡量（参见表0-4）。从表0-4可以看到，① 从绝对量来看，浙江省一般预算支出用于民生和社会发展的额度逐年增加，而这些支出的总额占一般预算支出总额的比重也稳定在40%以上，尤其是在2011年以后超过了45%，这一比重显著高于全国平均水平。应该说，在浙江，民生和社会发展支出在一般预算支出中已经成为最大的支出。

六是加强社会建设量化监测。历史学家黄仁宇在《中国大历史》一书中认为，传统中国治理的一个问题是缺乏"数目字管理"。② 这个观点不无道理。进入21世纪，浙江省出台的几乎所有大的发展战略、规划和行动计划，都有相应的监测制度与之相伴随。这些监测制度都由若干监测指标组成，能够量化反映战略、规划和行动计划的实施进展以及存在的不足和滞后问题，包括民生指数与民生评价指标体系、《基本公共服务均等化行动计划》年度任务指标和浙江省基本公共服务均等化实现度评价体系、全面建成小康社会监测指标体系、社会发展水平综合评价指标体系、新型城镇化进程监测评价指标体系、城乡统筹发展水平综合评价体系等等，对社会发展和社会建设其他领域，每年也都有专门的评价报告。所有这些评价指标体系和评价报告，是实现"数目字管理"的重要依据。

---

① 由于统计口径不同，本表没有收入2006年以前的统计数据。
② 参见黄仁宇《中国大历史》，生活·读书·新知三联书店，2007。

表0-4 浙江省财政支出在民生和社会发展领域的配置

单位：亿元，%

	教育	社会保障和就业	医疗卫生	环境保护	城乡社区事务	占一般财政预算支出的比重
2006	310.77	88.30	88.23	20.32	127.37	43.10
2007	383.89	107.98	112.28	29.75	154.63	43.60
2008	453.99	141.52	142.87	46.52	193.95	44.30
2009	519.33	153.08	177.05	55.42	224.61	42.60
2010	606.54	206.39	224.53	82.07	272.30	43.40
2011	751.42	291.82	278.98	78.11	338.43	45.20
2012	877.86	345.44	305.91	77.70	307.82	46.00
2013	950.07	397.06	350.73	98.14	332.93	45.00

资料来源：《浙江统计年鉴》（历年）。

总的来说，改革开放以来，浙江社会发展和社会建设的成就是显著的，经验是丰富的，这里所做的分析和总结还是非常初步的。浙江社会建设实践中还有许多东西值得我们深入研究和认真总结，对于我们理解"中国梦"、实现"中国梦"，这样的研究工作具有非常重要的理论和实践价值。

第一章
社会结构变迁

改革开放以来，浙江省充分利用自身特有的区位优势，顺势而为，以制度创新为驱动，借力重商文化，搞活民营经济，经济社会均得到了长足的发展。特别是进入 21 世纪，浙江省遵循市场经济和城镇化发展的规律，深化经济体制改革和对内对外开放，重点围绕加快结构调整和增长方式转变，加快政府职能转变，加快产业升级步伐，加强社会建设，加快社会发展和民生改善；既促进了经济又好又快发展，正确处理了经济增长的速度与质量的关系，又通过经济发展加快社会建设步伐，加快健全基本公共服务体系，加强和创新社会管理，维护了社会稳定，理顺了社会发展过程中公平与效率的关系。经济发展为加强社会建设和优化社会结构提供了有利条件，从而在经济社会保持快速平稳发展的同时，实现了社会管理能力逐渐增强，社会和谐程度日趋增加，社会结构不断优化的良好局面。

第一节　社会结构与社会建设

一　优化社会结构是浙江省经济发展和社会建设的客观要求

20 世纪 70 年代末以来，浙江省经济社会处于一个长期快速发展的周期。从 1978 年到 2012 年之间，全省国内生产总值平均年增长率为 12.7%，无论是增长速度，还是当前的经济总量，浙江省均位居全国前列。应当说，从经济增长的角度来看，浙江省当属全国的标杆省份之一。尤其是浙江省在经济市场化的过程中能够按照经济规律进行制度创新，对全国都有很强的借鉴和指导意义。

　　浙江省经济增长虽然处于一个较长的增长周期，却也出现过几次比较大的波动。比如，从分年度的统计数据来看，浙江省经济增长最快的年份出现在20世纪90年代市场化改革初期的1995年和1996年，平均年增长率接近40%，随后在1998年和1999年出现了较大波动，经济增长率下降到7%左右。出现经济增长波动的主要原因是1997年亚洲金融危机的影响。当时，浙江省出口额中的一半以上是对亚洲地区的，直接进口的产品中也接近2/3是来自亚洲地区的。亚洲金融危机直接影响到出口依存度较高的浙江企业，从而导致出现经济增长率下滑的局面。同样的情况也出现在2007年全球金融危机之后。因此，从经济增长的波动来看，如果没有一个强大的国内消费市场和人群，出口导向型的经济很容易产生波动。因此，为了确保经济增长的稳定性，迫切需要优化社会结构，催生大量有消费能力和消费欲望的中产阶级，减少中低收入人口和低端产业就业人口数量。

　　在经历经济长期高速发展之后，浙江省人均GDP在2006年就接近4000美元；2013年，浙江省人均GDP超过1万美元，远远高于全国平均水平。按照现代社会发展规律，一般人均GDP超过2000美元，一个国家或者地区就进入了经济"起飞阶段"到"加速成长阶段"的转折点。而人均GDP超过4000美元时，就基本迈进了中等收入国家门槛。人均GDP超过1万美元是从中等收入国家行列迈进高收入国家和发达国家阶段。2013年浙江省人均GDP已经超过1万美元。故而，可以认为浙江省目前整体上正处于中等收入国家向高收入国家和发达国家过渡阶段。发达国家的发展经验告诉我们，当人均GDP超过1万美元之后，经济增长和社会发展面临的不确定性增加，而加强社会建设和优化社会结构则是在这一阶段维持经济稳定增长的关键。

　　这一时期的社会政策导向应该是从维护广大人民群众根本利益出发，在经济发展的同时加强社会建设，实现效率与公平之间的平衡，为中等收入群体成长提供良好的社会环境，从而以提振国内消费需求推动经济稳定增长。在经济高速增长过程中，有一部分社会群体利用自身的优势，把握住历史机遇先富起来，从而在整个社会产生贫富差距比较大、两极分化的社会结构。如果在进入高收入国家之后，贫富差距不能缩小，社会结构中的两极不能向中等收入群体靠拢，就会出现社会消费需求不足的情况。因为随着贫富差距的拉大，富裕人群虽然有强大的购买力，但其消费需求接近饱和，而穷人虽然有消费需求，却没有足够的购买力。因此，不合理的社会结构导致国内消费需求下降，从而影响经济长期、稳定增长，反之，合理的社会结构则有利于经济快速平稳发展，因而，优化社会结构是浙江省经济发展和社会建设的客观要求。

二 扩大中等收入群体是浙江省经济社会平稳发展的必要条件

浙江省经济发展离不开经济全球化的背景。在国际分工调整的过程中，浙江省充分利用劳动力价格低等比较优势和邻近沿海的区位优势，把握住国际制造业向发展中国家转移的历史契机，不仅顺利完成了工业化的进程，而且成为产品内国际分工下"世界工厂"的重要组成部分。根据刘易斯的二元经济理论，在工业化初期，来自农村和农业部门的富余劳动力为社会提供了大量的低廉劳动力供给，而这些劳动力供给恰恰是工业部门发展所必需的，因此在社会结构变迁过程中出现的最主要特点是劳动力人口从农业部门向工业部门转移，从农村地区向城镇地区流动。这种劳动力跨空间、跨产业部门的转移是工业化过程中社会结构变动的基本内容和主要特征。工业化与社会结构变动是相互联系、相互影响的，经济发展与社会结构变革实际上是同一个过程的两个侧面。从浙江的实际情况来看，到 2012 年其人口城镇化率已经超过 60%，基本上完成了从农业社会向工业社会过渡的阶段。

随着中国人口红利的消失，劳动力、土地等资源要素成本上升，既有的低成本比较优势将会逐步丢失，依赖出口贸易和劳动力密集型的产业发展模式呈现不可持续性，依靠资源消耗和低成本劳动力的传统增长模式制约着浙江产业结构调整和升级转型。而低成本劳动力优势本身就是传统农业社会向工业社会过渡的阶段性特征，这就意味着不能够再简单依靠低成本劳动力的比较优势来实现经济增长。在进入工业化社会之后，产业结构调整和升级转型不仅仅是传统的资源、能源和劳动力等生产要素的重新组合，更重要的是如何吸引具有知识和技术能力的人才队伍，从而提高企业生产效率和创新能力，而具有知识和技术能力的人才队伍在现代社会中多属于中等收入群体。从历史经验来看，以具有知识和技术能力的人才为代表的中等收入群体的多寡与产业结构调整和转型升级能否成功存在紧密的联系。同时，产业结构调整和升级转型还会直接影响低端劳动力人口的就业问题，其本身对低端劳动力存在着挤出效应，不断缩减着低端劳动力人口的比例。因此，产业结构调整和升级转型需要社会结构随之不断优化，通过不断提高劳动力素质和收入水平，形成一个以中等收入群体为主的橄榄形社会结构。

此外，能否实现社会结构优化还是影响一个国家和地区在产业结构调整和升级转型过程中抗风险能力的重要因素。1997 年亚洲金融危机中韩国和印度尼西亚有着截然不同的表现和结局，这两个国家除去经济方面的差异外，最大的差异就是社会结构的差异。韩国在金融危机之前就拥有一个庞大的具有知识和技能的中等收入群体，而印度尼西亚则是一个贫富差距极大、以低端劳动力为主的社会结构形态。在金融危机之后，韩国迅速通过一系列政策调整走出困境，而印度尼西亚则迟迟没有缓过劲来。可见，为了提高浙江省抵御产业结构调整和升级转型过程中的抗风险能力，也迫切需要一个以中等收入群体为主的社会结构。因此，加强社会建设、优化社会结构是浙江省经济社会平稳发展的必然条件之一。

三　优化社会结构是浙江省特有社会文化引导社会"自发展"的重要成果

浙江省在改革开放之后率先初步建立并不断完善市场经济体制，民营经济的发展与浙江特有的重商社会文化是紧密相连的。在重商的社会文化环境中，浙江省一直是一个充满活力和竞争力的省份，有着庞大的企业家和创业者群体，更有独特的企业家精神与重商社会文化引导。所谓的社会文化引导是指它把人们的价值观念和行为标准内化为个人的内在目标和动机，从而驱动个体按照特定文化所指引的方式行动。从文化对个体的驱动角度来看，特定的文化能够形成一个社会特有的"自发展"能力。而所谓的自发展能力是相对于国家和政府有意识的，通过特定的方针、政策、措施引导来说的，是指在没有明确的政府指令的情况下，个体根据自身文化习得和内化的行为方式，进行非特定意图行动的能力。

正是浙江特有的重商文化产生了"浙江现象"。"浙江现象"是在缺少自然资源、国家投入和特殊优惠政策的情况下，浙江人民依靠自身，勇于创业创新，敢于"小题大做"，实现了由资源小省向经济强省的辉煌转变，形成了特有的民富、省强格局。这种发展的背后显然是重商文化引导社会"自发展"发挥了重要作用。

对于浙江省而言，独特的重商文化引导社会"自发展"的一个重要成果就是社会结构的不断优化。经济普查资料显示，截至 2008 年底，浙江省二、三产业资本中"个人所有"的比重为 53.5%，而同为沿海省份的江苏和广东分别仅为 29.9% 和 18.9%。在考虑到经济基础和地理区位等客观条件相似的前提下，可以认为其中最为关键的是社会文化对社会"自发展"的引导作用。按照社会分层的理论，大型企业的企业主和股东一般属于社会上层，中小型企业的企业主多属于社会的中上层和中层，一些规模较小的私营企业主属于社会的中下层。浙江社会文化中的特质为引导中小企业家和创业者发展，构建一个中等收入阶层为主体的社会结构提供了有利的前提条件。

社会建设是一个需要多元主体共同参与的过程，以促进社会自我管理、自主管理、协同管理为目标。因此，浙江省在社会建设过程中，其特有的社会文化带来的中等收入群体"自发展"有利于培育社会力量，完善社会参与机制，切实推进公民有序参与和社会协同。故而从优化社会结构的角度来看，浙江省企业家和创业者数量众多，为整个社会构建庞大的中等收入群体，形成橄榄形的社会结构营造了有利的社会"自发展"的文化环境。

第二节　浙江人口结构变迁

在经济社会发展过程中，人口结构变动，包括城乡人口结构、区域人口分布、人口产业结构和人口文化素质结构等变动是关系最为密切的社会指标。浙江省人口结构在改革开放之后出现了明显的有利于经济社会发展的转变，这一变迁过程为当前加快社会建设打下了坚实基础。

一　新型城镇化持续推进，人口城镇化速度不断加快

一般来讲，经济社会发展最容易改变的是人口在城乡间的分布，农村劳动力进城或者就地转化为产业工人，这一过程通常也被称为人口城镇化。作为中国经济最为发达的省份，浙江省在改革开放过程中不断探索、创新，走出了一条具有自己特色的新型人口城镇化道路，人口城镇化率不断提高，城乡一体化的格局逐渐显现。从统计数据来看，1990 年浙江人口城镇化率仅为 31.2%，2000 年快速增加到 48.7%，随后即突破 50%，2005 年城镇化率达到 56.0%，2010 年超过 60%，2012 年达到 63.2%，高出全国平均水平近11 个百分点。

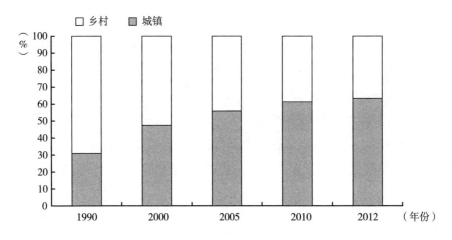

图 1-1　主要年份浙江省城镇化率

浙江省城乡人口结构之所以能够不断优化，与政府实事求是、因地制宜、因势利导有很大关系。20 世纪 90 年代中后期，浙江省把城乡人口结构优化作为推动经济增长的内生动力，不断出台积极推进城镇化的相关政策。1998 年底，浙江在全国率先提出并实施城市化发展战略，城镇化由市场自

为发展转为政策推进阶段。"城乡一体化是一个带有根本性的问题，是解决
'三农'问题的根本出路。"① 2003 年之后，浙江省以城乡一体化为抓手，
统筹城乡全面发展，走出一条快速的新型城镇化道路。2004 年率先制定实
施了全国第一个城乡一体化纲要。2005 年出台《浙江省统筹城乡发展，推
进城乡一体化纲要》，明确提出今后一个时期浙江省统筹城乡发展、推进城
乡一体化工作的指导思想、主要任务和战略举措。2006 年在全国率先提出
并实施新型城市化战略，出台了《关于进一步加强城市工作，走新型城市
化道路的意见》。在坚定城镇化发展路线之后，连续的制度创新和政策导
向，引领浙江省优化城乡人口结构，城镇化进入一个快速的增长期。

2010 年，浙江省城镇化率超过 60%，人口城镇化和就业非农化等问题
已经基本解决，城乡人口结构优化进入重点突破和全面共建阶段。2011 年
和 2012 年浙江省先后出台了《浙江省新型城市化发展"十二五"规划》和
《浙江省深入推进新型城市化纲要》，对今后一个时期深入推进新型城市化
工作进行了全面部署。

回顾浙江省城乡人口结构优化的历程，其是以小城镇建设为突破口，统
筹城乡发展，城乡基本公共服务均等化是浙江省快速新型城镇化道路最具特
色的一面。从统计数据来看，2012 年浙江省人口城镇化比例超过了 63.2%，
农业户籍人口数量仍然长期维持在 3000 万以上，城镇户籍人口在 2011 年才
突破 1500 万，这意味着从户籍属性上来看，仍然有 2/3 的浙江人属于农业
户籍，但实际上这部分农业户籍人口在新型城镇化的过程中，通过统筹城乡
发展、就业非农化、公共服务一体化等打破了户籍制度的分割，成为新的城
里人。

除了有效的政策引导和制度设计之外，浙江省城乡人口结构优化与中小
企业的成长也有紧密的关系。中小企业成长为人口城镇化提供了内生动力，
一方面解决了农村剩余劳动力转移和实现非农就业的问题，另一方面缩小了

---

① 习近平：《干在实处　走在前列——推进浙江新发展的思考与实践》，中共中央党校出版
　社，2006，第 159 页。

城乡的收入差距，提高了城乡统筹协调发展的水平，为城乡人口结构优化提供了产业支撑和就业支撑，确保人口城镇化实现可持续发展。

表 1 - 1 1978～2014 年浙江省农业户籍和非农户籍人口数量变动

单位：万人

年份	农业人口	非农业人口	年份	农业人口	非农业人口
1978	3321.96	429.00	1997	3557.19	865.09
1979	3332.57	459.76	1998	3539.78	907.08
1980	3346.40	480.18	1999	3519.79	947.67
1981	3362.04	509.47	2000	3506.20	995.02
1982	3387.79	536.53	2001	3473.63	1046.21
1983	3413.05	550.05	2002	3438.76	1097.22
1984	3425.47	567.62	2003	3394.08	1157.50
1985	3395.35	634.21	2004	3353.16	1224.06
1986	3417.19	652.88	2005	3335.30	1266.81
1987	3455.14	666.05	2006	3317.26	1312.17
1988	3487.61	682.24	2007	3308.21	1351.13
1989	3515.46	693.42	2008	3292.37	1395.48
1990	3538.13	696.78	2009	3282.23	1433.95
1991	3555.37	706.00	2010	3279.06	1468.90
1992	3560.13	725.78	2011	3279.43	1501.88
1993	3563.24	750.06	2012	3277.74	1521.61
1994	3565.19	776.01	2013	3281.48	1545.41
1995	3567.14	802.49	2014	3279.11	1580.06
1996	3570.17	829.92			

二 管理机制不断创新，人口分布与经济发展趋于协调

人口分布与经济发展密切相关，人口在区域间和区域内的分布往往与该区域的地理位置、自然条件、资源分布和经济聚集度有较强的相关关系。通常人口分布与产业发展的关系最为密切。浙江省作为中国改革开放的前沿，经济发展最为活跃的地区，自然对人口吸引力也较大，但人口分布如果过度集中，会加大一个地区的资源和环境压力，不利于经济社会的平稳发展，如果人口分布过于分散，又不利于产业聚集对劳动力的需求。因此，优化人口分布，促进人口合理流动，实现人口与经济协调发展，有利于带动经济发展

和加快社会建设。

改变人口分布的原因主要有两个，一个是人口的自然增长，主要是人口的出生和死亡，另一个是人口的机械增长，主要是人口迁移和流动。由于人口自然增长长期保持在较为稳定的状态，浙江省人口分布优化主要是人口机械增长的作用。从统计数据来看，1990 年第四次人口普查，浙江是一个人口输出省份，迁出人口大于迁入人口，人口净流出大约 70 万人。2000 年年底第五次人口普查时，浙江从人口输出变为人口输入，迁入人口大于迁出人口，人口净流入大约 91 万人。2010 年，第六次人口普查发现，浙江省迁入人口已经远远大于迁出人口，净流入人口 997 万人。2000～2014 年，全省户籍人口省外迁入 275.50 万人，迁往省外 156.24 万人，15 年间机械增长 119.26 万人。这说明了浙江省经济增长对人口吸纳和聚集的效应明显，经济活力和产业发展不断增强，大规模人口的迁入、聚集为浙江经济发展提供了充足的劳动力资源，有利于人口与经济的协调发展。

浙江省人口分布优化得益于近年来实施的流动人口管理机制创新，各地市先后成立了专门的流动人口服务管理协调机构，杭州、宁波、温州、绍兴、嘉兴、湖州、舟山、台州等市还成立了专门的常设机构。为了引导人口科学流动、合理分布，浙江省在关注流动人口子女教育、优化外来人口就业环境、建立符合实际的流动人口社会保障制度等方面取得了积极进展。

从区域经济与人口分布的变动规律来看，浙江省人口的空间分布调整和优化是与产业空间分布相一致的。浙江省从 2000 年到 2010 年的十年间，不仅整体上经济增长带来的区域人口大量流入，区域内部人口分布也出现了比较大的优化和调整。从各个市的情况来看，与 2000 年相比，最快的五个地市是宁波、杭州、嘉兴、温州和金华，增长率分别为 25.1%、24.1%、23.2%、18.7% 和 15.2%。这五个城市正是最近十几年浙江省经济最为活跃，经济实力最强，经济增长最快的地方。而衢州、丽水人口总量则呈现负增长态势。由此，可以看到浙江省内部各个地市之间的人口分布在过去的十几年中也处于不断优化的过程，经济总量较大、增速较快的地区也是人口增长最为明显的地区，而经济发展相对滞后的地区，也是区位优势不太明显、自然环境相对脆弱的地区，人口基本趋于稳定。这证明了浙江省人口分布与经济发展趋于协调。

表 1-2　2010 年各市人口分布和增长情况

	年末人口 （万人）	占浙江省 人口比重（%）	10 年累计 增长率（%）	外来人口占 浙江省比重（%）	外来人口占 本市比重（%）
杭州	870.54	16.00	24.10	14.70	20.00
宁波	761.08	14.00	25.10	16.80	26.10
温州	913.45	16.80	18.70	23.00	29.80
嘉兴	450.46	8.30	23.20	9.50	24.90
湖州	289.42	5.30	8.10	3.80	15.70
绍兴	491.29	9.00	12.10	7.70	18.50
金华	536.64	9.90	15.20	10.40	22.80
衢州	212.32	3.90	-2.00	0.70	3.80
舟山	112.14	2.10	11.90	1.80	19.10
台州	597.38	11.00	13.90	10.30	20.40
丽水	211.79	3.90	-2.90	1.30	7.10

三　人口与产业关系日趋紧密

在市场化改革初期，浙江省成功把握机会，大量民营企业脱颖而出，迅速完成了工业化的历程。随着浙江省经济社会进一步发展，以工业为代表，第二产业发展逐渐受到劳动力、能源、资源环境等各方面的束缚，第二产业对经济增长的拉动能力和对劳动力人口的吸纳能力逐步减弱，因而在浙江省经历快速发展、进入工业化中后期，迫切地需要实现产业结构调整和升级转型，而之前工业化进程为浙江省第三产业发展创造了良好的前提条件。

2002 年浙江省出台第三产业发展纲要，提出要将国民经济产业比重结构由"二三一"顺序向"三二一"转化，逐步形成适应经济社会发展要求的现代第三产业体系。"纲要"还明确提出"十五"期末，第三产业从业人员总量突破 1000 万人，至 2010 年，全省实现产业结构"三二一"的序列目标。第三产业从业人员占全社会从业人员的比重达到 45% 左右。其中，商贸流通业、信息服务业、文化传媒业、旅游会展业、社区服务业、金融保险业、中介服务业、房地产业、公共服务业、科教服务业十大行业被列为重点发展行业。

2008 年，浙江省出台了《关于进一步加快发展服务业的实施意见》，将发展服务业作为加快推进产业结构调整、转变经济发展方式的重要途径。2009 年，浙江省出台《促进第三产业发展的若干意见》，对文化产业、金融业和中介行业、物流业、会展业及旅游业等新兴第三产业实施包括减免企业所得税、房产税和土地使用税等政策优惠。2011 年，浙江省又出台了《关于进一步加快发展服务业的若干政策意见》，持续推进服务业的快速发展。

第三产业与第二产业相比最大的优势就在于对能源资源的依赖性小，而对吸纳就业和促进经济增长的弹性大，因而，浙江省在大力推进第三产业发展，调整和升级经济结构的同时，人口与产业的关系也日趋紧密。2002 年，浙江省第三产业就已经成为人口就业的主渠道，第三产业吸纳劳动者就业比重为 67.49%，第二产业占 29.95%。根据最近十几年的统计分析，浙江省在产业结构调整和升级转型的同时，就业结构呈现第一产业就业比例下降，农业剩余劳动力持续向第二三产业转移，第二产业就业比例小幅波动，第三产业就业人口比例显著增加的特点。这说明浙江省人口与第三产业关系日趋紧密。

表 1-3　2004~2014 年浙江一二三产业发展状况

单位：亿元

年份	第一产业（农业）	第二产业	第三产业
2004	814.10	6250.38	4584.22
2005	892.83	7166.15	5378.87
2006	925.10	8509.57	6307.85
2007	986.02	10148.45	7645.97
2008	1095.96	11567.42	8799.31
2009	1163.08	11908.49	9918.78
2010	1360.56	14297.93	12063.82
2011	1583.04	16555.58	14180.23
2012	1667.88	17316.32	15681.13
2013	1760.34	18047.52	17948.72
2014	1779.26	19152.73	19221.51

四 人口文化素质持续提高

在现代社会中，科学和技术是第一生产力，而科学的进步和技术的创新主要依靠的不是物质资源，而是人力资本，因此，人口的文化素质对后工业化社会有着决定性的影响，经济、产业发展归根结底依靠的是人才的发展，人才是生产力诸多因素中最为活跃的因素，生产力的不断进步取决于人口素质的提高，特别是人口文化素质的不断提高。从经济社会发展与人口文化素质提高的相互作用上来看，经济社会发展为人口文化素质提高提供了坚实的物质基础，而人口文化素质提高为经济发展提供源源不断的创新动力，两者紧密结合，相互促进。只有人口文化素质不断提高，经济的繁荣、社会的进步、科技的创新才长期、可持续，因而，人口文化素质能否持续提高是判断一个地区未来能否保持长期竞争力和经济活力的重要指标。

浙江省在改革开放之后人口文化素质不断提高，特别是进入 21 世纪，获得大学以上学历的高素质人才呈现爆发式增长的势头。根据统计数据，改革开放之初的 1982 年，浙江省大学以上学历的人口只有 18.21 万，1990年达到 48.50 万，2000 年达到 146.79 万人，而 2010 年则高达 507.78 万人。同时，文盲和半文盲人口不断减少，从 1982 年的 930.67 万人，减少到 2010 年的 306.10 万人。短短的 30 多年中，浙江省人口文化素质得到显著提升。

浙江省人口文化素质提升与经济社会快速发展是紧密相连的，自经济市场化以来，浙江省在改革开放政策并无特殊、地理区位条件亦非独有、经济基础更无优势的情况下，实现了经济的超高速增长，经济基础和经济总量大幅度提高。一般来讲，社会经济发展水平高的地区，其产业发展水平更高，人力资本回报率更高，对人才的吸引能力更强。浙江省是经济发展之后，凭借良好的经济条件和发展基础吸引优秀人才的典型例证。从衡量人口文化素质的主要指标来看，浙江省在改革开放之初的一轮经济发展后，无论是文盲半文盲率，还是每十万人口中拥有大学以上文化程度者所占比例，均落后于全国平均水平，与浙江经济水平的位次形成鲜明的对比。因而，浙江省有的放矢地连续出台了吸引人才的多项政策，发挥了非常积极的作用。2004 年，浙江出台了包括首席工人制在内的 10 项政策，涉及专家学者、企业经营管理人才、专业技术人才、高技能人才、非公有制经济人才等各个层面。从 2005 年 3 月 1 日起，浙江在全省推行人才居住证制度，主要是鼓励国内外高层次人才通过柔性流动方式来浙江工作、服务。2011 年，又专门针对每年在省内工作时间 2 个月以上、6 个月以下，连续 3 年以上来浙江工作的海外高层次创新人才，启动实施"海鸥计划"，对入选者一次性给予 50 万元的省政府科学技术人才奖励，还根据实际需要，为他们提供出入境、医疗、保险等方面的优惠便利。这些政策的出台为浙江省企业吸引外部人才提供了非常便利的条件，也为外部人才入浙提供了良好的制度基础，因此，可以看到，随着这些制度的出台，2000～2010 年，浙江省人口文化素质提升的速度是最近 30 年中最快的。

表 1-4　浙江省主要年份人口文化程度

单位：万人

文化程度	1982	1990	2000	2010
大学	18.21	48.50	146.79	507.78
高中	202.19	290.37	495.36	738.12
初中	691.55	983.98	1531.94	1996.41
小学	1531.44	1643.92	1683.34	1568.54
文盲、半文盲	930.67	723.64	321.85	306.10

第三节　浙江就业结构转型

就业结构转型是经济转型升级的重要组成部分之一。在浙江省经济社会快速发展的前提下，就业结构转型成为近年来支撑浙江省产业结构调整和升级转型的重要内容。尤其是在经济社会发展过程中，协调好产业结构与就业结构协同发展的步骤，实现产业结构与就业结构同步升级转型，是转变浙江省经济增长方式，实现经济社会协调发展，优化社会结构的重要内容。

一　就业与产业相互促进，就业格局趋于优化

产业结构与就业结构之间是相辅相成、相处促进、相互牵制的关系，从浙江省改革开放以来的统计数据可以看到，在1978年改革开放之初，第一产业占全部产值的比重在1/3以上，第二产业占40%左右，第三产业只占不足20%。到20世纪90年代初期，浙江省第一产业比重才下降到20%以上，第二产业比重超过50%，第三产业只有1/3左右，基本上刚刚进入工业化社会。但这一时期存在的突出矛盾是，产业发展对劳动力转移的推动能力不强，其原因主要在于浙江民营经济中有相当部分属于小微企业和家庭作坊式工场，本身可以在农村就地解决富裕劳动力的就业问题。而能够大规模吸纳人口就业和农村转移劳动力的第二产业和第三产业尚未形成规模效应。

表1-5　1978~2014年一二三产业产值

单位：亿元

年份	第一产业	第二产业	第三产业	年份	第一产业	第二产业	第三产业
1978	47.09	53.52	23.11	1997	618.90	2554.57	1512.64
1979	67.56	64.07	26.12	1998	609.30	2766.95	1676.38
1980	64.61	84.07	31.24	1999	606.31	2974.74	1862.87
1981	69.06	94.68	41.12	2000	630.98	3273.93	2236.12
1982	84.88	98.44	50.69	2001	659.78	3572.88	2665.68
1983	82.89	113.12	61.08	2002	685.20	4090.48	3227.99
1984	104.40	141.48	77.37	2003	717.85	5096.38	3890.79
1985	123.88	198.91	106.37	2004	814.10	6250.38	4584.22
1986	136.29	230.89	135.29	2005	892.83	7164.75	5360.10
1987	159.41	281.47	166.11	2006	925.10	8511.51	6281.86
1988	195.68	354.39	220.18	2007	986.02	10154.25	7613.46
1989	210.95	386.25	252.24	2008	1095.96	11567.42	8799.31
1990	225.04	408.18	271.47	2009	1163.08	11908.49	9918.78
1991	245.22	494.11	350.00	2010	1360.56	14297.93	12063.82
1992	262.67	653.43	459.60	2011	1583.04	16555.58	14180.23
1993	315.97	983.96	625.99	2012	1667.88	17316.32	15681.13
1994	438.65	1398.12	852.52	2013	1760.34	18047.52	17948.72
1995	549.96	1854.52	1153.07	2014	1779.26	19152.73	19221.51
1996	594.94	2232.17	1361.43				

市场化改革之后，特别是21世纪以来，浙江省产业结构变化的主要特点是第一产业所占比重持续下降，2014年所占比重为4.4%；第二产业先升后降，2014年所占比重不足50%；第三产业持续增长，2014年所占比重为47.9%。从产值来看，浙江省处于工业化中后期的"二三一"格局，第一产业所占比重迅速减小，第二产业所占比重开始下降，第三产业方兴未艾。

产业结构快速变动的同时，浙江省出台了一系列政策，引导人口就业结构转型升级，重点在于消除就业结构转型升级的政策性壁垒、提高劳动者素质和推动科技创新与资本投入对劳动力数量的替代作用，理顺劳动力市场。一方面，浙江省为了加快经济社会协调发展，促进经济增长与扩大就业的良性互动，把深化改革、促进发展、调整结构与扩大就业有机结合起来，在注重提高竞争力的同时，确立有利于扩大就业的经济结构和增长模式。另一方面，统筹城乡和区域经济协调发展，加快小城镇建设和农村经济结构调整，完善城乡就业服务体系，引导农村劳动力有序流动，提高城镇就地吸纳劳动力的能力。

从统计数据来看，浙江省人口就业结构与产业结构的协同度不断增强，结构偏离度减弱。2000年，第一产业就业人口969.97万人，占全部就业人口的35.58%，第二产业就业人口966.30万人，占全部就业人口的35.45%，第三产业就业人口789.82万人，占全部就业人口的28.97%，就

表1-6　2000~2012年浙江省一二三产业就业人口比重

单位：%

年份	第一产业	第二产业	第三产业	年份	第一产业	第二产业	第三产业
2000	35.58	35.45	28.97	2007	20.07	46.78	33.15
2001	33.44	36.10	30.46	2008	19.22	47.61	33.17
2002	30.97	37.44	31.59	2009	18.32	48.05	33.63
2003	28.30	41.20	30.50	2010	16.00	49.79	34.21
2004	26.06	43.61	30.33	2011	14.57	50.86	34.57
2005	24.50	45.07	30.43	2012	14.14	50.96	34.90
2006	22.63	45.78	31.59				

业人口结构还处于"一二三"格局。到 2012 年，第一产业就业人口下降到
522.01 万人，占全部就业人口的 14.14%；第二产业就业人口 1880.92 万
人，占全部就业人口的 50.96%；第三产业就业人口 1288.31 万人，占全部
就业人口的 34.90%。就业格局转变为与产业结构较为一致的"二三一"格
局，人口就业结构与产业结构协调程度大大增强。当然，与发达国家第一产
业就业人口低于 10%，第三产业就业人口高于 60% 的人口就业结构相比，
浙江省人口就业结构仍然有很大的改进空间。

二　统筹城乡发展，就业人口向二三产业转移速度加快

在市场经济转型初期，浙江省紧抓机遇，经济社会得到长足发展，农村
剩余劳动力开始向城镇转移，总体上看劳动力资源配置有较大改进空间，第
一产业就业人口所占比重偏高，2000 年，从事第一产业的劳动力所占比重
仍然在 1/3 以上，既影响了劳动力资源的使用效率，也导致农业劳动生产率
提高缓慢。为了确保城乡协调发展，引导农村剩余劳动力转移，浙江省从
2003 年起，大力调整农业结构，合理开发和配置农村劳动力资源，疏导和
服务农村劳动力，解决被征地农民的就业和社会保障问题，把农村就业纳入
经济社会发展的整体规划。主要经验有两点：一是实施强县扩权改革，以提
升县域经济的发展能力和聚集能力为核心，引导具有非农产业就业能力的农
村剩余劳动力向城镇地区聚集，从而解决了农村剩余劳动力在城镇地区和非
农产业的就业问题。二是大力发展小城镇，优先发展中心镇。长期以来，在
市场经济的自发组织下，浙江形成了相当大一批具有一定经济实力和区域经
济功能的小城镇，这些小城镇在就业结构转型升级过程中发挥了非常积极的
作用。从人口城镇化的角度来看，农村人口转移到周边小城镇的成本要远
远低于转移到大中城市的成本，小城镇的突起，为农村剩余劳动力转移提
供了低成本的机会。从就业来看，小城镇具有部分区域中心的功能，附带
发展出相应的第二产业和第三产业，为农村劳动力转移到第二产业和第三
产业提供了充足的就业机会，从而能够促使人口就业从第一产业向第二三
产业转移。

从统计数据来看，浙江省人口就业结构呈现良性发展的趋势，第一产业就业人口向第二三产业快速转移。从 2000 年到 2012 年，第一产业就业人口从 969.97 万人下降到 522.01 万人，减少接近 448 万人；第二产业就业人口从 966.30 万人增加到 1880.92 万人，增加接近 915 万人；第三产业就业人口从 789.82 万人增加到 1288.31 万人，增加近 499 万人。第一产业就业人口快速减少的同时，第二三产业就业人口迅速增加。

浙江省就业人口良性发展的格局与其较为完善且城乡统一的劳动力市场制度也有比较密切的关系。进入 21 世纪，浙江省基本上建立了以市场导向为核心、城乡一体化的就业制度，完全取消了农村劳动力进入城镇就业的地域、身份、户籍等限制性政策，按照劳动者自主择业、市场调节就业和政府促进就业的方针，实现用人单位自主用工，劳动者公平竞争就业，为促进城乡就业协调发展提供了良好的制度保证。

表 1-7　浙江省 2000～2012 年一二三产业就业人口数量变动

单位：万人

年份	第一产业	第二产业	第三产业	年份	第一产业	第二产业	第三产业
2000	969.97	966.30	789.82	2007	683.32	1592.84	1128.85
2001	935.24	1009.55	851.86	2008	670.16	1660.04	1156.30
2002	885.29	1070.13	903.14	2009	657.95	1726.06	1207.97
2003	826.03	1201.30	891.41	2010	581.87	1810.36	1243.79
2004	779.65	1304.94	907.36	2011	535.27	1868.83	1270.01
2005	759.53	1397.69	943.54	2012	522.01	1880.92	1288.31
2006	717.81	1452.29	1002.28				

三　高新产业发展势头良好，人才队伍不断积聚

进入 21 世纪，浙江省大力发展高新技术，改造传统产业，改变了以往工艺装备落后、技术创新能力不足、产品技术含量低等制约经济增长质量和效率的负面因素，实现了传统产业结构优化和升级，企业技术创新能力明显增强，传统产业层次明显提升，产品市场竞争力明显提高。随之而来的是，

浙江省高新技术产业人才队伍不断聚集。

2003 年，浙江省第一次人才工作会议作出《关于大力实施人才强省战略的决定》，标志着人才工作步入发展快车道。浙江省还明确提出优先推进企业人才开发，"政府主导、企业主体、市场配置"，注重从政策引导、平台建设等方面入手，引导企业突出人才优先开发，发挥在人才开发中的主体作用，促进资本和人才的对接。截至 2008 年底，浙江省各类人才总量达 624.85 万人，占全社会从业人员的 17.9%。人才积聚效应不断显现，2002~2008 年，浙江省专业技术人才共获得国家技术发明奖 24 项、国家科技进步奖 106 项、国家自然科学奖 6 项，获国家级奖项数连续多年位居全国前列。

吸引海内外高层次人才，是提升和优化浙江省人才结构，参与国际人才竞争的战略举措。国家"千人计划"实施以后，浙江省组织实施"海外高层次人才引进计划"，先后出台了关于鼓励出国留学人员来浙江工作、大力引进国内外人才、引进海外高层次留学人才、"钱江人才计划"等政策，鼓励、支持海内外高层次人才来浙创业创新。截至 2009 年底，来浙工作创业的海外留学人才达 9400 余名，有 87 人入选省海外引才"千人计划"，其中 46 人入选国家"千人计划"。

为了满足企业转型升级对高技能人才的需求，浙江省相继制定出台了一系列政策措施，制定了钱江技能大奖、首席技师评选管理办法；开展了"金蓝领"优秀高技能人才出国培训、免费培训紧缺高技能人才等工作；起草加强企业技能人才队伍建设实施意见，从培养、引进、评价、激励等环节加强企业技能人才队伍建设；加强培养传统行业高技能人才工作，起草了《浙江省传统行业技能大师评选管理办法》。2012 年，浙江新增高技能人才 14.8 万人，较上年同期增长 31%，占技能劳动者的比例为 20.1%，政策制度效应持续发酵，高技能人才队伍不断壮大。

高新技术人才聚集带来的积极效应也日加凸显，根据相关统计数据，自 2008 年以来，以高新技术人才为基础的信息传输、计算机服务和软件业发展速度明显高于其他产业，2010 年产值比前一年度增加了 15.4%，2011 年增加了 27.2%，2012 年增加了 21.5%。高新技术产业的超高速增长反过来又拉动了第二产业和第三产业的发展，为浙江省经济社会快速平稳发展注入了源源不断的创新动力。

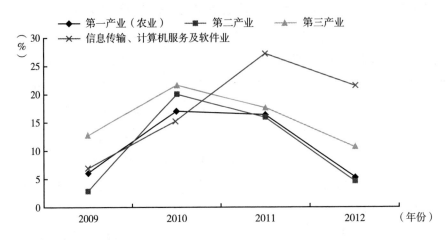

图 1-2　2009~2012 年一二三产业和信息传输、计算机服务及软件业的增长速度

第四节　中等收入群体的发展

经济发展必然带动社会结构与之共同变化，从现代国家发展历程来看，在工业化初期产生工人群体，而随着经济增长方式和产业结构的转变，人们的受教育程度提高，收入增加，工作岗位越来越技能化，由此导致现代社会的蓝领工人群体数量不断减少，取而代之的是一个庞大的就业体面、收入稳定、教育良好、心态平和、具有较强消费能力的中等收入群体。以中等收入群体为主，西方社会结构呈现两头小、中间大的橄榄形特征，既解决了贫富差距不断拉大带来的社会公平问题，又消除了带有偏激态度的社会底层民众过多潜藏的不稳定因素。因此，从社会发展的趋势来看，扩大中等收入群体的比重，使社会收入结构由高收入者很少、低收入者很多的金字塔形，转变为中等收入者为主体、高低收入者占少数的橄榄形，是历史发展的主流趋势。

中等收入群体主要是占有一定资产或者拥有一定技能的社会人群。从浙江的实际情况来看，中等收入群体主要由三个部分构成：一是占有一定资产的中小业主，二是具有新知识新技能的白领阶层，三是掌握较高技术能力的蓝领工人。

一 中小企业发展名列榜首，传统中等收入群体增长势头良好

浙江是中国民营经济发育最早的地区之一，也是全国著名的民营经济大省，素有"中小民营企业王国"之美誉。在全国工商联主办的"2012年中国民营企业500强"评选中，浙江省有142家企业入围，蝉联民企大省之冠，这已是浙江民企数量连续14年位居全国首位。在民营企业中，中小民营企业占99%以上，可见它在浙江民营经济中的重要地位。

随着改革开放的不断深入和社会经济的迅猛发展，浙江省中小企业在国民经济和社会发展中发挥着越来越重要的作用，即便是在金融危机的影响下，仍然保持迅猛发展的势头，因此可以说，中小企业的兴衰决定了浙江省经济社会发展的好坏。截至2011年中，浙江省市场主体总量突破308万户，其中在册企业83万户，个体工商户221.3万。中小企业数量已占浙江省企业总数的99%以上，工业总产值、工业增加值已占全省的80%以上，财政税收、出口总额已占全省总额的60%以上，吸纳的城镇就业人数超过90%。2010年出台的《浙江省人民政府关于促进中小企业加快创业创新发展的若干意见》，更是把关注的重点放在年销售收入1000万元以下的小企业，帮扶对象集中在年销售收入500万元以下的微小企业和初创型企业上，选择微小企业和初创型企业作为未来较长一段时间发展的重点方向之一。

正是在这一大的背景下，中小企业主阶层和微型企业主阶层的规模和比例与全国其他省份相比是比较大的。浙江省中小企业主阶层和个体工商户阶层均普遍存在明显的血缘性、亲缘性和地缘性特征，往往是一个中小企业带起一家人、一拨人合伙入股，共同生产、共同富裕，这意味着中小企业主的数量要远远多于中小企业的数量。虽然无法对中小企业主和实际的股东数量进行精确的统计，但在全球经济逐渐转暖的情况下，中小企业惯性发展态势仍然会持续，特别是考虑到浙江省大多数中小企业还处于初创期、快速成长期和转型发展期，只要政府能够提供有力的政策支持和公共服务等外部环

境，中小企业按照现代企业制度运作，抗风险能力必然逐渐提高，未来浙江省中等收入群体中，中小企业主阶层和微型企业主阶层的发展前景可期，其必将成为浙江省中等收入群体的重要组成部分。

但是也必须看到，中小企业主阶层属于传统的老式中等收入群体，在工业化初期，他们的数量众多，地位较为稳固，而随着工业化的逐步深入，全球型企业和大型企业的发展很有可能危及中小企业的生存境况，从而威胁到中小企业主的社会地位。因此，浙江省在优化社会结构，构建橄榄形社会的过程中，要注重对中小企业主的关注和引导。

二　新兴产业发展势头迅猛，以专业技术白领为主的新兴中等阶层蓬勃发展

随着全球产业重组的进程加快，中国在全球产业链中长期处于低附加值末端的地位亟待改变。而浙江作为中国经济发展的前沿地带，在前一波全球制造业转移承接的过程中积极把握住了机会，完成了经济起飞阶段的工作。目前，在以人才资源为基础的新科技革命和新兴产业快速发展的大背景下，浙江省必须紧跟时代步伐，积极实施产业结构调整和转型升级，逐步加快高新技术产业发展步伐。由此，也必然带来以专业技术人员和科技人才为主的新兴中等收入阶层的兴起。

浙江省产业结构调整升级的速度不断加快，其中高新技术产业发挥了非常重要的作用，高新技术产业的规模不断壮大，在浙江省经济中的比重和地位不断提高。"十一五"期间，浙江省充分认识到如果要在全球化竞争和国际国内分工中占据有利位置，必须要把高新技术产业发展放到国民经济发展的优先位置，加快高新技术产业发展是调整和优化产业结构的关键，也是培育未来较长一段时期新的经济增长点和提高区域竞争力的重点。从统计数据来看，浙江高新技术产业产值"十一五"期间平均每年增长率达到27.5%。在规模以上工业企业统计中，高新技术产业增加值达到2396亿元，占规模以上工业全部产值的23%。截至2010年，浙江省高新技术产业产值首次突破万亿大关，达到11668亿元，与2006年相比，增加了1.64倍。与此同

时，高新技术产业的主体快速增加，企业数量不断增多，截至 2010 年，浙江省共有 3586 家企业被认定为高新技术产业，从业人员接近 116 万人。

高新技术产业与传统制造业最大的不同之处在于对人才的依赖程度，高新技术产业必须聚集起相当部分的人才才有可能发展起来。而掌握相应知识和技能的白领阶层即是高新技术产业发展不可或缺的生产要素，也是现代社会结构中中等收入群体最主要的组成部分。特别是从现代社会的发展历程来看，在完成工业化社会向后工业化社会和信息社会转型的过程中，新兴白领阶层取代了传统的中小业主阶层成为现代社会中等收入群体的主体。根据相关部门的统计数据，浙江省从 2000 年到 2006 年，人才资源数量从 152.07 万人增加到 259.25 万人，6 年净增超过 100 万人。从人才资源的分布来看，主要集中于杭州、宁波和温州等经济总量比较大的地市。这意味着浙江省产业升级转型与人才队伍的聚集基本同步，呈现社会结构与经济结构同步变动的格局。考虑到当前高新技术产业的蓬勃发展和围绕着高新技术产业周边产业持续聚集，加之中国高等教育体系改革后人才培养速度加快，未来以专业技术白领为主的新兴中等收入阶层的规模和比重势必持续增加，也必将成为浙江省社会结构转变过程中不可忽视的人群。

表 1 - 8 2000 ~ 2006 年浙江省人才资源数量变化

单位：万人

	2000	2001	2002	2003	2004	2005	2006
杭州市	36.36	37.22	37.09	38.93	43.88	59.42	63.48
宁波市	21.44	22.24	23.50	25.61	28.20	31.90	38.62
温州市	19.55	21.85	21.96	24.47	29.75	32.81	35.31
嘉兴市	10.74	10.93	11.80	12.54	14.96	18.44	22.61
湖州市	7.56	7.20	7.37	7.50	8.98	9.74	10.29
绍兴市	12.63	13.57	14.13	14.93	16.95	19.86	24.01
金华市	11.94	12.39	13.40	14.03	14.21	17.97	18.58
衢州市	6.61	6.96	6.61	7.02	8.47	8.62	9.26
舟山市	4.54	4.67	4.58	4.68	6.09	5.64	6.45
台州市	13.33	14.13	14.50	15.16	17.50	18.72	19.40
丽水市	7.32	7.63	7.74	8.09	8.73	9.52	9.84
总　计	152.07	158.96	162.73	173.33	198.17	232.64	259.25

表 1-9　2000~2006 年浙江省专业技术人员数量变化

单位：万人

	2000	2001	2002	2003	2004	2005	2006
杭州市	25.99	25.99	25.68	26.20	26.07	29.34	33.64
宁波市	15.58	15.70	16.10	16.96	17.16	24.31	19.55
温州市	13.68	13.93	14.45	15.28	17.37	18.08	20.55
嘉兴市	7.99	7.48	7.93	8.06	8.95	10.18	10.96
湖州市	5.35	4.95	5.15	5.03	5.43	5.76	6.33
绍兴市	9.61	9.77	10.06	10.29	11.53	12.39	12.68
金华市	9.17	8.91	9.42	9.37	9.75	10.74	11.48
衢州市	4.43	4.53	4.29	4.35	4.57	4.24	4.40
舟山市	3.05	3.17	3.02	3.02	3.13	3.15	3.20
台州市	9.96	9.93	9.98	10.34	10.93	11.60	11.94
丽水市	5.10	5.27	5.40	5.57	5.64	5.77	5.93
总　计	109.95	109.65	111.52	114.57	120.65	135.69	141.37

三　创新培养模式，以蓝领技术工人为主的边缘中下阶层地位提升

在发达国家从工业社会向后工业社会转变的过程中，随着经济结构从以第二产业为主转向以第三产业为主，以体力劳动为主的蓝领工人群体在社会结构中所处的位置趋于下降，逐渐沦为社会地位较低的社会阶层。但中国整体的国情与发达国家有所不同，中国人口众多，地域差异大，人才队伍相对稀缺，经济增长对工业的依赖程度大，现代服务业发展尚处于起步阶段等国情决定了即便是在浙江省这样的经济发达地区，掌握一定技能的蓝领技术工人仍然属于中等收入群体中的边缘阶层，尤其是在一些紧缺的行业和工种上，蓝领技术工人的收入远远高于一般的企业白领。而蓝领技术工人招工难，优秀的、掌握较高技术能力的蓝领工人招工更难的问题长期困扰着浙江省的经济发展。一项 2010 年在浙江省宁波市的调查数据显示，在宁波从事制造业的 120 万技术工人中，高级及高级以上技术工人不到两万人。宁波市高级技师、技师缺口达 74%，中高级技工缺口达

68%，初级技工缺口 45%。

随着人口红利的逐渐消失，浙江省产业调整和转型升级的压力迫使企业主体从劳动密集型企业中转型出来，其中，提高企业生产的技术含量势在必行，在此过程中，掌握特定工作技能的蓝领技术工人成为企业不可或缺的人才。为了解决企业生产经营过程中蓝领技术工人紧缺的问题，浙江省近年来探索了"以企业为主体、院校为基础、社会培训为补充"的"金蓝领"高技能人才培养模式。以宁波市为例，截至 2012 年，宁波高技能人才总量已经达到 21 万人，高技能人才在技能人才中的比例从 2009 年的 19% 上升到 2012 年的 22.8%。

浙江省针对高级技术人才普遍缺乏的现状，2001～2010 年，已先后组织了 10 届涉及 30 多个行业 120 多个工种和岗位的省级技能大赛、800 余项市级技能大赛，有 600 多万名职工（含农民工）先后参与。通过层层竞赛选拔，浙江先后有 2200 多位职工取得技师、高级技师资格，500 多名职工荣获"省技术能手"称号。有 3 万多名职工通过各类技能大赛取得了高级工资格。为激发"蓝领"工人学习创新的能力，浙江还广泛推广以工人名字命名先进操作法，建立"职业技能带头人""首席工人""首席技师"等制度。据悉，仅宁波市以职工个人名字命名的市级先进操作法就有"金哲波锅炉水质控制法""李勇气垫装置法"等300 多项。

此外，浙江省从 2011 年到 2013 年还每年选派 100 名企业优秀技术工人出国培训。浙江省"金蓝领"出国培训工作通过政府资助的形式，选派具有较高技能水平、富有创新潜力的企业一线优秀技术工人，到国外知名企业、大学和职业培训机构接受培训和研修，学习借鉴国外先进制造工艺技术、先进职业教育理念和方法，从而提高高技能人才的技能水平和创新理念。可见，浙江省未来经济发展对以体力劳动为主的工人阶层仍有可能存在着较大依赖，尤其是对掌握较高技能的蓝领技术工人队伍。因此蓝领技术工人在经济收入、发展前景和社会地位上均有进一步提升的空间，也是中等收入群体的重要组成部分。

第五节　社会结构变迁的总体趋势

一　社会结构优化机制初步形成，构建橄榄形社会的道路和要素显现

浙江省经济社会快速发展是在市场化、工业化和城镇化的先后推动之下进行的，在经济社会发展的过程中，社会结构随之不断变化。从社会结构的变动结果来看，现代社会以中等收入群体为主体的橄榄形社会结构的基本机制和要素初步形成。从社会发展的历史来看，在工业化和城镇化之前的农业社会中是没有一个庞大的中等收入群体的，中等收入群体的出现与工业化和城镇化的发展道路是相辅相成的，而中等收入群体形成最为关键的就是市场机制的作用。

按照现代社会的发展历程，在工业化之前的农业社会中并没有出现以中等收入群体为主体的橄榄形社会，而随着工业化带来的经济社会发展，工业部门和城镇的收入高于农业部门和农村，在市场机制的作用下，人口逐渐向工业化城镇聚集，人们的职业也逐渐从农业部门转向工业部门，随着经济结构的改变再转向服务业。之所以能够出现庞大的中等收入群体形成橄榄形社会，关键就是充分发挥市场机制的作用，走工业化和城镇化道路，在产业结构不断优化和转型升级的过程中，社会结构随之不断改善。这一点与浙江省的发展路径极为相似。

从浙江省的发展历程来看，市场化、工业化和城镇化的发展路径与现代社会形成橄榄形社会结构的路径极为相似。比如说，浙江省的经济社会发展基本上是在市场机制下完成的，工业化过程中人口不断向城镇转移集聚，产业结构与人口就业结构的发展路径从第一产业向第二产业过渡，再从第二产业向第三产业聚集，尤其是在工业化进程基本完成之后，高新技术产业和现代化服务业快速发展完全符合现代社会发展的特征。而经济社会发展带来的社会结构变化也是非常明显的，以中小企业

主、高新技术人才和技术蓝领为代表的中等收入阶层，再加上传统的政府部门和国有企事业单位的管理者，成为中等收入群体的基本构成要素。

因此，从浙江省自身的发展历程和现状来看，形成橄榄形社会结构的道路、机制和要素初步成形，现代发达国家中所有的中等收入阶层在浙江基本上都已经出现，而且形成了相当大的规模。同时，中等收入群体的变动趋势与发达国家社会结构的历史变动基本一致。

二　收入结构持续改善，中高收入阶层不断增加

浙江省作为中国经济最发达的省份之一，居民收入水平也相应的排在全国前列。从统计数据来看，从 2004 年到 2010 年，浙江省城镇居民家庭人均可支配收入从 14546.4 元增加到 27359 元，农村居民家庭人均纯收入从 5944.1 元增加到 11302.6 元，远远超过全国的平均水平。截至 2013 年，浙江省城镇居民人均可支配收入 37851 元，人均消费支出 23257 元；农村居民人均纯收入 16106 元，人均生活消费支出 11760 元。因而，从全国范围来看，浙江省居民的收入平均水平在全国范围内属于高水平。

从全国范围来看，浙江省属于中高收入人群的比例也遥遥领先。根据国家统计局调查 2013 年城镇居民可支配性收入的分析数据，2013 年按城镇居民五等分收入分组，低收入组人均可支配收入 11434 元，中等偏下收入组人均可支配收入 18483 元，中等收入组人均可支配收入 24518 元，中等偏上收入组人均可支配收入 32415 元，高收入组人均可支配收入 56389 元。在 2012 年的一项调查数据表明，浙江个人年收入的均值在低收入组为 9193 元，中等偏下收入组为 20216 元，中等收入组为 30704 元，中等偏上收入组为 49429 元，高收入组人均可支配收入 156207 元。这一组数据也说明浙江省处于中高收入人群的比例和数量要远远高于全国平均水平。因而，从居民收入的现状来看，浙江省占据了一定的优势。

表 1 – 10　2004～2010 年浙江省城乡居民收入与全国比较

单位：元

	2004	2005	2006	2007	2008	2009	2010
城镇居民家庭人均可支配收入(全国)	9421.6	10493	11759.5	13785.8	15780.8	17174.7	19109.4
城镇居民家庭人均可支配收入(浙江)	14546.4	16293.8	18265.1	20573.8	22726.7	24610.8	27359
农村居民家庭人均纯收入(全国)	2936.4	3254.9	3587	4140.4	4760.6	5153.2	5919
农村居民家庭人均纯收入(浙江)	5944.1	6660	7334.8	8265.2	9257.9	10007.3	11302.6

　　从居民收入的发展趋势来看，浙江省未来居民收入将保持持续增长的态势。一方面是随着人口转型带来的经济上的刘易斯转折点已经到来，劳动力价格将面临着不断上涨的压力。从浙江省的现实情况来看，近年来持续受到民工荒问题困扰，这意味着劳动力供需关系重新调整，劳动力市场开始出现有利于劳动者的局面，而劳动者的收入也会因此大幅增长。根据统计数据分析，浙江省近年来城乡居民工资收入均有大幅增长，而农村居民收入中工资性收入部分的增长速度要比城镇居民更快，这也证明了刘易斯拐点到来之后，劳动力价格的上升，而劳动力价格的上升意味着居民收入的增长，从而可以判断未来一段时间内，浙江省中高收入群体的人数和比例将会不断增加。

　　从另外一方面来看，浙江省人口文化素质不断提高，职业结构和就业结构得到明显优化，这也为中高收入人群的增长提供了必要条件。到 2013 年末，浙江省城镇单位就业人员中大学本科及以上学历的占 18.6%，大专学历的占 15.5%，两者合计占 1/3 多。随着浙江执业资格制度的广泛推行和职业教育的大力推进，以及劳动力专业素质的逐年提高，城镇单位的各类专业技术人员的占比也在不断上升。2013 年，在就业人员岗位结构中，管理人员、技术人员、工人的比例已经上升为 1∶2.4∶7.5，显示出浙江劳动力素质得到了显著提高。同时，20 世纪 90 年代以后，浙江就业人员的就业结构表现为第一产业就业人员不断减少，第二、三产业的就业人员所占比重不断上升。2013 年末，第一产业就业人员为 507.0 万人，占 13.7%；第二产业就业人员为 1853.4 万人，占 50.0%；第三产业就业人员为 1348.3 万人，占 36.3%。而根据现代社会的发展历程，社会中高学历人才队伍的增加，职业结构和就业结构的改善，势必带来中高收入人群的持续增长，最终形成以中等收入群体为主体的橄榄形社会结构。

三　社会保障兜底功能基本形成，低收入人口显著减少

现代橄榄形社会的形成主要靠工业化的推动，工业化把大量的第一产业劳动力转移到第二产业和第三产业部门，在劳动力转移和现代社会结构形成的过程中，传统的承担社会保障功能的家庭、社区等基本社会单位的功能趋于弱化，必须由社会化的社会保障制度加以兜底，否则在发展过程中可能陷入贫富差距不断拉大的中等收入陷阱。

浙江省近年来在确保经济平稳快速增长的同时，加快社会保障建设、改善民生。根据政府公布的最新数据，仅 2013 年一年，浙江省就新增养老保险参保人数 270 万、医疗保险参保人数 161 万，开工建设各类保障性住房 19.4 万套、竣工 11.1 万套。同时，浙江省注重解决就业困难家庭和低收入人群的就业与生活问题，2013 年，新增城镇就业人口 104.3 万人，城乡居民最低生活保障月均标准分别提高到 526 元和 406 元。社会保障为橄榄形社会兜底的社会功能基本形成。

橄榄形社会结构是两头小中间大，要想形成橄榄形社会结构，必须要缩减社会底层人口的数量。社会底层人口数量的减少，一方面从职业类型来看是传统就业部门，如农业就业人口数量的减少，另一方面从收入来看就是低收入人口和贫困人口的减少。浙江省社会结构中的底层优化还体现在低收入人口和贫困人口不断减少。

2001 年，浙江开始实施城乡统筹就业试点，制定了城乡统一的劳动力资源管理制度，开始实行城乡劳动者平等就业的政策。自 2004 年以来，浙江省为了提高劳动力转移的速度，加大农民职业技能和创业能力的培训，先后实施了"千万农民素质提升工程"等项目，逐步形成了统一、开放、竞

争、有序、城乡一体化的劳动力市场，城乡统一的劳动和社会保障体系日益健全和完善，市场机制成为城乡劳动力配置的基础制度。仅 2013 年，就培训了 22.8 万农村劳动力，其中转移就业的达 79%。第一产业就业人口数量大幅减少，2013 年末，第一产业就业人员为 507.0 万人，占全部就业人口的 13.7%，与改革开放初相比，农业就业人口所占比重下降了 59.9 个百分点。

自 2000 年以来，浙江省在成功实施以减缓区域性贫困为重点的"百乡扶贫攻坚计划""欠发达乡镇奔小康工程"的基础上，2008～2012 年又完成了以减缓阶层性贫困为重点的"低收入农户奔小康工程"，到 2012 年，全省低收入农户家庭人均纯收入达到 4000 元及以上的户比重达到 79.4%。2013 年浙江开始启动实施以"低收入农户收入倍增计划"为核心的新一轮农村扶贫工程，2009～2012 年低收入农户人均纯收入年均递增 20%，低收入农户与农村居民人均纯收入的相对差距由 2009 年的 1∶2.76、2010 年的 1∶2.67、2011 年的 1∶2.47，下降到 2012 年的 1∶2.32，收入的相对差距逐年缩小。

2012 年，中共浙江省委提出了新的扶贫标准，即 2010 年人均纯收入低于 5500 元的农户是省级标准的低收入农户。这是在浙江省经济发展水平相对较高的情况下，对扶贫开发确定的高起点，这一扶贫标准高出全国标准一倍。这一举措目标指向从传统扶贫的绝对贫困转向相对贫困，浙江省实施了高起点、更到位、精准化的扶贫工作。坚持不懈的扶贫开发，使浙江省绝对贫困人口大幅减少，区域性贫困、阶层性和相对贫困得到显著缓解，低收入人口数量减少，收入水平增加，为优化社会结构，缩小底层低收入人口的数量和比例起到了积极的作用。

综上两点，浙江省社会保障制度不断健全，形成了为橄榄形社会有效兜底的安全网，同时，转移农村劳动力和扶贫开发工作的持续进展，从职业结构和收入水平两个方面缩小了农业就业人口和低收入人口的数量与比例，从而减少了社会底层人口的数量，为社会结构优化提供了积极的支撑。

四　社会制度建设日益健全，中等收入群体更加稳固

改革开放以来，浙江省经济高速发展、社会急剧转型、人口结构快速转变，新兴社会阶层不断涌现。在新兴社会阶层中，中等收入阶层是最稳定、最负责任的社会阶层。纵观社会发展的历程，稳固的社会都是以中等收入群体为主的社会，中等收入群体的比例往往占到60%。根据前文的分析，浙江省近年来社会结构不断优化，中等收入阶层是新兴社会阶层中最重要的社会阶层，中等收入群体的稳固增长也是社会结构变迁的重要内容之一。

浙江省中等收入阶层的稳固增长一方面得益于经济发展，另一方面也是社会制度建设不断加强的成果。所谓的社会制度建设指的是和实体建设相对应的，与社会结构调整和构建有关的社会制度的建立与完善。这些社会制度又可以分为两个层次，第一层次是狭义上与社会建设直接相关的社会制度，比如社会保障制度和社会管理制度等等。第二个层次是广义上有助于形成橄榄形社会结构的经济和社会政策与制度的合集。比如于中等收入群体不断增长的产业政策和人才制度，有利于消除底层低收入人口的扶贫政策和劳动力转移制度等等。在经济发展取得显著成就之后，浙江省不断加强社会制度建设，根据现代社会发展的需要，有计划地稳步推进以改善民生为重点的制度建设，形成了有利于中等收入群体不断壮大的经济社会制度环境。

就目前的实际情况来看，浙江省已经进入了形成橄榄形社会结构的关键时期，在经济社会制度建设方面取得了突出成就。从宏观上来看，浙江省经济社会保持较快发展速度，产业结构优化和转型升级，人均收入水平不断提高，人民生活更加富足，客观上为中等收入群体的持续发展、扩大和增长提供了良好的经济社会环境。微观上讲，作为中等收入群体的主要组成部分，构成橄榄形社会的基本要素，具有一定资产的中小企业主阶层、具有一定知识的白领阶层和具有较高技能的高级蓝领阶层都处于良好的发展态势。尤其是浙江省在最近的发展过程中，特别注重高新技术产业的发展

和人才队伍的建设、引进，注重知识和技能以及掌握知识和技能的人才在现代社会的竞争中发挥的作用，重视市场经济的基础性作用，这些都是现代社会运行和竞争的基本机制。可以说，浙江省社会结构优化已经进入了一个整合和重构的关键时期，社会结构的调整和中等收入群体的稳固发展与社会制度建设紧密联系。特别是浙江省近年来有效利用社会制度建设，不断加强社会保障、社会管理，通过社会制度建设优化和整合，构建了有利于橄榄形社会形成的社会制度。

第二章
城乡一体化建设

早在十年前，"浙江经验与中国发展"课题组就曾对浙江城乡一体化开展了调查研究，发现当时浙江已经启动城乡一体化进程，但是，仅仅只是开始，依然面临不少问题，比如户籍制度、财政制度、土地制度还在阻滞着城乡一体化进程。十年后，浙江的城乡一体化究竟获得了什么样的进展？是否依然走在全国前列？有哪些经验可以为其他地方所借鉴？还面临什么样的问题和困境？这些问题都是本章所要讨论和研究的。

第一节　城乡一体化与新型城镇化

城乡一体化与新型城镇化已经成为中国现代化建设的重要发展战略，但是，两者究竟是什么关系，并不是很清晰。本章通过对浙江的有关实践进行深入的分析，以期对它们的关系有更清晰的认识和把握。

一　城乡一体化的基本含义

虽然在各国现代化进程中没有城乡一体化这一说法，它只是一个中国特色的概念，但是这并不意味着其他国家在现代化进程中不存在城乡一体化问题和现象，只是没有像中国那么突出而已。正如经济学家刘易斯所认为的，欧美国家在工业化进程中曾出现城乡二元经济，后来才逐渐消除。不可否认的是，发达国家在现代化进程中也经历了从城乡差距到城乡一体和均衡发展的过程。而中国的城乡不仅仅存在二元经济，更存在二元社会、二元体制和二元行政。当前中国在现代化和整体发展中面临着突破城乡二元社会、二元体制、二元行政而走向城乡一体化的发展任务。

有关什么才是城乡一体化，不同时期和不同地区有着不同的界定和理解，迄今尚未达成普遍的共识。有的研究把城乡一体化混同于城市化，有的研究将城乡一体化理解为城乡之间形成紧密的产业关联、完善的基础设施以及相应的组织系统，还有的研究则关注于城乡空间的合理布局，等等。目前最多的提法和表述还是体现在党和政府的文件及许多媒体里。中共中央十六届三中全会于2003年提出"统筹城乡发展"，当时通过的《中共中央关于完善社会主义市场经济体制若干问题的决定》把城乡统筹摆在"五个统筹"之首（统筹城乡发展、统筹区域发展、统筹经济社会发展、统筹人与自然和谐发展、统筹国内发展和对外开放）。这可以说是中央首次表明了城乡一体化发展的想法，但是究竟如何统筹城乡发展，怎样才算统筹，报告没有给出具体的说明。接着是2004年9月召开的中共中央十六届四中全会上胡锦涛同志提出了"两个趋向"的论断："在工业化初始阶段，农业支持工业，为工业提供积累是带有普遍性的趋向；在工业化达到相当程度后，工业反哺农业、城市支持农村，实现工业与农业、城市与农村协调发展，也是带有普遍性的趋向。"这"两个趋向"的判断对中央和各级政府调整政策显然具有重要的引导意义。2006年，中共中央十六届六中全会通过的《中共中央关于构建社会主义和谐社会若干重大问题的决定》将新农村建设和统筹城乡发展作为和谐社会建设这个战略目标的重要组成部分，指出"城乡、区域发展差距扩大的趋势逐步扭转""覆盖城乡居民的社会保障体系基本建立"是今后构建社会主义和谐社会的主要任务之一。党的十八届三中全会报告中，曾在财税体制改革和建设用地等方面多次提到城乡一体化，并指出，"城乡二元结构是制约城乡发展一体化的主要障碍，必须健全体制机制，形成以工促农、以城带乡、工农互惠、城乡一体的新型工农城乡关系，让广大农民平等参与现代化进程，共同分享现代化成果"。从中央的文件和报告中，我们看到，城乡一体化至少有这样四层含义：一是政策和制度上的一致性和相似性，消除城乡政策和体制上的差异；二是资源配置的均等化；三是城乡收入差距缩小；四是城乡经济发展的联动以及城市对乡村的支持。

　　浙江省是最早在政策上提出城乡一体化的省份之一。早在 2004 年习近平同志在浙江当省委书记期间提出的"八八战略"中就把城乡一体化视为其中一大重要战略，并认为"城乡一体化是解决'三农'问题的根本出路"。他提出的城乡一体化有三层含义："一是鼓励农民进城，推进农民非农化""二是培育小城镇，建设新农村""三是推进农业产业化，发展农村经济"。① 第一层含义是城镇化和非农化，实际上浙江与全国各地一样，并没有完成城镇化，因此，在城乡一体化中城镇化与非农化依然是重要内容和任务之一。第二层含义将小城镇建设与新农村建设结合起来。第三层含义就是农业产业化和农村现代化。浙江省基本上就是按这样的思路去推进城乡一体化的："把城市和乡村作为一个相互依存、相互促进的统一体，充分发挥城市和乡村各自的优势和作用，通过要素的自由流动和自主协调，达到经济一体化和空间融合的系统最优的状态，从而形成资源配置合理、城乡共享文明的'自然—空间—人类'系统。"

　　当前中央提出的新型城镇化与城乡一体化并不是相互排斥的，恰恰相反，前者是后者的重要一环。这意味着，新型城镇化是城乡一体化的要求，因此推进新型城镇化并不意味着不要发展农村、农业，更不意味着所有农民都进城，在今后的现代化进程中农民、农村和农业不是消失了，而是变得更加富裕、更加繁荣、更具竞争力。也就是说，新型城镇化与新农村建设和农村现代化是城乡一体化内在的两个相互联系、相互促进的重要环节和内容。新型城镇化就是以人为本的城镇化，是相对于物态的城镇化而言的。这里的"新型"就在于将那些经常进城务工的农村人口吸纳为城镇居民，给予他们同等的城镇居民待遇，使他们融入到城镇社会之中。在过去较长时间内，中国在城镇化进程中并不重视"人"的城镇化，而更重视城市规模的扩展、经济发展等，从而将大量进城务工经商并为城镇发展作出巨大

----

① 习近平：《干在实处　走在前列——推进浙江新发展的思考与实践》，中共中央党校出版社，2006，第 159～160 页。

贡献的农村流动人口排斥在城镇社会之外，没有给予他们同等的居民和市民待遇，使他们长期处于流动、漂泊状态，造成了严重的社会不公以及其他社会问题。

但是新型城镇化并不是一步到位的，也不是在短期内就能完成的。国家在新型城镇化上进行一定的规划，要求到2020年实现1亿人的城镇化。显然这与目前在城镇有2亿多农村流动人口的状态，依然有很大的差距。反过来说，在推进新型城镇化过程中，依然会有一批农村流动人口返回农村，农村依然会是他们的生命归依和生活归宿。因此，推进新农村建设和农村现代化与新型城镇化同等重要。最近出台的《国家城镇化规划》中专门开辟了第六篇谈推动城乡发展一体化问题：要完善城乡发展一体化体制机制，推动城乡要素市场建设，推动城乡规划、基础设施和公共服务一体化，加快农业现代化，建设社会主义新农村，等等。

二 城乡一体化的本质

城乡一体化并不意味着城乡之间不存在任何差别，事实上，只要有城与乡存在，那么有些差别是消除不了，也是不应该消除的，否则那不是城乡一体化，而是城乡一致化或一样化。霍华德的"花园城市"理念认为，今后的城市发展要吸收更多的乡村元素，比如接近大自然的因素，而在城市群和城乡网络互动理论看来，乡村更多的是要吸收城市文明元素，变得更像城市。目前中国各地的城乡一体化政策更多的是采用后一种理念。城市与乡村是共生共存关系，乡村的消失也就意味着城市的消失，不再存在城乡之别了，这并不是城乡一体化的问题，而是城市化问题。这里就涉及城乡一体化的本质问题。

放入中国的实践情境中看，城乡一体化首先是针对城乡体制、政策差别而言的，其次则是为了解决城乡发展不平衡问题，当然这两者是紧密相关的。这些差别和不平衡的实质不仅仅是量上的多少问题，还有权利、机会的平等性问题。正如习近平同志2005年在浙江省农村工作会议上的讲话所指出的："通过深化改革，要真正破除城乡壁垒，解决城乡矛盾，给农民以公平的国民待遇、完整的财产权利和平等的发展机会，为缩小城乡差距开辟道路，还有大量艰巨的工作要做。"① 显然，城乡之间依然存在着不平等的权利和机会，这很大程度上是由现有的体制和政策造成的，城乡一体化重点就要解决这个问题，即深化城乡体制改革，调整城乡政策，更均衡地配置公共资源，以缩小乃至消除城乡权利和机会的差异。这才有可能为真正实现城乡均衡发展提供条件和基础。具体而言，不论是国民待遇差异，还是产权不完整和机会不平等，不但体现在城与乡之间，还体现在进城的农村流动人口与城镇居民之间。在进城的农村流动人口中，既包括本省的，也包括从外省来的，他们都与本地户籍的城镇人口有着明显的权利和机会不平等。

权利和机会不平等，自然会影响城乡、城镇居民与农村人口之间的发展能力，这已经成为中国持续发展的挑战和压力。早在 2005 年，联合国计划开发署发表的《中国人类发展报告（2005）》就明确地指出，"随着经济的快速增长，中国迫切需要应对社会公正问题的挑战，即如何保证其庞大人口在机会和能力上都能获得平等"。这庞大人口中农村人口占绝对多数。正如印度裔美国经济学诺贝尔奖获得者阿玛蒂亚·森所指出的，发展不只是国内生产总值的增长，或个人收入的提高、技术进步等，那是狭隘的发展观，在他看来，发展是扩展人们享有真实自由的过程，所谓自由就是享受人们有理由珍视的那种生活的可行能力（capability）。在他看来可行能力就是一种自由，即对可行的、列入清单的所有活动的各种组合。这样的自由观既包括一个人享有的"机会"，又涉及个人选择的"过程"。他集中分析了五种工具性自由：政治自由、经济条件、社会机会、透明性担保和防护性保障。在他看来，这些自由之间具有相互促进的关系。他之所以能提出这样的发展理论，跟其来自印度这样的一个发展中大国有很密切的关系。用他的理论来反观中国目前正在推进的城乡一体化实践，也有重要的借鉴意义。在过去的

---

① 习近平：《干在实处　走在前列——推进浙江新发展的思考与实践》，中共中央党校出版社，2006，第 152 页。

30 多年改革开放中，广大农民因为获得了前所未有的机会或自由，迸发出巨大的发展能量和动力，农村社会经济也获得了显著的发展，但是，也正由于存在严重的机会不平等，农村在发展上跟不上城市，因此城乡差别越来越大。当然，阿玛蒂亚·森没有看到，仅仅有机会、自由还是不够的，还需要各种资源的投入，比如发展教育，提高教育水平，势必需要大量的教育资源投入，社会机会、透明性担保等也需要各种资源来确保。当前中国城乡之间不仅存在机会差别，也存在资源差别，这正是中国城乡差距不断扩大、难以遏制的根本原因所在。

所谓权利和机会的平等，就是说，不论在城市还是在农村，不论是城市居民还是农村居民，不论是本地人还是外地来的中国公民，都可以享受同等的权利和机会。因此，在城乡一体化的设想下，在中国境域内，在体制和政策上，不会也不应该存在城乡居民、本地人与外地人之别了，他们都应该归属于中国公民范畴。因此，人们可以实现自由流动、迁徙和就业。当然，城乡一体化还有一个很强烈的取向，那就是农村同样能提供发展的机会，从而不应出现人们都涌向城市的现象，但这不应由体制和政策来限制，而应通过城乡一体化的发展战略，使得农村变得不仅适合居住，而且适合发展或者有机会就业和创业。因此，在城乡一体化中就势必存在农村现代化、农业产业化以及城乡产业联动的要求。

基于对城乡一体化本质的如上认识，这里就从新型城镇化和新农村建设或农村现代化两个层面讨论浙江省城乡一体化进程和问题（见表 2 - 1）。这两个层面都是为了解决城乡之间的权利和机会平等问题。我们既要从政策和体制上分析平等权利和机会实现情况，更要从具体目标和效果上去评估，同时还要把新型城镇化与新农村建设和农村现代化放在一起，讨论它们之间的联系和互动问题。新型城镇化旨在解决城镇化滞后、城镇化质量不高问题，但是并不意味着让所有的农村人口向城镇集中，在推进新型城镇化的过程中还要去建设新农村、推进农村现代化，挖掘农村发展潜力和空间，使得农村与城镇一样适宜居住、就业和发展，真正实现城乡成为人们自由选择生活、就业的天地和空间，即实现城乡双向自由流动和迁徙。

表 2 - 1　城乡一体化分析框架

城乡一体化两方面内容	政策和体制	具体目标和效果
新型城镇化	平等的权利和机会，社会融合	实现城镇化:70% 的人口居住在城镇
新农村建设和农村现代化	享受与城镇同等的权利和机会;城乡一体化的政策和制度体系,城乡之间不存在阻碍流动的制度和政策性障碍	城乡社会经济差别缩小乃至消失;基础设施和公共服务与城镇一样发达;城乡融合,难以区分

第二节　城乡体制改革与城乡一体化

浙江在城乡体制改革、城乡一体化方面走在全国前列。浙江的发展得益于这一点，反过来也推动浙江在这方面走得更远、更深入。

一　城乡体制改革轨迹

虽然城乡一体化并不是由浙江最先提出来的，但是浙江省最早推出城乡一体化规划，并从体制和政策上进行改革创新。从客观层面说，浙江具备城乡一体化条件。在全国来说，浙江农民最早自发进行城镇化，从苍南县龙港镇这个农民城到永嘉县桥头镇、乐清市柳市镇、绍兴县柯桥、黄岩县路桥乃至义乌等，这些城镇的发展无不是农民自发推进的。与此同时，浙江农民就地发展工业，对于浙江城乡均衡发展有着不可低估的影响和价值。从当前来看，浙江省的城乡差别、区域差别在全国是最小的，也就是说，浙江的城乡和区域均衡发展在全国都是领先的，这给浙江省城乡体制改革提供了重要的经济基础。从另一个方面来说，浙江省领导早已意识到城乡一体化的重要性。没有城乡一体化，浙江的发展就没有这么好。在很大程度上，浙江发展得益于广大农民善于开创非农产业，善于参与城镇化进程。由此也激发出领导人注重城乡一体化发展新思维。

2002 年是浙江推进城乡一体化和城乡统筹发展的重要节点，城乡统筹和新农村建设被当作一个重要发展战略来抓。2004 年，浙江省就出台 393 号文件，即《浙江省统筹城乡发展，推进城乡一体化纲要》，这样的纲要在全国是第一份，虽然与成都市同年出台，但是浙江作为一个省级单位，在全国是首创。该纲要对城乡一体化提出总体性要求，并提出了六大任务、七项举措。它要求进行体制改革，建立城乡一体化体制，其中最关键的一点是实现城乡公共服务一体化。

为了建构城乡一体化体制，首先要改革户籍制度。在 20 世纪 80 年代初，浙江是最先实现农民自理口粮进城务工经商的省份。温州苍南县龙港镇既是自理口粮进城又是农民自己建城的范例。20 世纪 90 年代，浙江省在 120 个小镇进行户籍制度改革，1997 年在全国提出购房落户政策，还有实施蓝印户口政策。从 1998 年开始浙江取消进城控制指标。2003 年，浙江省开始取消农业与非农业户口性质划分的户籍改革。事实上，户籍只是城乡利益的载体之一，仅仅只有户籍制度改革，不足以推动城乡一体化，对农村来说，土地是最珍贵的资源，而对城市来说，公共服务是其优势，农村缺的是公共服务，城镇短缺的则是土地。在这样的背景下，在户籍制度改革的基础上，浙江省随后的城乡体制改革集中在农村土地制度改革和城乡公共服务均等化方面。嘉兴市的做法足以说明这一点。

浙江嘉兴市是浙江地级市推进城乡一体化最早、做得比较好的城市，成为浙江城乡一体化的典范。嘉兴市在城乡统筹方面，主要是从改革户籍制度和土地制度上做文章的。早在 20 世纪 90 年代末，嘉兴市就谋划农村和农业现代化，并采取了一些具体的行动。如 1999 年，嘉兴市出台了《嘉兴市农业和农村现代化建设规划》，2000 年又发布了《关于推进"五个一工程"的实施意见》，2003 年推出"五个行动计划"① 和"五大战略"②。到了 2004 年，嘉兴市提出了《嘉兴市城乡一体化发展纲要》，全面实施城乡一体化发展战略，并提出城乡一体化发展的总体目标。嘉兴成为浙江省第一个编

---

① 五个行动计划是指：农业产业化、农村工业化、农村城镇化、农民知识化、环境生态化。
② 五大战略是指：接轨上海开放带动、工业立市、科教兴市、城乡一体化、可持续发展。

制出城乡一体化发展规划纲要的地级市。同年，依据《纲要》，又制定了六大专题规划，实施"六个一体化"。① 嘉兴市最关键的是实施了综合配套改革，"两分两换"是改革的核心。所谓"两分两换"，就是将宅基地与承包地分开、农房搬迁与土地流转分开，以承包地换股、换租、增保障，推进集约经营，转换生产方式；以宅基地换钱、换房、换地方，推进集中居住，转换生活方式。"两分两换"试图达到这样三个目的：第一个目的就是推进土地流转，促进农业规模化经营，有利于农业产业化和现代化；第二个目的是通过宅基地的转换，让农民集中居住，甚至可以进城居住，实现城镇化；第三个目的是通过"两分两换"，使得农村土地资源加以流转，土地升值，让农民分享到土地在产业化、工业化和城镇化中的增值。

与此同时，嘉兴市在体制上实行"十改联动"和"五改五化"的改革举措。所谓"十改联动"就是以土地制度改革带动充分就业、社会保障、户籍制度、新居民服务、涉农管理、村镇建设、金融体系、公共服务、区域统筹等九个方面的联动改革。"五改五化"，是指土地、户籍、公共服务、政府管理和投融资等制度的改革联动，推进进城农民市民化、集体土地市场化、公共服务均等化、政府职能民本化、投融资多元化，逐步形成有利于城乡经济社会一体化发展的体制机制。在这里我们可以看出，这两方面的改革是紧密相关的，尤其是"十改联动"和"五改"说的是同样的事情，只是表述不同而已，而"五化"则是改革要达到的目标。在这里，改革的核心是土地制度，以土地制度改革为抓手，带动城镇化、城乡一体化。

嘉兴的做法为浙江省其他地市的城乡一体化提供了重要的模板。后来嘉兴市领导调到温州市，把嘉兴市的"两分两换"和"五改五化"照搬过去，而其他地市纷纷去嘉兴考察取经，用来推进本地的城乡一体化建设。嘉兴市在城乡一体化上取得的重要经验有两点：第一，土地资源通过市场机制得到盘活，由此农民获得的收益比以前多，而政府也从中获得了重要的财政收入，并吸引社

---

① 六大专题规划是指"六个一体化"制定的专门规划：城乡空间布局一体化、城乡基础设施建设一体化、城乡产业发展一体化、城乡劳动就业与社会保障一体化、城乡社会发展一体化、城乡生态环境建设与保护一体化。

会资本进入农业产业、房地产开发以及工业制造业等，而政府有了土地收益，就可以更好地投入基础设施建设，推进公共服务均等化，也就能将农民集中聚居，提升城镇化水平。第二，在盘活土地的同时，嘉兴市致力于公共服务和社会保障事业建设，实现公共服务和社会保障城乡一体化，从而使得农民能够享受到与城镇居民一样的社会福利，也使得农民有条件参与城镇化和市民化。

城乡公共服务一体化是浙江城乡一体化的重要内容。按过去的做法，城乡公共服务是有巨大的差别的，而浙江是在全国较早提出城乡公共服务一体化的省份。在公共基础设施建设方面，浙江省正在构建城乡一体的交通网络、信息网络、供水供电网络、污水垃圾收集处理网络等。与此同时，一个覆盖全省城乡的社会保障、社会救助、教育医疗文化、救灾、规划、就业培训和服务等的公共服务体制已经初步建立起来，破除了公共服务原来的城乡二元体制。嘉兴目前已经把广大农民纳入就业培训体系，特别是针对因土地流转、集中居住而产生的就业困难的"4050"农民，政府建立了免费培训机制，给他们提供免费培训，并要求每个乡镇必须建立一个劳务合作社，解决他们的就业问题。大的行政村或者几个村联合建立一个合作社，办理工商注册，企业化运作。劳务合作社大部分是由村委会主任或书记兼任社长。2013年底，共组建118家劳务合作社，社员达13700人，经营收入1.38亿元，社员月收入1100元，略低于最低工资标准。劳务合作社的主要业务来源是，政府规划的道路绿化，即接活搞绿化；还有一些农业经营大户，农忙季节到来，会向劳务合作社提出用工需求。加入劳务合作社的社员基本上是女的40岁以上，男的50岁以上的农民。与此同时，嘉兴市从2007年开始实施城乡一体社会养老保险制度，成为全国最早从制度上实现社会养老保险全覆盖的地级市，值得一提的是嘉兴市实施了城乡一体的失业保险制度，突破失业保险条例关于参保人员为企业职工的限制，将农民也纳入失业保险范围。

舟山市已经将城乡纳入一体的社会治理网络，"网格化管理、组团式服务"全域推进。展茅街道是舟山"网格化管理、组团式服务"的发源地，那里原来只是一个镇，2007年10月撤镇设街道，目前下辖6个渔农村社区（村），16个经济合作社，总人口2.35万。2008年4月，展茅街道全面推行了"网格化管理、组团式服务"，将全街道 7794 户居民，按照区域管理、地域相近的原则，以 100～150 户为基准范围，共划分为 66 个网格；每个网格配备一支服务团队，团队成员由街道机关干部、社区干部、网格党小组长、网格格长、教师、医生和民警组成。目前，全街道共有网格组团人员 387 人，其中街道机关干部 91 人、社区干部 45 人、网格党小组长和网格格长各 66 人，教师、医生和民警 103 人，实施多元化服务、信息化管理、全方位覆盖、常态化保障和"社会管理终端化、力量整合兼容化、诉求解决初始化、工作保障常态化"。"网格化管理、组团式服务"的社会治理模式在城乡发展和服务中逐渐显现出其效果，有效地提升了城乡公共服务效率、效用、效能和均等化水平。

体制改革和政策调整，构建新的体制机制，对推进城乡一体化具有重要的价值。从中央到地方，城乡一体化在理念上不再是一个问题，而且早在 2004 年中央已经明确提出城乡统筹发展理念，同时最近也提出了构筑城乡一体化的养老保障体制以及推进基本公共服务均等化的规划，而浙江省在这一点上已经走在全国前列，基本上已经形成了城乡一体化的社会保障、公共服务体制机制。由于受全国性土地制度影响，浙江省也没有在土地制度改革上有大的推进，但是，在土地资源配置机制上进行了很多的努力，而且在一些地方则成为推进城乡一体化的抓手和改革核心，所以，在城乡土地配置方面市场机制越来越多地被赋予更为重要的地位和角色，从而使浙江的农村土地流转比全国更频繁、更容易。

二　城乡一体化改革和实践效果

如果说 2002 年是浙江省开启城乡一体化改革之年，那么到现在，浙江城乡一体化实践已经走过了 10 多个年头，正如上面所说的，浙江省初步建构成城乡一体化的社会保障、公共服务体制，其效果渐渐地显露出来。浙江省构筑了城乡统筹发展综合指标，表 2-2 是浙江省各地级市在城乡统筹发展方面的排序情况，其中宁波从 2007 年到 2012 年基本上都位列全省第一，而嘉兴、杭州、舟山三市则处于不相上下的水平。

表2-2　浙江省各市城乡统筹发展综合水平排名

地　区	2007	2008	2009	2010	2011	2012
杭州市	2	3	4	4	4	3
宁波市	1	1	1	2	1	1
温州市	8	8	9	9	9	9
嘉兴市	3	4	3	3	2	2
湖州市	6	5	5	5	5	4
绍兴市	5	6	6	6	6	6
金华市	9	9	8	7	8	7
衢州市	10	10	10	10	10	11
舟山市	4	2	2	1	3	5
台州市	7	7	7	8	7	8
丽水市	11	11	11	11	11	10

资料来源：转引自浙江大学中国农村研究院《嘉兴市统筹城乡综合配套改革绩效评估报告（2008~2012）》。

　　浙江省统筹城乡发展水平综合指标体系由4个一级指标20个二级指标构成。这4个一级指标分别是经济发展、社会事业、人民生活和生态环境（见表2-3）。嘉兴市2012年统筹城乡发展综合水平已经达到91.27分，距离100分只差8.73分。如果这个指标体系真能代表或反映城乡一体化水平的话，那么像嘉兴、宁波、舟山、杭州等地市似乎很快就能实现城乡一体化了。

　　在过去的10年中，浙江全省的城乡一体化进程也相当快。据浙江省发改委拟定的统筹城乡发展综合评价指标体系，2004年，浙江省还只有57.59分，到2012年，则增加到87.3分，净增了近30分，每年平均净增3.7分。浙江省将城乡统筹分为四个阶段：初步统筹阶段（城乡统筹实现度为45~60分）、基本统筹阶段（60~75分）、整体协调阶段（75~90分）、全面融合阶段（90分以上）。2004年浙江城乡还处于初步统筹阶段，但是到2012年已经达到整体协调阶段。当然，不同指标、不同地区在城乡统筹水平上是有差别的。就2012年而言，浙江全省33项指标实现度整体呈现较快增长。实现度在90%以上、达到全面融合阶段的指标有14项，占42.4%，比上年新增5项；实现度在75%~90%、处于整体协调阶段的指标有12项，占

表 2-3 嘉兴市统筹城乡发展水平综合评价得分（2007～2012 年）

领域	序号	指标名称	统筹城乡发展水平综合评价得分						
			满分	2007	2008	2009	2010	2011	2012
统筹城乡经济发展	1	二、三产业从业人员比重	6	5.31	5.47	5.54	5.64	5.73	5.75
	2	一产劳动生产率	5	4.58	4.79	4.79	4.79	4.79	4.79
	3	人均GDP	6	4.49	4.75	4.85	5.27	5.68	5.75
	4	人均地方财政收入	7	4.89	5.25	5.47	6.01	6.69	6.71
		经济发展得分	24	19.27	20.25	20.65	21.72	22.90	23.01
统筹城乡社会事业	5	财政支出中用于"三农"的比重和增幅	6	3.15	3.48	4.99	5.21	5.33	5.57
	6	标准化公路通行政村率	4	3.84	3.84	3.84	3.84	3.84	3.84
	7	农村安全饮用水覆盖率	4	3.78	3.84	3.84	3.84	3.84	3.84
	8	城乡生均教育事业费比率	5	4.21	4.33	4.54	4.79	4.79	4.79
	9	千人医务人员数	5	3.18	3.16	3.48	3.75	3.99	4.06
	10	农业技术人员相对于农业从业人员的比例	4	1.33	1.37	1.33	1.33	1.81	2.47
		社会事业得分	28	19.48	20.02	22.01	22.75	23.60	24.57
统筹城乡人民生活	11	城乡居民人均收入差距倍数	10	8.76	8.86	8.87	9.02	9.56	9.59
	12	城乡人均生活用电支出比率	3	1.76	1.92	2.05	2.22	2.43	2.63
	13	城乡人均文化娱乐教育、医疗保健支出比率	3	2.14	2.22	2.28	2.51	2.82	2.88
	14	城乡信息化水平比率	3	2.76	2.88	2.88	2.88	2.88	2.88
	15	城乡低保水平差异度	3	2.51	2.86	2.88	2.88	2.88	2.88
	16	参加社会保险人数占全社会从业人员比重	10	5.43	5.71	6.14	7.57	7.93	8.98
		人民生活得分	32	23.37	24.44	25.09	27.07	28.49	29.82
统筹城乡生态环境	17	环境质量综合评分	5	2.32	2.45	2.68	2.70	3.03	3.37
	18	农村垃圾收集处理率	3	2.77	2.88	2.88	2.88	2.88	2.88
	19	农村卫生厕所普及率	4	3.67	3.73	3.84	3.84	3.84	3.84
	20	村庄整治率	4	3.42	3.50	3.66	3.68	3.76	3.79
		生态环境得分	16	12.19	12.55	13.06	13.10	13.50	13.87
		总得分	100	74.31	77.19	80.81	84.64	88.49	91.27

资料来源：转引自浙江大学中国农村研究院《嘉兴市统筹城乡综合配套改革绩效评估报告（2008～2012）》。

36.4%；实现度在60%~75%、处于基本统筹阶段的指标有4项，占12.1%；实现度在60%以下、处于初步统筹阶段的指标有3项，占9.1%。①

从2012年的城乡统筹综合评价来看，最好的13项分别是二三产业从业人员比重、财政支出中"三农"支出的增幅、城乡生均教育事业费比率、城乡居民领取养老金增速比值、城乡居民医疗保险财政补助比值、医疗保险参保率、城乡居民收入增速与GDP增速比值、低收入农户家庭人均纯收入、农村居民安全饮用水覆盖率、农村数字电视入户率、农村垃圾收集处理率、规模化养殖场畜禽排泄物资源化利用率、农村卫生厕所普及率等。这13项做得最好的项目显示浙江省在工业化、城乡基础设施建设、社会保障、教育以及环境卫生、收入等方面有很快的进步。就拿收入（见表2-5）来看，浙江城乡居民收入不仅在全国各省份中长时间处于前列，而且城乡收入差距远小于全国平均水平（3.3∶1），并在逐年缩小，从2007年的2.49∶1缩小到2013年的2.35∶1，缩小了0.14个单位。这显然是浙江省推进城乡统筹发展所带来的效果。

最差的3项分别是一产增加值增长率、农村居民每百户（固定）互联网使用量、建制镇污水处理率。相比工业和第三产业，浙江并不是农业大省，更不是农业强省，人均耕地少，农业产出并不理想，尤其是跟工业、第三产业比较，从事农业的收入就比较低，因此，青壮年务农的人非常少，农业劳动力老化现象非常严重，投资农业并不是理想的选择，因此吸引不了社会资本从事农业生产，由此影响了一产增加值增长。从这个角度上看，浙江的城乡统筹发展在产业上存在一定的薄弱节点，后面对此会有更详细的讨论。城乡互联网使用量差别受制于多方面的因素，但这是一个有潜力的统筹点。在环境生态方面，农村污水处理由于对基础设施和运营投入要求高，而受到严重限制，这是浙江城乡统筹在基础设施上存在的严重短板。

---

① 参见浙江省发展和改革委员会、浙江省统计局《浙江省2012年统筹城乡发展水平评价报告》，http：//www.zjdpc.gov.cn/art/2014/1/3/art_7_619070.html。

表 2 - 4 浙江省 2012 年统筹城乡发展水平综合评价得分

领域	具体指标		细化指标		权重	2012		2011	
	序号	指标名称	序号	指标名称		实现度	得分	实现度	得分
统筹城乡经济发展	1	二三产业从业人员比重	1	二三产业从业人员比重	5	95.4	4.77	95.0	4.75
	2	人均 GDP	2	人均 GDP	6	83.1	4.99	81.0	4.86
	3	人均地方财政收入	3	人均地方财政收入	6	88.5	5.31	85.5	5.13
	4	城市化率	4	城市化率	6	87.8	5.27	86.5	5.19
	5	现代农业发展水平	5	一产比较劳动生产率	2	75.4	1.51	71.5	1.43
			6	一产增加值增长率	1	44.4	0.44	80.0	0.80
			7	农业产业化组织带动农户比重	1	70.8	0.71	64.0	0.64
			8	适度规模经营水平	1	92.9	0.93	89.0	0.89
统筹城乡社会事业	6	财政支出中用于"三农"的比重和增幅	9	财政支出中"三农"支出的比重	5	83.3	4.17	77.4	3.87
			10	财政支出中"三农"支出的增幅	3	99.7	2.99	99.7	2.99
	7	城乡生均教育事业费比率	11	城乡生均教育事业费比率	4	97.3	3.89	98.3	3.93
	8	千人医务人员数	12	千人医务人员数	4	87.3	3.49	81.5	3.26
	9	城乡居民养老医疗保险水平差异度	13	城乡居民领取养老金增速比值	3	99.7	2.99	89.7	2.69
			14	城乡居民医疗保险财政补助比值	3	99.7	2.99	99.7	2.99
			15	医疗保险参保率	2	99.5	1.99	98.0	1.96
	10	乡镇集中审批和便民服务覆盖面	16	乡镇集中审批和便民服务覆盖面	2	88.4	1.77	86.5	1.73

续表

领域	具体指标		细化指标		权重	2012		2011	
	序号	指标名称	序号	指标名称		实现度	得分	实现度	得分
统筹城乡人民生活	11	城乡居民人均收入差异度	17	城乡居民人均收入差距倍数	4	84.5	3.38	84.5	3.38
			18	城乡居民收入增速与 GDP 增速比值	3	99.7	2.99	77.3	2.32
			19	低收入人农户家庭人均纯收入	1	94.1	0.94	86.0	0.86
	12	城乡交通统筹水平	20	农村公路网密度	2	83.6	1.67	81.5	1.63
			21	城乡客运一体化率	2	66.5	1.33	65.0	1.30
	13	城乡安全饮用水差异度	22	城乡居民集中式供水水质卫生合格率比值	2	89.0	1.78	89.0	1.78
			23	农村居民安全饮用水覆盖率	2	98.0	1.96	97.5	1.95
	14	农村信息化应用水平	24	农村居民每百户（固定）互联网使用量	2	59.6	1.19	54.5	1.09
			25	农村数字电视入户率	2	95.0	1.90	70.0	1.40
	15	城乡居民人均消费支出差异度	26	城乡居民人均消费支出差异度	6	72.9	4.37	72.7	4.36
统筹城乡生态环境	16	环境质量综合评分	27	环境质量综合评分	5	88.6	4.43	86.6	4.33
	17	农村垃圾收集处理率	28	农村垃圾收集处理率	5	93.0	4.65	90.0	4.50
	18	农村污水集中处理率	29	行政村生活污水处理设施覆盖率	1	65.8	0.66	58.0	0.58
			30	建制镇污水处理率	1	50.0	0.50	45.0	0.45
			31	规模化养殖场畜禽排泄物资源化利用率	1	98.4	0.98	98.0	0.98
	19	农村卫生厕所普及率	32	农村卫生厕所普及率	3	93.3	2.80	92.0	2.76
	20	村庄整治率	33	村庄整治率	4	89.0	3.56	72.8	2.91
合　计					100	—	87.30	—	83.69

资料来源：浙江省发展和改革委员会、浙江省统计局：《浙江省 2012 年统筹城乡发展水平评价报告》，http://www.zjdpc.gov.cn/art/2014/1/3/art_7_619070.html。

表 2 - 5　浙江省城乡收入差异变化

项目类别＼年份	2007	2010	2011	2012	2013
城镇居民可支配收入(元)	20574	27359	30971	34550	37851
农村居民收入(元)	8265	11303	13071	14552	16106
城乡比	2.49∶1	2.42∶1	2.37∶1	2.37∶1	2.35∶1

　　从地区来看，在城乡统筹水平差距上可以分为三个梯队（见表 2 - 6）：第一个梯队是城乡统筹水平最高的，进入全面融合状态，即统筹实现度达到 90 分以上，分别是杭州、宁波和嘉兴三个地级市，其中宁波是最高的。第二个梯队进入整体协调水平，分别是温州、湖州、绍兴、舟山、金华、台州，其中舟山和湖州的水平最高，非常接近全面融合水平，而温州、台州和金华则比较低，略比基本统筹好一点。第三梯队还处于基本统筹水平，分别是衢州和丽水。多数地级市（众数）处于整体协调水平，这反映了浙江城乡统筹的整体情况。城乡统筹在多大程度上体现城乡一体化呢？在日常表述中，两者往往被视为同一意思，但是，事实上它们还是有一定的差别。城乡统筹只是从政府角度来考虑，而城乡一体化的主体不仅仅包括政府，还包括企业、社会组织、个体等。其次，虽然城乡统筹和城乡一体化都是一个过程，但是前者更偏重于手段，后者更强调目的，手段与目的并不是完全统一的，有时候城乡统筹不一定达成城乡一体化。最后，就上面浙江省自身所做的自我评估而言，城乡统筹综合水平评估只是衡量城乡一体化进程的一个角度，还需要做深入的分析和讨论。浙江省发改委提出的评估体系由经济发展、公共服务、人民生活、生态环境四个方面的指标构成。这四个方面基本上可以说明城乡一体化问题，在测量中也体现了这个评估体系的可行性、敏感性。但是，需要指出的是，这个评估体系采用的都是客观指标，没有主观指标，而主观指标是非常重要的，如果忽视了人们对城乡一体化的主观看法、满意度和需求，那么会损害城乡统筹的合法性和合理性。与此同时，在四个方面的客观指标选择上，也对一些重要方面的城乡一体化现象缺乏衡量，比如对社会组织和社会参与的衡量。

表 2 - 6   浙江省及 11 个市 2012 年统筹城乡发展水平指标得分*

区 域	统筹城乡发展总分	区 域	统筹城乡发展总分
浙江省	87.30	绍兴市	86.40
杭州市	90.42	金华市	82.28
宁波市	91.59	衢州市	72.91
温州市	78.98	舟山市	89.08
嘉兴市	90.99	台州市	81.32
湖州市	89.86	丽水市	72.92

资料来源：浙江省发展和改革委员会、浙江省统计局：《浙江省 2012 年统筹城乡发展水平评价报告》，http：//www.zjdpc.gov.cn/art/2014/1/3/art_ 7_ 619070.html。

不管怎样，无论从城乡统筹发展评估，还是从我们在实地调查所获得的资料来看，浙江在过去 10 多年中确实在推进城乡统筹上下了功夫，取得了显著的城乡一体化效果。但是，城乡统筹和城乡一体化是一个过程，并不是短时间内所能完成的。

第三节   城乡经济一体化

城乡经济一体化是浙江省城乡一体化的重要基础和条件。改革开放以来，浙江城乡经济是同步发展，甚至首先是乡镇起步，乡镇经济在浙江经济中具有举足轻重的作用和地位。但是，进入 20 世纪 90 年代后期，乡镇经济相对来说失去了先前一些优势，城市经济在知识、技术革新和市场竞争中获得了更多的优势，因此统筹城乡经济又成为重要的任务。

一   城乡产业结构规划和转型

城乡产业规划在浙江统筹城乡发展中具有重要地位。在《浙江省统筹城乡发展推进城乡一体化纲要》第二部分的主要任务中，第一条就是统筹城乡产业发展，生态农业、先进制造业和现代服务业成为统筹发展的主要产业。其中，先进制造业向城镇集中，而现代服务业向农村拓展，形成互动、联动的产业格局，生态农业成为农村发展的主要方向。习近平同志曾在

2004 年 2 月召开的省部级主要领导干部专题研究班上谈到城乡统筹时就说："一是整体推进城乡产业结构战略性调整，着力形成一、二、三产业协调发展的新格局。……按照优化城乡产业布局的要求，把城市产业结构优化升级与农村二、三产业的发展紧密结合起来，充分发挥中心城市对农村的带动和辐射作用，促进农业增效、农民增收和农村发展。"①

浙江省经济在区域和城乡发展上都有一定的特点：在区域上，浙江经济相对均衡，2013 年浙江不仅人均 GDP 远远高于全国平均水平，已经达到68593.06 元，而且各地级市的人均 GDP 都高于全国平均水平。与此同时，浙江省城乡收入差距也远远低于全国平均水平，全省城镇居民人均可支配收入水平自 2001 年开始已连续 11 年列全国第 3 位，仅次于上海、北京；农村居民人均纯收入水平自 1985 年开始已连续 27 年位居各省区首位，2011 年城乡收入差距从上年的 2.42 缩小到 2.37，而全国城乡收入差距是 3.13。

浙江经济发展之所以出现城乡统筹态势，在于浙江的经济从改革开放以来，从县域以下起步、扩展，一村一品，一乡（镇）一业，形成块状经济。经济发展的主体大多是个体户、民营企业和集体企业，参加者大多是刚洗脚上田的农民。浙江改革开放不仅仅在于农村联产承包责任制推行早，而且在于乡镇、村落以及县域经济起步早，发展快，在很大程度上有利于城乡经济和区域经济的相对均衡发展。不过进入 20 世纪 90 年代中后期，随着城镇改革和城市化推进，浙江工业经济和服务经济也向城市集中，尤其是高科技产业和服务产业的发展，使得城市的规模效应和良好基础设施成为发展竞争优势，因此像杭州、宁波等大城市在经济发展开始就遥遥领先其他地市。尽管如此，浙江城乡收入差距在过去的 10 年中一直在 2.4 到 2.5 之间波动，没有超出 3。这里的原因还在于浙江城市经济并没有与农村经济完全脱节，不少早期富裕起来的农民虽然进城，但是他们依然对农村发展有着热情和强有力的支持。

---

① 习近平：《干在实处 走在前列——推进浙江新发展的思考与实践》，中共中央党校出版社，2006，第 157 页。

最理想的城乡差距在 1.5 以内，而目前浙江的城乡收入差距多年在 2.4 左右徘徊，因此，浙江城乡收入差距还是偏大，有必要花大力气加以缩小，这就得靠城乡统筹和城乡一体化来解决。虽然城乡一体化不仅仅指城乡收入差距的缩小，但是，城乡收入差距的缩小具有关键性的意义。目前城乡收入差距状况说明浙江的农村经济产业发展还是有许多薄弱环节，至少不能为农民增收提供坚实的基础。而浙江省目前在城乡统筹发展和城乡一体化规划中重点在于促进农业产业化、发展生态农业，以增加农村和农民收入。农业产业化和生态农业发展取得了一些进展，但是，还不足以扭转和缩小城乡收入差距，一方面因为农业产业化是一个过程，不是短期就能实现的，另一方面农业目前毕竟不具有强大的竞争能力，难以吸引人才和资本。城乡经济一体化的一个关键点是将城乡服务进行对接，尤其将城市服务业向农村延伸，使得农村变成城市生活和消费的重要方向与对象，比如农村成为城市居民的消闲地，城市基础和服务设施向农村延伸，促进农村产业与城市对接，尤其可以促进农业产业化。

二　城乡就业结构转型与农业现代化

城乡经济一体化，首先应该体现在就业一体化上。浙江省经济进入了工业化后期或后工业化阶段，意味着农业就业和农村就业人数将大幅减少。浙江的城镇就业人数与农村就业人数比例已经从 2003 年的 23.53% 和 76.47% 调整为 2011 年的 51.54% 和 48.46%，农村就业人数比例下降了近 28 个百分点，而城镇就业人数比例则增加了 28 个百分点，并且超过了农村就业人数比例。这意味着，从就业结构来看，城乡经济格局比以前更趋于合理。大量农村劳动力转向城镇就业，不但缓解农村就业压力，而且有助于促进农村和农民收入增加，还能为农业产业化提供一定的社会空间。不过，即使在农村就业的劳动者中，也有很大部分不是在农业领域就业，而是在非农领域就业，2007 年一、二、三次产业从业人员比重为 20.1:46.8:33.1，2011 年为 14.6:50.8:34.6，在过去 5 年中，第一产业就业比重下降了 5.5 个百分点，第二和第三产业就业比重都有增加，特别是第二产业就业比重增加最快，净增了 4 个百分点。显然，在占全省就业人数

48.46%的农村就业人口中，只有14.6%从事第一产业，34.6%从事非农产业，也就是说，在农村就业人数中，只有30.13%的劳动者从事第一产业，而69.87%的人从事二三产业。这也说明浙江农村的二三产业比较发达。

与此同时，浙江省在城乡就业统筹方面建构成统一的政策和公共服务体系。浙江省已经实行城乡统一的就业失业登记管理制度，使促进就业政策享受对象扩大到所有符合条件的城乡劳动者；同时，浙江省通过鼓励发展农村二三产业、扶持推广来料加工、加强职业技能培训和完善社会保障政策等举措，促进农村劳动力就近就地转移就业，提高农村转移劳动力就业的稳定性。浙江省加快城镇公共服务体系向农村基层延伸，实现了公共就业服务基本全覆盖。全省已有96%的街道、98%的乡镇、98%的社区、97%的行政村建成人力资源社会保障基层服务平台。当然浙江省在城乡就业上面临着制造业领域新增就业机会不如以前多、技术人才缺乏、新大学毕业生就业压力大等问题，这是今后浙江城乡经济发展需要面对的问题。

浙江省从事二三产的劳动力比例高于全国平均水平，而从事农业生产的劳动力不仅比例低，而且大多年龄偏大，呈现低质化、老龄化、妇女化的特点，农村劳动力向工业、城市的转移，使农业经营中高素质劳动力短缺、劳动力季节性短缺、劳动力区域性短缺现象日趋普遍。这为农业现代化和产业化提供了机会与挑战。所谓机会，就是农业的就业压力不大，农业可以进行适度的规模化经营，而所谓挑战，就是说农业劳动者年龄偏大，虽有劳动经验，但是对农业技术革新、推广以及市场化的学习、适应能力比较差，不利于农业现代化。正是在这样的就业结构背景下，浙江省从政策、资金、技术等方面加大对农业生产的投入，虽然浙江省是一个农业小省，但是农业现代化水平却居于全国前列。2014年7月30日，浙江省农业厅颁布了《2013年浙江省农业现代化建设进程综合评估报告》，[①] 从农业产出水平、要素投入水平和可持续发展水平三个方面获得的农业现代化综合评估分达到73.22

---

① 《2013年浙江省农业现代化建设进程综合评估报告》，http：//www.chinanews.com/df/2014/07-30/6443101.shtml。

分，其中浙江省农业产业化组织带动农户数的比例为 54.2%，比全国 23.2% 高 31 个百分点。2013 年，浙江省农业人均劳动产值 30296 元，比全国 21394 元高 8902 元；单位耕地面积农业增加值 5765 元，是全国 2805 元的 2 倍多；农村居民人均纯收入 16106 元，比全国农村居民平均纯收入 8896 元高 7210 元。

在浙江农业现代化进程中，土地流转是一个重要方面，一些县市成立了农村土地流转服务中心，农村土地流转比例相当高，有的乡镇高达 95%。比如，德清县钟管镇 2013 年底，共流转土地 35459 亩，涉及农户 7542 户，其中曲溪村、沈家墩村、东舍墩村、戈亭村等 7 个村土地流转率在 95% 以上。嘉兴市土地流转率在 50% 以上。由于农村土地大量流转，嘉兴市由此推动家庭农场的发展，家庭农场成为浙江农业现代化的重要经营机制和平台。嘉兴全市家庭农场分布情况如下：从事蔬菜种植的有 91 家，从事粮油生产的有 86 家，从事水果种植的有 87 家，从事水产生产的有 69 家，从事花卉苗木种植的有 46 家，从事畜牧经营的有 33 家，从事食用菌种植的有 11 家，从事蚕桑养殖的有 2 家，覆盖嘉兴市农业粮油战略产业及七大主导产业。家庭农场占地规模大多在 50 亩以上，在 50 亩以下的家庭农场比例比较低，只有从事水果种植的家庭农场中用地在 50 亩以下的占 32.9%，而从事其他方面农业生产经营的家庭农场中用地规模在 50 亩以下的比例都在 15% 以下。据统计，目前嘉兴全市共有家庭农场 425 家，总面积 7.11 万亩，平均经营面积在 167 亩左右，这说明，家庭农场成立的前提就是土地能流转。嘉兴市采取各种政策在大力推进农村土地流转。

同样，浙江省其他地市也在推进家庭农场的发展，并取得显著效果。比如 2012 年宁波市已有 687 家从事种植和畜牧养殖的家庭农场，其中从事种植业的有 456 家，单户经营面积都在 50 亩以上；从事畜牧业的有 231 家；以个体工商户登记的有 520 家，以个人独资企业登记的有 167 家。宁波市政府认为，家庭农场是构建新型农业经营体系的重要载体和实现形式，并提出，到 2017 年全市要培育 1 万家农林牧渔家庭农场，其中市级示范性家庭农场达到 1000 家。

浙江省在大力推进现代农业园区建设，把土地流转率作为省级现代农业园区考核验收的一个重要指标，要求耕地流转率达40%以上，林地流转率达30%以上。由此，各地政府纷纷出台了推动土地流转的政策措施，如建德市制定土地承包经营权流转财政专项资金补助办法，对土地承包经营权流出的农户和镇村流转服务组织给予一定的资金补助；余杭区政府对连片500亩以上现代农业园区建设项目实行以奖代补，最高给予200万元的一次性奖励；江山市出台农村土地流转储备资金管理办法，推动土地规模流转。

农村土地流转形式尽管各种各样，但是有一点，从事农业生产的劳动者愿意流转。由于浙江省务农劳动力老化，农业缺少劳动力，因此，流转对许多农地承包者来说是有利可图的。家庭农场政策则有助于吸引社会资本和一些生产经营能人进入农业领域，助推农业现代化和产业化发展。与此同时，浙江省是我国经济最发达的省份之一，为推动农业现代化奠定了很好的基础，浙江省各级政府在基础设施建设、技术推广和革新、市场化建设、信息平台建设等方面加大了对农业的投入，从而形成了农业现代化发展的良好政策条件。农业现代化发展反过来有助于推进城乡一体化进程。

第四节　城乡社会一体化

在城乡一体化中，除了经济一体化，便是社会一体化。那么什么是城乡社会一体化呢？城乡社会一体化是不是意味着城乡社会的无差别性呢？这里首先需要说明的是，城乡社会一体化不是说城乡社会完全没有差别了，相反，城乡社会在一些方面是有差异的，这些差异也是不会消失的，也不应消失，否则就不存在乡村社会，会损害社会生活多样性。但与此同时，城乡社会一体化也意味着现在有一些差异是需要消除的，那么这些差异又是什么呢？它就是社会保障体制差异、公共服务差异、社会治理体制差异等。城乡社会一体化，就是指在社会体制、公共服务以及社会治理体制方面消除差异，统一做法和机制，使得城乡居民享受同等的社会权利。浙江在城乡社会一体化方面已经取得明显的进展，下面分别从社会保障、公共服务以及社会治理等方面介绍和讨论浙江的这些进展。

一 城乡社会保障一体化

目前浙江已经实现了社会保障城乡全覆盖。虽然与全国一样，目前机关公务员、事业单位人员与其他人群有不同的保障水平，但是，城乡居民在医疗保险、养老保险、社会救助、低保等方面，已经是一体化了，没有什么差别。浙江省在城乡居民养老保险的一体化方面有一些亮点。早在 2009 年 9 月，浙江省就建立了城乡居民一体的养老保险，填补了养老保险制度的一项空白，实现了从"养儿防老"、"土地养老"到"社保养老"的转变。在此基础上，浙江渐渐提高了城乡居民基础养老水平，到现在，全省平均养老金标准达到 120 元，养老金发放率达到 100%，高于全国平均水平。与此同时，浙江省出台一些政策鼓励居民积极参与缴费养老保险，2011 年出台了《浙江省人民政府关于加快实施城乡居民社会养老保险制度的意见》（浙政发〔2011〕19 号），激励和引导参保人员早参保、多缴费、多得益，并规定了基础养老金的调整办法，对缴费年限养老金的增设提出了明确要求。最后，浙江省还相继出台了城乡居保与人口计生政策衔接办法、城乡居保人口资料核查工作要求、人员生存信息核查等方面的一系列文件，使得浙江省城乡居民养老保险制度体系建设变得更加完善。因此，浙江省城乡居保制度实施两年多后，取得了显著成效，到 2012 年 8 月，参保人数达到了 1280 万人，待遇领取人数 564 万人。2011 年城乡居民养老保险基金收入达到 106 亿元，支出 81 亿元，当期结余 25 亿元。

浙江省最低生活保障制度建设起步早，于 1996 年就开始探索，于 1998 年就全面实施，在全省实现了应保尽保，这是继广东、上海之后第三个建立全省城乡一体化的最低生活保障制度的省份，而且低保标准远高于全国平均水平。比如杭州市 2013 年调整市区最低生活保障水平，市区城镇居民的最低生活保障标准由每人每月 525 元调整为每人每月 588 元；市区农村居民最低生活保障标准由每人每月 450 元调整为每人每月 588 元。由此，市区内城乡居民则实现了同一低保标准，但是郊区县市则标准并不相同。同年北京市城镇居民低保水平是每人每月 580 元，而农村居民低保水平是每人每月 480 元。由此可见，杭州的低保标准不仅已经超过北京市，还真正实现了城乡一体化，而北京还没有做到。

当然，杭州的低保水平不能代表全省的平均水平，在全省也是最高的。嘉兴市就没有那么高了，但也实现了城乡一体化。嘉兴市从 1997 年 1 月 1 日起，对市区居民实施最低生活保障制度，当时的标准为月人均 140 元，1997 年 9 月底，实现了低保全覆盖，到 2012 年 1 月 1 日，该市将市本级无土地居民最低生活保障标准从每人每月 400 元调整为每人每月 465 元，有土地居民最低生活保障标准从每人每月 260 元调整为每人每月 310 元。嘉兴市更具有代表性，更能说明浙江的城乡保障水平和一体化问题，也就是说，浙江省已经实现了城乡全覆盖的最低保障，而且水平偏高。

除本省户籍人口，在制度设计上，外来人口也没有被排斥在社会保障之外，这也是中央的要求，但是，各地针对外来人口的具体政策和做法是有差别的。一般来说，从政策和制度上看，外来务工人员是有权利参与城镇企业职工社会保险的，但是不享受城乡居民养老保险政策，也不享受最低生活保障制度。宁波市与温州市外来务工人员参与养老保险的政策就有不少差别。宁波市采取的是"低水平、全覆盖"的社会保险政策，从 2007 年开始，结合外来务工人员的就业特点和该市社会保险制度的实际，出台了《宁波市外来务工人员社会保险暂行办法》和《宁波市外来务工人员社会保险实施细则》。它们规定，外来务工人员参加社会保险的缴费标准是每人每年需缴纳"五险"社保费约 2200 元，全部由企业负责缴纳，个人不需承担；并要求企业对每一位外来务工人员实现全保。因此，外来务工人员的社会保险做法明显不同于城镇居民。而温州市则采用"高水平、低覆盖"的做法：按拥有温州市城镇居民户口的企业职工统一标准来缴纳社会保险（包含养老保险、医疗保险、工伤保险、失业保险、生育保险，统称"五险"）费用，一般外来务工人员每人每年最低需缴纳"五险"社保费 6350 多元（其中企业负担 4850 元，个人承担 1500 元）。当然，不同的做法对外来务工人员参加社会保险的积极性影响也不同。相对而言，宁波市的做法更能激发外来务工人口参加当地社会保险的积极性，而温州市就不容易吸引外来务工人员参加社会保险。由于不少外来务工人员不能长期在流入地工作和居住，而且在家乡又可以参加社会保险，因此他们并不是所有人都有兴趣参加流入地的社会保险，而企业也尽可能在社保方面减轻负担，由此可见，即使在浙江这样的发达省份，外来务工人员并没有全部参加社会保障。这给城乡一体化也留出完善的空间。

二 城乡公共服务均等化

浙江省早在 2008 年就开始实施基本公共服务均等化行动计划。2013 年浙江省颁布了《浙江省基本公共服务体系十二五规划》，其目标是到 2015 年，建立起比较健全的覆盖全省城乡居民的基本公共服务体系，力争基本实现基本公共服务均等化。显然，浙江省在实现基本公共服务均等化上进入了快车道，在一定程度上说明浙江省在公共服务方面有了比较好的历史和现实基础。

所谓公共服务，就是指具有普遍的非排他性、强制性、无偿性和非竞争性的公共物品和服务，而公共服务均等化是指公共物品和服务在城乡之间、地区之间、人群之间的配置上有相同的机会和权利。浙江省规定基本公共服务包括四个方面，即基本生活服务、基本发展服务、基本环境服务和基本安全服务。其中基本生活服务包括就业促进、社会保障、住房保障等，保障基本生存权利。基本发展服务包括教育、医疗卫生、人口和计划生育、文化体育等，保障公民基本发展权利。基本环境服务包括生活基础设施、公共信息基础设施建设，保护环境等，为公民生存发展创造整洁、便捷、舒适的环境。基本安全服务则是指生活生产安全、防灾减灾、应急管理等基本公共服务，为公民生存与发展创造安全和谐的环境。

在过去的几年中，浙江省的公共服务在这四方面都有了一定的进展和效果。除了全覆盖的社会保障制度外，浙江在就业服务、就业培训、社会福利、残疾人服务、农村危房改造、城乡免费义务教育、城乡社区卫生综合服务、城乡公共文化体育设施建设、邮政通信等方面的设施建设、生态安全建设等都取得了重要的成就。新增劳动力平均受教育年限已经达到 12.8 年，人均预期寿命稳步提升，基本实现了"学有所教、劳有所得、病有所医、老有所养、住有所居"。

浙江省从 21 世纪初开始，在全省实施"百村示范、千村整治"行动，以此来重新规划乡村布局，推进农村道路修整、垃圾和污水处理、自来水与照明灯设施建设，大大地改善了农村环境、基础设施，提升了生活质量。就拿宁波来说，仅仅 2004 年就投入 61.91 亿元，拆除旧房 313.93 万平方米，建设新房 493.35 万平方米，新建通村公路 885.9 公里，新增绿化面积 791.82 万平方米，治理河道 1395.28 公里，新增自来水使用人口 33.8 万人，新增公共厕所 4685 座，新增垃圾箱 15823 个。2004 年年底宁波市完成了 305 个村整治任务，计划要完成 850 个村整治建设。[①] 2008～2012 年，浙江省委分别给每个进行整治和生活污水处理的村庄补助 20 万元和 10 万元，而各地市县政府也会相应地给予补贴，比如衢州市分别给 5 万元和 3 万元补助；给每个乡镇垃圾转运站补贴 12 万元，给每个垃圾焚烧炉 3 万元补贴，每个沼气池补助 500 元，还给贫困村的清洁员补助一定的报酬等。杭州市还对每个示范村编制规划给予 5 万元补助。在经历了十多年的建设后，乡村基础设施有了很大改善，村容村貌发生明显的变化，农村比以前更适合居住和生活，由此也带动了村庄旅游等产业的发展。

"十二五"期间，浙江省全面贯彻"八八战略"，推进全面小康六大行动，对城乡公共服务一体化有了更高的要求。总体上说，过去十多年浙江城乡公共服务有了很大改善，但是均等化水平还有待提高，还有一些村庄在公共服务上依然比较落后，不论是量上还是质上，都与城镇有较大的差距，一些制度衔接还不够，公共服务资源配置基本上还是集中在城市。在"十二五"规划中，浙江省对基本公共服务均等化给出了很具体的指标，比如说，就业服

---

① 《关于对实施"百村示范、千村整治"工程情况的调研报告》，http://gtog.ningbo.gov.cn/art/2004/8/13/art_ 13195_ 653681. html。

务覆盖率要达到100%，为5万人提供创业培训，为500万人次提供各类职业技能培训，城乡居民社会养老保险参保人数为1400万左右以及参保率稳定在95%以上，农村新型合作医疗保险参保率稳定在95%以上，低保、自然灾害救助、医疗救助、五保和三无供养、养老服务补贴、殡葬补贴、优待抚恤、重点优抚对象集中供养、退伍军人安置、社会基本医疗保险康复项目、托（安）养服务、残疾儿童抢救性康复、义务教育免费、农村义务教育营养改善、中等职业教育免费、普通高中国家助学金等目标人群的覆盖率都为100%。在公共文化服务上，浙江省计划实现以中心镇、社区、村文化设施建设为重点，全面实现县（市、区）有文化馆、图书馆、博物馆，乡镇（街道）有文化活动中心或文化活动室，建立覆盖全省的公共图书馆网络体系。

由此看来，经过"十二五"的进一步发展，浙江城乡基本公共服务均等化会有更明显的提高，一体化更加明显，城乡差别会进一步缩小，区域均衡发展就更有希望。

三　城乡社会治理一体化

城乡基本公共服务均等化和一体化，本身就蕴含着社会治理的一体化，因为公共服务均等化需要配以体制机制改革和创新、人员配置以及实施方式的改变。当然，农村与城市在社会治理上有一个最明显的差别，就是基层组织组织程度不同：农村的基层就是村庄和村委会，而城市的基层是居委会，虽然它们都是自治组织，但是村委会集中了村庄的政治、经济资源，尤其是村委会在很多村庄就是村集体的代理人，许多村庄都有自己的集体收入和集体资产，而居委会没有这样的经济基础。浙江为了推进城乡一体化，在社会治理上，改变了过去基本上很少在村庄社会治理上投入公共资源的做法，而越来越多地为村庄社会治理提供财政资源，同时也逐渐改变农村社会的组织方式，比如村委会承担的公共服务越来越多，政府对村委会的考核越来越具体，越来越指标化，越来越多的村庄引进电子设备进行管控，因此，村庄管理越来越行政化、技术化、信息化。舟山市的"网格化管理、组团式服务"就首先发源于农村，并向全市推行。这个模式典型地体现了城乡社会治理一体化。

浙江省各地都在不同程度地学习、借鉴舟山市的"网格化管理、组团式服务"的做法。当然，其他地方也有一些社会治理创新做法。嘉兴市自从取消了农业户口和非农户口的区分，首先对村庄进行合并、集中居住等改造，然后引进社区居委会和物业管理，在一定程度上将城市社会治理方式向农村推行，使得农村在管理上与城市趋同。当然从服务角度看，城市社会治理有其优势，有助于推进城乡基本公共服务均等化，但是，农村社会的自治功能在一定程度上受到削弱。众所周知，在传统农村社会，除了村委会外，它还有自己的一套社会运行规则和机制，它们运行了上千年，对于稳定乡村社会治理秩序有着很好的功效，但是现在在城乡社会治理一体化面前已经变得很弱，甚至消失了，无疑会增强乡村社会治理的行政色彩，给乡村治理带来许多挑战和矛盾。因此，在讨论城乡社会治理一体化的时候，需要给予乡村自治更多的空间，而不应压缩其空间，在增加乡村社会服务和公共服务的同时，应该给予村民更多的选择权，同样城市居民也有这样的需求。

四　农民市民化和外来人口本地化

十八届三中全会提出了新型城镇化战略。新型城镇化与原来城镇化的不同之处在于以人为本，或者说以人为核心。也就是说，过去城镇化过于重视物质和形体的城镇化，而忽视了将人作为重点。那么新型城镇化中所谓的"人"至少包括这样三部分：生活在棚户区、城中村中的城镇居民，非本地户籍的流动人口，本地户籍的农村人口。显然，这三部分人在浙江都存在，应该属于浙江新型城镇化和城乡一体化的重点对象。浙江的新型城镇化在一定程度上也走在全国前列，比如2011年11月1日，浙江居住证开始生效，这个证件赋予浙江新居民（非本地户籍的外来人口）更多的社会权利。

在浙江的城乡一体化中，农民市民化呈现两种状态：一种是，凡是户籍在本地的农民可以转变为城镇居民，浙江省已经取消了农业户口与非农户口的区分，鼓励农民向城镇转移。另一种是那些依然生活在农村，或者依然从事农业生产和劳动的农民越来越多地享受市民待遇，或者说拥有与市民越来越接近的待遇。从上面公共服务和社会保障、社会治理等方面看，浙江农民越来越多地市民化或者享受到与市民越来越接近的社会权利。在行动上，浙江省也在加快农民向城镇转移，使他们市民化。浙江省于 2005 年出台的《浙江省统筹城乡发展推进城乡一体化纲要》明确提出，要"加快培育中心镇，使之成为连接城乡的节点和繁荣农村、服务农业、集聚农民的重要载体"。2007 年，浙江省政府颁布《浙江省中心镇发展规划（2006～2020年)》，明确重点支持 200 个左右的中心镇发展。2010 年，省委、省政府出台《进一步加快中心镇发展改革的若干意见》，提出到 2015 年，将全省 200个中心镇建设成为产业特色鲜明、生态环境优良、社会事业进步、功能设施完善的县域中心或副中心。在这样的努力下，浙江省城镇化进程明显快于全国平均速度，在改革开放之初的 1978 年，浙江城镇化水平仅为 14.5%，低于全国平均水平 3.4 个百分点，到 2012 年，浙江城镇化水平达到 63.2%，高出全国平均水平约 10.3 个百分点。

在城乡一体化进程中，在公共服务以及社会保障、社会治理上如何将外来人口（浙江称之为新居民）与本地居民一视同仁，是一个依然没有解决的问题，也是当前我国新型城镇化面临的最大挑战。浙江省在这方面有了一些新的尝试和经验。浙江从 2011 年对外来人口实施居住证政策，将居住证分为两类，一类是普通类型，另一类是特殊类型。申请居住证，是有条件的。特殊类型是针对那些获得荣誉、当选了居住地人大代表或政协委员、投资创业或作为引进人才的外来人口，这些人都是外来人口中的精英，占的比重很小。普通类型居住证面向绝大多数外来人口，但是要拿到它，也要满足这样几项条件：持有浙江临时居住证，且连续住满三年；有固定住所；有稳定工作；具有高中以上文化程度；缴纳社会保险费 3 年以上；无违反计划生育子女行为；无违法犯罪记录。

持有居住证的外来人口比没有的人，能享受到更多的公共服务，但是也没有本地人口多。浙江的政策规定，凡是持有居住证的人，至少可以享受这样几项公共服务和政策待遇：如果企业或单位给缴纳了公积金，那么持有居住证一旦与单位脱离了劳动关系，想离开流入地，可以一次性取走个人账户中的缴存余额（包括单位缴存的等额部分）；享受计划生育救助政策；如果患有结核病、血吸虫病、艾滋病等传染性疾病，可以享受国家规定的免费检查和治疗；可按规定参加当地各种荣誉称号的评选活动并享受相应待遇；符合相关政策条件的，可以申请租住政府提供的住房或流动人口集中居住点住房（具体政策另行制定）。

显然浙江省的居住证政策规定了申请条件和享受的待遇，有一定的门槛，并不是所有的外来人口都能无条件享受到。这看起来有助于吸纳一部分外来人口为浙江居民，但是事实上，现有的体制并没有激发外来人口特别是农村流动人口"本地化""城镇化"。但不管怎样，居住证政策至少为在浙江工作、生活的不少外来人口，提供了比以前好一些的公共服务，有助于化解外来人口与本地人口、本地社会的一些矛盾。

所以从广义上看，城乡一体化不仅使本地城乡户籍居民享受同等的基本公共服务，也使更多的外来人口享受到与本地居民同等的基本公共服务。

第五节　城乡一体化实践与中国梦

浙江省城乡一体化进程起步早，取得了较好的效果，已经构筑起一个较为完整的城乡一体化政策体系和管理体系，同时城乡一体化理念深入各级政府领导和干部的心里，成为他们实践行动的指南。浙江之所以在全国较早开启城乡一体化进程，与浙江的社会经济相对发达有重要的关系，也与各级政府较早树立城乡一体化的社会治理理念密切相关。浙江省的城乡一体化实践为全国的现代化、新型城镇化以及城乡一体化提供了一些难得的、有价值的经验。这里分别从国家和社会层面来讨论这一点。

一　城乡一体化对国家的价值和意义

过去三十多年中国经历了巨大的、飞跃式的发展，可谓世界新的奇迹，到现在已经进入小康社会阶段。但是，中国当前的社会差距比以前不是缩小了，而是扩大了。中央认为，目前中国实现的小康是不均衡、低水平的小康，到 2020 年要实现全面小康。全面小康的一个重要要求就是社会经济发展比较均衡，体现在城乡之间、区域之间、群体和阶层之间。与全国其他省份比较，浙江的发展不论在城乡之间还是区域之间，是相对均衡一些，比如城乡收入差距比全国平均小 0.8；全省地市级之间人均 GDP 最高的比最低的也就高出 1.3 倍左右；浙江的城镇化水平高出全国平均水平 10 个百分点左右；从各地的城乡均衡水平来看，在很多指标都达到了 80% 以上。如此比较均衡的发展，对整个国家来说，是一个参照坐标。为什么浙江会有这样的发展态势？这一方面是城乡一体化的表现，另一方面也是城乡一体化实践的产物。

浙江省的城乡一体化建设对国家来说，至少有这样几点可以值得借鉴的经验：第一，规划先行。浙江省专门出台了城乡一体化规划，对城乡社会、经济、公共服务、生态环境等都进行了认真、细致的规划，为推进城乡一体化提供了政策指南。凡是城乡一体化搞得好的地方，首先都是规划做得好。浙江是对全省城乡一体化进行统筹规划，这在全国都是领先的。第二，浙江按照规划，推出一系列的政策措施，以落实有关规划。第三，浙江省建立了城乡一体化评估指标体系，尽管这个体系有待完善，但是这个体系的许多指标都是可测量的，对于各地政府推进城乡一体化的做法起到了重要的监督和促进作用。第四，浙江省在城乡一体化建设上采取逐步推进的方式，先搞示范村、示范城镇，然后让其他村镇看到城乡一体化的意义和效果，从而激发各地的积极性。第五，浙江省政府加大城乡一体化投入力度，把省级投入作为激发地方政府和村庄积极性的手段，从而撬动地方的各种资源向城乡一体化方向投入。

当然，也许有人会认为浙江的城乡一体化是有相当好的经济基础的，全国其他许多省市并不具有这样的条件。城乡一体化确实需要一定的经济投入，但是并不完全取决于经济基础。城乡一体化首先是一种理念，也就是一种发展理念，在同样的经济条件下，理念不同，可能会有不同的发展效果。因此可以说，城乡一体化可以在全国进行，关键在于发展理念的调整以及相应的制度政策和措施设计。城乡一体化在全国的推进并不是不可能的。当前我国只要把城乡一体化与新型城镇化融合在一起，就能更有利地促进我国更好更快地推进全面小康社会建设。

二　城乡一体化对社会的价值和意义

城乡收入差异、农村人口与城镇居民的社会地位差异已经演化成我国重大的社会问题，或者说这两个差异带来许多社会问题，尤其是社会团结和融合问题。城乡收入差异虽然在最近几年有所缩小，对我国基尼系数的影响也在下降，但是，依然是影响我国收入差异的重要因素。城乡收入差距使大量农村人口涌入城镇务工经商，将城乡差距带入城镇社会内部，出现了两个巨大的、差异非常明显、甚至存在一定张力的社会群体，即城镇居民与农村流动人口。而农村青壮年大量外出，反过来使农村社会衰败，产生了新的"三农"问题。

浙江省的城乡一体化实践可以解决当前我国面临的许多社会问题，尤其是城乡收入差距和城乡居民的社会地位差异问题。城乡一体化在很大程度上改善了浙江"城不像城、村不像村"的尴尬局面，不仅城市变得更适宜人们居住，而且农村由于基础设施改善而变得更美丽，吸引了越来越多的城镇居民到农村休闲，甚至居住。城乡一体化的一个重要表现是，城乡居民可以相互流动和迁移，即城镇居民可以到乡村去生活工作，而农村居民可以进城生活工作，由此，城镇居民与农村居民两个群体的差异消失。在杭州、宁波等城市周围，许多农村居民的生活条件超过了不少城镇居民，让后者羡慕不已。

与此同时，浙江省通过居住证政策，试图缩小本地居民与外来人口之间的差异，化解这两个群体之间的张力，使更多的外来人口融入浙江社会。当然，相对于城乡居民差距的缩小而言，外来人口与本地人的差距并没有那么快缩小。这里的原因比较复杂，除了浙江在促进外地人融入本地社会方面还有更大的工作可做外，还需要全国城乡一体化的推进。

总而言之，城乡一体化是促进社会和谐的重要途径。如果能够有效地化解城乡差距、本地人与外地人的差距，意味着我国的发展成果让大多数人分享，就能促进社会的和谐和团结。这不正是全面小康社会和中国梦的内在要求吗？

第三章
社会事业与公共服务均等化

现代社会是一个高风险社会，在现代社会，个人难以承担由于高度专业化分工给公民个人带来的高风险，因此需要由政府来构建一个覆盖全体人民的公共服务体系。综观全球，过去一个世纪，政府在公共服务领域承担起了越来越多的责任。从 20 世纪初期开始，西方主要国家的政府不再奉行"管得最少的政府就是最好的政府"的理念，随着市场经济的发展，诸如失业、贫困、环境、卫生等问题也日益严重，政府开始编织覆盖全社会的公共服务保障体系，由此政府的规模开始逐步扩大。尤其是二战以后，各个国家进行了一系列社会保障制度的立法，建立福利国家制度，政府规模持续扩张。比如，根据有关研究，在六个发达国家，1913 年政府花费占 GDP 的比重是 11.7%，1999 年则达到42%。① 而与政府规模的扩张密切相关的，是各个国家用于公共服务的支出在大幅上升。在一份对 17 个发达国家的数据分析中，在 1913 年，教育支出、医疗卫生支出和养老金支出占 GDP 的比重，分别是 1.3%、0.3% 和 0.4%。而到 1996 年，这三项支出的比重分别达到 6.1%、6.4% 和 9.6%。② 正如梅志理所言："没有经济发展，社会发展是不可能的；而如果不能显著提高全体人民的福利水平，经济发展就失去意义。"③ 大体而言，现代政府提供的公共服务主要包括：提供就业、基本社会保障等基本民生性服务；提供教育、医

---

① Allen Schick. *Modernizing the State*：*Restructuring China's PSUs Delivering Public Services*, prepared for World Bank, 2004.

② Allen Schick. *Modernizing the State*：*Restructuring China's PSUs Delivering Public Services*, prepared for World Bank, 2004.

③ James Midgley. *Social Welfare in Global Context*，*Thousand Oaks*，California：Sage Publications，1997，p. 181.

疗、公共文化等公共事业性服务；提供环境保护、基础设施建设等公益性基础服务；提供生产、消费、社会安全等公共安全性服务。

进入 21 世纪以来，我国政府开始打破过去基于户籍和单位制的福利体系，致力于构建覆盖全体人民的均等化公共服务体系，通过增强政府的公共服务责任，扩大公共服务财政支出，建立健全全社会最低限度的公共服务保障体系，努力实现基本公共服务的均等化。党的十六届六中全会通过的《关于构建社会主义和谐社会若干重大问题的决定》强调，要"逐步实现基本公共服务均等化"，并强调要"加大财政在教育、卫生、文化、就业、再就业服务、社会保障、生态环境、公共基础设施、社会治安等方面的投入"；并对建立健全基本公共服务体系作出了重大决策部署，将"推进基本公共服务均等化"作为"十二五"时期国民经济和社会发展的重大政策导向。党的十八大以来，党和政府继续强调通过深化体制改革推进公共服务建设，2012 年习近平总书记在新一届政治局常委见面会上的讲话中这样说道："我们的人民热爱生活，期盼有更好的教育、更稳定的工作、更满意的收入、更可靠的社会保障、更高水平的医疗卫生服务、更舒适的居住条件、更优美的环境，期盼着孩子们能成长得更好、工作得更好、生活得更好。人民对美好生活的向往，就是我们的奋斗目标。"[①] 党的十八届三中全会提出要"紧紧围绕更好保障和改善民生、促进社会公平正义深化社会体制改革，改革收入分配制度，促进共同富裕"。

第一节　社会事业和公共服务的总体构想

对公共服务的理解有广义和狭义之分，广义的公共服务包括政府所提供的所有产品和服务。比如孙晓莉认为，公共服务包括政权性公共服务、社会性公共服务和经营性公共服务。[②] 狭义的公共服务主要是指利用公共资源，

---

① 《习近平总书记系列重要讲话精神学习读本》编写组编写《习近平总书记系列重要讲话精神学习读本》，中国方正出版社，2014，第180页。
② 参见孙晓莉《中外公共服务体制比较》，国家行政学院出版社，2007，第9~11页。

面向人民所提供的文化、教育、医疗、社会保障、科技、体育等各种社会性服务。陈昌盛和蔡跃洲认为，所谓公共服务，通常指建立在一定社会共识基础上，一国全体公民不论其种族、收入和地位差异，都应该平等、普遍享有的服务。从范围看，公共服务不仅包含通常所说的公共产品，而且包括那些市场供应不足的产品和服务。① 社会事业是指各级政府领导的社会建设和社会服务事业，是与行政部门和企业（包括金融机构）行为相并列的活动。具体而言，社会事业是指国家为了社会公益目的，由国家机关或其他组织举办的从事教育、科技、文化、卫生等活动的社会服务。在我国各级政府发布的相关文件中，社会事业包括教育事业、医疗卫生、劳动就业、社会保障、科技事业、文化事业、体育事业、社区建设、旅游事业、人口与计划生育等10个方面。因此，社会事业属于狭义理解的公共服务的范畴，但一般而言，公共服务所涵盖的范围比社会事业要广，公共服务除了社会事业，还包括救灾救济等各种面向弱势群体的服务。而在关于公共服务均等化的政策论述中，一般指的就是各种社会事业方面服务的均等化，而不包括救灾救济等内容。

一 浙江基本公共服务体系建构的整体思路和主要战略

2003年以来，浙江以基本公共服务均等化为目标，积极调整财政支出结构，把更多财政资金投向公共服务领域，向农村、欠发达地区、低收入人群倾斜。从2003年到2013年，浙江财政教育经费支出从164亿元增长到950亿元，年均增长约19%；医疗卫生支出从45亿元增长到351亿元，年均增长近23%。伴随着财政经费的增长，各种公共服务政策也开始调整，相关政策调整首先从新型农村合作医疗开始，新型农村合作医疗制度2003年开始启动试点，到2013年已经有2200万人参加了新型农村合作医疗保险，人均筹资额达到665.9元。从2005年起，浙江对参合农民提供两年一次的免费健康体检。在教育方面，从2005年到2007年，累计资助家庭经济困难学生176万人，为90

---

① 参见陈昌盛、蔡跃洲《中国政府公共服务：体制变迁与地区综合评估》，中国社会科学出版社，2007，第6页。

万名贫困学生免费提供爱心营养餐，食宿改造工程竣工 278.7 万平方米，培训农村教师 21 万名。实施支教制度，从 2005 年开始，每年从 50 个教育强县选派 100 名骨干教师到 25 个欠发达县和 2 个海岛县进行为期一年的支教，从制度上推进教师队伍均衡化。积极推进覆盖城乡的社会保障体系建设，各级财政社会保障投入由 2003 年的 110 亿元增加到 2007 年的 301 亿元，增长 1.74 倍。

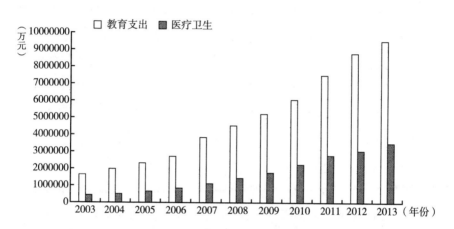

图 3 - 1　2003 ~ 2013 年教育和医疗卫生支出的增长

资料来源：根据《浙江财政统计年鉴》（2004 ~ 2014）的相关数据绘制。

2004 年 10 月，浙江省制定出台《关于建立健全为民办实事长效机制的若干意见》，建立健全民情反映机制、民主决策机制、责任落实机制、投入保障机制、督查考评机制。各市、县（市、区）也结合本地实际，就为民办实事的项目选择、工作要求、责任落实等，出台了实施意见。特别是从 2005 年起，在每年的政府工作报告中向全省人民承诺，办好关系群众切身利益的就业、社保、就医、就学、住房、环保、农村设施等 10 个方面的实事，并且每一件实事都有明确的量化目标，得到广大群众的一致好评。浙江省统计局 2006、2007 年连续两年在 11 个市 93 个县随机调查了 4000 户居民，人民群众对十方面实事的满意度分别达到 88.8% 和 91.6%。

近年来，随着浙江进入人均生产总值超过 10000 美元的新阶段，城乡区域协调发展迈上新台阶，城乡居民生活质量和水平不断提高，经济持续健康快速的发展为推进基本公共服务均等化体系建设打下了坚实的基础。在 2007 年 6 月召开的浙江省第十二届党代会上，浙江省委首次提出了经济建设、政治建设、社会建设、文化建设"四位一体"的发展思路，明确社会建设的核心就是改善民生，要求建设惠及全省人民的小康社会。2008 年初，浙江省委、省政府正式出台"推进全面小康六大行动计划"，部署推进自主创新能力提升、重大项目建设、资源节约与环境保护、基本公共服务均等化、低收入群众增收、公民权益依法保障行动计划。同年浙江启动了全国首个"基本公共服务均等化行动计划"，该计划提出浙江要通过 5 年努力，建立健全多层次、全覆盖的社会保障体系，配置公平、发展均衡的社会事业体系，布局合理、城乡共享的公用设施体系，实现基本公共服务覆盖城乡、区域均衡、全民共享，促进社会公平正义和人的全面发展。

根据《浙江省国民经济和社会发展第十二个五年规划纲要》和《浙江省基本公共服务体系"十二五"规划》的要求，浙江省基本公共服务均等化建设的整体思路是：按照全面实施"八八战略"和"创业富民、创新强省"的总战略，以建设惠及浙江省人民的小康社会为要求，完善基本公共服务制度，并将其作为公共产品向公众提供，建立健全符合省情、功能完善、覆盖城乡、便捷高效、可持续的基本公共服务体系，提升浙江省基本公共服务均等化水平。同时，着力缩小城乡、区域以及不同群体之间的基本公共服务差距，加大对乡村、贫困地区和弱势群体供给公共资源的力度，实现公共服务资源的全民共享。建立健全广覆盖、多层次的社会保障体系、公用设施体系等，确保浙江全省居民平等享有教育、医疗、文体、社保、基础设施和生态环保等基本公共服务。最后，明确政府在基本公共服务供给中的主体地位，完善财政保障机制，形成政府提供公共服务的长效机制，充分发挥市场和社会力量的积极作用，创新基本公共服务的供给模式，进一步形成公平竞争和广泛参与的基本公共服务供给格局，让均等化的基本公共服务体系惠及全省所有的城乡居民。

浙江省通过对基本公共服务体系的建立健全，进一步保障和改善民生，不断向建设惠及全省人民的小康社会的总要求迈进。到 2015 年，浙江省力争实现基本公共服务均等化，建成较为健全的覆盖城乡的可持续的基本公共服务体系。浙江省基本公共服务体系建构的主要目标是：①完备的制度体系。城乡各区域实现基本生活制度、基本保障制度、基本安全服务制度等全覆盖，各项有关监督管理、资源配置、服务供给的机制全面建立，并且按照国家关于基本公共服务的供给标准实现动态调整。②城乡的均衡发展。浙江省在建构基本公共服务体系的过程中要着力缩小城乡和不同地区之间人均基本公共服务财政支出水平的差距，坚持统筹兼顾，加大向部分农村和欠发达地区资源倾斜的力度，实现公共资源的均匀覆盖，提高各区域公共服务设施标准化水平，实现城乡基本公共服务的均衡发展。③供给的有效扩大。大幅增加对基本公共服务的投入力度，实施公共服务提升工程，扩大基本公共服务的资源总量，拓展公共服务供给渠道，积极引导市场和社会力量，打造基本公共服务供给的多元格局。④群众的更加满意。浙江省基本公共服务体系的建构要从广大人民群众的发展愿望和根本利益出发，保障城乡所有居民都能平等地享受到公共服务资源，全面建立以基层为重点的基本公共服务网络。同时建立有效的群众需求表达机制和渠道，在不断听取群众意见的基础上完善基本公共服务的供给，提高社会满意度。①

二　浙江基本公共服务体系建设的主要目标

（一）加快建立全覆盖、高水平的大社保体系

按照"全覆盖、多层次、保基本、可持续"的要求，加快构建覆盖城乡全体居民的社会保障体系。一是完善包括养老、医疗、工伤、失业和生育保险在内的社会保障体系，将社会保险的重点集中到农民工、残疾人、灵活就业人员和非公有制经济组织从业人员身上。二是完善城乡新型社会救助体系，健全社会救助政策，全面推进社会救助的法制化、规范化，充实基层社会救助力量，统筹城乡低保标准和医疗救助水平，为困难群众提供法律援助。三是建立适应浙江省经济社会发展水平、面向城乡全体居民的新型福利

---

① 《浙江省基本公共服务体系"十二五"规划》，http：//www.zj.gov.cn/art/2013/1/15/art_12460_71284.html，最后访问日期：2014年9月29日。

体系，主要以老年人、残疾儿童、弃婴、流浪乞讨人员、暂时无家可归人员和精神病人等群体为主，推进社会公益服务和社区福利服务。四是全面落实优抚保障政策，完善重点优抚对象抚恤补助标准增长机制，构建"优待"加"普惠"的新型优抚保障机制。五是坚持就业优先，完善就业保障，通过实施积极的就业政策，扩展就业平台和机会，增加就业者人数；并加强对劳动者合法权益的保护，全面实行劳动合同制度，改善劳动环境。

（二）促进城乡基本公共教育均衡发展

基础教育均等化要保障人人平等地享受到公共教育资源，尤其是弱势群体接受义务教育的权利，主要解决农村教育和流动人口教育问题。首先是促进农村义务教育均衡发展。包括统筹城乡义务教育资源配置，加大财政转移支付力度，扶持农村地区发展义务教育，建立城乡一体的义务教育发展机制，通过建立和完善义务教育阶段校长、教师的正常流动机制，推进农村中小学信息化水平建设，逐步实现城乡义务教育学校在设施完善、资金投入、教师引进等方面基本均衡。并加强农村学前教育，建立健全学前教育资助制度，对农村贫困儿童和残疾儿童入园给予一定的保育费资助。

其次是改进外来进城务工人员子女教育工作。保障符合条件的外来进城务工人员随迁子女的义务教育工作，建立健全外来务工人员子女接受义务教育的保障机制。并加大对进城务工人员子女接受教育的投入力度，完善预算管理，落实各项资助经费。

（三）加快城乡基本医疗卫生体系建设

（1）优化城乡医疗服务。充分发挥社区卫生服务机构的基础性作用，健全基层医疗服务网络，组建共享的医疗资源中心，为区域内的居民提供均等的医疗资源服务，引导城乡居民"小病在社区，大病进医院"分层次就医。加强基层医疗卫生人才建设，培育全科医生队伍，鼓励医疗卫生人才进基层服务，促进医疗人才的合理流动，优化城乡人力资源和队伍素质结构，提高基层医疗机构的服务水平。推动公立医院改革，完善医院各项管理制度，切实保证医疗质量。加大农村医疗卫生的资金投入和对农村医疗卫生事业的支持力度。

（2）改善城乡公共卫生服务。建立和完善公共卫生服务项目调整制度，将食品安全、饮用水卫生、职业卫生、卫生应急等项目纳入公共卫生服务项目，加大对重点人群的公共卫生保障力度，健全相关服务网络和急救体系，提高应急处置重大公共卫生事件的能力。

（3）完善药品供应和安全保障。规范药品采购制度，完善以国家基本药物制度为基础的药品供应保障体系，推进药品配送网络建设。加强以基本药物为重点的药品安全监管，严格落实药品安全生产责任，完善药品安全责任体系，强化责任追究机制，规范市场秩序。

（四）完善城乡公共文化体育服务体系

（1）构建城乡一体的基本公共文化服务体系。实施农村文化人才队伍素质提升工程，对群众文化领域的骨干、管理人员进行文化服务培训，提高工作能力，提升业务素质，拓展农村文艺人才交流渠道。推进城乡基层公共文化服务资源的共建共享，开展"文化走亲"和"文化下乡"等活动。加强文化中心村建设，打造村落文化圈，形成综合文化站、文化中心村、文化活动室等相互关联的文化活动场所。鼓励农民自办文化活动，打造农村文化活动品牌。

（2）加快文化基础设施建设。着力改善县级图书馆、乡镇文化站等开展公共文化服务场所所需的设备条件，提升文化服务功能，加强文化基础设施的信息化、数字化建设，缩小公共文化设施的城乡差距，完善对农村文化设施的扶持政策。

（3）推进群众体育事业发展。通过完善基层公共体育设施建设，尤其是加大对贫困地区公共体育设施建设的经费保障和投入力度，将财政资金适当向乡镇、社区、农村倾斜，实现城乡公共体育设施的均等化。通过优化公共体育服务政策，努力提高体育设施开放率，实施全民健身计划，开展各类群众性体育活动。建立健全现代公共体育服务制度，提高公共体育服务质量。

（五）加强城乡生活基础设施建设

（1）改进农村供水供电基础设施。深入实施"农村饮水安全工程"，提高居民饮用水质量，改善农村饮水条件，加强供水安全保障基础设施和应急体系建设，推进城乡供水一体化。进一步推进农村供电设施建设，加快农村电网的改造进程，建成运行安全可靠的智能电网，确保满足农村居民和企业的用电需要。

（2）促进城乡交通统筹发展。加强农村公路建设和对农村公路的养护管理，使城市公交可以向周边农村地区延伸，扩大城市公交的覆盖面，构筑城乡交通安全网。统一规划城乡公交、客运等交通站点设施，形成合理高效的换乘枢纽，实现城乡客运一体化。推进城乡交通运输和物流一体化建设，推广城乡公共交通智能管理、区域交通"一卡通"等技术，提升交通服务水平。

（3）推进城市邮政通信向农村延伸。加强城乡邮政服务设施建设，主要包括邮政服务网点、邮筒、邮政报刊亭等基础设施，充分发挥邮政网络优势，提高农村邮政服务水平。加强农村通信网络设施建设，提高通信服务水平，改善农村信息化建设，提高农村宽带网络安装率，实现城乡信息技术一体化。

（六）统筹城乡生态环保建设

（1）改善环境质量，提升环境安全。通过深入实施"清洁水源、清洁空气、清洁土壤"三大行动，深化环境污染防治。提高工业、农业、生活等工程的减排质量，有效降低污染物的排放。强化各种环境风险控制，加强重金属、危险化学品等污染物的防治力度，提高安全处理生活垃圾的水平。

（2）深入开展城乡环境综合整治。加强农村环境保护，着力开展"千村示范、万村整治"工程，全面实施绿色城镇、美丽乡村行动计划，提高农村地区生态环境质量。加强对重点生态区的保护和管理，组织动员广大群众参与生态保护建设。

（3）加强环境的有效监测监控和统计。加强环境监测、环境执法和应急体系建设，尤其是增强农村环境监测能力，提升环境安全保障能力。进一步规范农村地区环境信息的统计方法，加强数据处理和通报等相关制度建设。

第二节　公共服务均等化机制

一　浙江省推进基本公共服务均等化的政策保障

（一）明确目标任务，在全国率先制定总体行动计划

改革开放以来，浙江省经济、社会持续快速健康发展，政府职能加快调

整，政府管理体制积极创新，社会管理和公共服务职能得到加强，公共财政支出结构实现优化，这些都为浙江省进一步推进基本公共服务均等化打下了坚实的基础。2008 年，浙江省在全国范围内实施首个《基本公共服务均等化行动计划（2008～2012）》，创新公共服务体制，优化公共服务质量，不断提高公共服务能力，使得浙江省基本公共服务均等化的程度不断提升。2012 年，浙江省政府出台《浙江省基本公共服务体系"十二五"规划》，对浙江省在"十二五"期间继续健全和完善基本公共服务体系做出了明确指导。

《浙江省基本公共服务体系"十二五"规划》在指导思想上明确提出"三个着力"，即着力保障城乡居民生存发展的基本需求，着力增强基层服务供给能力，着力完善体制机制。规划通过基本公共服务供给体系的合理、高效的配置，实现城乡居民共享基本公共服务，构建符合省情的可持续的基本公共服务体系；并致力于增强完善财力保障机制、服务供给机制和监督评估机制，以保障基本公共服务体系的建立健全（见表 3 - 1）。

表 3 - 1 浙江基本公共服务均等化"十二五规划"目标内容

基本生活服务	劳动服务	为劳动者免费提供全方位的就业服务
		健全面向全体劳动者的职业技能培训制度
		维护劳动者合法权益
	社会保障	扩大养老、医疗、失业、工伤和生育保险覆盖面
		深化完善城乡一体社会救助体系，全面推进社会救助法制化、规范化建设
		建立健全面向全体居民、适度普惠的新型社会福利体系
		全面落实优抚保障政策，构建"普惠"加"优待"的新型优抚保障体系
	基本住房保障	强化城镇基本住房保障
		实施农村困难家庭危房改造
基本发展服务	基本公共教育	推进九年义务教育均衡发展
		巩固学前教育普及水平
		完善普通高中布局，发展中等职业教育
		提升特殊教育质量
	基本医疗卫生	逐步将食品安全、职业卫生、精神卫生、饮用水卫生、卫生应急等重点任务纳入公共卫生服务项目
		按照"20 分钟医疗卫生服务圈"要求，健全基层卫生服务网络
		完善药品供应和安全保障制度

基本发展服务	人口计划生育	加强优生优育优教服务,提高人口素质
		坚持和完善现行生育政策,稳定低生育水平
	公共文化体育	加快构建覆盖全省、惠及全民、城乡一体的公共文化服务体系
		提高广电影视惠民服务实效,突出公益属性
		积极开展全民阅读活动,大力实施"三农"重点出版物项目
		加强基层公共体育设施建设,实现公共体育设施建设的城乡均等化
基本环境服务	生活基础设施	确立公共交通优先发展战略
		加强城乡供水供电保障
		以居民需求为导向,加快建设城乡社区公共服务平台,推进"一站式"服务
		完善农贸市场的布局和配套设施
	公共信息基础设施	加强邮政普遍服务和通信网络设施建设
		加强气象服务工作站建设
		加快建设覆盖面广、功能强、技术先进的公共地名服务体系
	环境保护	着力改善环境质量,提升群众生活品质
		提升环境安全保障能力
		着力打造绿色城镇、美丽乡村
基本安全服务	生活服务	强化食品安全监管
		健全交通安全体系
		加强社会治安综合治理
		推进消防安全体系建设
		健全消费安全保障体系
	生产安全	改善劳动生产环境,确保安全生产
		完善职业危害防治制度
		加强安全教育与培训
	防灾减灾与应急管理	完善防灾减灾应急体制机制
		健全突发事件应急体系,提高处置突发事件的能力

资料来源:《浙江省基本公共服务体系"十二五"规划》。

(二)加大财政支持力度,完善公共服务财政保障机制

早在浙江工作期间,习近平就对完善公共服务和构建服务型政府提出了许多指导性的意见,在财政保障方面,习近平指出要"按照建立服务型政府的要求,强化公共服务职能,完善公共财政制度,优化财政支出结构,加

大公共财政投入和转移支付的力度"。① 为了推动政府职能转变，努力确立
"民生财政"，优化政府的财政支出结构，让财政支出进一步向公共服务和
社会民生保障领域倾斜，逐步增强政府财政的公共性，建立基本公共服务财
政支出增长的长效机制，增强各级财政提供基本公共服务的保障能力，浙江
省实施了一系列的财政保障机制：一是完善公共财政体制，深化预算制度改
革；二是优化财政支出结构，财政支出向民生领域倾斜，确保各级财政新增
财力三分之二以上用于民生改善和社会事业；三是形成规范透明的财政转移
支付制度，尤其是加大对农村和欠发达地区的转移支付力度；四是完善各级
政府的事权财权划分，形成合理的分级保障机制，使地方政府不断深化公共
财政体制改革，努力增强提供基本公共服务的财政能力。

　　根据浙江省统计局提供的数据，"十一五"时期，全省财政用于民生的
支出累计达 7595 亿元，年均增长 21.1%，连续五年财政支出增量的三分之
二以上用于民生，2010 年达到了 75%。② 进入"十二五"时期以来，政府
财政用于公共服务的支出额度不断增加。2011 年浙江省全省财政支出执行
数为 3842.4 亿元，其中用于教育、医疗卫生、社会保障、文化体育、农林
水事务与科学技术等民生项目的支出达到 1924.83 亿元，民生支出占财政支
出比重约为 50.09%。2012 年浙江全省财政支出执行数为 4161.88 亿元，其
中用于民生支出的为 2197.57 亿元，约占财政支出总数的 52.80%。2013 年
浙江全省财政支出执行数为 4730.78 亿元，其中用于民生支出的为 2508.75
亿元，约占财政支出总数的 53.03%。③ 近些年来，为加快城乡统筹公共服
务体系建设，浙江省财政积极加大对海岛和欠发达等市县的转移支付力度，
大大改善了边远地区、欠发达地区基本公共服务供给不足和供给不均的状
况，缩小了城乡之间、区域之间以及不同收入群体之间基本公共服务水平的
差距，进一步提高了浙江省基本公共服务均等化程度（见图 3-2，图 3-3）。

---

① 习近平：《之江新语》，浙江人民出版社，2007，第 246 页。
② 参见郁建兴、徐越倩《服务型政府建设的浙江经验》，《中国行政管理》2012 年第 2 期。
③ 根据浙江统计信息网相关数据计算得出。

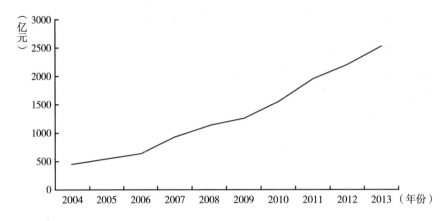

图 3 - 2　2004~2013 年浙江省公共服务支出情况

　　说明：由于从 2007 年起预算科目调整，2006 年及以前的公共服务科目主要包括：文体广播事业费、教育事业费、科学事业费、卫生经费、抚恤和社会福利救济费、行政事业离退休费、社会保障补助支出、武装警察支出、公检法司支出等。2007~2008 年的公共服务科目主要包括：公共安全、教育、科学技术、文化体育和传媒、社会保障和就业、医疗卫生、环境保护等。

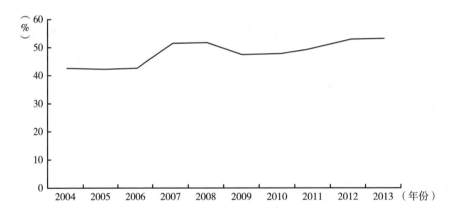

图 3 - 3　2004~2013 年浙江省公共服务支出占财政总支出比重

　　说明：图 3 - 2、图 3 - 3 中 2004~2008 年的数据来源于郁建兴、徐越倩《服务型政府建设的浙江经验》，《中国行政管理》2012 年第 2 期，2009~2013 年的数据来源于浙江统计信息网。

二　浙江省基本公共服务均等化工作的整体实施现状

　　自 2008 年浙江省制定《基本公共服务均等化行动计划》以来，省政府于当年年底设立了基本公共服务均等化行动计划工作小组，以领导和协调基本公共服务均等化的各项工作，并在随后各年制定的年度实施计划中，进一步明确相应的工作机制，确保基本公共服务均等化的各项工作顺利推进，并通过明确主体责任，完善考评体系，在各项公共服务方面都取得了显著成效。

（一）以城乡社保一体化为目标，统筹推进城乡社会保障体系建设

为构筑一体化的城乡就业和社会保障制度，浙江深入实施城乡居民社会养老保险制度，健全养老保险待遇调整机制，完善养老保险关系跨区域转移接续制度，推进国家基本养老服务体系建设试点；完善城镇职工、城镇居民医疗保险和新型农村合作医疗等基本医保跨制度、跨地区转移接续的政策制度，实现全省医保"一卡通"；继续推进失业、工伤、生育保险制度；完善城乡住房保障制度，健全廉租住房、公共租赁住房、经济适用住房等多元化的住房保障体系；坚持创业带动就业和城乡统筹就业，健全创业型城市和充分就业社区（村）建设机制，完善有利于高校毕业生充分就业、农民工转移就业、困难群体帮扶就业的体制机制。

从 2009 年开始，浙江省相继出台了城乡居民社会养老保险制度实施意见、企业职工基本养老保险省级统筹实施方案；制定了关于加快推进大学生参加城镇居民基本医疗保险，开展基本医疗保险市级统筹、门诊统筹，加强基本医疗保险基金管理等政策性文件，推动全省的"全民社保"工作进入新的历史阶段；推进城乡医疗保险制度整合，构建新型城乡社会救助体系，探索被征地农民基本生活保障与职工基本养老保险、城乡居保制度的衔接，逐步实施失业保险省级统筹，基本形成城镇住房保障体系，探索建立覆盖城乡居民的社会保险登记制度。"十一五"末，全省企业职工基本养老保险、城镇职工基本医疗保险、新型农村合作医疗、失业保险、工伤保险、生育保险参保人数分别达到1606 万人、1344 万人、2970 万人、875 万人、1475 万人、864 万人，城乡居民社会养老保险参保人数达到 1214 万人，422 万名被征地农民参加社会保障。[①]

---

① 《浙江省就业和社会保障发展"十二五"规划》，http://www.zjhrss.gov.cn/art/2012/5/2/art_7_41.html，最后访问日期：2014 年 9 月 29 日。

2014 年，省政府提出要继续扩大全民社保覆盖面，实现全年新增养老保险参保人数 80 万、医疗保险 60 万、工伤保险 50 万、失业保险 50 万、生育保险 50 万。同时以社区为依托，建设全民参保登记信息管理系统，实现年底本省户籍人口参保登记率达到 50%。稳步提高城乡居民基础养老金标准待遇水平，从之前的 80 元调整至 100 元。

（二）加大对农村教育的扶持力度，实现城乡教育均衡发展

近些年，浙江省对教育的财政投入经费不断增加，浙江财政统计资料显示，从 2003 年到 2013 年，浙江教育财政支出从 164.21 亿元增长到 2013 年的 950.06 亿元，增长了 4.8 倍。

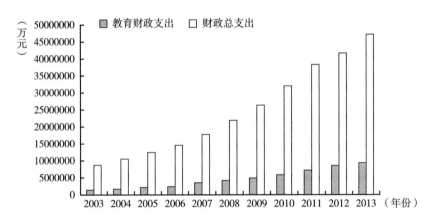

图 3-4 2003~2013 年教育财政支出情况

（1）完善义务教育经费保障机制。从 2006 年秋季开始，浙江省全面免除城乡义务教育学杂费；从 2007 年起，正式将农村义务教育全面纳入公共财政保障范围；从 2010 年春季开始，对农村义务教育公办学校属于行政事业性收费项目的住宿费项目实行免除；从 2014 年起，提高义务教育阶段学校年生均日常公用经费最低标准，小学和初中分别达到 610 元和 810 元。

（2）提升农村教师队伍整体素质，实施支教制度，促进教师资源的合理流动。从 2008 年起，实施农村中小学教师"领雁工程"，截至 2011 年，全省已累计培训 3.9 万名农村骨干教师，提高了农村教师的执教能力。同时实施支教制度，每年从教育强县里选派骨干教师到海岛县和经济欠发达县进行支教，促进教师队伍的均衡发展。

（3）实施农村中小学爱心营养餐工程。从2005年到2011年，全省共投入6.8亿元，为农村中小学低收入家庭子女提供每周2~3餐荤素搭配、营养合理的营养餐，让259万名学生吃上了"爱心营养餐"。2012年又提高了农村中小学低收入家庭子女爱心营养餐最低标准，从之前的每生每年350元提高到750元，并且做到每天一餐，受益学生比例达到义务教育学生总数的7%。

（4）积极改善农村学校办学及住宿条件。从2008年起实施农村小规模学校改造工程，有效改善边远山区学校办学条件。除了办学条件的改善之外，从2009年起实施农村中小学教师集体宿舍维修改造工程，农村中小学教师集体宿舍普遍达到功能配套、结构安全，基本满足教师日常需求。

（三）推进覆盖城乡的医疗卫生服务一体化建设

近些年，浙江省健全基本医疗保障制度，努力实现人人参保，提高保障水平；健全基层医疗卫生服务体系，推进以全科医生为重点的基层医疗卫生人才队伍建设，全面实施县乡村医疗卫生资源统筹配置改革。

（1）进一步完善新型农村合作医疗制度，提高基本医疗保障水平。截至2012年，全省新型农村合作医疗参合率达97.7%，比2011年提高了0.2个百分点，人均筹资标准达482.5元，其中财政补助342.2元，均比往年有所提升。最高支付限额全部达到当地农民人均纯收入的6倍以上，统筹地区政策内住院费用报销比例在72%以上，普通门诊实际补偿率达27.8%。① 以县为单位全面实施儿童白血病、先天性心脏病、尿毒症等医疗保障试点，实际补偿比例不低于限定费用的70%。78个县（市、区）实施新农合支付方式改革，建立新农合报销和医疗救助统一服务平台。2013年，浙江省提高城乡居民基本医疗保障财政最低补助标准至290元。深化完善公立医院投入和补偿机制改革，统筹2亿元资金推进城市医疗资源下沉，已有15家省级

---

① 《2012年全省卫生工作总结》，http://www.zjwst.gov.cn/art/2013/5/29/art_317_231802.html，最后访问日期：2014年9月29日。

医院与 24 个县市区 27 家医院开展了托管合作办医，使当地群众能够更方便地享受优质医疗服务。

（2）健全基层医疗卫生体系，提升医疗卫生服务能力。2011 年，浙江省共争取中央投资 2.518 亿元，安排省级专项补助 1.9 亿元，重点支持 9 家县级医院、6 家精神卫生医院、12 家县级卫生监督机构、86 家中心乡镇卫生院、2900 多家村卫生室（社区卫生服务站）业务用房建设和 28 家县级医院能力建设。所有县（市）已经达到至少有一所二级甲等医疗机构的目标，村级医疗卫生服务实现全覆盖。在基层医疗队伍建设中，全省定向培养农村社区医生 1062 名，安排全科医生岗位培训 1200 名，社区护士岗位培训 1000 名，复合型公共卫生骨干人才培训 170 名。2012 年，8 个市的 23 个县开展了全科医生签约服务工作，增强了健康管理服务的有效性和综合性。浙江省推进乡村卫生一体化进程，紧密型一体化管理率达 65.1%。①

（3）实现国家基本药物制度全面覆盖。浙江全省现已实现政府举办的基层医疗卫生机构基本药物制度的全覆盖，药品销售价格平均下降 30%，累计为群众减少药品支出 30 多亿元。进一步巩固政府办基层医疗卫生机构实施基本药物制度，推动基本药物制度向一体化管理村卫生室、非政府办基层医疗机构及公立医院延伸，全省实施基本药物制度的村卫生室（社区卫生服务站）比例达 64.88%。同时加强基层医务人员基本药物知识培训，引导医务人员规范科学用药。

（4）积极探索推进县级公立医院改革。2011 年浙江省确定了 29 个县（市、区）率先开展县级公立医院综合改革试点，着重抓好 55 个县级医学龙头学科建设，并于当年年内新增 30 个县级医学龙头学科建设项目。18 家省级医院与 38 家欠发达地区县级医院、73 家三级医院与 250 家医疗机构（含乡镇卫生院）建立长期对口支援关系，提升县级医院的综合医疗服务能力。②

---

① 《2012 年全省卫生工作总结》，http：//www. zjwst. gov. cn/art/2013/5/29/art_ 317_ 231802. html，最后访问日期：2014 年 9 月 29 日。

② 《2011 年全省卫生工作总结》，http：//www. zjwst. gov. cn/art/2012/3/28/art_ 317_ 178057. html，最后访问日期：2014 年 9 月 29 日。

到 2014 年，浙江省所有县级公立医院均实施了以破除以药补医为抓手的综合改革。县级公立医院改革同步推进药品加成政策、医疗服务收费政策、医疗保险结算和支付政策及财政投入政策 4 项改革。将医疗服务价格调整方案制定权下放给试点县（市、区）。各试点县在落实药品零差率等改革措施的同时，着力建立医院经济运行、医院内部管理、医院人事管理激励等新机制，实现县级公立医院服务能力、管理水平、群众满意度和医务人员积极性的 4 个提升。

（四）坚持普惠共享，推进公共文化和体育服务城乡全覆盖

浙江省积极完善公共文化服务体系，深化公益性文化事业单位管理体制和运行机制改革，以全面改善文化民生、实现文化惠民为目标，正确把握文化事业发展的方向和着力点，实现公共文化产品的有效供给，扩大基本公共文化服务的覆盖面，努力保障城乡基本公共文化服务均等化。

（1）加强基层文化基础设施建设，形成省、市、县、乡、村五级覆盖的文化设施网络。舟山市海洋文化艺术中心、绍兴市文化中心、临海市文化广场综合体、景宁县文化中心等一批市、县级重点文化设施建成投用或推进建设。县级图书馆、县级文化馆、乡镇综合文化站和文化信息资源共享工程基本实现全覆盖，实施村级文化活动室全覆盖计划，截至 2013 年底，覆盖率达 97.8%。积极推进县图书馆乡镇分馆建设，2013 年新建成 56 个中心镇图书馆。[1] 全省率先实行全省博物馆、图书馆、美术馆、文化馆（站）的免费开放，实行免费办理借书证，开通全省网络图书馆，积极构建城乡一体化的公共图书馆服务体系。

（2）创新文化服务形式，加大文化供给力度，持续开展送文化惠民活动。公共文化服务体系建设呈现全面提升的良好态势，坚持以农村为重点，实施"新农村文化建设工程"和"文化低保工程"，鼓励全省各县（市、区）之间开展"文化走亲"活动。2012 年，浙江省文化惠民力度持续加大，

---

[1] 《浙江省文化厅 2013 年工作总结》，http://www.zjwh.gov.cn/zwxx/2014-02-10/159303.html，最后访问日期：2014 年 9 月 29 日。

累计组织送戏下乡 2.15 万余场，送书下乡 195 万余册，送讲座展览 3854 场，开展"文化走亲"活动 1760 场次。[①] 另外，全省每年安排"文化低保"专项资金，为弱势群体定向提供文化服务。

（3）实施基层文化队伍素质提升工程，培训基层文艺骨干。"十一五"时期，全省省、市、县三级文化部门累计培训基层文化干部、业余文艺骨干、村级文化管理员超过 11 万人次，[②] 基本形成了一支扎根基层、专兼结合的基层公共文化服务队伍。2012 年，省、市、县培训基层文化队伍 15 万余人次，整合全省 3 万余支文体团队、50 余万名业余文艺骨干，组建浙江省文化志愿者联合会，积极开展文化志愿服务活动。[③]

（4）加快城乡体育公共服务均等化。有效实施全民健身工程，积极推进全民健身项目建设。资助建设小康体育村、省级乡镇（街道）全民健身中心、中心村全民健身广场，进一步改善了群众健身的环境。大力开展群众性体育活动，成功举办了全省首届女子体育节、第五届职工运动会、第七届农民运动会、第六届老年人运动会和全省幼儿体育大会。深入开展富有地方特色的融体育、休闲、旅游、文化为一体的全省片区联动等全民健身活动，全民健身的氛围进一步浓厚。群众体育组织和骨干队伍建设不断增强。会同省民政厅开展体育社团清理整顿、换届和协会年审工作，继续组织先进体育总会、先进体育协会创评，体育社团的组织建设和管理得到加强。同时建立相关培训基地，提升基层体育工作者的整体素质，培训社会体育指导员、各类运动项目教练员和裁判员等基层体育骨干。

（五）统筹城乡公共服务基础设施建设

首先是稳步推进城乡住房建设。浙江省自 2006 年实施农村危房改造工

---

① 参见金兴盛《在 2013 年全省文化广电新闻出版局长电视电话会议上的讲话》，2013 年 1 月 12 日，http：//www.zjwh.gov.cn/zwxx/2013 - 03 - 13/142333.html，最后访问日期：2014 年 9 月 29 日。

② 《浙江省文化发展"十二五"规划》，http：//www.zjwh.gov.cn/zwxx/2012 - 01 - 04/116210.html，最后访问日期：2014 年 9 月 29 日。

③ 参见金兴盛《在 2013 年全省文化广电新闻出版局长电视电话会议上的讲话》，2013 年 1 月 12 日，http：//www.zjwh.gov.cn/zwxx/2013 - 03 - 13/142333.html，最后访问日期：2014 年 9 月 29 日。

程以来，已累计完成24.3万户农村困难家庭危房改造。在此基础上，2012年省政府又启动农房改造示范村工程，两年累计改造342个村，极大地推进了农村人居环境整治。在保障性住房方面，"十一五"期间，各级政府加大对保障性住房的建设力度，到2010年底，全省已累计解决77.01万户城市中低收入家庭的住房困难，城镇住房保障受益家庭覆盖面达13.8%。[1] 浙江省已全面实现低保标准两倍以下城市住房困难家庭廉租住房"应保尽保"。近几年，浙江省继续筹措保障性住房建设资金，支持公共租赁住房等保障性住房开工建设，全省困难群众家庭住房条件得到进一步改善。

其次是完善覆盖城乡的基础设施建设。浙江省以新农村建设为契机，通过加大对"三农"的扶持，着力统筹城乡区域发展，积极推进城乡基础设施建设。各级财政"三农"投入逐年增长，围绕"千村示范、万村整治"工程、"千万农民饮用水工程"、"乡村康庄工程"等，加大对农村公共基础设施建设力度，逐步改善欠发达地区基础设施落后状况，进一步推进基础设施的城乡一体化。浙江省在积极推进新型城市化的过程中，大力支持欠发达地区加快发展，努力提高城乡发展的均衡性。启动美丽乡村建设行动计划，加快培育中心村，建立完善村级便民服务中心，改造建设农村住房，改善农村居民饮用水条件，全面完成通村公路建设任务。制定实施新一轮支持欠发达地区发展政策，对12个重点欠发达县给予特别扶持，山海协作、异地搬迁、结对帮扶等工程扎实推进，低收入群众脱贫增收成效明显，经济欠发达及海岛地区发展环境得到稳步改善。

第三节　公共服务购买机制

政府购买公共服务是指政府通过公开招标、定向委托、邀标等形式将原本由自身承担的公共服务职能转交给社会组织、企事业单位履行，以提高公

---

① 《浙江省"十二五"城镇住房保障与房地产业发展规划》，http://www.zjjs.com.cn/DesktopModules/EmployeePlanTotal/EmployeePlanTotalShow.aspx？r=1&ID=34，最后访问日期：2014年9月29日。

共服务供给的质量和财政资金的使用效率，改善社会治理结构，满足公众的多元化、个性化需求。[①] 改革开放以来，随着浙江经济的发展和社会的进步，人民群众对政府提供服务的需求不断增长，对公共服务供给的质量和效率要求也越来越高，为此需要通过体制机制创新来应对挑战。政府将部分公共服务的提供交由自身具备一定条件的企业和社会组织来运作，这对浙江各级政府职能的转变、社会组织的培育、市场化的发展，以及政府提供公共服务机制的创新、公共服务供给水平和效率的提高都具有重要意义。2014年，浙江省人民政府办公厅颁发了《关于政府向社会力量购买服务的实施意见》（浙政办发〔2014〕72号），进行公共服务多元供给的探索创新，大力开展政府购买公共服务活动，加大政府财政对社会组织培育的支持力度，不断提升社会组织承接政府职能转移的能力，满足大众对公共服务多元化的需求，提高公共服务供给水平和效率。而在此之前，各地方政府也已纷纷出台相关政策文件，如杭州市于2010年出台了《杭州市人民政府关于政府购买社会组织服务的指导意见》（杭政函〔2010〕256号）、温州市于2011年出台了《温州市人民政府办公室关于政府购买社会组织服务的实施意见》（温政办〔2011〕172号）等。

十八大以来尤其是十八届三中全会以来，政府向社会购买服务的创新不断加速。特别是在政府向社会组织购买服务方面，中央财政连续3年资助社会组织参与社会服务项目2亿元，2013年浙江省共9个社会组织项目入选，资助总额325万元，2014年也是9个社会组织项目入选，资助总额365万元。省本级福利彩票公益金资助首次跨越1000万元，2013年共安排了67个社会组织的公益项目。初步统计，2013年省市县三级用于资助社会组织公益项目的财政资金总额共1.68亿元。

政府向社会购买服务有多种创新形式，从浙江近些年的实践来看，主要有三种类型：直接购买、平台间接购买和福利彩票金购买。

[①] 参见徐家良、赵挺《政府购买公共服务的现实困境与路径创新：上海的实践》，《中国行政管理》2013年第8期。

一　公共服务的政府直接购买

2013年9月，国务院办公厅《关于政府向社会力量购买服务的指导意见》（国办发〔2013〕96号）对政府购买公共服务工作的各个环节进行了详细的规定，专门列举了承接政府购买服务的主体，包括"依法在民政部门登记成立或经国务院批准免予登记的社会组织，以及依法在工商管理或行业主管部门登记成立的企业、机构等社会力量"；同时在资金管理方面明确"政府向社会力量购买服务所需资金在既有财政预算安排中统筹考虑。随着政府提供公共服务的发展所需增加的资金，应按照预算管理要求列入财政预算"。这样，使用专项的财政资金来扶持、资助社会组织的制度框架已经初步建立了起来。近些年，浙江省地方政府在推进公共服务购买的过程中涌现出许多创新案例，相关的创新以两种类型为代表，一种是由宁波海曙区首先推行的政府向社会组织购买居家养老服务，另一种是舟山推出的政府购买文化服务。

（一）宁波政府向社会组织购买居家养老服务

随着经济社会的发展和老龄化趋势的加剧，社会化居家养老服务面临着新任务和新要求。为进一步深化居家养老服务工作，切实提高老年人的生活质量，更好地适应人口老龄化发展的需要，满足老年人不断变化的养老需求，宁波海曙区于2004年率先开始政府购买居家养老服务的探索，选取17个社区开展居家养老试点工作，并于2005年实践了"政府扶持、社会组织运作、社会参与"的政府向社会组织购买居家养老服务模式。海曙区"政府购买居家养老服务"的创新探索取得了良好的社会效益，该项目于2008年初荣获第四届"中国地方政府创新奖"，成为全国独具特色的服务品牌。

宁波海曙区星光敬老协会是海曙区政府居家养老服务项目的主要承担者，星光敬老协会是一家专门从事老龄人群服务的非营利性社会组织，该协会成立于2003年6月，是由区政府在社会化居家养老服务的政策推行过程中倡导成立的。协会在政府的支持下，利用自身在养老方面的专业优势，最大限度整合社会养老资源，积极为全区独居、困难和高龄老人开展各项服务活动，不断充实养老服务队伍，有效实现了社会广泛参与的目的。

为了使海曙区居家养老服务项目长效运行，切实保证项目的资金来源，海曙区政府将购买居家养老服务的资金列入政府财政预算。2004 年，海曙区政府在确定首批 600 余名高龄独居老人为居家养老服务对象后，按照每人每年 2000 元的服务成本，从每年的区财政预算中拨出 150 万元，用于政府向社会组织购买服务，[①] 其中 30 万元用于星光敬老协会的日常开支，余下的 120 万元用于购买服务。政府购买居家养老服务的经费，由政府预算拨给敬老协会之后，敬老协会再依托社区来组织运作。协会提前两个月把每个社区的居家养老护理员的工资划拨到各个社区，护理员在完成养老服务后，每月定期到社区领取工资。

星光敬老协会承担的养老服务工作主要包括：一是确定居家养老服务的对象为 60 岁以上高龄、独居且无收入的老人（包括残疾人），经过敬老协会审核后确定海曙区有 600 名左右的老人能够获得政府为其购买的服务。二是根据居家养老护理员和老年人的需要来确定居家养老的服务内容，主要包括日常生活照料、陪同看病、治疗等医疗康复以及沟通、交流的精神慰藉等。三是做好对居家养老护理员的培训和招募志愿者的工作，相关的培训内容可以包括老年人生理和心理的基本知识、与老年人沟通和对老人的护理等基本技能、当地的风俗和方言以及护理员自身的思想道德教育等，同时也可以向社会广泛招募养老服务的志愿者，不断扩充养老服务队伍，为当地老人提供全方位的养老服务。四是对居家养老服务的工作质量进行检查和监督。监督主体是星光敬老协会下设的海曙区居家养老服务社，服务社中有四名工作人员专门负责辖区内居家养老服务的监管工作，每天必须有两名工作人员深入各社区，一方面检查养老护理员的工作情况，另一方面收集老人的反馈信息和服务需求，及时掌握最新的动态资料。

海曙区居家养老服务项目最具特色的制度安排是其形式多样的激励机

制，星光敬老协会通过"服务今天，享受明天"、"义工银行"等激励机制充分整合社会资源，扩大居家养老服务的受益面，其中 2009 年设置的"海曙敬老奖"是海曙区推进敬老养老服务工作的最高奖项，也是最具有积极效应的。"海曙敬老奖"自从设立以来，每年围绕不同主题进行奖项评比，以表彰区内在敬老爱老方面工作成绩突出的单位、团体和个人，目前已经奖励了千余个组织和个人。通过宣传他们在养老敬老方面的先进事迹，他们充分感受到人性温暖和社会认同，同时也大力弘扬中华民族传统美德，在全社会营造了良好的敬老爱老的社会风气，进一步推动了海曙区居家养老服务工作的顺利开展。

（二）舟山政府购买公共文化服务

舟山市为充分调动、组织社会各方力量参与现代公共文化服务体系建设，使公共文化服务深入扎根于社会文化的土壤之中，舟山市文化广电新闻出版局以社会化运作为突破口，创新基层公共文化服务方式，搭建"淘文化网"——舟山文体产品和服务社会化运作平台（tao. zswh. gov. cn），这是实施政府购买公共文化服务、打造文化共建孵化平台、实现公共文化服务效益和资金效益最大化的具体措施。从 2013 年下半年起，舟山市文广局就开始着手思考如何把散落在民间的、具有发展潜力的文艺团体纳入政府视野，实行规范化运作。经过反复调研和征求意见，2014 年初《舟山市公共文体产品和服务社会化运作管理办法》出台。从 2014 年起，舟山市除保留少数演出任务外，将大量公益文体活动的选择权交给社会、交给群众，重塑和培育公共文化服务主体，采用政府购买服务方式，探索以资金使用效益最优化和公共利益最大化为导向的财政供给方式。2014 年 4 月 14 日上午，舟山市公共文体产品和服务社会化运作平台——"淘文化"正式启动上线。据了解，这是全国开发的第一家"文化买卖平台"，老百姓不仅可以像"淘宝"一样自主选择自己喜爱的文艺团队和文体节目，甚至可以在观看节目表演后给予评价，群众的满意度成为评价公共文化服务的重要指标，同时也成为其他买家购买该服务的参考依据，"最受欢迎节目"和"最受欢迎团队"栏目也将进一步激励团队创新。

（1）畅通社会参与渠道。该平台所有社会组织、团队均可低门槛准入，完成注册后，按照主管部门协议要求上传团队介绍和提供节目单，等待社区文化礼堂、军营、学校、敬老院等被服务单位的选择，只要被点单选中，双方自主达成一致，就可以进行送戏演出，经被服务单位确认满意后，政府会下拨 3000 ~ 8000 元一场的演出补贴。自运行以来，已有 43 家社会组织、文艺团体注册，参与服务人数达到 1436 人，提供节目 337 个（场）；需求单位注册 93 家，其中福利院、敬老院、戒毒所、老年协会 9 个，部队 5 个，大型企业 7 个，乡镇、街道、社区、文化礼堂 72 个，充分表达了全社会对文化的诉求。

（2）强化供求对接环节。"淘文化"让老百姓有了更多的选择权和主动权，以前文化下乡，都是政府送什么百姓就看什么，现在将原来由政府主导内容的投送方式转变为由民众自我选择的模式，变"送文化"为"选文化"，基层民众可以在网上自主选择想看的节目，表达其对公共文化服务的需求和认定，强化以群众文化需求为核心的表达机制建立，解决了公共文化供给和群众需求"脱节"、沟通不顺畅的问题，满足了多层次群众多样化的文化需求。

（3）力求项目运作透明。舟山市文化部门打破"线下"交易可能存在暗箱操作、权力寻租等困局，文化产品和服务的提供、买卖、售后服务、评价、支付经费等一系列操作程序都可以通过网上完成，把能交给社会的、交给市场的项目都交给社会和市场来做。目前该平台已发布"百团百艺"进文化礼堂、市民大舞台惠民系列活动、"淘吧"（自选超市）、全民排舞大赛、全民海洋歌会、读书流通站、"乡村美丽、荧屏给力"送电影下乡、"快速公交、快速阅读"读书加油站、走读昌国等 9 个文化项目，有定向服务项目，也有竞标项目；有政府购买项目，也有社会力量进行购买项目；充分利用互联网架构起文化产品服务供需双方的信息互通平台和群众反馈机制，实现了文化项目与群众需求的有效对接，确保了公共文化买卖的公开透明。为了保证演出质量，网上还有评价表，以此掌握百姓真正的满意程度，同时根据评价结果进行团队、节目排行。此外，像走读昌国、全民海洋歌会、全民排舞大赛引入市场竞争机制，统一在网上提交方案，公开竞争，实现了效益最大化。

（4）注重管理透明规范。项目发布、用户需求、资质审核、项目方案、点单（评审、竞价）、合同备案、活动完成图片、群众满意度评价、绩效评价等全部通过网上平台呈现，体现了公共文体产品采购的公开公平公正透明和管理的规范性。最后资金支付，要根据双方合同协议、活动照片、节目单、需求方的评价和文化部门的跟踪评级来实施，缺一不可。

"淘文化"舟山市公共文体产品和服务社会化运作平台是舟山市文体部门在公共文化服务方面的一大创新，也是舟山全面深化文化体制改革的一项具体举措。该平台通过互联网促进了文化产品供方与需方之间的信息流通，文化产品和服务的买卖及售后服务、评价等一系列操作程序都可以通过互联网完成。在保证政府的基本公共服务职能上，充分发挥了市场在资源配置中的主导作用，充分动员了社会力量来参与文化建设，同时也是政府文化部门在职能转变上由"办文化"向"管文化"的一次尝试，是一次公共资金使用效益最优化和公共利益最大化为导向的财政供给方式探索，实现了广大人民群众由"被动接文化"向"主动点文化"的转变，焕发了文化团队的内生力，使群众实实在在享受到了实惠。

二　公共服务的政府间接购买

公共服务购买的间接形式主要表现为近些年来的基于平台型社会组织发展的公共服务购买创新。具体而言，主要指民办非企业单位或基金会通过将基金变成一个发展型平台，以基金支持相关的社会组织的发展，并通过这些公益社会组织来促进政府购买公共服务的机制创新，改进公共服务供给方式。

间接购买目前可以根据政府在其中扮演的角色差异区分为政府成立的平台型组织和民间成立的平台型组织两种类型。这两种类型的创新都与社会建设和社会组织的发展密切相关。近些年来，很多地方如北京、上海、广州、深圳、成都等都积极通过平台型组织的创新，来推动诸如政府向社会组织购买服务的机制创新。在政府或行政部门牵头成立的平台型组织创新方面，浙江台州的台州市社会组织发展基金会、杭州市江干区的杭州市江干社会组织发展基金会等，都是近些年新出现的政府主导下的平台型基金会。其目的不是直接提供公共服务，而是通过支持公益性社会组织的发展，来间接推动公共服务发展。全省已有68个市县建立了不同性质（包括事业单位和社会组织）的社会组织服务平台，共建立社会组织服务中心52个、社会组织促进会38个、社会组织发展基金会7个。

台州市社会组织发展基金会于2009年注册登记，是一家省民政厅业务主管和注册登记、服务于全市社会组织的非营利性机构，也是全国首个专门服务于社会组织发展的平台型基金会。基金会的宗旨是："培育扶持社会组织发展，引导社会组织服务社会"，其注册的原始基金来源为：台州市民政局用福利彩票公益金向该基金会捐赠200万元，台州市民间组织联合会捐赠20万元；台州市慈善总会捐赠人民币100万元；爱华控股集团有限公司捐赠50万元；台州市路桥家具市场捐赠50万元。该基金会主要负责在一定范围内扶持各类公益慈善类社会组织、城乡基层社会组织、行业协会等，协助各组织进行公益活动宣传，资助各组织开展公益活动，支持社会组织领域的理论研究与创新，接受政府委托向社会组织购买服务等。基金会有志于整合优质公益资源进行跨界合作，为更多的公众参与社会公益事业创造条件。

2010年，基金会与台州学院合作建设"台州市社会组织发展基金会合作基地"，以打造具有区域特色的社会组织孵化器，并由爱华控股集团定向出资500万元建立"台州学院爱华奖励基金"。"台州学院爱华奖励基金"全称台州学院"爱华"社会主义核心价值观优秀践行者奖励基金，奖励台州学院在社会组织领域的教学、科研、活动中表现突出的践行社会主义核心价值观的优秀在校师生；初步设立期限为20年，计划每年给予奖励金20万~30万元。该项目倡导师生积极践行社会主义核心价值体系，推动了台州高等教育事业的发展，同时有力地推进了台州社会组织发展孵化器项目的实施。此外，该基金会还大力促进台州市新农村建设项目的开展，2012年度基金会共计资助4个新农村项目，包括临海市涌泉满堂红水果专业合作社柑橘、黄桃、杨梅高枝改良项目，台州市椒江绿心水稻种植专业合作社水稻规模经营与植保项目，台州市椒江三峰葡萄种植专业合作社大棚葡萄种植区内毛豆种植示范项目，台州市椒江友旺水产养殖专业合作社淡水养殖鱼塘内荷花种植示范项目。对农村项目的资助，是基金会2012年对资助对象进行的一次新的探索，符合基金会业务范围。我国是农业大国，发展农业潜力巨大，该项目有助推进台州新农村建设。

2013年，杭州市江干区政府计划每年投500万元，用于资助社会组织承接公共服务项目以及社会组织培育孵化方面的其他各类支出，因此于2013年5月设立了全市首个促进社会组织发展基金会——杭州市江干社会组织发展基金会，运行的第一年由江干区财政注入200多万元启动资金，以后每年将有政府资金注入，同时鼓励其他社会机构积极注资。基金会广泛服务于社会组织公共服务平台建设、公益项目招投标、社会组织培育孵化、专业人才引进和培养以及对优秀社会组织的奖励，对街道（镇）建立社区社会组织服务中心的，基金会将给予30万到50万元的一次性补贴。江干社会组织发展基金会每年由监察、审计、财政、民政等部门组成的评审委员会，评审确定各个社会组织申报的公益服务项目，通过公开评审、公示形式确定每年的公益服务项目，并由基金会实现专款专用，扶持社会组织承担起公益服务的职能。获得相关资助的社会组织在江干区范围内广泛开展为老、为残、为弱等方面的公益服务。基金会成立以来，通过层层选拔、优胜劣汰的激烈竞争，首批由江干促进社会组织发展基金会支持的17个公益服务项目，被各类社会组织一一认领，在全区活跃开来，这些公益服务项目将分别获得5万元到15万元不等的资金支持。这17个公益服务项目既有康复直通车开进社区上门为老年人提供服务，也有民意调查工作室组织监督人员对村务情况进行明察暗访，还有青少年驿站定期组织亲子活动等，涵盖社会生活各个领域。

杭州下城社会组织发展基金会经杭州市民政局批准，于2013年9月26日正式成立。该基金会为非公募基金会，由下城区民政局发起，原始资金为400万元。业务范围是资助社会组织开展社会公益服务及其他符合本基金会宗旨的公益活动等。基金会的成立旨在扶持公益慈善类、社会福利类、社会服务类社会组织等重点领域的社会组织发展；资助社会组织开展公益活动，尤其是有利于改善民生、增进公共福祉、促进社会和谐幸福的公益项目；资助社会组织领域的理论研究与创新，开展政策法规宣传，推介和展示社会组织风范，扶持、壮大公益事业品牌等。基金会还通过优化培育扶持社会组织的资助机制，以进一步推动社会组织健康发展。

浙江台州市和杭州市江干、下城两区的平台型创新，是典型的政府主导型的平台型组织创新，也是近些年出现的推进公益事业发展的新形式，其目的在于推动公益性社会组织的发展。政府在其中起着资助、倡导、整合的作用，有助于促进社会组织的培育以及推动政府购买公共服务的机制创新和发展。

三 福利彩票金购买公共服务

通过福利彩票推动公益事业发展是政府积极培育社会力量和实现公共服务多元供给的一种独特而有效的形式，在我国已发展了很多年，成为社会公共事业发展中的重要力量。我国的福利彩票始于 1987 年，以"团结各界热心社会福利事业的人士，发扬社会主义人道主义精神，筹集社会福利资金，兴办残疾人、老年人、孤儿福利事业和帮助有困难的人"，即以"扶老、助残、救孤、济困"为宗旨。

据统计，自 1987 年浙江省发行福利彩票以来，已经累计发行 400 亿元，筹集公益金 120 多亿元（含上缴中央彩票公益金）。二十多年间，各级民政部门坚持福利彩票"扶老、助残、救孤、济困"的发行宗旨，投入福利彩票公益金 40 多亿元，资助福利院、敬老院、光荣院、社区服务单位、养老服务中心（站）、避灾安置场所、老年电大、农村"老年福利服务星光计划"、烈褒单位、殡葬设施等项目建设，资助"残疾孤儿手术康复明天计划"、贫困残疾儿童抢救性康复、"福彩助我行"、儿童大病医疗救助等项目共计 4 万多个。2012 年度，浙江省完成贫困家庭残疾儿童抢救性康复 217 例，完成儿童福利机构残疾儿童手术康复"明天计划"。福利彩票公益金项目的实施,对促进社会福利和公益事业发展、保障和改善民生作出了重要贡献。同时这也是政府实现公共服务多元供给的重要形式,对于政府在城乡教育助学、城乡医疗救助、红十字事业、残疾人事业、文化、扶贫等公益事业领域提升公共服务供给的效率和质量具有重要意义。

杭州从1987年起至今,发行福利彩票已有27个年头,累计发行福利彩票90多亿,为社会提供了2000多个就业岗位,发行量持续保持着全省第一、全国省会城市前四强的领先地位。据不完全统计,二十余年来,杭州市已累计为国家筹集福彩公益金28亿多元,新建、改建了诸多社会福利设施,重点用于社会福利院、儿童福利院、星光老年之家、老人公寓、农村五保集中供养和居家养老服务站等社会福利项目的建设。2012年,杭州发行福彩17.8亿,筹集公益金5.19亿,围绕福利彩票"扶老、助残、救孤、济困"的发行宗旨和"公益、慈善、健康、快乐、创新"的文化理念,开展了一系列公益资助及品牌建设活动,把公益做到"看得见摸得着"。杭州福彩全年共利用福彩专项公益金251万元,分别在江干区、上城区、拱墅区、西湖区、萧山区、建德市、桐庐县等地组织开展"杭州福彩帮帮帮"、"杭州福彩走进社区"等资助活动61场次,共计1288户特困家庭获得数额不等的现金资助。

近年来,各地积极推动福利彩票金购买公共服务的创新,省本级福利彩票公益金连续三年投入资金800余万元资助社会组织公益项目;杭州市每年安排100万福彩公益金,宁波市2012年投入800万福彩资金支持社会组织参与服务。而在温州,根据温州市民政事业发展统计公报,2007年全年发行各类福利彩票6.89亿元,比上年增长60.23%;2008年全年发行各类福利彩票7.78亿元,为国家筹集公益金约2.7亿元。2009年温州市福利彩票发行再创新高,全年共发行各类福利彩票8.87亿元,同比增长14%,筹集公益金2.93亿元。2009年温州市福利彩票公益金共资助各类社会福利和公益事业项目913个,支出1.23亿元。2013年9月,温州市民政局印发了《关于申报2013年度市级福利彩票公益金资助社会组织开展公益项目的通知》,面向社会征集公益项目,这是温州市民政局首次面向社会公开征集公益项目，使用福彩公益金资助公益组织和公益项目，重点领域包括社区服务、社会福利、社会救助、社会工作、救灾减灾等，以及社会组织服务平台开展的公益孵化、公益创投等项目。资助资金来自温州市市级福利彩票公益金预算安排的专项用于资助社会组织开展公益项目的补助资金，2013 年资助资金预算总额为 150 万元，其中温州市社会组织发展基金会资助 100 万元，而这 100 万元资金其实也属于福彩公益金。

经过多年发展，浙江省通过福利彩票金积极地推动了公益事业的发展，并通过公共服务购买的创新，在一定程度上确保了公共服务供给的效率和质量，减轻了政府提供公共服务的资金压力。

第四节　城乡社会事业新体制

一　以土地制度和户籍制度改革为突破推进城乡一体化

积极稳妥地推进城镇化建设，重点发展中小城市和小城镇是根据我国基本国情和现实问题所做出的重大战略决策，这不仅是推进我国经济持续、健康、稳定增长的强大引擎，还是缩小城乡差距，统筹城乡发展，实现社会公平的必由之路。浙江积极以土地制度和户籍制度改革为突破口，统筹推进城乡一体化建设，为县域城镇化和县域基本公共服务均等化提供了有力保障。

近些年，浙江省稳步开展农村土地整治，创新农村土地制度改革；继续推进征地制度改革，逐步规范征地范围，探索建立土地增值收益共享机制，完善征地补偿安置机制；建立健全土地承包经营权流转市场和农村产权交易平台；健全农村土地确权登记制度，稳步推进农村集体经营性建设用地流转试点，积极探索农村宅基地退出和流转机制，加快构建城乡统一的建设用地市场；深化林权制度改革，完善林权流转机制，推进国有林场改革；探索建立耕地保护补偿机制。土地制度改革为农民权益维护和城镇科学发展提供了基本保障。

为了进一步推进城乡一体化建设，浙江积极探索建立城乡统一的户籍政策。《浙江省体制改革"十二五"规划》（浙政发〔2011〕24 号）明确深入推进统筹城乡发展体制改革，深化户籍制度改革。对本地进城农民，在县市域范围内建立原有权益可保留、当地城镇居民基本公共服务可享受、原有经济和财产权益可流转交易的户籍管理制度，在小城市试点镇先行试点。稳步推进以居住证为主的人口属地化管理，推进外来务工人员积分落户等改革试点，把有稳定劳动关系并在城镇居住一定年限的农民工，逐步转为城镇居民。户籍制度改革的目的是逐步消除依附在户口性质上的如医疗、就业、住房保障等方面的差别待遇，真正实现城镇基本公共服务的全覆盖。

目前浙江省内嘉兴全市、湖州德清县已全面实施城乡统一户口登记制度，其他 9 市也正各选择 1 个县（市、区）启动这项工作。以德清县为例，根据积极稳妥推进的原则，其在这次户改中梳理出城乡待遇有差异的政策共33 项，对其中时机成熟、条件具备的 17 项政策进行了调整，实行了城乡统一的政策。2012 年 5 月，浙江省德清县被确定为湖州市户籍管理制度改革试点县，同年 12 月，省政府批准同意德清县户籍管理制度改革试点方案。自 2013 年以来，德清县将户改试点列入年度重点工作，狠抓确权登记和各项配套政策完善工作，从 2013 年 9 月 30 日起，浙江德清县正式实施全县居民户籍信息数据转换，全面组织实施户籍管理制度改革，这是浙江省首个实施户籍管理制度改革的试点县。德清县户改的主要内容包括：一是建立城乡统一的户口登记制度，取消农业、非农业户口性质划分，统一登记为"浙江居民户口"；二是以"经常居住地登记、人户一致"为基本原则，以具有合法稳定职业或合法稳定住所为基本条件，适当调整和完善城乡落户政策；三是落实和完善土地等相关政策，加快推进城乡公共资源配置的均衡化和基本公共服务均等化；四是完善推进城乡一体的政策制度；五是通过农村宅基地确权、村集体资产收益分配权确权和土地（山林）承包经营权确权这"三个确权"和人口计划生育政策"一个不变"等，保障进城镇落户农民权益；六是通过制定完善居住证申领条件和配套政策，进一步解决暂不具备落户条件的流动人口各方面的实际困难，使基本公共服务逐步向流动人口覆盖。德清县相继出台了就业困难人员申请认定、失业保险、就业扶持政策，确保农民进城镇落户享有与当地城镇居民同等权益，通过推动基本公共服务向新居民延伸，逐步实现基本公共服务全覆盖。

德清县的户籍制度改革确保了城乡居民平等地享受到各种权利，为地方经济和社会发展提供了新的动力，在城镇化进程中逐渐形成一种政府、市场和人民群众共赢的格局，既为逐步全面打破户口限制，实现城乡户籍政策的一体化和基本公共服务的均等化提供了可行的实践经验，也为我国城镇化进程提供了新的路径选择。湖州市德清县的户籍制度改革经验具有较强的示范效应和推广意义。

与户籍制度改革相衔接的是小城镇建设的有序快速推进。浙江省是国内小城镇建设最快也最有特色的地区，有 330 多个官方认定的全国"千强镇"，与其他省市不同的是，浙江发展小城镇有鲜明的地方特色，在每一个镇甚至每一个乡都有一个产业集群，不少中心镇都可以称得上是现代化小城市。比如，以小家电产业发达著称的慈溪市周巷镇、以影视城闻名的东阳市横店镇，以及纽扣镇、拉链镇、领带镇等。浙江省在培育小城市发展中积极推动产业和城镇融合发展，为探索"就地城镇化"的新型城镇化道路开辟了新途径。浙江省在积极推进小城镇建设的过程中，努力推动大中城市优质资源向中小城镇甚至中心村延伸，鼓励农民向中小城镇集聚，采取符合省情的农村"就地城镇化"途径，使多数农民就地创业安居。同时这也带来了农村经济的发展、农民收入的增加、农村基础设施的完善、农村社会事业的发展，这对于缩小城乡差距、实现城乡协调发展、构建社会主义和谐社会具有重要意义。浙江省在培育中心镇的基础上，重点发展小城市的做法，既推动了城乡一体化，又实现了"就地城镇化"，具有鲜明的特色。嘉兴市海盐县的探索提供了就地城镇化的典型范例。海盐县探索以就地就近实现非农就业和市民化的就地城镇化路子，强调以人为本、绿色低碳、产城融合、集约紧凑，在持续深化统筹城乡综合配套改革的基础上，以县域为单位针对不同人群设计提供进城和留村两条市民化路径，积极实施"小县大城"战略，通过做大做强县城、做精做全集镇、做优做美农村三个层面的发展，实现农民的就地就业、就地转移和就地保障，努力建设以产业优质、环境优美、生活优雅为导向的美丽海盐。

海盐就地城镇化的工作模式主要包括以下三个方面：一是确权。海盐县主要围绕农村集体土地承包权、经营权、宅基地使用权、农房产权、农村集体资产股份收益权等五权进行确权，使这些资源的资本化流动成为可能，真正实现农民的生产、生活要素"归属清晰、权责明确"，切实保障农民权益，解除他们自由迁徙的后顾之忧。目前，集体土地所有权和集体建设用地使用权的确权发证工作已全部完成，宅基地使用权确权率达95%以上，农村集体资产股份收益权确权率达到90%以上，启动了农村房屋所有权确权登记发证试点。二是赋能。一方面是赋予农民产权资本化功能。通过深化农村经营制度、创新农村金融产品，开展农村土地综合整治、农村土地承包经营权流转、发展壮大集体经济等工作，在保障农民权益的同时促进农村产权的资本化流动，增加农民的财产性收入。2013年实施土地复垦2271亩，现有农村土地综合整治项目16个，规划复垦土地5034亩。落实发展壮大村级经济"抱团"开发项目10个，涉及43个村，收益率可达10.5%。另一方面是赋予农民"市民化"能力。以工业化来拓展农民非农就业的空间，通过技能培训、组建农村劳务合作社提升农民非农就业的能力，近两年来共完成培训人数近1.5万人。积极发展现代农业，培育农业市场经营主体，推动农业工厂化和农民职业化。同时为提高进城农民的综合素质，结合人文讲坛、文明创建等活动，提升农民素质，加快农民的市民化转向。三是同待遇。通过基础设施均等化、公共事业均等化、社会保障均等化、社区服务均等化，每一位海盐居民能同享一座城的发展，共守一座城的幸福。实施农村饮用水安全工程，解决了近6万农民的饮水安全问题，在全市率先实现了城乡水务的同网、同质、同价。加强农村电网的智能化水平建设，实现农村电网智能总保全覆盖。各镇（街道）均实现15分钟上高速，公交一票制，实现村村都通公交，公共自行车目前已延伸至两个镇（街道）。探索实施村（社区）医生委培机制，实现了标准化的医务室村级全覆盖，城乡居保、城乡合作医疗、城乡养老保险等也基本实现城乡全覆盖。重视农村环境卫生，农村生活垃圾收集有偿服务覆盖率达100%，农村卫生户厕农户比例达到

98.66%，农村生活污水治理行政村覆盖率达 78%。形成了"县、镇（街道）、村（社区）、户"四级网格化公共文化服务体系，农村文化阵地总面积达到 35757 平方米，建成镇（街道）图书分馆 7 个，实现健身苑、标准灯光篮球场和 60 平方米以上室内活动室镇（街道）全覆盖。村村建立农村社区综合服务中心，实现 96345 百姓求助热线全覆盖。

二　事业单位改革和公共服务供给新体制

事业单位作为公共部门的重要组成部分，在政府公共服务中扮演着重要角色。随着政府机构改革、企业改革以及科技、文化、卫生、教育体制改革的全面推进，进一步深化事业单位改革已成为构建新型公共服务体系的必然选择。21 世纪以来，浙江省陆续出台了一系列关于事业单位改革的政策文件，包括《关于深化事业单位改革的意见》（浙政发〔2001〕68 号）、《关于推进省属事业单位改制的若干政策意见》（浙政办函〔2002〕45 号）、《浙江省事业单位公开招聘人员暂行办法》（浙人才〔2007〕184 号）等，改革的指导思想是遵循政事分开、分类指导、市场化和因地制宜的原则，确保按照适应社会主义市场经济发展的要求，建立有利于资源优化配置、政事职责明确，并且符合事业单位自身特点和发展规律的管理体制和运行机制，促进浙江国民经济和社会事业的协调发展。

浙江省按照经费来源、市场化程度、社会职能和未来发展方向等分类标准，将现有的事业单位划分为社会公益、中介服务、监督管理和生产经营等四类。社会公益类事业单位在调整布局、改善结构、优化资源配置的前提下，由财政保障其经费供给，深化内部运行机制改革，加强内部管理，强化自身功能，保证其服务质量的提高和公益目标的实现。符合条件的监督管理类事业单位将逐步转为行政机构或参照公务员法管理。中介服务类事业单位按照各单位行业特性进行改制，成为自主经营并独立承担经济、法律责任的社会中介机构。现有生产经营类事业单位加快改制为企业，建立科学的法人治理结构，成为自主经营、自负盈亏、自我发展、自我约束的市场竞争主体。

在事业单位分类改革的基础上，浙江的改革创新逐步将事业单位改革和均等化公共服务体系建设有机结合，通过事业单位改革创造一个各公共服务提供主体公平竞争的环境。众所周知，事业单位是我们公共服务体系中一类非常特殊并占据重要地位的服务提供主体，在教育、医疗、科技、文化、体育等各个领域扮演着最重要的角色。从功能来说，事业单位和很多社会组织（如民办非企业单位）是重叠的，也就是说，很多社会组织提供服务的领域，都有事业单位的存在。鉴于目前的情况，事业单位处于明显的强势地位，而社会组织处于非常劣势的地位，各种政策使得社会组织不可能和事业单位平等竞争。因此，在政策设计中，需要通盘考虑事业单位、社会组织与政府的公共服务体系的相互关系，这其中最重要的是推动一个事业单位与社会组织平等竞争的制度框架——包括事业单位的改革和社会组织的公平竞争环境改善。近些年来，浙江积极推动公平竞争环境的构建，在设立条件、资质认定、职业资格与职称评定等方面推动民办机构与事业单位享有平等待遇。作为这方面改革的先锋，温州市近些年通过加快事业单位改革步伐，创新公共服务供给新体制，逐步推动形成公共服务领域内事业单位与社会组织平等竞争的制度框架，逐步形成了一种事业单位与社会组织竞争提供公共服务的局面。温州的改革创新具有鲜明的特点：政府不只是扶持社会组织的发展，还要让发展起来或有潜力发展起来的社会组织，在一个竞争的环境中，让社会组织之间、社会组织与事业单位平等竞争，从而实现多主体同时提供相关公共服务，通过竞争来提高服务绩效。为此温州推出了一系列政策创新：在行业协会发展方面，致力于打破行业组织垄断，引进"一业多会"竞争。按照非禁即入的原则，进一步放宽社会组织进入社会管理和服务各领域的限制，在用地、项目、税收等方面为社会组织的准入创造条件，以平等参与为原则，推动形成政府部门、企业和社会组织公平享用公共资源秩序的环境。这方面最具说服力的例证是教育和医疗卫生领域的改革。在教育方面，温州市政府为民办中小学教育提供了实质性政策扶持。政府制定出台了《关于实施国家民办教育综合改革试点加快教育改革与发展的若干意见》"1＋9"系列政策。其中《关于落实民办学校优惠政策的实施办法（试行)》，对登记为民办非企业单位的民办学校，明确凭法人登记证，经县级以上人民政府批准，可以行政划拨方式获得土地使用权；各项建设规划费减免享有公办学校同等待遇；享有公办学校同等的税费优惠政策，不征营业税、企业所得税；等等。在医疗卫生方面，出台了社会办医综合改革"1＋11"政策文件，推动民办医疗机构向高水平、规模化发展，形成公立、非公立医疗机构相互补充、相互竞争的良好局面。这种事业单位和社会组织统筹改革有助于解决过去在一个缺少社会组织的治理结构中，为社会组织发展提供可能空间的问题。

温州的改革，正是公平竞争政策的统筹创新。温州通过政策创新让社会组织公平参与竞争，在教育、医疗和社区服务等领域都推出了一系列政策，从而尽可能使得社会组织与事业单位站在同一竞争平台上，这样不仅可以进一步促进社会组织的发展壮大，加快温州事业单位改革的步伐，还可以拓展公共服务的供给渠道，形成公共服务供给的新体制。

第五节　社会事业和社会公共服务均等化成效

浙江省加快推进城乡社会事业的总体发展，健全城乡发展一体化体制机制，加大统筹城乡教育、医疗、文化、户籍、社会保障、基础设施等各项事业发展力度，城乡社会保障、社会事业和公用设施等基本公共服务均等化的体制机制加快建立，统筹城乡的体制改革加快实施，初步形成了城乡一体化的社会事业和公共服务供给新格局。

一　初步建立起了比较完善的基本公共服务制度体系

浙江省自2008年率先实施基本公共服务均等化行动计划以来，基本公共服务城乡统筹、区域均衡和全民共享得到有效促进，基本公共服务体系不断健全，初步建立起了比较完善的基本公共服务制度体系。基本生活服务、基本发展服务、基本环境服务和基本安全服务四大类公共服务基本实现制度全覆盖。初步形成了覆盖城乡居民的社会保障体系、劳动就业公共服务体系、基本公共教育体系、公共卫生服务体系，全面提升了交通、通信、供水供电等基础设施水平，建立健全邮政普遍服务体系、公共气象服务体系和地名公共服务体系。浙江省各项基本公共服务的省级标准及其动态调整机制已经逐步建立实施。

健全财力保障机制，建立基本公共服务财政支出增长长效机制，优化财政支出结构，确保全省财政新增财力三分之二以上用于民生。提高县级财政保障基本公共服务能力。加快形成统一、规范、透明的财政转移支付制度。创新服务供给机制，逐步形成有序竞争和多元参与的基本公共服务供给机制，提高了服务效率。充分发挥社会组织在基本公共服务需求表达、服务供给与评价监督等方面的积极作用。完善评估监督机制，建立基本公共服务绩效评估监督机制，将基本公共服务绩效纳入政府考核问责体系。鼓励多方参与评估，积极引入第三方评估。财力保障、服务供给、评估监督等基本公共服务发展保障机制逐步建立并完善，保证了基本公共服务供给的质量和效率。

二　公共服务的均等化程度显著提高

随着浙江基本公共服务体系不断健全，公共服务均等化的程度显著提高。根据人人公平享有基本公共服务的原则，切实保障弱势群体基本公共服务权益、加强特殊人群的基本公共服务，逐步缩小了社会保障待遇的群体差别，加强了流动人口的基本公共服务，县（市、区）间人均基本公共服务财政支出水平差距逐步缩小，农村和欠发达地区基本公共服务投入占比进一步提高，群体间基本公共服务的待遇差距逐步缩小，县（市、区）、乡镇（街道）、村（社区）基本公共服务设施标准化水平明显提高。基本公共服务均等化实现度达到90%以上，县域内基本公共服务均衡发展基本实现。全省率先建立城乡居民社会养老保险制度，社会保险加快从制度全覆盖向企业全覆盖、人员全覆盖迈进，"十一五"时期，浙江省企业职工基本养老保险参保人数五年增加703万人，参保人数累计达1580万人；城镇职工基本医疗保险参保人数净增693万人，参保人数累计达1334万人。

根据浙江省 2014 年政府工作报告，2013 年浙江省城乡社会事业取得新进展。全省城镇居民人均可支配收入 37851 元，增长 9.6%，农村居民人均纯收入 16106 元，增长 10.7%，城乡居民最低生活保障月均标准分别提高到 526 元和 406 元；健全政府促进就业责任制度，加强就业服务体系建设，新增城镇就业 104.3 万人；建立更加公平可持续的社会保障制度，做好各项社会保障工作，新增养老保险参保人数 270 万、医疗保险参保人数 161 万，开工建设各类保障性住房 19.4 万套、竣工 11.1 万套；全面推进教育事业发展，完成学前教育三年行动计划，加快发展义务教育、职业教育和高等教育；大力发展医疗卫生事业，加强城乡公共卫生服务体系建设。

三 公共服务供给的可及性和多元性不断增强

浙江通过创新公共服务供给机制，大力实施公共服务提升工程，扩大基本公共服务供给总量，公共服务供给的可及性和多元性不断增强。

在基本公共服务方面，基本实现了服务供给的全覆盖。在公共服务设施建设方面，按照中心城区综合性服务场所面积不低于 1000 平方米、县级不低于 500 平方米的标准建设，推进基层平台规范化、标准化建设，实现乡镇（街道）、村（社区）全覆盖。在义务教育学校标准化建设方面，通过修订浙江省九年制义务教育标准化学校评定办法，统一城乡学校基本办学标准，以薄弱学校特别是农村学校改造为重点，全面提高中小学校办学质量和水平。在基层卫生服务方面，通过进一步完善农村三级医疗卫生服务网络，改善基层卫生基础设施条件，全面加强基层卫生综合服务功能，巩固完善了"20 分钟医疗卫生服务圈"。在基层公共文化设施方面，通过推进县乡图书馆、县级文化馆和乡镇（街道）综合文化站建设，加强对乡镇综合文化站的设备配置，建设以乡村戏苑、共享工程基层服务点、村图书阅览室为主要内容的村文化活动中心。在新闻出版惠民服务方面，通过深入推进农家书屋、农村出版物发行小连锁、城乡公共阅报栏（屏）建设，倡导全民阅读，建设"书香浙江"。在体育公共服务均等化方面，以乡镇（街道）全民健身中心、中心村全民健身广场和体育休闲公园、社区（居住区）健身点等为重点，逐步建立起覆盖城乡的全民健身设施。

在公共服务多元性方面，通过机制创新不断满足人民群众日益增长的多元服务需求。正如习近平同志曾指出的，"在市场经济条件下，一些事可以不是由政府直接来办……通过鼓励和扶持发展社会组织为群众解忧，实质上也是为党委、政府分忧"。① 浙江省积极引导社会力量参与公共服务的供给，创新公共服务提供方式，基本形成公共服务多元供给格局，不断增强公共服务供给的多元性。加大对社会组织扶持力度，有效发挥社会组织在基本公共服务需求表达、服务供给与评价监督等方面的积极作用，适合由社会承担的基本公共服务事项以购买服务等方式交由社会组织承担，充分发挥慈善在基本公共服务资金筹集和服务提供等方面的作用。同时，积极推进事业单位改革。按照政事分开、事企分开和管办分离的要求，分类推进事业单位改革，完善法人治理结构，逐步建立现代事业单位管理体制和运行机制，使事业单位真正转变为独立的事业单位法人和公共服务提供主体。此外，扩大基本公共服务面向社会资本开放的领域，推动"形成人人参与办事、人人得到实惠的良好局面"。② 鼓励和引导社会资本投资建立养老和残疾人康复、托养服务等机构以及建设公共文化体育设施。积极采取招标采购、合约出租、特许经营、政府参股等形式扩大政府择优购买公共服务的规模，提供基本公共服务的民办机构，在设立条件、资质认定、职业资格与职称评定等方面与事业单位享有平等待遇。

四　公共服务的需求表达和回应机制逐步完善

浙江省在全面推进基本公共服务均等化的过程中，牢固树立以人为本的思想，紧紧依靠人民群众、服务人民群众，从广大人民群众的根本利益和发展愿望出发，切实保障城乡居民基本社会权益，提高居民生活质量，建立畅通的基本公共服务需求表达和回应机制，将公民的意愿作为公共产品和服务

---

① 习近平：《之江新语》，浙江人民出版社，2007，第 246 页。
② 习近平：《之江新语》，浙江人民出版社，2007，第 246 页。

供给的主要决策依据,从而有效改善公共服务供给结构。健全党和政府主导的维护群众权益机制,推动形成科学有效的利益协调机制、诉求表达机制、矛盾调处机制、权益保障机制。完善基层社区治理格局,基本建立起具有浙江特色的社区治理体系。推进社区治理创新综合试点,完善以社区党组织、社区居委会、社区社会组织为主的社区民主自治模式,形成基本公共服务、居民互助服务、市场有偿服务相结合的社区服务体系,建立起以社区为载体的政府行政管理与基层群众自治有效衔接机制。积极推进社区公共服务平台建设工程,扩建社区便民服务信息平台,提供事务咨询与生活求助服务,及时了解民情、搜集民意。以当地群众的切身需求和根本利益为出发点,开展相应的公共服务,大大提高了群众的满意度。建立公共服务与活动动态跟踪制度,充分利用城乡各地街道、社区等现有资源,以公告栏、海报、手册、微信、微博等各种形式向所辖区域的群众通告基本公共服务的相关政策和公共服务的开展情况,提高群众知晓率和参与度。通过推行满意度电子评价系统、定期满意度问卷调查、网络满意度调查统计等方式,广泛征集群众对公共服务工作的意见,并与公共服务工作的质量和绩效考核实时对接;将群众评价的服务质量与公共服务考核挂钩,逐步实现"自上而下政府主导的考核模式"向"自下而上群众满意度为主的考核模式"转变。与群众面对面、心贴心地交流,切实实现政府从管理向服务转变,完善公共服务的需求表达和回应机制,提高公共服务供给的群众满意度,"使广大群众真正成为选择的主体、利益的主体,有的事还要成为行动的主体和投入的主体"。①

---

① 习近平:《之江新语》,浙江人民出版社,2007,第246页。

第四章
保障与改善民生

民生问题，顾名思义就是人民生活问题，党的十七大报告具体概括为使全体人民学有所教、劳有所得、病有所医、老有所养和住有所居。民生问题植根于人民群众的日常生活中，直接反映群众的生活水准，关系着人民群众长远的利益，并且在一定程度上直接影响群众心理，左右社会情绪。过去人们把民生问题主要理解为生存问题、生计问题、温饱问题，而现在进入全面建设小康社会的新阶段，民生问题的内涵更丰富，范围更广泛，层次更复杂，也成为广大老百姓关注的焦点。[①] 因此，进入 21 世纪以来，在物质资料比较丰富的基础上，浙江民生政策以保障民众的经济、政治、文化、社会权益为目标，开始进行全面综合的民生建设。"以人为本"理念全面落实，提出要促进人的全面发展，认真解决人民群众最关心、最直接、最现实的利益问题；综合性民生政策陆续出台，更加注重围绕政治、经济、社会、文化权益等目标制定系统性、综合性的改善民生政策及措施；城乡一体化战略稳步实施，在全国率先制定并实施了城乡一体化纲要。[②]

"群众利益无小事"，群众的一桩桩"小事"，是构成国家、集体"大事"的"细胞"，小的"细胞"健康，大的"肌体"才会充满生机与活力。对老百姓来说，他们身边每一件琐碎的小事，都是实实在在的大事，有的甚至还是急事、难事。老百姓可能不关心 GDP，但他们关心吃穿住行，关心就业怎么办、小孩上学怎么办、生病了怎么办、老了怎么办，等等。针对这

---

① 参见叶辉《把改善民生摆到更加突出的位置》，《光明日报》2008 年 3 月 3 日，第 6 版。

② 参见刘天喜、夏雪《改革开放以来浙江民生政策的演进过程》，《浙江理工大学学报》2012年第 2 期。

些问题，必须切实把发展的理念转变到科学发展观上来，转变到以人为本上来。真心诚意地为人民群众办实事、做好事、解难事。① 早在 2004 年，浙江省就在全国率先作出了建立为民办实事长效机制的重大决策，要求各级政府努力解决人民群众最关心、最直接、最现实的利益问题，把关系人民群众生产生活的工作做好、做细、做实，使群众实实在在地享受到经济社会又好又快发展所带来的实惠。注重民生，为民办实事成为历届浙江省委、省政府的重要施政承诺，而解决民生问题的总体思路就是，引导各级干部切实关注民生，想群众之所想，急群众之所急，切实解决好群众普遍关心的就业、社会保障、教育、医疗、住房等民生问题，大力营造构建社会主义和谐社会的良好氛围和环境。②

第一节　保障和改善民生

在历届浙江省委、省政府的工作基础上，浙江省于 2008 年启动全国首个《基本公共服务均等化行动计划（2008～2012）》。规划建立健全了多层次、全覆盖的社会保障体系，努力实现基本公共服务覆盖城乡、区域均衡、全民共享，促进社会公平正义和人的全面发展。③ 为实现这一目标，行动计划规划在 2008 年后的五年内投资 2170 余亿元建设十大工程，分别是就业促进工程、社会保障工程、教育公平工程、全民健康工程、文体普及工程、社会福利工程、社区服务工程、惠民安居工程、公用设施工程、民工关爱工程，安排项目达 81 个。④ 这些工程涉及城市和乡村、发达地区与欠发达地区之间的民生工作的协同推进，是浙江省历届领导集体一以贯之的工作目标。

---

① 参见习近平《之江新语》，浙江人民出版社，2013，第 26 页。
② 参见钟闻、谢方文《从浙江到上海，习近平始终追求民生实绩》，《第一财经日报》2007 年 5 月 24 日，第 A4 版。
③ 参见苏靖《浙江启动全国首个基本公共服务均等化行动计划》，《浙江日报》2008 年 7 月 13 日，第 1 版。
④ 参见苏靖《浙江启动全国首个基本公共服务均等化行动计划》，《浙江日报》2008 年 7 月 13 日，第 1 版。

一 补齐欠发达地区"短板"

浙江省在加快全面建设小康社会、提前基本实现现代化的进程中，一个比较突出的问题就是区域之间的差距还比较大。[①] 浙江省的历届政府都认识到，没有欠发达地区的小康，就没有全省的全面小康；没有欠发达地区的现代化，就没有全省的现代化。这好比经济学中的"木桶理论"，一只木桶的装水容量不是取决于这只木桶中最长的那块板，而是取决于最短的那块板，也就是说，浙江省能否实现全面建设小康社会、提前基本实现现代化的目标，在很大程度上取决于能否缩小区域之间的差距。这既需要发达地区加快发展，更需要欠发达地区跨越式发展。[②]

正是基于这一理念，浙江省一贯注重做长欠发达地区这块"短板"，通过进一步调整政策，制定措施，特别是通过加大财政转移支付力度等手段，着力提高欠发达地区的消费能力，使全省各个地区的人民共享经济社会发展成果。[③] 以财政投入为例，2006 年浙江省财政社保支出达 244.35 亿元，比上年增长 21.8%。在加大对社会事业总体投入的同时，浙江省对欠发达地区实施了倾斜。省财政还安排了专项资金，出台了一系列税收优惠政策，促进就业和再就业工作，支持"千万农村劳动力培训"等工程。该年，浙江省财政教育事业费支出共 269.04 亿元，增长了 16.2%。在全省实施城乡义务教育免收学杂费的同时，还对困难家庭子女义务教育实行免补政策；欠发达地区免收学杂费的经费由省财政全额转移支付。浙江省还不断加大对欠发达及海岛地区的转移支付力度，2006 年省财政对上述地区的转移支付达 103 亿元，增长 14.1%，[④] 2006～2010 年这五年的累计转移支付达 1135 亿元，年均增长 28.6%，[⑤] 努力使公共财政最大限度地惠及全省人民。

---

① 参见习近平《之江新语》，浙江人民出版社，2013，第 92 页。
② 参见习近平《之江新语》，浙江人民出版社，2013，第 92 页。
③ 参见习近平《之江新语》，浙江人民出版社，2013，第 92 页。
④ 参见李刚殷、曹鸿涛《浙江新增财力三分之二用于民生》，《工人日报》2007 年 1 月 23 日，第 1 版。
⑤ 浙江在线：《发改委和统计局报告显示 社会发展水平，浙江居第三》，http://zjnews.zjol.com.cn/05zjnews/system/2011/12/28/018107390.shtml，最后访问日期：2011 年 12 月 28 日。

二 构建城乡一体的社会保障体系

1996 年以来，浙江省各级财政部门围绕"加大投入、深化改革、强化管理"这一主线，从本省省情出发，以构建城乡联动、制度统一、标准有别的新型社会保障体系为着力点，初步建立了城乡一体化的最低生活保障制度、被征地农民社会保障制度、新型农村合作医疗制度及医疗救助制度等制度，不断推动社会保障体系建设向农村延伸。①

早在 1995 年，浙江省就开始实行城乡一体的最低生活保障制度，对低于当地低保标准的城乡困难群众予以补差救助。1997 年底，浙江成为继广东、上海之后第三个建立城乡一体最低生活保障制度的省份。2001 年省政府颁布实施《浙江省最低生活保障办法》，以政府规章的形式把这项制度确定下来。为切实做到"应保尽保"，各级财政严格落实将最低生活保障资金足额列入财政预算的要求。此外，随着城市化、工业化和现代化建设进程的加快，为妥善解决被征地人员的基本生活保障问题，浙江省提出了自 2003 年起建立被征地农民社会保障制度的目标，并出台相关政策措施，对被征地人员基本生活保障的范围对象、保障待遇、保障基金的筹措和管理等方面作出了明确规定，并要求各地建立被征地人员生活保障风险准备金，以缓减未来支付压力，降低财政风险。浙江还是全国四个新型农村合作医疗试点省份之一。2003 年在 27 个县进行先期试点，2005 年已进入全面实施阶段，到 2007 年，实现了"全省基本建立以县（市、区）为单位的农村大病统筹合作医疗制度，80% 以上的农民参加"的基本目标。

浙江省历来重视社会救助工作。2003 年，省委、省政府着眼建立扶贫帮困长效机制，制定出台政策意见，明确提出构建覆盖城乡的新型社会救助体系。经过三年的探索和努力，基本形成政府主导、社会互助、城乡一体的社会救助体系框架，使绝大多数困难群众的基本生活得到了切实保障，许多方面全国领先。②

---

① 参见陈达《浙江：十年构建农村社会保障体系》，《中国财经报》2005 年 6 月 4 日，第 1 版。
② 参见刘晓清、陈国强《加快构建具有浙江特色的社会救助体系》，《政策瞭望》2007 年第 2 期。

首先，率先实行农村"五保"对象和城镇"三无"人员集中供养制度。2003 年，浙江省着手改革传统的分散供养方式，把农村"五保"对象和城镇"三无"人员分别集中到敬老院、福利院供养。其次，率先同步实施城乡医疗救助制度。2004 年，针对部分城乡居民因患大病而生活极度困难的情况，浙江省根据国家有关部委"医疗救助农村全面推开、城市抓好试点"的要求，结合浙江实际，在部署医疗救助制度时，明确要求城乡同时启动、同时推进，要求各级财政按照不低于每人每年 3 元的标准安排医疗救助专项资金，进一步完善救助体系。① 再次，率先推行资助困难家庭子女的"教育券"制度。2003 年，"教育券"制度在全省范围推行，对困难家庭子女接受中小学教育采取"教育券"方式资助，并实行低保家庭子女高中段教育免收学费和代管费。2004 年，助学范围从低保家庭子女扩大到高于低保标准但生活仍较困难的家庭子女。又次，全面实施城乡困难家庭住房救助制度。2004 年省政府出台《浙江省城镇廉租住房保障办法》，对人均住房建筑面积在 12 平方米以下的困难家庭，采取租金补贴、租金减免和实物配租相结合的方式予以住房补助。同时，按照政府补一块、集体助一块、个人出一块的筹资模式，对农村符合救助条件的困难家庭实施住房救助。最后，全面推进城乡法律援助体系建设。全省各地普遍建立法律援助机构，把法律援助专项经费列入财政预算，依法为低保对象、农村"五保"对象和城镇"三无"人员、残疾人等困难群众提供无偿法律援助。在此基础上，2007 年又制定出台了《关于加强农村法律援助工作的意见》，把法律援助工作进一步向农村和农民工倾斜。此外，浙江省在灾民救助、就业援助、城市流浪乞讨人员救助、② 社会互助及社会救助管理服务体系建设等方面，也不断加大工作力度，积累了许多好的经验和做法、取得了比较明显的成效。③

---

① 参见陈达《浙江：十年构建农村社会保障体系》，《中国财经报》2005 年 6 月 4 日，第 1 版。

② 参见刘志军、陈建胜《救助管理制度的实践与社会反响——以浙江省三个地市为例》，《中南民族大学学报》（人文社科版）2011 年第 4 期。

③ 参见刘晓清、陈国强《加快构建具有浙江特色的社会救助体系》，《政策瞭望》2007 年第 2 期。

三 统筹城乡发展解决"三农"问题

解决好"三农"问题是全党工作的重中之重,[①] 浙江省历届领导集体也一贯坚持"重中之重是三农"的指导方针,把建设新农村作为重中之重,提出了"务必执政为民重'三农'","跳出'三农'抓'三农'","以反哺富村",三化带三农、城乡共繁荣等论断。[②] 要求各级干部牢固确立"三农"问题是中国根本问题的思想,始终把解决好"三农"问题作为全党工作的重中之重,在任何时候都不动摇;要从执政兴国的战略高度,充分发挥农民群众在"三农"发展中的主体作用和党委、政府的主导作用,不断增强解决"三农"问题的本领;要坚持党政主要领导亲自抓"三农"工作,自觉地把"重中之重"的要求落实到领导决策、战略规划、财政投入、工作部署和政绩考核上来,形成全社会支持农业、关爱农民、服务农村的强大合力和良好氛围。[③]

在具体操作策略上,就是跳出就农村抓农村、就农业抓农业的思路,根据以反哺富村、以反哺强农、以反哺利民的统筹城乡发展的思路和理念,一手抓工业化、城市化、市场化的健康推进,一手抓统筹城乡发展,充分发挥"三化"对"三农"的带动作用。[④] 切实打破农业增效、农民增收、农村发展的体制性制约,从根本上破解"三农"难题,进一步解放和发展农村生产力,加快农业农村现代化建设。[⑤] 并加快调整国民收入分配格局,把公共资金的投入更多地转向农村,加强农村基础设施建设和社会事业发展,扩大公共服务覆盖农村的范围。如从2005年开始浙江省全部免征农业税,2006年取消义务教育阶段的学杂费,采取各种措施落实"多予少取放活"的方针。[⑥]

---

① 参见习近平《之江新语》,浙江人民出版社,2013,第190页。
② 参见习近平《之江新语》,浙江人民出版社,2013,第100、43、195、168页。
③ 参见习近平《之江新语》,浙江人民出版社,2013,第100页。
④ 参见习近平《之江新语》,浙江人民出版社,2013,第168页。
⑤ 参见习近平《之江新语》,浙江人民出版社,2013,第43页。
⑥ 参见习近平《干在实处 走在前列——推进浙江新发展的思考与实践》,中共中央党校出版社,2013,第169页。

近 10 年来，"浙江大力实施统筹城乡发展方略，加快先进制造业基地建设和城市化进程，以中心城市、中心镇和块状特色经济的发展壮大带动产业和人口的集聚，使全省四分之三的农村劳动力转移到二、三产业就业，成为推动工业化、城市化的生力军；以新型工业化带动农业现代化，以现代产业发展的理念经营农业，以先进的装备设施来武装农业，以农产品加工流通的龙头企业来带动农业，积极鼓励和引导工商企业特别是民营企业投资农业，形成了一大批农业龙头企业；积极调整国民收入分配格局，加大公共财政向农村倾斜，加快城市基础设施向农村延伸，加速公共服务向农村覆盖，形成了城乡互动互促的机制，有力促进了城乡一体化发展"。[①]

第二节　提升城乡居民收入

一　城乡居民收入提升的特点

（一）城乡居民总体收入快速增长

"近几年来，我省经济快速发展，生产总值年均增长百分之十三以上，城乡面貌发生深刻变化，城乡居民生活有较大改善。"[②] 2007 年浙江全省 GDP 为 18638.4 亿元，增幅为 14.5%。人均 GDP 按 2007 年 7.604 的年平均汇率折算为 4883 美元，比上年增长 12.7%。2007 年浙江城镇居民人均可支配收入为 20574 元，比上年增长 12.6%，扣除物价上涨因素，实际增长 8.4 个百分点。其中比重为 20% 的城镇低收入家庭人均可支配收入为 7924 元，比上年增长 12.5%。农村居民人均纯收入 8265 元，比上年增长 12.7%，扣除物价上涨因素，实际增长 8.2 个百分点，人均纯收入 8000 元以上的家庭比重由 37.9% 上升到 45.1%。2013 年，浙江城镇居民人均可支配收入，从 2010 年的 27359 元增加到 37851 元，年均名义增长 11.4%；农村居民人均

[①]　习近平：《之江新语》，浙江人民出版社，2013，第 168 页。

[②]　习近平：《之江新语》，浙江人民出版社，2013，第 45 页。

纯收入从 2010 年的 11303 元增加至 16106 元，年均名义增长 12.5% ；分别为全国的 1.4 倍和 1.8 倍，城镇居民人均可支配收入连续 13 年列上海、北京之后，居全国 31 个省（市、区）第三位、省区首位，农村居民人均纯收入连续 29 年居全国各省区首位。

（二）城镇居民的经营性收入、农村居民的转移性收入增长较快

财产性收入已成为城镇居民家庭收入中的重要组成部分，成为城镇居民收入新的增长点。2007 年浙江城镇居民的人均财产性收入为 1080 元，人均财产性收入占家庭总收入的比重已由 2002 年的 1.6% 提高到 2007 年的 4.8%。2013 年，城镇居民以单一工资性收入为主向多元化收入结构转变的趋势进一步增强，经营性收入比重有较大提高。在城镇居民人均可支配收入中，工资性收入 24453 元，增长 9.2% ；经营性、财产性和转移性收入分别增长 9.1%、1.4% 和 7.1%。2013 年浙江城镇居民人均转移性收入 10179 元，其中养老金和离退休金 8622 元，比 2000 年增长 4.2 倍。2013 年农村居民收入结构有所优化，在农村居民人均纯收入中，工资性收入 8577 元，增长 11.7% ；家庭经营性收入 5757 元，增长 8.8% ；财产性和转移性收入分别增长 9.8% 和 13.3%。非农收入继续成为农民增收的主要来源，来自土地征用补偿、养老补贴、租金等转移性和财产性收入比重在 10% 左右。

（三）工业发展推动城乡居民收入快速增长

2001～2012 年，浙江工业对城镇居民家庭总收入增长的平均贡献率为 38.6%。除 2002、2009 和 2012 年这三年之外，浙江工业对城镇居民家庭总收入增长的贡献率都高于 30%。特别是 2003～2006 年的贡献率都在 40% 以上，2003 和 2004 年甚至超过了 50%。浙江城镇家庭总收入中来源于工业的收入比重比较稳定，在 38% 上下波动（见表 4-1）。

随着以工促农、以城带乡、工农互惠、城乡一体的新型城乡关系的逐渐形成，广大农村居民分享了现代化、工业化发展成果。工业对农村居民收入增长的贡献率超五成。表 4-2 显示，浙江农村居民从工业经济发展中获益的收入占农村居民纯收入的比重稳步提高，从 2001 年的 41.5% 提高到 2004

年45.0%、2008年的46.0%和2012年的47.4%。2001~2012年，浙江工业对农村居民纯收入增长的平均贡献率为50.4%。

表4-1 浙江工业对城镇居民家庭总收入增长的贡献率

单位：元，%

年份	城镇家庭总收入	家庭总收入中来源于工业的收入	来源于工业的收入占家庭总收入比重	工业对城镇居民收入增长的贡献率
2001	10519	3832	36.4	33.7
2002	12682	4464	35.2	29.2
2003	14295	5372	37.6	56.3
2004	15882	6226	39.2	53.8
2005	17877	7049	39.4	41.3
2006	19954	8006	40.1	46.1
2007	22584	8865	39.3	32.7
2008	24981	9719	38.9	35.6
2009	27119	10293	38.0	26.8
2010	30135	11491	38.1	39.7
2011	34264	13229	38.6	42.1
2012	37995	14217	37.4	26.5

表4-2 浙江工业对农村居民人均纯收入的贡献率

单位：元，%

年份	农村居民人均纯收入	农村人均纯收入来源于工业部分	来源于工业的收入占人均纯收入比重	工业对农村居民收入增长贡献率
2001	4582	1901	41.5	48.8
2002	4940	2098	42.5	55.1
2003	5431	2402	44.2	61.9
2004	6096	2744	45.0	51.4
2005	6660	2989	44.9	43.5
2006	7335	3295	44.9	45.3
2007	8265	3707	44.9	44.3
2008	9258	4256	46.0	55.3
2009	10007	4626	46.2	49.4
2010	11303	5296	46.9	51.7
2011	13071	6196	47.4	50.9
2012	14552	6903	47.4	47.7

（四）财政支出用于民生的比例提高

自 2008 年以来，浙江每年财政支出增量的三分之二都用于民生方面，比例明显高于全国平均水平。财政投入民生方面主要用于就业、养老、医疗等基本保障，住房保障、文化体育、农村环境建设、扶贫、污染防治和公共安全等方面。2012 年，全省财政支出 4063 亿元，全省医疗卫生支出增长9.7%，社会保障和就业支出增长 18.4%，教育支出增长 16.8%。2013 年全省人均养老金待遇水平 2300 元，城乡居民基础养老金最低标准达到 80 元，新农合政策范围内住院报销比例达到 75%。得益于工资性收入增长和支农惠农等政策，浙江农村居民收入增长加快，城乡居民收入差距进一步缩小。2013 年，浙江城乡居民收入比约为 2.35∶1，比上年的 2.37 下降了 0.02 个百分点，比 2010 年的 2.42 下降了 0.07 个百分点，也远低于全国，仅略高于京津沪。部分区市的城乡居民收入比持续保持在 2 以下，舟山城乡居民收入比为 1.84，嘉兴和湖州均为 1.92 左右。

二 城乡居民收入提升的效应

物质文明建设和精神文明建设的最终目的是"要促进人的全面发展，包括改善人们的物质生活、丰富人们的精神生活、提高人们的生存质量、提高人们的思想道德素质和科学文化素质等等"。[①] 改革开放以来，浙江人民率先推进市场化改革，经济建设走在前列，文化建设百花齐放，社会事业统筹发展，浙江城乡居民收入快速提高，实现了由贫困到全面小康的巨大跨越。

（一）物质生活得到极大改善

1. 恩格尔系数持续下降

城乡居民消费观念随着收入的增加在不断地调整和转变，消费方式呈现质的变化，消费趋向日益多样化。1979～2007 年，城乡居民的总体消费水

---

① 习近平：《干在实处　走在前列——推进浙江新发展的思考与实践》，中共中央党校出版社，2013，第297页。

平得到较快增长，城镇居民人均消费支出由 1978 年的 301 元增加到 14091 元，增长 45.8 倍；农村居民人均生活消费支出由 157 元增加到 6442 元，增长 40 倍。2013 年城镇、农村居民人均消费支出分别为 23257 和 11760 元，分别比上年增长 7.9% 和 10.4%，扣除价格因素实际增长 5.5% 和 7.8%。2013 年浙江农村居民人均生活消费名义增幅和实际增幅比去年提高 4.6 和 4.3 个百分点。2013 年，社会消费品零售总额 15138 亿元，比上年增长 11.8%。汽车类零售额 2713 亿元，增长 10.7%；限额以上贸易企业的建材装潢、五金电料、家用电器类零售额分别增长 40%、26.9% 和 6.2%，金银珠宝类零售额增长 34%；日用品、通信器材、中西药品和服装类零售额继续保持稳定增长，分别增长 20.7%、16.7%、15.8% 和 10.9%。与消费支出大幅度提高相对应的是，城乡居民的恩格尔系数出现了持续下降，20 世纪 80 年代初期，城镇居民的恩格尔系数在 55% 以上，农村居民的恩格尔系数则高达 60% 以上，到了 2007 年，城镇居民的恩格尔系数下降到 34.7%，农村居民的恩格尔系数为 36.4%；2013 年城乡居民的恩格尔系数分别为 34.4% 和 35.6%。

2. 衣着、居住与营养水平明显提升

城乡居民的穿着注重服装的质地、款式和色彩的搭配，服装的名牌化、时装化和个性化成为人们的一种追求。2007 年城镇居民人均衣着消费支出 1406 元，是 1981 年的 20.4 倍；2007 年农村居民用于衣着的消费支出人均 399 元，而 1978 年人均只有 17 元。2013 年，浙江城镇居民人均衣着消费支出 2235 元，分别是 1990 年、1981 年的 11.9 倍、33.6 倍。目前，农村居民衣着消费的主要特点是求新、求美的心理日趋增强，尤其是在农村青年中追求服饰成衣化、高档化的倾向较为突出，一季多衣、款式多样、衣着品种齐全成为普遍现象。

至 2007 年底，已有 50% 的城镇居民的家庭拥有了商品房。2011 年末，浙江城镇居民住房建筑面积人均 36.9 平方米，房屋产权为商品房的城镇居民家庭占 59.8%。2013 年，城镇人均住房面积达到 38.8 平方米，比 2002 年扩大 45.8%。随着住房商品化的深化，浙江城镇居民居住条件的改善，促使部分富有居民家庭开始投资房地产，一户多宅所占的比例不断上升，2007 年拥有两套及以上住房的城镇居民已达到 20% 左右。房屋装修水平趋于高档，生活环境更加优越。农村住房普遍从简陋的旧房升级换代为高大宽敞的新房，尤其是 21 世纪以来建成的住房，相当部分可以和设施配套、美观舒适的城市住房相媲美。2013 年，农村居民家庭自建住房占 84.9%，83.8% 的现住房建筑面积在 60 平方米以上，97.6% 都是钢筋混凝土、砖混或砖木结构的住房，84.3% 的住宅外道路路面是柏油或水泥路面，87.6% 的家庭有管道供水入户，66.8% 的家庭使用罐装液化石油气，42.4% 使用电取暖，65.4% 的家庭洗澡设施使用自装热水器，85.8% 的家庭有住户独用厕所，75.2% 的家庭使用水冲式卫生厕所。2013 年，浙江农村居民人均居住支出 1934 元，是 1980 年的 74.4 倍。

城乡居民食物消费结构从数量的简单扩张向质量的全面提高转变。从食品消费途径看，居民消费观念不断更新，在外饮食消费比重越来越大。2007 年，城镇居民人均在外饮食支出 1356 元，占食品支出的 27.7%，比 2000 年提高 9.4 个百分点。2013 年，城镇居民人均购买粮食支出 494 元，所占的比重从 1981 年的 18.2% 降低至 6.2%；肉类、家禽、蛋、鲜奶的人均购买量分别比 1981 年增长 62.4%、1.6 倍、82.4% 和 5.8 倍；在外饮食人均支出 1743 元，占食品支出的 21.8%。农村居民的食物消费结构由主食型向副食型转变，因膳食结构的逐步调整，农村居民的营养水平趋向合理科学。2013 年，农村居民年人均消费粮食和蔬菜 115.88 公斤和 69.99 公斤，比 1981 年的 301 公斤和 145 公斤分别下降 61.5% 和 51.7%；而人均消费肉禽及制品、水产品 29.78 公斤和 16.48 公斤，比 1980 年的 11.73 公斤和 5.85 公斤分别增长 1.54 倍和 1.82 倍。

3. 大量高档耐用消费品进入家庭

新型家用电器逐渐进入居民家庭中，居民消费正在向享用型、学习型转移，汽车、电脑、移动电话成为当前城镇居民中重要的耐用消费品。到 2007 年末，城镇居民家庭电冰箱、洗衣机和彩色电视机这三大件的每百户拥有量分别达到了 100、93 和 183 台，城镇居民家庭每百户拥有空调器 161

台、淋浴热水器 95 台、微波炉 66 台、移动电话 191 部；2007 年末，每百户城镇居民家庭家用电脑和移动电话拥有量分别比 2000 年增长了 4.3 倍和 5 倍。2013 年，浙江每百户城镇居民中拥有家用汽车 44.28 辆、家用电脑 101.56 台、移动电话 217.43 部，比 2000 年分别增长 91.3 倍、6.2 倍、5.9 倍。目前，大宗消费观念已从满足生活需求向提升生活品质转变，统计数据表明，电子产品和车辆消费已超过住房改善和装修，成为大宗消费的主要选择内容。据浙江省统计信息，2014 年一季度，在大宗消费方面，购买个人数码产品（手机、相机、电脑等）的选择比例最高，为 75.56%；其次是"车辆保养及使用"和"住房改善、装修"，选择的人群比例分别为 62.63% 和 46.00%。

农村居民的耐用消费品普及速度也很快。近几年，照相机、摩托车、组合音响、空调器、电话、电脑等新兴的消费品大量进入农家门。2007 年末，农村居民平均每百户拥有彩色电视机 144 台，电冰箱 75 台，洗衣机 60 台，摄像机 2 台，摩托车 58 台，家用电脑 19 台。2013 年使用煤气或液化石油气的家庭接近 100%，超过九成的家庭独自享用自来水和浴室厕所。2013 年，浙江农村居民人均购买家庭设备、用品及服务支出 565 元，比 1978 年增长 46.1 倍。每百户浙江农村居民家庭拥有彩色电视机 169.3 台，电冰箱 96.5 台，空调器 101.3 台，抽油烟机 57.6 台。由于道路的建设和居民收入的提高，农村居民摩托车的拥有量大增，1985 年平均每百户拥有的摩托车只有 0.1 台，2007 年增加到 58 台，生活用的私家车数量也达到每百户 4 辆。2012 年每万人拥有公共电（汽）车数为 13.7 标台，行政村客运班车通达率为 93.1%，分别比上年提高 0.1 标台和 0.7 个百分点。

（二）精神文化生活日益丰富

1. 旅游、健身成为城乡居民消费新增长点

随着收入的稳步增长，城乡居民对生活质量的追求也越来越高，外出旅游和健身已成为人们工作、学习之余放松身心的一种生活方式。从短途的城市周边游、周末的省内游，到长假的国内游、出境游；旅游方式也从简单的跟团游逐步发展到自助游和自驾游。城镇居民用于旅游的支出逐年增长，旅

游人次数不断攀升。2013 年，浙江城镇居民人均团体旅游和参观游览支出 844 元，比 2002 年增长 3.4 倍，比 1992 年增长 31 倍。据 2014 年一季度统计资料显示，"购买书刊""护肤美容""娱乐活动""旅游度假"等项目的支出人群比例也均超过五成。

2. 文化设施不断增加、娱乐方式趋于多样化

随着城乡居民物质水平的不断提高，人们开始不断追求精神文化生活，文娱类消费日益受到居民的青睐。人们的休闲娱乐方式丰富多彩，闲暇生活更加丰富。2012 年城乡居民文化娱乐服务支出占家庭消费支出的比重为 6.0%，其中，城镇居民文化娱乐服务支出比重为 7.15%，农村居民文化娱乐服务支出比重为 4.01%。公共文化建设投入力度较大，文化服务供给持续加大，文化场馆设施免费开放，公共文化设施网络服务功效增强。其中，人均公共文化财政支出 172 元，比上年增长 10.4%；有线广播电视入户率为 83.9%，比上年提高 1.6 个百分点；每万人拥有"三馆一站"建筑面积 808.2 平方米，比上年增长 17.5%。居民家庭的教育投资理念不断增强，居民教育支出大幅增长。2007 年，城乡居民人均文化娱乐教育支出分别达 2158 元和 736 元，分别比 1985 年增长 31 倍和 48 倍。

3. 服务性消费快速增长、家庭服务社会化趋势明显

2011 年，浙江城镇居民文教娱乐、休闲旅游、医疗保健等服务性消费支出人均 5639 元，比 2006 年增长 47.0%，年均增长 8%。在服务性消费中，家政服务支出比 2006 年增长 1.2 倍，居住服务支出比 2006 年增长 1 倍，表明家庭服务社会化趋势日益明显。在外饮食支出比 2006 年增长 55.4%，医疗费支出比 2006 年增长 96.9%，交通费支出比 2006 年增长 42.8%，文化娱乐服务支出比 2006 年增长 44.7%。2013 年，浙江农村居民人均服务性消费支出 3493 元，占消费支出的比重达 29.7%，比 20 世纪 80 年代的 7% 有明显提高，说明农村居民的消费模式已逐步向发展享受型靠拢，消费结构持续优化升级。

4. 网络消费支出快速增长、信息化程度不断提高

2011 年，浙江城镇居民家庭每百户家用电脑拥有量 103.6 台，比 2006

年增加 38.7 台，增长 59.6%，其中每百户接入互联网的家用电脑 91.8 台，即 88.6% 的家用电脑接入互联网，比 2006 年增加 41.5 台。2011 年，城镇居民每百户接入互联网的移动电话 44.4 部。随着信息化程度的不断提高，网络消费快速增长，人们足不出户即可享受便捷的网络购物。2011 年，城镇居民人均通过互联网购买的商品及服务支出 165 元，比 2006 年增长 27 倍。2013 年浙江城镇居民人均消费支出 23257 元，同比增长 7.9%，扣除价格因素，实际增长 5.5%，名义增幅和实际增幅分别比去年同期提高 2.5 和 2.4 个百分点。其中通过互联网购买的商品和服务人均 343 元，同比增长 48.9%。2013 年，浙江每百户农村居民家庭分别拥有移动电话和计算机 221.6 部和 49.6 台，分别是 2000 年的 11 倍和 55.7 倍。近几年以电脑和智能手机为媒介的信息化消费和网络购物逐渐走入农村居民家庭，并普遍得到年轻村民的青睐和追捧，网购支出快速增长，消费方式信息化，成为农村居民生活消费的亮点之一。2013 年杭州市城镇居民人均通过互联网购买的商品或服务支出达 571 元，比上年增长 1.37 倍，网络消费占居民生活消费支出的 2.3%，比上年提高 1.2 个百分点。2013 年，杭州市有网络消费支出的城镇居民家庭占全部家庭的 37.2%，居民家庭开始普遍接受网购，物品已覆盖到吃、穿、用、住、行等各个方面。网购家庭中，户均网络消费支出达 3877 元。2013 年末杭州市城镇居民，包括五县市，每百户接入互联网的计算机达到 101.21 台，比上年末增加 6.22 台，每百户接入互联网的移动电话 128.49 部，是上年末的 2.2 倍。

第三节　社会保障与社会救助

"社保是民生之需，救助解民生之难"，[①] 努力做好老百姓的社会保障工作，是紧绷在浙江省历届领导集体心中的一根弦，因为社会保障是直接维

---

① 习近平：《干在实处　走在前列——推进浙江新发展的思考与实践》，中共中央党校出版社，2013，第 240 页。

系人民群众的生活保障。要让老百姓系上社会"保险绳",就要切实做好社会保障工作,进一步巩固"两个确保"的成果,搞好"三条保障线"的衔接,依法推进社会保险扩面工作,积极推行覆盖城乡的最低生活保障、失业职工基本养老保险和失业保险、失地农民基本生活保障、公共卫生建设和孤寡老人集中供养等"新五保"体系建设,并随着经济的发展逐步提高社会保障水平。① 正是基于上述理念,浙江省在搭建大社保体系、稳步推进社保项目建设、逐步加大社会救助力度等方面做出了卓有成效的探索和实践。

一 构建大社保体系

浙江在深化社会保障制度改革的过程中,始终把握了一条主线,这就是:统筹协调就业、社会保险、社会救助三个层次的社会保障,使这三个层次在制度上相互衔接,在政策上相互支撑,在工作上相互促进,共同构成大社保体系的基本框架。按照这一总体思路,浙江就大社保体系建设作出了"一个率先""两个加快"的全面部署,即加快建立统筹城乡的就业制度,率先建立比较完善的城镇社会保险体系,加快建立覆盖城乡的新型社会救助体系。②

至今,浙江的大社保体系建设成效明显,社会保障覆盖面不断扩大,推动着浙江社会保障体系继续向人人享有的目标迈进。浙江在全国率先建立了覆盖城乡居民的社会保障体系。一方面积极进行制度创新,制定出台"双低"养老保险政策,全面推进工伤保险,努力扩大社会保障覆盖面;另一方面根据统筹城乡发展的基本思路,加快农村社会保障体系的建设步伐,率先在全国建立起城乡一体化的最低生活保障制度、被征地农民基本生活保障制度,并依次建立了新型农村合作医疗制度、城镇居民医疗保险制度以及城

---

① 参见习近平《干在实处 走在前列——推进浙江新发展的思考与实践》,中共中央党校出版社,2013,第241页。
② 参见中央党校省部级进修班调研组《没有社会保障就没有和谐社会——浙江加快大社保体系建设的考察报告》,《今日浙江》2005年第7期。

乡居民社会养老保险制度，社会保障开始向全民社保时代迈进。[①] 至今，全民医保初具雏形，城镇职工基本医保、城镇居民基本医保、新农合和城乡医疗救助体系的"3 + 1"医疗保障制度体系基本确立，有序推进。工伤、失业、生育保险的覆盖面也大幅度扩大，并从农民工最需要的工伤、医疗保险入手，逐步将他们纳入社会保障体系的"保护伞"。新型农村合作医疗取得突破性进展。全省所有县（市、区）已全部实行了新型农村合作医疗制度，参合率持续巩固在95%以上。城乡养老保障制度也基本建成，60周岁以下符合参保条件人员参保缴费率达到90%以上。[②] 可以说，浙江已初步建立了与经济社会发展水平相适应、覆盖城乡、多层次的社会保障体系。

二　推进社会保障项目建设

浙江率先推进"3 + 1"医疗保障制度，即城镇职工基本医疗保险、城镇居民基本医疗保险、新型农村合作医疗和城乡医疗救助，[③] 实现了城乡居民医疗保险全覆盖的基本目标。

实现养老保险"全覆盖"。2008 年，浙江省修改《职工基本养老保险条例》以保障养老保险的全社会覆盖。根据修改草案，与企业、个体经济组织、民办非企业单位等组织建立劳动关系的职工和与国家机关、事业单位、社会团体建立劳动关系但未纳入编制管理的职工，同属法律规定的参保对象。城镇个体工商户、灵活就业人员和其他自愿参保人员也被纳入了参保范围。[④]

破解政策性农业保险的难题。由于农业保险的高风险、高赔付、高成本特征，我国现有的农业保险从 20 世纪 80 年代开办以来，一直呈萎缩态势。

---

① 参见孙胜梅《近年浙江社会保障制度的成效、问题及改进建议》，《统计科学与实践》2011年第 7 期。

② 参见杨建华《从平安浙江到和谐浙江》，《浙江日报》2012 年 5 月 24 日，第 4 版。

③ 参见岳德亮《浙江："3 + 1"促进城乡居民医疗保障全覆盖》，《中国社会报》2008 年 9 月12 日，第 1 版。

④ 参见章苒《浙江修改立法保障养老保险"全覆盖"》，《中国劳动保障报》2008 年 4 月 10日，第 2 版。

浙江省于 2006 年率先试行政策性农业保险，秉持政府推动与市场运作相结合的原则，实行"共保经营"，推进了农业风险防范体系建设、提高抗灾资源配置效率和农业补贴政策接轨国际规则这三大农业保障难题的解决，在社会主义新农村建设的制度建设方面具有重大的示范意义。①

建立省级救助管理系统。2004 年，在国务院《城市生活无着的流浪乞讨人员救助管理办法》实施一周年之际，全国首个省级"救助管理信息系统"在浙江省投入运行，实现了全省 45 个站点的联网集中管理，实现各项信息数据实时更新、存储，图文并茂、统计灵活，同时还具有权限控制、自动预警、智能搜索等功能。系统针对浙江省各救助站的实际操作、管理等工作而设计，实现了浙江救助管理工作的数字化，大大提升了救助工作的内部管理、实施各项工作的软件水平。②

建立农民最低生活保障制度。这项制度的建立，将几千年来一直没有享受过社会保障，捧着"泥饭碗"靠天吃饭的农民纳入保障范围，显示了政府的责任意识和职能转型要求，使城乡居民都享有最低生活保障的权利，顺应了城乡统筹发展的需要，减小了城乡间和农民之间的收入差别，为实现全面建设小康社会的目标创造了比较有利的条件。③

建立健全被征地农民社会保障制度。全省被征地农民基本生活保障实现了失地必保、即征即保；2007 年，有 291 万名被征地农民被纳入社会保障范围，其中有 109 万名符合条件的参保人员已按月领取基本生活保障金或基本养老保险金，累计筹集保障资金 316 亿元，浙江省被征地农民参保人数和保障资金筹集总量占据全国的 1/3。④

出台农民工社会保障政策。"农民工既是经济建设的重要力量，也是构建和谐社会的重要力量"，⑤ 基于这样的认识，浙江省历届省委、省政府都

① 参见胡作华《浙江政策性农险破解保障难题》，《经济参考报》2006 年 3 月 25 日，第 2 版。
② 参见徐昱《浙江建立全国首个省级救助管理系统》，《社会福利》2004 年第 8 期。
③ 参见傅志国《浙江农民最低生活保障制度调查》，《农民日报》2005 年 9 月 17 日，第 3 版。
④ 参见《浙江社会保障体系日趋完善》，《中国信息报》2008 年 2 月 28 日，第 3 版。
⑤ 习近平：《干在实处　走在前列——推进浙江新发展的思考与实践》，中共中央党校出版社，2013，第 250 页。

强调要随着经济社会发展水平的提高，逐步解决农民工的充分就业、工资待遇、社会保障、子女教育、医疗、住房、文化生活和政治地位等问题，并促成有条件的农民工逐步向市民转变。其中的一个重要工作内容就是面向农民工逐步开放社会保障政策，扩大农民工参加社会保险和公积金的覆盖面。[①]在就医看病方面，各地想方设法降低务工人员的看病费用，向民工发放"爱心卡"，为民工提供医疗救助，使他们少花钱、看好病。在社会保障方面，一些经济条件较好的地方，扩大社会养老保险的覆盖面，把外来务工人员纳入其中。[②] 经过十多年的探索，以"双低"为核心特点的农民工社会保障"浙江模式"形成，它从农民工的实际需求出发，按照"先工伤、后医疗、再养老"的理念安排各险种的优先建设顺序，辅以户籍制度的改革及就业服务与管理，取得了良好成效。[③]

此外，随着各项社会保障项目的建立、完善和提升，浙江省还不断根据社会经济的发展，及时调整和提高城乡居民的社会保障待遇和水平，分别建立了养老金的调整待遇机制、低保标准动态调整和分档补助机制，并稳步提高城乡居民医疗保障水平，将城镇职工医疗保险、城镇居民医疗保险以及新型农村合作医疗保险的最高支付限额分别从当地职工平均工资、居民平均可支配收入和农民人均纯收入的 4 倍提高到了 6 倍。[④]

三 加大社会救助力度

社会救助是社会保障最基础的部分。浙江省委、省政府历来重视构建以最低生活保障线为基础，覆盖教育、医疗、住房等内容的基本救助

---

① 参见习近平《干在实处 走在前列——推进浙江新发展的思考与实践》，中共中央党校出版社，2013，第 252 页。

② 参见习近平《干在实处 走在前列——推进浙江新发展的思考与实践》，中共中央党校出版社，2013，第 255 页。

③ 参见刘志军、陈姣姣《从"二元"到"双低"：农民工社会保障的"浙江模式"探析》，《中南民族大学学报》（人文社科版）2010 年第 3 期。

④ 参见孙胜梅《近年浙江社会保障制度的成效、问题及改进建议》，《统计科学与实践》2011年第 7 期。

体系。

实行分层分类救助 针对为数不少的"夹心层"困难群众，浙江省在全国率先实行针对不同困难程度和救助需求，分层分类救助的制度，以完善新型社会救助体系。浙江省政府《关于进一步完善新型社会救助体系的通知》规定，在全省范围内，将家庭收入虽高于低保标准，但仍生活困难的群众纳入社会救助体系。各地根据经济社会发展水平和保障能力，合理确定救助层次，并分别确定救助标准；根据困难群众致贫、致困的不同情况，实施分类救助。①

逐步拆去医疗救助"门槛" 浙江省的医疗救助制度始于2004年9月，起步阶段对医疗救助设有一定的门槛，只有当被救助人员的医疗费用金额超过一定数额，才能向民政部门申请救助。一些日常较小数额的医疗费用，无法被列入救助范畴。2007年，浙江省发布《关于进一步做好低保和医疗救助工作的通知》，全面实施"零起点"医疗救助，健全覆盖各类困难群体的即时救助机制。②

将低保边缘家庭纳入社会救助范围 浙江省的社会救助工作在多个方面走在全国前列，但浙江省人大常委会在基层调研的时候发现，目前以最低生活保障为核心和基础的社会救助模式，使各类救助措施向最低生活保障家庭集中，而一些处于最低生活保障边缘的家庭实际生活状况比最低生活保障家庭更为困难。③ 因此，2014年7月，浙江省十二届人大常委会第十一次会议审议通过的《浙江省社会救助条例》，首次将低保边缘家庭纳入社会救助范围，以体现分层分类救助精神，弱化悬崖效应。条例规定，未纳入最低生活保障范围，家庭成员人均月收入在最低生活保障标准1.5倍以下，且家庭财产状况符合县级以上政府规定的家庭为享受救助的低保边缘家庭。此外，条例还将因患大病符合规定的医疗费用自负部分超出家庭承受能力，导致家庭

---

① 参见江南《浙江实行分层分类救助》，《人民日报》2006年5月9日，第10版。
② 参见刘明中《医疗救助拆去"门槛"》，《中国财经报》2007年8月2日，第2版。
③ 参见王春、许迎华《首次将低保边缘家庭纳入社会救助范围》，《法制日报》2014年8月6日，第3版。

实际生活水平低于当地最低生活保障边缘家庭标准的人员纳入医疗救助的救助范围；将教育救助覆盖学前教育到高等教育各阶段；对因患大病等特殊原因导致支出型贫困的家庭给予基本生活救助。[①]

不断提升残疾人事业发展的法治化程度　浙江省历届领导集体都将发展残疾人事业视为各级党委、政府的光荣使命和全社会应尽的职责，高度重视残疾人事业，把实施《中华人民共和国残疾人保障法》作为依法治国的一项重要内容，切实把残疾人事业纳入制度化、规范化、法治化的轨道，努力实现省委、省政府提出的"浙江省残疾人事业要与浙江省经济社会同步发展，并走在全国前列"[②]的目标。据2013年省残联、省统计局对全省11个市90个县（市、区）864个乡镇（街道）2953个村（社区）的20693名残疾人进行的入户调查，2013年度浙江省残疾人小康实现程度为88.6%，残疾人生存、发展和环境状况小康实现程度分别为97.8%、81.8%和80.0%，残疾人的生存环境和发展状况不断改善，并向小康目标稳步迈进。[③]

第四节　社会福利与社会慈善

社会福利与社会慈善事业的发展，是有效补充制度性社会保障的主要手段，对于托底部分困难群众的基本生活，切实解决下岗职工、农村贫困人口和城市贫困居民等困难群众在生产生活上存在的困难具有重要意义。

一　建设侧重老年的社会福利体系

浙江省的社会福利事业，一方面意在全方位的发展，一方面又根据社会

---

① 参见王春、许迎华《首次将低保边缘家庭纳入社会救助范围》，《法制日报》2014年8月6日，第3版。

② 习近平：《干在实处　走在前列——推进浙江新发展的思考与实践》，中共中央党校出版社，2013，第245页。

③ 参见浙江省统计局、浙江省残疾人联合会《2013年度浙江省残疾人状况和小康实现程度监测主要数据公报》，2014年3月11日，http：//www.zjcl.com.cn/www/jcsj/2014/05/20/21741.htm。

实际需要有所侧重。在人口不断老龄化的大背景下，近期主要以发展老年福利为重点。包括完善居家养老服务体系，增强社区照顾功能，健全社会化服务机制。切实保障公办福利机构满足"五保三无"对象、困难老人供养和重度残疾人集中托养所需，鼓励支持社会力量兴办养老服务机构等。① 历年来，浙江省分别实施了农村"五保"和城镇"三无"老人及城乡低保家庭老人白内障复明工程、农村低保家庭危旧房改造工程、农村老年福利服务星光计划等工程。建立民间组织参与服务机制，逐步形成了覆盖城乡、惠及外来人员的新型社会福利体系。② 在各级党委政府的高度重视下，浙江省的老龄社会福利事业发展迅速，到2012年底，全省基层体育健身设施覆盖率达85%；建立省级老年体育活动中心（俱乐部）225个；老年文化活动场所全面铺开，到2013年6月，建立农村文化礼堂100个；"老年友好型城市"和"老年宜居社区"建设加快推进；养老机构建设不断加强，到2013年上半年，建立民办养老机构和护理型养老机构分别为964个、66个，其中民办养老机构数比2010年增长32.8%；养老床位数达25.8万张，比2010年增长29.8%，基本满足了老年人机构养老的需求。③

二 构建适度普惠型的新型社会福利体系

得益于相对雄厚的经济基础，浙江省的社会福利事业逐步从基本生活救济的"兜底型"向适度普惠型的社会福利体系发展。浙江省的社会福利事业一开始就把保障困难群众的基本生活作为首要任务，精心为城乡困难群众编织"最后一道安全网"。随着经济社会的全面发展，21世纪初，浙江省在全国率先建立了统筹城乡的新型社会福利体系。该体系从解决困难

---

① 参见中共浙江省委《中共浙江省委关于全面改善民生促进社会和谐的决定》，《政策瞭望》2008年第5期。

② 参见柯笑寒、叶恒珊《浙江福利体系发展以老年人为主》，《中国老年报》2006年2月23日，第1版。

③ 参见省民政厅、省老龄办《省老龄事业发展"十二五"规划中期评估座谈会召开》，2013年11月25日，http://www.zjmz.gov.cn/il.htm? a = si&id = 4028e481429df4a50142a2e5b95c004f&key = main/01/stdt。

群众最关心、最迫切的问题入手，逐步形成了城乡一体化、组织网络化、管理社会化、保障法制化，与经济社会发展水平相适应的覆盖城乡的新型社会福利体系。①

在这一过程中，浙江省不断拓展社区福利服务，不断增强社区服务功能，到 2008 年底，全省拥有社区工作者 2 万余名，社区志愿服务组织 1.3 万个，社区服务设施及网点达 11 万个，并拥有 2613 个农村社区服务中心。② 2013 年 3 月，浙江省又印发了《浙江省探索建立普惠型儿童福利制度"先行先试"试点实施方案的通知》，确定温州市（选定苍南县）、海宁市、江山市为全省适度普惠型儿童福利制度的试点单位。试点单位按照省厅试点实施方案的要求，均建立了困境儿童分类保障制度、重病重残儿童医疗康复补贴制度、收养寄养孤残儿童家庭补助制度和儿童福利服务体系。同时试点单位从本地实际出发，突出了自身的工作亮点。③

三　制定中长期的社会福利发展规划

如何有计划、有条理、分步骤地做好社会福利事业，是浙江省历届领导集体思考的一个重点问题。按照省委、省政府"干在实处，走在前列"的总体要求，经过长期的探索、讨论和试点，浙江省于 2005 年制定出台了《浙江省社会福利发展规划（2006～2010 年）》，这是全国首个社会福利五年规划，浙江省在全国率先开始了构建具有中国特色、时代特征、浙江特点的新型社会福利体系的实践。

规划设定了远期目标和近期目标。远期目标是形成包括养老、医疗、卫生、教育、住房等各方面内容，覆盖全体社会成员，职责明确，运行顺畅的社会福利制度。近期目标是探索构建以老年人、残疾人、孤儿为主要服务对象，政府主导，部门协作，社会参与，覆盖城乡，惠及外来务工人员的新型社会福利体系。在服务对象和内容上，确定主体，兼顾其他，即

① 参见汪成明、闫拥洲《构建新型社会福利体系》，《浙江日报》2009 年 9 月 25 日，第 2 版。
② 参见汪成明、闫拥洲《构建新型社会福利体系》，《浙江日报》2009 年 9 月 25 日，第 2 版。
③ 参见罗卫红《浙江：探索建立适度普惠型儿童福利制度》，《社会福利》2014 年第 3 期。

以老年人、残疾人、残疾孤儿为主要对象，同时关注困难群体，或存在特殊问题的家庭，兼顾外来务工人员。在内容上，以目前民政部门的老年福利、残疾孤儿福利和残疾人福利等为基础，创新体制机制，着眼提升服务质量和水平；以慈善公益为载体，以社会工作者制度的建立为抓手，进一步推动公益服务事业；同时不断完善卫生、教育、文化、体育、住房等专项相关福利政策，逐步形成社会福利服务的政策体系。在发展途径上，以体制机制的创新为着力点。坚持以社会福利社会化为改革发展主线，强化各级政府社会福利责任意识，加大福利事业投入力度，整合社会扶助资源，充分发挥慈善、义工、志愿者和社会工作者等慈善公益类民间组织在提供福利服务方面的重要作用，逐步形成政府主导、部门协调、社会参与的发展机制。①

四　倡导全民性的社会慈善事业

浙江省的历届主要领导都注重慈善文化的倡导和传播，将发展全民性的社会慈善事业作为施政追求，在每次的浙江慈善大会上，都强调慈善事业是一项全民的事业，慈善是社会文明和谐的重要标志，是树立社会主义荣辱观的重要体现，要广泛普及慈善文化、弘扬慈善精神、宣传慈善典型，激发社会各界参与慈善事业的热情，在全社会形成人人心怀慈善、人人参与慈善的浓厚氛围，共同为构建社会主义和谐社会作出应有贡献。②并具体要求各级党委、政府及有关部门切实加强组织领导，把慈善事业发展列入经济社会发展规划和工作计划，研究制定和完善加快慈善事业发展的政策措施，激发公众慈善捐赠的积极性。要求各类慈善组织抓住有利时机，广泛开展形式多样的慈善活动，开发慈善资源，拓展服务领域。浙江的企业家特别是民营企业

---

① 参见浙江省民政厅《关于〈浙江省社会福利发展规划（2006~2010 年）〉的说明》，2008 年 11 月 11 日，http://www.zjmz.gov.cn/il.htm? a = si&id = 5c3f72152011e1a30120122bf0ac003e&key = main/10/xxgkml/gh#d。

② 参见周咏南《齐心协力发展慈善事业　同心同德建设和谐社会》，《浙江日报》2006 年 12 月 13 日，第 1 版。

家作为浙江发展慈善事业的重要力量，则要以"兼济天下"的精神，更加主动、勇敢地承担起相应的社会责任和义务，积极投入到慈善事业中来，以自己的爱心和善行，提升自身的社会价值，以自己的实际行动扎实推进和谐社会建设。①

在这一思想的指导和推动下，浙江省的慈善组织呈现了良好的发展态势，慈善活动和志愿服务日趋活跃，参与慈善捐赠的公民和企业不断增加，整体水平继续处在全国前列，成了全国慈善事业发展最快的地区之一。一是慈善组织快速发展。全省101个市、县（市、区）已全部建立慈善总会、红十字会等各类慈善组织，在乡镇（街道）、村（社区）已建立慈善分会（工作站）4530个、企业分会261个，涉及多个慈善领域，覆盖城乡、内容丰富的慈善工作网络基本形成。截至2012年末，全省有基金会265家，其中公募基金会124家，非公募基金会141家。这些以公益慈善为宗旨的大大小小基金会，成为慈善事业新的生力军。二是慈善募款工作扎实推进。在经济不太景气、企业面临困难的情况下，2012年度全省慈善总会系统募款共计21.5亿元，比上年度增长了7%，全省福利彩票发行规模首次超百亿，筹集公益金达30.1亿元。仅全省慈善总会系统历年募款总额就达154.4亿元，留本冠名基金规模达104亿元，三年来全省各类慈善组织募集善款126多亿元。可以说，全省各类慈善组织募集善款、福利彩票筹集公益金、全省慈善总会系统留本冠名基金都达到了一定的规模，写下了辉煌的历史新篇章。三是打造了一批品牌慈善项目。全省慈善组织以极大的热情，探索创新各类慈善项目，实现慈善募款及慈善救助的项目化运作，形成了像"捡回珍珠计划""慈善年夜饭""千村慈善帮扶基金""爱心明眸工程"等一批具有代表性、创新性的优秀慈善项目，较好地满足了社会各界参与投身公益慈善事业的需求。四是慈善文化得到进一步传播。全省有近400万的注册志愿者（义工），他们以实际行动在传

①　参见周咏南《齐心协力发展慈善事业　同心同德建设和谐社会》，《浙江日报》2006年12月13日，第1版。

播志愿服务精神，宣传慈善文化，传递爱心正能量。在浙江，慈善的理念更加深入人心，慈善的活动更加广泛地开展，慈善的美好故事在全社会得到进一步传播。①

五　推进慈善事业的专业化规范化发展

在全国领先的浙江慈善事业，也在专业化、规范化方面做出了踏实探索，从无到有、从小到大，不断发展、不断创新，结出了累累硕果。由1994年浙江省慈善总会成立之初的政府推动型筹款，到率先推出专业化运作的大额留本冠名基金，发展成为目前全国最具影响力的市场化运作的"慈善年夜饭"的慈善品牌，浙江的慈善事业沿着专业化职业化的方向不断前进。全省慈善事业发展整体水平已处在全国前列，慈善文化深入人心，慈善网络覆盖乡村基层，初步完成了从"输血"到"造血"的飞跃。②

长期以来，全省各级党政领导十分关心慈善工作，把发展慈善事业纳入经济社会发展规划，作为"为民办实事"的大事来抓。始终把公信力视为慈善事业的生命线，逐步形成了调研、策划、宣传、筹款、救助、评估、表彰等一整套比较完善的内部自律机制和工作运作机制，并通过聘请法律顾问、坚持年度审计、公开管理信息、建立反馈机制等，把"依法治会、依法行善"的理念落实到各项业务中。正是得益于慈善事业的专业化规范化运作，"十一五"期间，浙江省稳步实施《浙江省慈善事业发展指导纲要（2006~2010）》，慈善事业实现历史性跨越，截至2010年底，浙江省慈善组织累计筹款112.7亿元，援助困难群众562万人次，为全面建设小康社会、推动民政事业又好又快发展作出了重要贡献。③

---

① 参见浙江省民政厅《浙江省慈善事业发展状况暨第四届"浙江慈善奖"评选》，2013年10月10日，http://xwfb.zjol.com.cn/system/2013/10/08/019631565.shtml。
② 参见王泳《浙江慈善15年硕果累累》，《人民政协报》2009年12月1日，第B01版。
③ 参见陈华、秦艳《专业化规范化是浙江慈善不断追寻的目标》，《中国社会报》2011年6月10日，第B03版。

第五节 民生改善与经济增长

"要看 GDP，但不能唯 GDP" "解决经济发展中的问题是政绩，解决民生问题也是政绩"，[①] 这是浙江省领导集体对于经济建设与民生事业关系的朴素诠释。因此，浙江省一贯坚持从经济更加发展、民主更加健全、科教更加进步、文化更加繁荣、社会更加和谐、人民生活更加殷实等六个方面来理解全面建设小康社会的内涵，从立党为公、执政为民的高度来考评干部的政绩，坚持抓好发展与关注民生的结合。体现在施政理念上，就是同等重视收入增长与经济增长、同等重视社会政策与经济政策，并将新增财力优先投入民生改善。

一 同等重视收入增长与经济增长

经济增长是社会发展的重要前提，但经济增长仅仅是衡量生产的尺度，无法全面反映和体现全部社会现实，同时也不能确切反映真实的生活水平。经济增长对于普通民众来说，并不必然带来与之相称的生活水平的提高。[②] 如果施政不当，往往造成一方面 GDP 一路狂飙，另一方面国民个体收益与公共福利却严重滞后的情况，使得 GDP 仅仅成为官员政绩的体现，而不是百姓幸福指数的标志，人民无法从 GDP 增长中享受预期的福利。[③]

浙江省的历届领导集体对此有着相当清醒的认识，因而历来既重视发展经济，又重视老百姓收入的增长，力避"无情的增长"和"无发展的增长"，着重关注经济增长是否给民众带来福利，人民能否共享发展成

---

① 习近平：《之江新语》，浙江人民出版社，2013，第 30 页。

② 参见杨建华《改革开放三十年浙江民生建设经验与启示》，《中共浙江省委党校学报》2008年第 6 期。

③ 参见杨建华《改革开放三十年浙江民生建设经验与启示》，《中共浙江省委党校学报》2008年第 6 期。

果的问题。努力纠正"重经济增长、轻社会发展""重 GDP、财政收入等宏观指标,轻居民收入等微观指标"的认识偏差,寻求经济与社会的共同发展、省强与民富的相辅相成,并不断将重心更多地向"民富"倾斜,以民富促省强,以省强保民富。因此,浙江在经济快速增长的同时,百姓的收入也基本保持了同步增长,尤其是城镇居民收入增长。如"十五"期间,浙江全省地区人均生产总值年均增长 11.7%,而城镇居民收入年均增长率也达到了 11.3%,与经济增长速度基本同步。① 到 2013 年,全省人均生产总值比上年增长 7.9%,而城镇居民人均可支配收入、农村居民人均纯收入分别比上年增长 9.6% 和 10.7%,收入增长速度已超过经济增长速度。②

二 同等重视社会政策与经济政策

社会政策是指以国家立法和行政干预为主要途径而制定的一系列以解决社会问题、保证社会安全、改善社会环境、增进社会福利为主要目的的行为准则、措施、法令、条例的统称,是保证全体人民生活安全,提高生活质量,促进社会公平的一种制度安排。③ 然而,在很长一段时间里,我国的战略重点几乎全部围绕着经济建设确立,经济发展被认为是优于一切的事情,经济政策受到前所未有的重视。尽管居民生活水平稳步快速提升,但单纯靠经济政策并不能完全实现居民生活质量提高的目标,也不可能成功地建设一个全面小康社会,而是需要建构完善的社会政策体系,满足全体社会成员尤其是弱势人群的公共需求。④

---

① 参见杨建华《改革开放三十年浙江民生建设经验与启示》,《中共浙江省委党校学报》2008 年第 6 期。

② 参见浙江省统计局《2013 年浙江经济发展报告》,2014 年 1 月 22 日,http://www. zj. stats. gov. cn/tjfx_ 1475/tjfx_ sjfx/201401/t20140122_ 138543. html。

③ 参见杨建华《改革开放三十年浙江民生建设经验与启示》,《中共浙江省委党校学报》2008 年第 6 期。

④ 参见杨建华《改革开放三十年浙江民生建设经验与启示》,《中共浙江省委党校学报》2008 年第 6 期。

作为在经济领域先行先试的沿海发达省份之一，浙江在经历了一段较快的经济发展时期以后，即开始思考社会政策的同步跟进事宜。进入新的世纪后，在历届浙江省委、省政府的领导和支持下，浙江省更为重视经济政策与社会政策的相统一，重视社会政策在改善居民生活状况、提高居民生活质量方面的重要作用，给予了社会政策相应的空间和地位，把制定完善的社会政策和化解经济发展中的社会矛盾，作为提高党和政府执政能力建设的一个重要方面来理解。① 以 2001 年出台的《浙江省最低生活保障办法》为标志，浙江在政策创新和发展目标上开始领先全国。这一社会政策创新打破了长期以来的城乡二元思维，将最低生活保障全面推向城乡贫困人口，成为全国最早实施城乡一体化的最低生活保障制度的地区。为推动科学发展、促进社会和谐，2004 年浙江省委作出建设"平安浙江"的战略决策，首次对社会建设进行系统化部署。2006 年，浙江编制出首个比较完整的省级"社会发展十一五规划"，浙江省社会政策体系建设进入了目标明确、全盘规划、整体推进的阶段。2007 年出台的《浙江省"十一五"大社保体系建设规划》对就业、社会保险、社会救助、社会福利事业作出统筹规划。2008 年，浙江省通过《关于全面改善民生促进社会和谐的决定》，提出要"按照建立健全公共财政体系的要求，进一步调整和优化财政支出结构，加大民生领域的财政投入"。同年 9 月，浙江省又在全国率先编制出台"基本公共服务均等化行动计划"，部署了"就业促进""社会保障""教育公平""全民健康""社会福利"等十大工程，并将实施情况纳入地方政府年度目标责任考核以及领导班子和干部政绩考评。2009 年 5 月，浙江省委通过《关于深化改革开放推动科学发展的决定》，明确将"惠民生"与"保增长"作为浙江省应对全球金融危机的两大落脚点，要求"以全面改善民生为重点，着力推进教育、就业、分配、医疗卫生、社会保障、社会管理等方面的体制改革，促进基本公共服务均等化"。同时，浙江省积极响应中央"新医改"和新型农

---

① 参见杨建华《改革开放三十年浙江民生建设经验与启示》，《中共浙江省委党校学报》2008年第 6 期。

村社会养老保险等试点要求，加快推进城乡一体化的社会政策创新，社会政策体系建设取得显著成效。①

三 新增财力优先投入民生改善

与社会政策的不断出台、完善和改进同步，浙江省也在不断提高对民生领域的财政投入，每年新增财力投入民生改善的比例不断攀升。2003～2007年，为建立覆盖城乡的大社保体系，浙江省每年新增财力的 70.3% 都用于改善民生，投向医疗、教育、城乡就业、社会保障等方面，人民群众从发展中得到了更多实惠。② 民生支出占浙江省当年财政支出总量的比重，从 2003年的 64.3% 提高到 2007 年的 67.8%，而在财政支出增量中，民生支出的比重从 2003 年的 67.1% 提高到 2007 年的 70.3%。财政的民生支出占比不断提高，新增财力三分之二以上用于改善民生，标志着浙江省财政向"民生财政"的实质性转变。财政支出在体现民生的同时，还着力向"三农"倾斜，向欠发达地区倾斜，向低收入人群倾斜，努力使公共财政最大限度地惠及全省人民。③

自进入 21 世纪以来，浙江省不断加大政府财政对社会保障的投入力度。据统计，浙江全省财政社会保障支出从 2003 年的 139 亿提高到 2009 年的433.24 亿，占财政总支出的比重从 2003 年的 15.51% 提高到 2009 年的16.3%；人均社会保障财政支出从 2003 年的 305 元增加到 2008 年的 836元，增长了 174%。社会保障调经济、促和谐、保民生的功能持续增强。④2013 年，全省公共财政预算支出 4731 亿元，重点支出的比重达到 70% 以

---

① 参见何子英《走向城乡一体化的社会政策体系建设——以"十一五"时期的浙江经验为研究对象》，《经济社会体制比较》2012 年第 4 期。

② 参见张乐《过去五年浙江新增财力超过七成用于改善民生》，《中国社会报》2008 年 1 月21 日，第 1 版。

③ 参见王小聪、黄平《浙江：着力改善民生促进社会和谐》，《经济日报》2008 年 3 月 27 日，第 4 版。

④ 参见孙胜梅《近年浙江社会保障制度的成效、问题及改进建议》，《统计科学与实践》2011年第 7 期。

上，在住房保障、社会保障和就业、医疗卫生、文化体育与传媒、公共安全、教育、城乡社区等事务的支出上分别增长 25%、14.9%、14.7%、12.6%、9%、8.2%、8.2%。年末企业职工基本养老、失业、工伤、生育保险参保人数分别比上年末增加 189.2 万、78.8 万、94.4 万和 88.3 万人；基本医疗保险参保人数为 4120.5 万人，其中，城镇职工医疗保险参保人数 1790.5 万人，分别比上年末增加 161.5 万和 119.5 万人；城乡居民养老保险参保人数为 1355.8 万人。保障性住房建设加快推进，全省新开工城镇保障性安居工程 19.4 万套，竣工 11.1 万套。①

---

① 参见浙江省统计局《2013 年浙江经济发展报告》，浙江统计信息网，2014 年 1 月 22 日，http：//www. zj. stats. gov. cn/tjfx_ 1475/tjfx_ sjfx/201401/t20140122_ 138543. html。

第五章
基层社会治理

社会治理，就是指党、政府、居民及社区社会组织等多元主体在社区认同的基础上，协调利益关系，提供优质公共服务，协同处理公共事务，实现基层社会可持续发展的过程与机制。基层治理实现了治理主体的多元化，由自上而下的行政控制转为自上而下与自下而上相结合的双向互动协商，由垂直科层结构转变为横向网络结构。

浙江省较早地进行基层社会治理体制的创新性探索，并积累了相当多的经验。这些经验主要体现于社会秩序、网格化管理与组团式服务、基层民主治理和社区建设等方面。中国古代思想家们提出的"治"，就表示社会的有序状态和社会秩序的维护与巩固，"乱"则表示社会秩序的破坏和社会的无序状态。社会秩序是基层社会治理的重点也是基础，为此，浙江已经做了不少努力，积累了丰富的经验。网格化管理则是创新基层社会治理体制的一种新手段，而"组团式服务"则是实现基层社会治理从"管理"到"服务"的重心转移，给"服务性政府建设"注入了丰富、具体的内容。基层民主是推进基层社会治理的有效机制，也是未来发展的主要方向。基层治理最为基础和最为重要的空间就是社区，因而，社区是基层治理也是整个社会治理体系的基石。

经验表明，政府的许多公共服务，无论是福利、健康、住宅、就业、治安、维稳，还是其他治理事项，莫不需要"社区"这个层级的承接并加以落实。中国基层治理，无论从现实中的问题还是从长远发展的角度来看，其中一个关键性的问题在于城乡社区治理的问题。尽管中国基层社会差别很大，治理的路径、手段、方式甚至治理逻辑都会有不小的差别，但是作为先发地区的浙江，在这些方面所做的探索和积累起来的经验，依然可为其他区域所借鉴。

第一节 从"枫桥经验"到"三治合一"

对于现代国家来说，基层治理是国家治理体系的重要组成部分。构建和谐社会，重心在基层。正如习近平同志所指出的，"执政重在基层、工作倾斜基层、关爱传给基层"。① 基层是社会的细胞，是构建和谐社会的基础。大量的信息在基层交流，多种思潮在基层激荡，各种矛盾在基层汇集，甚至一些矛盾纠纷与冲突也在基层酝酿、爆发。基层既是产生利益冲突和社会矛盾的"源头"，也是协调利益关系和疏导社会矛盾的"茬口"。因此，要打牢基层维护社会稳定的第一线平台，更好地协调利益关系，理顺思想，疏导社会矛盾，把各种不稳定因素化解在基层，解决在萌芽状态。这其中，枫桥经验是化解基层社会矛盾、协调利益关系的经验之典型。20 世纪 60 年代初，浙江诸暨枫桥的干部群众在社会主义教育运动中创造了"依靠和发动群众，坚持矛盾不上交，就地解决，实现捕人少，治安好"的经验，实现了"小事不出村、大事不出镇、矛盾不上交"的目标，毛泽东同志曾亲笔批示"要各地仿效，经过试点，推广去做"，枫桥经验由此诞生。② 但是，枫桥经验需要与时俱进，习近平同志及时指出"要树立新的稳定观"，③ 并指出"维护社会和谐稳定同样是政绩"，④ "平安和谐是落实科学发展题中之义"，⑤ 要求全省"努力在构建社会主义和谐社会方面走在前列"。⑥ 近年

---

① 习近平：《干在实处 走在前列——推进浙江新发展的思考与实践》，中共中央党校出版社，2006，第 432 页。
② 参见吴锦良《基层社会治理》，中国人民大学出版社，2014，第 41 页。
③ 习近平：《之江新语》，浙江人民出版社，2013，第 46 页。
④ 习近平：《之江新语》，浙江人民出版社，2013，第 50 页。
⑤ 习近平：《之江新语》，浙江人民出版社，2013，第 46 页。
⑥ 习近平：《干在实处 走在前列——推进浙江新发展的思考与实践》，中共中央党校出版社，2006，第 65 页。

来，浙江始终坚持和发展枫桥经验，在坚持"以人为本，化解矛盾，促进发展"的基础上，又创造了"立足基层组织，整合力量资源，就地化解矛盾，保障民生民安"的新经验，建立了"治安联防、矛盾联调、问题联治、事件联处、平安联创"的新机制，构建了"党政动手、依靠群众、源头预防、依法治理、减少矛盾、促进和谐"的新格局，形成了一系列化解基层矛盾的有效机制和方法。① 尔后，浙江各地借鉴枫桥经验，并在此基础上根据本地实际创新性地发展出新的经验或模式，这其中有代表性的是桐乡市实施的德治、法治、自治"三治合一"的治理新模式。

一 建立健全化解矛盾的体制机制

1. 构建多元化"大调解"格局

浙江不断加强矛盾纠纷的预警、排查、联调、处置，推动矛盾纠纷排查化解常态化管理，构建人民调解、行政调解、司法调解相结合的多元化"大调解"格局。大力发展专业性、行业性调解组织，引导人民调解组织、专家咨询委员会以及中介组织、行业协会等社会力量参与矛盾纠纷的调处，扶持发展民间调解力量和"平安志愿者"队伍，综合运用法律、政策、经济、行政等手段和教育、协商、疏导等办法，形成了纵向到底、横向到边、主体多元、系统衔接、手段多样的大调解融合体系。严格落实矛盾纠纷排查调处工作制度，完善诉调、检调、警调等衔接机制，健全县、乡、村三级调解工作平台，努力把问题解决在基层、解决在当地、化解在萌芽状态。

2. 深入开展领导干部下访接访活动，以群众工作统揽信访工作

信访是群众表达利益诉求的重要渠道。习近平同志指出，"变群众上访为领导主动下访，是我们党的优良传统和作风，是每个领导干部应尽的责任和义务，各级领导干部，都是人民的勤务员"，并且"基层干部要把好信访第一道岗"。②

---

① 参见赵洪祝《深化"平安浙江"建设，加强和创新社会管理，为全面建成惠及全省人民的小康社会创造良好社会条件——在省委十二届九次全体（扩大）会议上的报告》，2011 年 6 月 14 日。

② 习近平：《之江新语》，浙江人民出版社，2013，第 78 页。

领导下访，是新时期开展群众工作的一种有效形式，是信访工作的一种新探索和新思路，也是从源头做好信访工作的一项有力措施，是"一举多得的有益举措"。① 自 2003 年起，浙江就把领导干部下访接访作为新形势下加强信访工作的重要载体，纳入经济社会发展全局来谋划，纳入建设"平安浙江"的重要内容来落实，纳入信访工作长效机制来落实，通过采取上下联动、约访为主，调研和检查相结合的方式，把信访工作延伸到经常性的群众工作中去，面对面接待群众，实打实解决问题，起到了听民声、消民怨、解民忧、促和谐的积极作用。浦江县曾是浙江省信访管理重点县（市、区）之一。2002 年，全县共受理群众信访 10307 件（人）次，到县以上越级上访 34 批次 352 人次。② 从 2003 年开始，浦江积极构建信访工作大格局，下访、接访成为浦江领导干部的"必修课"。变化随之而来：2013 年全县信访总量比 2003 年下降了 76.9％，全县存有疑难信访件比 2003 年下降了90.1％，连续 8 年在全省信访工作考核中被评为优秀单位。

　　3. 建立健全科学决策和重大事项社会稳定风险评估机制

　　浙江不断完善重大事项调查研究和集体决策，重大政策专家咨询、公示、公开征求意见等制度，逐步健全决策程序，充分考虑群众利益，听取群众意见，努力实现民主决策、依法决策。在容易引发社会矛盾的土地征用、房屋拆迁、环境保护、工程建设、执法司法等重点和敏感领域，在重大政策制定、重大项目审批、重大工程立项、重大举措出台前，充分考虑可能出现的社会风险、环境影响、矛盾纠纷以及各类不稳定因素，按照"谁主管谁负责、谁决策谁负责"的原则，实行社会稳定风险评估监督、倒查、追究机制，切实做到"应评尽评、应评真评"。对大多数群众不理解不支持的事项缓出台或不出台，防止因决策不当引发社会矛盾。

　　重大事项社会稳定风险评估机制最早起源于舟山市定海区。《定海区重大事项风险评估实施办法》（以下简称《办法》）于 2008 年 1 月起实行。

---

　　① 习近平：《之江新语》，浙江人民出版社，2013，第 77 页。

　　② 参见张丽《郡县治，天下安——领导干部下访接访的浦江样本》，《浙江日报》2014 年 3 月19 日，第 8 版。

《办法》规定社会稳定风险采取分级评估，对象包括关系广大人民群众根本利益的重大决策、重大政策、重大改革以及重点工程建设项目，关系广大人民群众切身利益的社会就业、医疗改革等敏感问题。在进入社会稳定风险评估程序后，评估主体着重了解评估对象的基本情况，准确把握评估重点，制定评估方案，适时组织评估，对存在重大意见分歧的重大事项，组织召开听证会，听取有关单位、专家和公众的意见。对重大事项作出决定后，所涉及的部门及乡镇（街道）对虽存在一些矛盾和问题，但评估认定可实施的重大事项，及时研究落实具体措施加以应对；对存在较大矛盾和不稳定隐患的，经评估认定暂缓实施和暂不实施的，及时研究对策，化解矛盾，待时机成熟后实施；对符合有关政策和法律法规、亟须实施但又容易引发矛盾冲突的，提前制定应急预案。

4. 建立健全基层社会管理综合信息系统

推行信息化和网格化"两网合一"是做细做实源头治理的有效途径。浙江利用密布的网格和网格信息员队伍，依托基层社会管理综合信息系统，建立完善情报信息收集、社情民意反映、定位管理服务等工作机制。在全省推广应用"综治 e 通"移动终端，网格员可以利用"综治 e 通"进行随访随录、即报即录、即拍即传，切实做到对人、地、事、物、组织等各类信息实时收集、动态录入，切实做到第一时间发现问题、上报信息、化解矛盾、提供服务，确保实时准确掌握基层一线情况。依托信息系统开通全省统一的短信号码（10639666），发挥信息收集传达、平安综治宣传、意见建议征求、安全感满意率测评等作用。同时，浙江进一步加强基层社会管理综合信息系统的务实操作功能，做到网格员及时发现、上报各类信息，相关部门及时受理、快速办理，解决矛盾问题，回应群众诉求。

5. 推行德治、法治、自治"三治合一"的治理模式

要"坚持法治与德治并举"，因为"法律只有以道德为支撑，才有广泛的社会基础而成为维系良治的良法"。[1] 德治是基础，法治是保障，自治是

---

[1] 习近平：《之江新语》，浙江人民出版社，2013，第206页。

目标。三者既相辅相成又相互依托，必须协同推进。在市场经济时代，法治与德治形构了生活秩序，发挥着各自的作用。法治的建立与维护离不开道德的基础。同样，道德价值的凸显离不开法治精神的张扬。自治就是通过党委、政府主导下的治理社会化，让老百姓在常态下按照法治与德治形构的日常规范进行自我管理，融合团结社会成员，达成社会认同。桐乡市借鉴和创新枫桥经验，开展社会治理"德治、法治、自治"建设，以"百姓参政团、道德评判团、百事服务团"为抓手，形成了"大事一起干、好坏大家判、事事有人管"的治理成效。

二　舟山市"网格化管理、组团式服务"

从 2007 年下半年开始，舟山市普陀区先后在桃花镇、勾山街道等地进行"网格化管理、组团式服务"的改革试点，并在试点取得显著成效的基础上，于 2008 年 8 月在舟山全市推广。2009 年 8 月，网格化管理在全省推广，并在各地取得了越来越显著的成效。

"网格化管理、组团式服务"，是在乡镇（街道）、社区（村）行政区划不变的前提下，把乡镇（街道）划分成若干个单元网格，通过整合基层各类服务资源，对应每个网格组建相应的管理服务团队，依托信息化管理服务平台，为辖区内的居民提供主动、高效、有针对性的服务，提高党领导下的基层社会治理水平。其主要经验有以下几个方面。①

1. 细分基层社会治理服务网格，实现全方位覆盖

舟山以尊重传统、着眼发展、便于服务和管理为原则，根据社区所辖范围、村域分布特点、人口数量、居住集散程度、群众生产生活习惯等情况，把全市 35 个乡镇（街道）划分为 2395 个管理服务网格，其中渔、农村一般以 100～150 户为单位，城区以 200～250 户为单位。在流动人口、商户、渔船等集中的地区，合理设置新居民网格、商户网格、海上网格等特色网

---

① 参见龚鹰编著《社会管理模式的创新——基于舟山市"网格化管理，组团式服务"的实践研究》，知识产权出版社，2012，第 162～166 页。

格，真正实现了管理服务结构由条状向网状转变。每个网格配备相对固定的管理服务团队，确保了"每一寸土地都有人管，每一项任务都有人落实"，真正建立起覆盖城乡、条块结合的市、县（区）、乡镇（街道）、社区（村）、网格五级管理服务体系。同时，舟山还以网格为单位，着手建立"一网格＋一党小组＋一网格组长＋一综治组长＋一服务团队"的组织架构，将党的基层组织体系与社会治理结构紧密衔接、互通互补，进一步延伸了社会治理的触角，使党委、政府联系服务群众的层次更加清晰、任务更加明确、覆盖更加全面。

2. 健全管理服务体系，开展组团式联系

舟山以乡镇（街道）、社区（村）干部、辖区民警、党小组长为骨干，吸收"两代表一委员"、民警、医生、教师、渔农村老党员、老干部、联户党员和义工等力量组建网格服务团队，根据团队成员的岗位职责、专长特点等因素进行优化混合编组，采取常规服务团队和专业服务团队相结合的方式，为网格内群众提供全方位的服务。同时，深入开展"部门融入网格"活动，通过全方位动员部门工作力量和工作资源参与网格服务团队，协助基层干部走访入户，开展政策咨询、技术服务、矛盾化解、帮困解难等工作，进一步拓展了服务群众的内涵。积极推行基层干部到社区报到制度，由机关干部主动到社区认领网格服务工作岗位，进一步充实了网格服务团队力量。探索在每个网格设立综治小组长，在楼群居民、集贸市场、商业网点、单位内部培养平安楼长、平安店长等综治义工，从中物色"网格四大员"（网格信息员、网格治保员、网格调解员、网格宣传员），与其他服务团队实行队伍共建共管、业务互动融合，形成工作合力。截至2014年，舟山全市共有网格服务团队2695支。

3. 整合管理服务资源，提供多元化服务

舟山在细分网格的基础上，首创群众工作责任承包制（每个管理服务团队在本网格内"包管理、包服务、包教育、包提高"），建立"网格化管理、组团式服务"工作规程，推广基层群众工作九法三十六计，每季推出"主题化服务"，定期确定服务内容，把任务分解到各服务团队，使团队成员"去有目的，来有问题，后有反馈"。同时，通过印发联系卡、蹲点住家、召开"道地会"等形式，广泛收集网格群众在创业致富、子女就学、医疗保障、家庭生活等方面的意见建议。对比较容易解决的，由服务团队当场进行答复解决；对难以解决的，通过信息平台提交上级部门进行答复解决。在走访过程中，各服务团队注重抓好矛盾纠纷排查和化解工作，探索建立了网格治安理事会，形成了"一个网格＋七个特色工作室"的"1＋7"服务模式；通过组织开展"连心结网、共创和谐"活动，主动将民生服务、需求表达、人民调解等工作与网格服务相对接。

4. 搭建信息服务平台，实现高效化管理

舟山开发了一个综合性、集成性、共享性的"网格化管理、组团式服务"信息管理系统，将信息网络连通至县（区）、乡镇（街道）和社区（村），在乡镇（街道）、社区（村）设立网格信息系统服务管理站，配备专职信息员，专门从事信息平台管理维护及信息输入、反馈工作。信息管理系统包括服务对象基础信息、短信互动、服务办事、工作交流和系统管理五个基本模块，并设立了维稳、司法、信访、消防、青少年工作等专项模块。"基础信息"录入了网格内居民家庭和个人的基本情况，包括居民的家庭人员、住房、就业、计生、优抚救助、党建群团、医疗、教育、土地承包、遵纪守法等信息资料，把分散、孤立的信息进行汇总整理，建立数据库，并注重信息的日常收集积累和维护更新，使政府可以动态掌握、全面了解群众的实际情况，提高管理服务的精细化、动态化水平。"短信互动"是网格服务团队、政府有关部门与网格居民之间的短信互动平台，居民可以随时与网格服务团队成员沟通、反映情况，政府有关部门与网格团队也可以及时将有关信息发送给网格居民。"服务办事"是为全体网格居民开放的一个网上办事平台，也是政府有关部门为网格居民提供服务的协作平台。"工作交流"是网格成员和机关工作人员就网格化管理进行工作交流的平台。网格团队成员可以通过这一平台记录联系服务群众的经验做法、心得体会、难点疑点、意见建议等，促进信息互通、经验共享、困难互帮，提高管理服务水平。

其中，各服务团队以每星期一篇电子民情日记的形式，把走访过程中收集的群众意见建议记录下来，上传到信息平台，市、县（区）、乡镇（街道）三级领导干部通过信息平台，定期对所辖区域电子民情日记进行点评，提出具体处理意见或评价。舟山市对网格服务团队实行"一事一诺一评议"，通过服务团队开具网格工单，记录服务事项的办理进度和效果，由群众和网格服务团队双向打分，全程公示，提高了解决问题的实效；并建立民情民意研判和解决机制，按社区（村）一月一次、乡镇（街道）两月一次、县（区）一季度一次、市半年一次的要求，召开民情分析会和恳谈会，集中梳理分析和研究解决群众提出的热点、难点问题，并做出及时反馈。各地还搭建了"海岛议事室""相约星期五、有话大家说""干部听民声、共说连心话"等民情交流平台，有效改变了管理服务理念和方式，提高了办事效率和质量。

5. 落实管理服务责任，加强常态化保障

作为一项系统工程，"网格化管理、组团式服务"涉及点多面广，需要建立相应的组织协调机制和考核激励机制，确保其正常有效运转。舟山在市一级成立了由党政一把手任组长的"网格化管理、组团式服务"工作领导小组，下设办公室，配备专职人员具体负责网格日常工作，并成立了综治平安组（由市委政法委负责）、团队管理组（由市委组织部负责）、城区工作组（由市民政局负责）、渔农村工作组（由市渔农办负责）、技术保障组（由市府办负责）五个专项组。县（区）、乡镇（街道）和村（社区）也成立了相应的领导机构，其中在乡镇（街道）班子中专门增设网格委员，确保网格组团工作"有人管事、有人做事"，从而建立起市、县（区）、乡镇（街道）、村（社区）、网格五级体系（见图 5 - 1）。①

另一方面，舟山制定出台了权责明确、导向清晰、标准科学的考核制度。主要内容包括组织机构、联系走访、民情记载、服务办事、民情研判、配合重点项目开展和群众公认情况，以平台检查、暗访调查、满意度测评和项目督查的方式进行，其中平台检查和暗访调查占70%，满意度测评占

---

① 参见吴锦良、孙建军、汪凌云、丁友良《网格化治理：基层社会管理的全面创新》，《决策参阅》2009 年第 37 期。

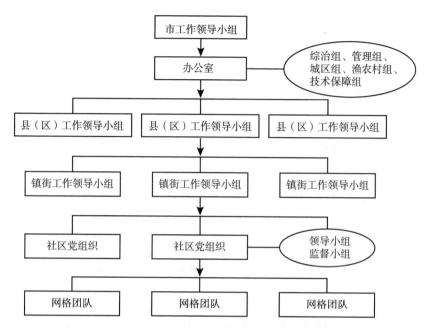

图 5 – 1　舟山市"网格化管理、组团式服务"领导与组织系统

20％，项目督查占 10％。对两种情况实行一票否决：一是乡镇（街道）职权范围内可以解决但没有及时解决，引发群体性上访或群体性事件的；非乡镇（街道）职权范围内可以解决的，但未及时了解、及时掌握、及时汇报，引发群体性上访或群体性事件的。二是处置不力、矛盾化解不及时，导致事态恶化并引发恶性事件，造成重大影响的。同时，舟山把"网格化管理、组团式服务"工作纳入领导班子和领导干部考核目标，把考核结果作为领导干部提拔任用的重要依据；每年组织开展"网络民情大比武"，考核评价网格服务团队对社情民意的熟悉度、对办事流程的了解度和对政策法规的知晓度；组织开展"实绩比选"基层维稳优秀干部活动，评选"十佳"乡镇（街道）、"十佳"社区（村）、"二十佳"服务团队、"三十佳"群众贴心人活动，以考核激励机制强化各级各部门和网格服务团队成员的工作责任感。市财政每年安排 500 万元专项资金用于网络建设、队伍培训、考核奖励等，各县（区）财政每年安排专项资金，乡镇（街道）落实相应配套资金，保障"网格化管理、组团式服务"工作正常进行。

6. 网络化管理、组团式服务成效

浙江省委、省政府高度重视"网格化管理、组团式服务"工作，把它作为当前和今后一个时期基层管理和服务、党建工作和综治维稳的重要抓手，加强组织领导和工作协调，经过近几年的探索实践，取得了明显实效。目前全省共划分网格12.28万个，组建各类服务团队24.58万支，落实专兼职网格员40.24万名。① 这主要体现在以下几个方面。

（1）整合了各类社会治理资源，重塑了基层社会治理的新模式。"网格化管理、组团式服务"坚持以人为本，以民意为依据，通过各种有效的方式，积极回应和满足群众合理的利益诉求，及时解决群众反映的困难和问题，重树了"民本导向"的治理理念。尊重基层的自主性力量，充分发挥其在公共服务供给、社会秩序维系、矛盾冲突化解等方面的基础性作用，努力构建党委领导、政府引领、市场推动、社会组织合作、公众积极参与的合作共治机制，实现了基层治理"上下、左右、多元互动"的共同治理。在面对群众反映的需要和困难时，市、县（区）、乡镇（街道）不同层级政府的垂直职能组织转变为以流程为导向的水平组织模式，突破了组织内的壁垒，超越了传统组织的框架限制，重组了"扁平化－开放型"的治理结构。"网格化管理、组团式服务"充分发挥网格的作用，全面、及时地收集群众的需求信息，依托网格信息管理平台，经过自下而上的传导机制，将需求信息从群众传导到责任单位和部门，再经过分层分类解决的办法，实实在在地回应并解决群众的实际困难和问题，重建了"自下而上"的治理流程。"网格化管理、组团式服务"吸收了各种社会治理模式中的合理成分，构建起新时期基层治理的模式，为转型期的我国基层社会治理模式进行了有益的实践探索，也为理论研究提供了鲜活的案例。

（2）构建了矛盾纠纷化解的新体系，有效保障了社会和谐稳定。每个网格管理服务团队全面承担起网格内联系群众、掌握民情、改善民生、解决

---

① 朱贤良：建设"平安浙江"10周年新闻发布会发布稿，2014年4月10日。

矛盾、维护稳定、促进发展等职责，并按照要求上门走访，详细掌握居民基础信息和重点人群特殊信息，实施分类服务管理，取得了很大的成效：①联系群众更加紧密，创新发展了"网格驻夜日"走访、"熟人带路"、"能人领路"等走访形式，确保走访、联系全覆盖。②民情收集更加全面，网格团队在走访过程中注重收集社情民意，关注群众反映的热点难点问题，及时汇总整理各类矛盾纠纷，依托网格信息平台，建立了科学有效的民情采集、分析、研判、反馈、监督制度，做到了一口受理、一网协同、实时监控，实现了"出门一把抓、回来再分家、事事有落实"。③分析研判更加准确，网格管理服务团队通过定期召开民情分析会、事务协调会等，重点研究处理关乎民生、民富、民安的普遍性问题和疑难问题，提高了党委、政府掌握信息的敏感度；通过实施定期恳谈、定题恳谈、定员恳谈，群众出题、团队点题、村（社区）议题、乡镇（街道）定题、职能部门破题，建立健全乡镇（街道）主导，政法综治等职能部门、村（社区）、网格团队和群众广泛参与、上下联动的民情恳谈机制，实现了民情民意的直接、快速和全面沟通，畅通和规范了群众诉求表达、利益协调、权益保障渠道。④排查化解更加有效。各级各部门充分共享"网格化管理、组团式服务"工作累积的信息资源，结合部门职能，推行部门融入网格制度，及时采取措施服务群众，化解矛盾。依托乡镇（街道）社会服务管理中心、矛盾纠纷化解中心等平台，网格管理服务团队全面、准确、及时地掌握各类治安、维稳、矛盾纠纷信息，为重大事项风险评估提供可靠依据，构建起网格、社区（村）、乡镇（街道）、县（区）、市五级联动的立体化社会矛盾纠纷化解机制，有效维护了社会和谐稳定。

（3）搭建了提升干部能力的新平台，拓展了干部联系群众的渠道，促进了干部作风的转变。"网格化管理、组团式服务"工作的实施，把干部"赶"到基层一线，直接面对各类矛盾和复杂问题，形成了推动干部学习做好群众工作的倒逼机制，更多的干部由习惯蹲机关变成经常下基层，由远离群众变成乐于面对群众、贴近群众，做群众工作不厌其烦，化解调处社会矛盾纠纷及时有效，帮助群众解决实际问题真心实意，与群众的感情日渐深厚，基层干部的能力得到了明显提升。服务团队成员经常性地走访联系群众、面对面与群众谈心交心、实打实帮助群众解决一些生产生活中的难题，拉近了干部与群众之间的距离，众多的基层干部得到了更多的历练，变成了做群众工作的行家里手。

三 桐乡德治、法治、自治的"三治合一"

伴随着沪杭高铁的开通，桐乡市高桥镇迎来了发展机遇期，同时也进入了阵痛期，传统的社会结构和治理模式受到了公众参与途径不畅、公民责任意识缺失、公共服务需求多元等的冲击。如果还是以传统的思维、简单的方式管理社会，势必会力不从心，失去主动权。因此，桐乡通过与解决基层社会治理的难点问题相结合探索开展德治、法治、自治"三治合一"工作。

1. 大事一起干，百姓参政团共商发展大计

高桥在镇级层面成立百姓参政团，充分保障利益相关者在重大问题上的知情权、参与权、表达权，共同推进重大事项的实施。参政团成员由 12 名全镇甄选的突出代表作为固定成员，10～20 名直接利益相关者作为非固定成员，还有专业律师担任法律顾问。百姓参政团自组建以来，在高桥新区高层安置房、三村村土地综合整治项目、桐斜线道路大修等工程中，发挥了积极的作用。

高桥的百姓参政团，既是公共事务公开的中介，也是镇党委、政府规范自身权力运行，问需于民、问情于民、问计于民的探索和实践。高桥打开决策之门让老百姓参政议政，把政府决策的运作置于阳光之下，给各种利益主体搭建了一个务实有效的协商和对话平台，既是一个基层政权对法治的诠释，也是让政府决策获得社会广泛认同和理解的有效手段。它拉近了政府与公众之间的距离，使群众成为决策坚定的拥护者和最好的宣传者。

2. 好坏大家判，道德评判团引领文化主流

社会生活中总有一些法律法规管不到、村规民约管不好的不良现象，事不大却影响人们的价值判断和价值选择。高桥镇在村级层面成立道德评判团，把事情的对与错交由公众舆论评判，让民众自我教育、自我规

范、自我管理，起到了抑恶扬善、正民心、树新风的作用。道德评判团由村党总支书记担任协调人，由 10 至 15 名村模范代表组成，在村公开栏亮明身份。

一方面，道德评判团通过树立群众身边看得见、学得了的先进典型，开展群众乐于参与的文化礼堂、道德讲堂、文化茶馆、广场排舞、太极拳、宣讲等文化活动，让人们自觉践行社会主义核心价值观，弘扬社会正能量。另一方面，道德评判团针对涉及村民切身利益、普遍关心的热点问题和重大事项进行监督评议，反馈村民意见建议，表达村民呼声，代表村民进行评议；参与化解村民家庭矛盾、邻里纠纷等，协助调处有违道德的行为人和事，实现群众相互监督、自我管理。

3. 事事有人管，百事服务团完善公共服务

发动群众服务群众，是高桥探索新型治理模式的手段之一。服务传递温暖，温暖孕育和谐。为使村民能及时享受到便捷的服务，高桥镇建立了村级百事服务团，整合村里的"网格化管理、组团式服务"队伍和学雷锋志愿服务队、红色义工服务队、专业技术服务队的力量。百事服务团在村委会设立工作室，由村委会安排工作人员负责协调联络，开通并公布 24 小时服务热线，对百姓的各种服务需求做到即时回应。志愿服务一般不收取费用，专业技术服务实行低成本收费。志愿服务队以定期集中开展活动为主，也可根据群众需求，以个性化方式提供服务。印制含有服务内容、服务电话、网格管理人员介绍的工作卡片，发到每户家庭、每个店铺。同时在各村（社区）、网格、村民小组设置公示牌，便于群众向服务协调人寻求帮助。统一制作工作证，要求每个服务团队成员在开展入户走访服务等活动时亮牌上岗。

"三治"是一场事关社会治理的全面而深远的改革。"三治"的实践，明晰了什么该由党委和政府干，什么应当充分放权让基层自治组织和民众去干，从而实现了自上而下的政府力量与自下而上的社会力量的良性互动。在宏观设计上，它突出强调主体趋向多元，引领和动员更多的社会力量和人民群众参与其中；立足点则趋向群众，追求让广大老百姓有更充分的知情权、参与权、表达权，实现决策的民主化、科学化；特征是趋向平等互动；手段

则强调更为系统化、多样性。①

"三治"建设对当前加强社会治理具有重大意义,在提升基层社会服务管理、促进社会和谐稳定、保障经济社会发展等方面发挥了重要作用。一是社会的道德文明程度明显提升。通过加强社会主义核心价值观教育和倡导德孝文化,强化道德养成,发挥榜样的激励作用,弘扬社会主旋律,公民的荣誉感、使命感和责任感进一步增强。二是法治化进程明显加快。坚持用法治的手段和思维来治理社会,加强法制宣传教育,强化政府依法行政,保障群众依法表达诉求,维护群众合法权益,引导全民自觉维护法制权威。三是和谐环境更加稳固。以服务群众需求为导向,扎实推进公共服务、便民服务和志愿服务,引导社会组织和广大人民群众积极参与社会管理,健全群众利益协调机制,从源头上控制、减少和化解各类矛盾纠纷,使人与人、人与社会、人与组织之间的关系更加融洽,群众幸福指数和安全感显著提升。

四 基层社会治理的路径

1. 推进源头治理,预防和化解社会矛盾

面对新时期出现的大量矛盾纠纷,浙江积极探索以人民调解为基础的多元化纠纷解决机制,构筑"大调解"工作格局,加强人民调解、行政调解、司法调解之间的衔接,统筹兼顾,整合力量,有效提高了预防和化解重大疑难复杂矛盾纠纷的能力。全省推广建立行业性专业调解组织7220个,提高了人民调解、行政调解、司法调解联动的整体效能。2013年,全省共排查受理各类矛盾纠纷50.1万起,调处49.9万起,调处成功48.8万起,调处成功率达97.6%。②

2. 推进决策的科学化、民主化

正如习近平同志在《之江新语》中所指出的,"基层矛盾要用基层民主的办法来解决"。③ 推行重大事项社会稳定风险评估工作,使党委、政府对

---

① 参见李洁、梁箫、杨志东《桐乡:"三治合一"打开社会治理新格局》,《浙江法制报》2014年5月23日,第1版。
② 参见朱海兵《平安中国的先行样本——建设平安浙江10周年回眸》,《浙江日报》2014年3月31日,第1版。
③ 习近平:《之江新语》,浙江人民出版社,2013,第226页。

重大事项的把握更加全面，决策过程更加透明，决策结果更加科学，从而紧紧抓住了影响稳定的主要矛盾，能有效防止因决策、政策、项目的失误给社会稳定留下隐患，预防和减少矛盾的发生，走出了一条推进决策科学化、民主化，增强维稳工作实效的新路子。舟山市委组织部将稳评工作引入村级换届选举，确保了换届选举工作的顺利进行；市卫计委对舟山在全省率先实施单独二胎政策进行了风险评估，确保了政策平稳出台。自开展稳评工作以来，舟山共评估重大决策事项 423 件，经评估的重大决策没有一项在实施以后引发不稳定事件，该项工作经验也入选 2012 年浙江省社会管理八项典型经验在全省推广。2013 年，浙江全省共评估事项 5113 件，暂缓或停止实施 163 件。①

3. 坚持领导下访

下访接待群众是考验领导干部能力和水平的大考场，来访群众是考官，信访案件是考题，群众满意是答案，能使群众带着问题而来，怀着满意而归，真正把服务人民群众的目标落到实处。十余年的实践充分证明，下访不仅有利于检查指导基层工作，还有利于促进基层工作的开展和落实；不仅有利于为群众解决实际问题，还有利于培养干部执政为民的思想作风；不仅有利于及时处理群众反映的突出问题，还有利于密切党群干群关系；不仅有利于向群众宣传党的路线方针政策，还有利于培养干部把握全局、推进改革发展的能力。截至 2012 年，浙江共有省领导 180 人次下访接待群众 4792 批次，市、县两级领导干部 4.4 万人次参加接待群众 19 万多批次，并集中化解了一大批"无头案""骨头案""钉子案"；全省信访总量由 2003 年的 50 多万件（人）次的最高峰降至 2011 年的 38.8 万件（人）次，信访形势持续好转。②

4. 推进基层社会服务管理平台建设

县（市、区）信访、教育、民政、公安、司法行政、人力社保、卫生

① 参见朱海兵《平安中国的先行样本——建设平安浙江 10 周年回眸》，《浙江日报》2014 年 3 月 31 日，第 1 版。
② 参见吕玥《扶贫济困解烦忧——我省各级机关干部下访接访纪事》，《浙江日报》2011 年 12 月 6 日，第 1 版。

计生、工商、安监、质监等部门全部开设系统账户，建立各类信息网上流转、认领、转办、交办、督办和部门联运处理机制，实现网上网下结合，提高基层事件处理能力。目前，不少县（市、区）对基层上报的矛盾纠纷、安全隐患、民生诉求类信息，绝大部分都能依托乡镇（街道）社会服务管理中心这个平台解决，对涉及多个部门的矛盾纠纷和事件，也能通过网上抄报、催办、督办、考核等方法有效解决。全省已累计开通 6.9 万个 PC 终端、移动终端，覆盖省、市、县三级 1500 多个部门、所有乡镇（街道）和 86% 的村（社区）及部分企业。① 截至 2014 年 4 月底，全省共录入人员、场所、出租房屋、企业和社会组织等各类信息 1118.1 余万条，建立各种电子台账 131.9 余万件；记录、受理、流转处理各种办事服务事项 237.1 余万件。②

5. 充分发挥以大数据为基础解决问题的优势

在大数据时代，基层社会管理信息系统所录入的综合、广泛、动态、鲜活的数据，是一笔巨大的财富。浙江在深化基层社会管理信息系统建设的过程中，致力于探索以海量数据为基础的问题解决方案，为创新社会治理决策提供依据。比如，从系统数据分析看，各地刑满释放人员和社区矫正人员的帮教率普遍不高，浙江按照源头治理的理念，在平安考核中，既考核刑满释放人员重新犯罪率和社区矫正人员再犯罪率，还要考核这两类人员的安置率和帮教率，推动各地做好安置帮教工作，从源头上预防和减少重新犯罪。

第二节　基层民主建设与治理

当前基层产生的社会矛盾，无论其表现形式多么复杂多样，就其性质而言，绝大多数都是人民内部矛盾，基层矛盾要用基层民主的办法解决。从这个意义上说，推进基层民主建设是实现政治稳定、社会和谐的重要保证，基层民主越健全，社会就越和谐。

---

① 朱贤良：建设"平安浙江"10 周年新闻发布会发布稿，2014 年 4 月 10 日。
② 参见浙江省综治办《推行"两网合一"，提升基层社会治理现代化水平》。

改革开放以来，浙江不仅在社会主义市场经济发展方面走在了全国前列，在基层民主领域也出现了许多大胆的改革和创新。发达的市场经济不仅改变着社会生活方式，也使人们的思想价值观念和政治态度发生了深刻的变化。民营经济的发展一方面培育了多元化的利益主体；另一方面，又从社会层面推动了以平等自治为理念的契约关系的建构，培育了公民的民主参与意识，使他们迫切希望通过合法的政治参与手段来表达利益诉求。因此，浙江各地进行了许多积极有益的探索，努力创新和完善基层民主建设的制度实践形式，并取得了许多成效。

一　基层民主治理的探索

1. 率先推行社区居委会直接选举

直接选举产生社区居委会成员，是基层民主政治生活中的一件大事，是完善居民自治、建设和谐社区的一项基础性工作，也是确保居委会成员最大程度反映居民意愿、代表居民利益的一种民主实践。宁波城市社区直选起步较早，2003 年海曙区就在全国率先实现全区 59 个社区居委会全部直接选举，在国内引起较大反响。2007 年宁波市在全国第一个实现全市 235 个社区居委会直接选举。宁波城市社区直选有以下几个突出特点：一是候选人产生的公开性。任何人经选民 10 人以上联名推荐即可获得居委会成员候选人提名，在社区党组织主导下，按法定程序进行资格审查后确定正式候选人并公告。二是参选的竞争性。正式候选人按照居委会主任、副主任二选一，委员五选三开展差额竞选。三是选民的广泛性。除了 18 周岁以上的常住居民有当然选举权外，在本社区居住满半年或一年以上的外来务工人员也被纳入了选民范围，一些外来务工人员自告奋勇参加竞选。2013 年浙江率先在全国制定社区居委会选举规程，全省社区居委会直接选举比例达 80% 以上。

2. 温岭民主恳谈、参与式治理的实践

在浙江的县以下，主要在乡镇，近年来创新发展出"协商民主"，这主要体现在以温岭为代表的民主恳谈形式上。民主恳谈形式最初是镇领导为便于了解民意而发动的与百姓进行开放沟通的会议形式，后来分别向上和向

下，即向市和村两级推进，并在推动过程中更加成熟、规范和定形。这种会议形式，不仅便于科学决策，而且在反映民意、促进公民意识、预防腐败等方面意义重大。现在温岭的民主恳谈主要向三个方向发展，一是建立集体工资协商制度，对劳资纠纷进行协商；二是建立参与式公共预算机制；三是建立参与式公共决策机制。其中，参与式预算是一种公民直接参与决策的治理形式，是参与式民主的一种形式。它是指公民以民主恳谈为主要形式参与政府年度预算方案讨论，人大代表审议政府财政预算并决定预算的修正和调整，实现实质性参与的预算审查监督。① 从 2005 年开始，温岭在新河、泽国两镇率先试点参与式预算，在国内开先河。从 2008 年起，温岭又将其逐步推广至所有镇和街道；并从镇一级提升到市一级，相继推动部门预算民主恳谈、人代会代表团"一对一"审议部门预算、预算公开等探索，将参与式预算引向深入。

3. 杭州"民主促民生"工作机制

人民民主是社会主义的生命。改善民生是社会发展的根本目的，是以人为本、社会和谐的本质要求。只有发扬民主，才能改善民生；只有改善民生，才能体现民主。杭州市实施"民主民生"战略，建立党政、市民、媒体"三位一体"以民主促民生工作机制，坚持问情于民、问需于民、问计于民、问绩于民，落实人民群众的知情权、参与权、选择权、监督权，做到发展为了人民、发展依靠人民、发展成果由人民共享、发展成效让人民检验。

首先，推进党政决策科学化、民主化。推进党务公开、政务公开，建立健全基层党代表列席全委会、常委会制度，党代表建议征集办理制度，邀请人大代表、政协委员、市民代表列席政府重大会议制度，推行政府"开放式决策"，完善重大事项、民生工程的决策机制。其次，建立民生工程的民主参与机制。在民生工程的实施过程中，建立信息公开、现场监督、验收评估、质量回访等制度，保证人民群众当家作主，使发扬民主成为改善民生的

---

① 参见张学明《深化公共预算改革，增强预算监督效果——关于温岭市参与式预算的实践与思考》，《温岭理论与实践》2008 年第 2 期。

动力，成为推动科学发展、促进社会和谐的保障。最后，搭建媒体以民主促民生议事平台。利用报刊、广播、电视、互联网等媒体，推出一批"以民主促民生"栏目，搭建党委、政府与市民之间的沟通平台，提供社会不同群体协商民主的互动平台，在互动中统一思想、形成共识，在协商中化解矛盾、解决问题，做到正确舆论导向与通达社情民意的统一，发挥媒体作为以民主促民生公共平台建设者、协商民生推动者、解决问题引导者的作用。

二 农村推行村监委的实践个案

浙江省在全国率先试点和全面推行村务监督委员会，通过提高村级民主管理水平，有力提高了新形势下农村基层的民主管理水平，为农村地区的和谐稳定发展和美丽乡村建设提供了重要保障。

近年来，随着经济社会的持续快速发展和社会主义新农村建设的深入推进，浙江省农村集体经济在持续壮大，村干部权力的"含金量"不断提高，但民主监督缺失、村干部滥用权力导致财务公开难落实、村级决策不民主，特别是不断积累增长的农村集体财富不但没有让全体村民体会到共享改革发展成果的喜悦，反而成为产生各种村务纠纷的导火索。在现实困境的逼迫下，浙江各地加大了对民主管理的探索。2004 年 6 月 18 日，全国首个村务监督委员会在浙江省武义县后陈村成立，成员由村民直选代表投票产生。其成立之初，就引起时任省委主要领导同志的高度关注。

后陈村建立的村务监督委员会与此前在许多地方普遍建立的村务监督小组、理财小组有着质的区别。它的特点是：制度设计上与村民委员会并列，规定村务监督委员会候选人应是非村两委的成员及其直系亲属的村民代表。村务监督委员会成员除了党支部召开的党务会议外，村里其他一切会议都有权参加，直接对村民代表大会负责。它的主要职责是：依法审查村民委员会提出的村务公开方案，监督村务公开等制度的落实；对村民会议和村民代表会议决定执行情况，重大事项民主决策情况，民主理财情况，村资金管理使用情况，村集体资产、资源的承包、租赁、担保、出让情况和工程项目招标投标等村务管理执行情况进行监督；支持和配合村民委员会等村级组织履行职责，协助做好有关工作；收集、受理村民的意见建议，并及时向有关村级组织反映。[①] 村务监督委员会成员由村民代表直选产生，独立行使监督村务的权利，迈出了中国建立村级监督组织的第一步。此后，建立村务监督委员会这种形式加强民主监督促进民主管理的模式得到浙江省其他县市的积极响应。到 2009 年年底，浙江省 3 万多个行政村，村村建立了村务监督委员会，实现了村级监督组织全覆盖。目前，以村党组织为核心，村民会议和村民代表会议为决策机构，以村民委员会为管理执行机构，以村务监督委员会为监督机构的村民自治组织体系在浙江省已经基本建成。

三 城市民主促民生的实践个案

2009 年底，上城区委、区政府以湖滨街道为试点，成立党政主导，市民、媒体和社会四界联动的公益性社会组织——"湖滨晴雨"工作室，开启了上城区"民主促民生"机制创新的先河。经过四年多的积极推广和完善，上城区形成"政府搭建平台、多元主体共同参与，整合多方资源、协商解决问题"的社会治理新机制，并取得显著成效：不仅能够整合社会资源，创新沟通平台；还能够汇聚民意民智，助力党政决策，有效解决民生问题，提升民众幸福指数。此外，它有助于激发民众的参与能力和创新激情，使民众真正成为民生工程的参与者和建设者。

1. 基本架构

2009 年 12 月 28 日，湖滨街道针对市民意见表达比较散、乱的状况，整合"社会舆情信息直报点""社情民意直报点""12345 进社区""草根质监站""社区楼道议事小组"等单项资源，建立"湖滨晴雨"工作室。工作室名称源自西湖新十景"湖滨晴雨"，蕴含"民生晴雨表"之意，民众在这里反映民意、表达心声，政府在这里传达政意、服务民生。在平台架构方面，工作室建成"一室""六站""两员""四报"的基本结构。

"一室"：湖滨晴雨工作室。选聘有群众工作经验的社区工作者担任专

---

① 资料来源：《浙江省实施〈中华人民共和国村民委员会组织法〉办法》。

职工作室主任。工作室设立社情民意网上、网下征集信箱，开辟一条上情下达、下情上报的"绿色通道"，负责做好信息收集、分析、报送及问题协调等工作，通过加强与民情预报员、民情观察员和社会各界的互动，促进民主民生机制不断完善。

"六站"：社区民情气象站。街道下辖的6个社区均设立民情气象站，确定一名社区工作者担任站长，发挥社区统筹协调作用，结合社区的工作走访机制，根据工作室要求开展各种民情收集、反映和政策传递、问题解答等工作。

"两员"：通过自我推荐、居民推荐和组织推荐组建民情预报员、民情观察员队伍。预报员由市、区职能部门负责人和专家学者、新闻记者担纲，宣传政策、听取民情，促进辖区居民对政府工作的理解和支持，推动政府职能部门工作更加科学高效；观察员队伍由党代表、人大代表、政协委员、单位职工、新杭州人、社区居民等不同层面的人员组成，围绕社会热点难点、群众关注点收集民情，为党政决策提供及时、全面、准确的信息，向辖区居民宣传政策并帮助反映意见建议。

"四报"："民情气象一天一报""民生焦点一周一报""民生时政一月一报""民生品质一年一报"。民情观察员每天观察民情气象，并交由工作室汇总、整理、研判。工作室围绕民生焦点开展网上和网下调查，掌握一周舆情；对事关民生的政情、重大事件、社会热点做好每月预报、通报；对群众关注的民情热点做好政策宣传、解疑释惑；对年度民生工作进行全面总结、评估，对优秀的民情气象站和观察员进行表彰。

2. 运作机制

在工作运行过程中，"湖滨晴雨"工作室逐渐探索出四大工作机制。

（1）社情民意收集机制。围绕政府决策、社会热点和民生焦点等问题，工作室每周确定信息搜集主题，引导民情观察员收集周边群众的意见建议，形成大小兼顾的信息收集特点。民情观察员发挥其来自民间、贴近群众等优势，通过走街串巷、座谈、问卷调查等形式，多途径收集民意。工作室将收集到的信息进行汇总、梳理和研判，形成专报，报送相关职能部门，为党和政府科学、民主决策提供服务。

（2）政府沟通回应机制。一是信息传递，对共性问题，通过社情民意报送机制或邀约相关部门召开民情恳谈会等方式，增进互信，化解社会矛盾。二是跟踪反馈，加强与市、区职能部门沟通和协调，通过政策宣传和会商分析等途径，确保居民反映的问题得到有效解决。三是多方联动，通过信息化手段，与"城市管理智能管控平台""平安365社会管理平台"和"居家无忧在线"等服务平台进行联动，对民情实行"一站受理、全程委托、专员代办"，解决具体民生问题。

（3）公共问题协商机制。以问题为导向，建立民众参与、部门协同、媒体监督的公共问题协商机制，做到"具体问题小协商"——通过街道、社区、居民自我协调处理解决；"共同问题大协商"——政府、媒体、专家、居民四方协同解决；通过与"杭网议事厅"的网上网下互动和在浙江在线设立专栏等形式建立与媒体的互动机制，通过召开恳谈会建立政府职能部门与专家学者、市民的沟通协商机制，通过"相约星期五"等载体开展社区问题讨论，形成集体看法、意见和建议，帮助政府更好地协调、处理各方利益关系，科学决策。

（4）民生需求满足机制。以群众的民生诉求为切入点，立足于解决民生问题，工作室近年来共收集民生信息5000余条，形成信息专报，报送区、市相关部门。针对具体的民生问题，工作室坚持"民有所求，我有所为"，通过来信来访交办、区社会管理服务中心联办、人大政协提案等形式努力解决民生问题，满足群众需求。四年多来，相继组织"南宋御街建设大家谈""公共交通（服务）民情恳谈会""美丽杭州如何建设"等大型活动40余次，许多历史遗留问题得到有效解决。

四　基层民主治理的实践

1. 村务监督委员会强化了对村级公共权力的监督，使民主选举、民主决策、民主管理、民主监督走上配套、协调健康发展的道路

"群众管钱，制度管事，干部干事"局面形成后，基层矛盾和干群关系

紧张得到缓和，干部威信和群众参与民主管理、民主监督的热情随之提高。2009 年浙江省纪检监察机关受理反映农村党员干部问题的信访举报共 17647 件（次），较上年同比下降 6.71%，2010 年又下降了 15.5%。一些先行地区成效更加明显，后陈村自成立村务监督委员会以来，通过实施有效的监督，呈现干部"零违纪"、村民"零上访"、工程"零投诉"、不合规支出"零入账"的"四零"现象。2013 年，浙江又在城市社区率先推行居务监督委员会，实现了村务、居务监督由事后监督向事前、事中、事后全程监督的转变，使各种矛盾有了内部化解的机制。

2. 通过搭建民主协商平台，创新了民生问题的民主保障制度，使民众享受到更多更好的服务

浙江各地以公共议题为切入点，通过常态化民主协商解决民生问题，让民主成为一种生活方式，协商成为工作方式，拓展了基层民主发展的新空间。在实施民生工程中，坚持问情于民、问需于民、问计于民、问绩于民，干不干让百姓定，干什么让百姓选，怎么干让百姓提，干得好不好让百姓评，充分保障人民群众的知情权、参与权、选择权、监督权。如杭州针对解放路 213 号居民 30 多年供水难题，多次邀请水务集团、居民代表、杭网议事厅、相关职能部门召开四方协调会，最终让居民喝上了放心水。

3. 通过监督有效提升了政府部门工作实效，有力促进了社会和谐

民众通过对基层民主平台建设的积极参与和民生问题的有效解决，实现了百姓的不憋气和与政府的常通气，大大增进了民众对政府的理解、信任和支持。政府也通过接受民众挑刺和吸纳民众意见，不断改进工作作风，完善工作机制，解决了大量民生难题。例如，2011 年湖滨街道接待的市、区信访比 2009 年分别下降了 49.9% 和 30.6%；工作室也入选 2011 年度"杭州最具生活品质体验点"。

第三节　社区建设与社会组织发展

在中国，基层社会是指街道、乡镇以下的社会单位和共同体，主要形态

是城乡两类社区。基层治理最为基础和最为重要的空间就是社区，因而，社区是基层治理也是整个社会治理体系的基石。另一方面，人们不难看到，随着中国社会的发展，社会组织尤其是社区社会组织将日趋成为基层治理的重要主体。伴随着经济社会的快速发展，中国社区社会组织的数量迅猛增加，业已成为构建和谐社区不可或缺的一支重要力量，对完善社区治理结构具有广泛而深远的意义。因此，社区建设及其社会组织发展就成为基层社会治理的重要领域和主体。

一 努力把社区建设得更加美好

随着"单位人"向"社会人"的转变，社区已越来越成为社会生活的支撑点、社会成员的聚集点、各种矛盾的聚焦点。加强和创新社会治理的重心在社区，维护社会稳定的根基在社区，保障和改善民生的依托在社区。社区是社会的细胞，社区和谐是社会和谐的基础。要把矛盾及时解决在萌芽状态，解决在基层，解决在当地，就需要依托社区，加强基层基础工作，把各项举措落实到基层，充分发挥社区在国家治理体系中的重要作用。

习近平同志根据浙江的实际情况提出"工作倾斜基层"，因为"基层处于承上启下的节点，各种矛盾的焦点和工作落实的重点"，因此，"执政重在基层"，需要"更多地关爱基层"。① 浙江是新中国第一个居委会所在地。社区建设起步较早、基础较好，城乡统筹推进有力。从20世纪70年代发展社区服务起步、2001年实施社区体制改革，到2008年城乡统筹推进，浙江城乡社区建设工作始终走在全国前列。特别是2003年省委部署实施"八八战略"以来，城乡社区建设体制机制和制度体系不断健全，社区服务和居民自治蓬勃发展，为推进基层社会治理体系和治理能力现代化奠定了坚实的基础。

1. 加强组织领导，完善顶层设计

省委主要领导多次进行调研、部署和批示，成立城乡社区建设工作领导

---

① 习近平：《之江新语》，浙江人民出版社，2013，第110～112页。

小组（2008 年前为"城市社区建设工作协调小组"），完善党委政府统一领导、民政部门牵头协调、有关部门共同参与的领导协调机制。2001 年，省委、省政府决定加强城市社区建设，率先实施社区体制改革，按照一定的区域和户数，开展社区规模调整、资源重组，将若干居委会改造成一个社区居委会，并建立党组织。同时，推进城郊结合部、城中村、工矿企业所在地、新建住宅区和流动人口聚居地的社区组建工作，建立了下沙开发区的邻里社区、奉化市的立邦社区等外来人口社区。省里相继出台《浙江省城市社区建设指导纲要（2003 年－2010 年)》《关于推进和谐社区建设的意见》《关于推进农村社区建设的意见》等政策文件，确保城乡社区建设沿着正确的方向加快推进。

2. 打造社区服务中心，提供一站式服务

从 2006 年起，浙江以解决社区用房为突破口，采取投资新建、整合改造、资源共享、综合利用等措施，建设了一批城乡社区服务中心。同时，社区服务中心承接政府职能转移下放，向居民提供生活救助、社会保障、老年福利、综合警务、卫生计生、文体教育等"一站式"公共服务，建立起市场便民利民服务、政府公共服务、居民自助互助为一体的社区服务体系；并以建立社区社会工作室为抓手，提升社区服务专业化水平，开展社会工作服务，化解社会矛盾，促进社会和谐。

3. 重视社区工作人才队伍建设

社区工作者是"小巷总理"，是和谐社区建设的中坚力量。按照省委、省政府"每个城市社区专职工作者不少于 5 人、规模在 2000 户以上按每400 户配备 1 人、暂住人口按每 2000 人配备 1 人"的要求，各地通过公开招聘、提高待遇、教育培训等方式，确保社区工作者政治上有地位、待遇上有保障、社会上受尊重。

4. 科学布局规划，引导多元投入

城乡社区建设既是创新基层社会管理的重要基础，也是引导公共资源优化配置的有效手段，科学合理规划十分重要。在社区建设之初，浙江就坚持社区布局与城乡规划相结合，充分考虑当前和今后城市、城镇建设和管理需要。在推进农村社区建设时，提前完成所有县（市、区）农村社区布局规划编制工作，引领农村社区建设和公共资源配置。同时，逐年加大财政投入，引导村集体、社会、市场等主体加大对城乡社区建设的投入，形成以各级财政、福彩公益金为主的多元投入机制，保障了社区建设的加快推进。

5. 扩大社区参与，激发活力动力

社区建设的目标是成为管理有序、服务完善、文明祥和的社会生活共同体。只有居民广泛参与，社区建设才有不竭的活力和动力。浙江在社区建设中突出居民主体地位和愿望诉求，建立完善民主选举、民主决策、民主管理和民主监督制度，不断降低社区参与门槛，拓宽参与渠道，培育发展社区社会组织，发展壮大志愿者队伍，引导居民自我管理、自我教育、自我服务。

6. 实现社区体制与社会服务的发展

社区体制实现新突破。截至 2013 年年底，全省共建成 3266 个社区。[①]多元投入机制逐步健全。2006 年，省委、省政府决定安排 3500 万元用于城市社区用房建设。从 2008 年起，省级福彩公益金安排专项资助资金，且逐年增加，2013 年达 1.47 亿元。注重引导村集体、社会、市场等主体加大对城乡社区建设投入，2007 年全省社区工作总经费投入 6.69 亿元，2013 年达41.2 亿元。

社区服务体系实现新发展。经过全省上下的共同努力，社区用房问题得到了初步解决；依托社区服务中心建设，城乡社区服务体系逐步完善，在不同程度上满足了群众多元化、个性化的需求。截至 2013 年年底，全省累计建成 1334 个乡镇（街道）社区服务中心、18564 个农村社区服务中心（覆盖 24592 个村），99% 以上的城市社区用房面积超过 350 平方米、总面积达243 万平方米。

社区人才队伍建设实现新跨越。在农村社区，一支包含下派干部、村干部、大学生村官、专职工作者等专兼职结合的工作队伍已经建立起来。社区工作者的年轻化、知识化、专业化水平也得到了显著提升。目前，全省已有

---

① 参见浙江省民政厅《2013 年底浙江省社区居委会、居委会和村委会统计表》。

专职社区工作者 24322 人，平均年龄 38.5 岁，大专以上学历者达 19959 人，取得（助理）社会工作师资格者 6628 人。

二 引导社会组织沿着正确的方向健康发展

在推进政府职能转变、社会转型和市场体系培育的过程中，政府不可能包揽代替社会生活的各个方面，社团、社会中介组织等社会组织在社会生活中扮演着越来越重要的角色。如何正确做好社会组织管理和服务工作，促进社会组织的有序发展，是摆在各级党委、政府面前的重大课题。

面对浙江社会组织的快速发展，习近平同志及时指出了要"引导社会组织沿着正确的方向健康发展"。① 浙江历来高度重视社会组织建设和管理工作，进入 21 世纪以来，浙江省社会组织数量保持稳步增长的态势，社会组织总数、增长数量和幅度都位居全国前列（见表 5 - 1、图 5 - 2②）。截至2012 年年底，全省经民政部门核准登记的社会组织共计 31880 个，其中社会团体 16452 个，民办非企业单位 15163 个，基金会 265 个，数量位居全国前列。

表 5 - 1　2002~2012 年浙江社会组织发展情况

单位：个

指标	2002 年	2003 年	2004 年	2005 年	2006 年	2007 年	2008 年	2009 年	2010 年	2011 年	2012 年
社 团	10173	10549	10862	11555	12470	12915	13743	14352	14870	15456	16452
民 非	8192	9279	9760	10189	10810	11290	12383	13061	13878	13770	15163
基金会			95	109	125	140	151	167	189	222	265
合 计	18365	19828	20717	21853	23405	24345	26277	27580	28937	29448	31880

1. 率先完成行业协会与行政机关脱钩工作

浙江是推进行业协会政会脱钩时间较早、力度较大的省份。2006 年 9

① 习近平：《干在实处　走在前列——推进浙江新发展的思考与实践》，中共中央党校出版社，2006，第 249 页。
② 参见浙江省民政厅《2012 年浙江省民政事业发展统计公报》。

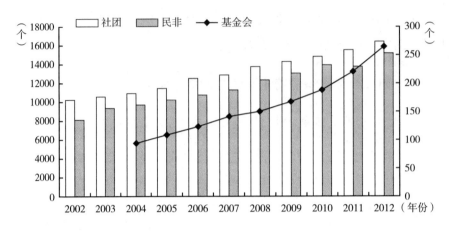

图 5 - 2　2002 ~ 2012 年浙江社会组织发展情况

月，省政府印发了《关于推进行业协会改革与发展的若干意见》。2007 年，
浙江省委组织部、省发改委和民政厅等部门共同组织实施行业协会政会脱钩
工作。据统计，全省 1346 个应脱钩的行业协会实现全面脱钩，在 1213 个行
业协会中兼职的公务员已实现人员分开，743 个与行政机关合署办公的行业
协会实现了机构分设，203 个与行政机关会计合账的行业协会实现了财务独
立，清退各级现职机关工作人员 2703 人（次）。

　　2. 扎实开展民办非企业单位自律与诚信建设

　　2004 年 4 月，省政府出台《浙江省民办非企业单位管理办法》，成为全
国第一个民办非企业单位管理的地方性政府规章。同时，浙江率先在全国组
织开展了民非单位"诚信服务，真诚回报社会"主题活动，拉开了全国民
非单位自律与诚信建设活动的帷幕。广大民非单位重点完善承诺服务制度、
信息公开制度，持续开展了大量公益活动，无偿或低偿为社会服务，巩固了
公益服务品牌，一批民办非企业单位荣获"全国民办非企业单位自律与诚
信活动先进单位"称号，为全国民办非企业单位自律与诚信建设活动提供
了经验和参照。

　　3. 构建社会组织发展平台

　　社会组织发展平台的打造，在为中小型组织及草根组织提供经费、公益

信息、能力培训、政策咨询服务等方面作用凸显。浙江不仅通过建立社会组织服务中心和社会组织促进会来实现社会组织工作向基层的延伸，还通过提供经费、办公场地、能力培训等方式，打造社会组织培育孵化基地，使社会治理和社会公益事务领域中具有行业影响力、发展潜力、社会急需的组织尽快成熟壮大。2010 年 12 月 24 日，浙江首家社会组织服务中心在宁波市海曙区正式挂牌。截至 2013 年年底，进驻、孵化的社区社会组织、草根公益组织共 28 家，为各类社会组织提供培训交流和专业支持近 60 次，开展公益创投项目 348 个，投入公益创投资金 680 万，社会组织真正成为政府公共服务和社会管理的"左膀右臂"。目前，浙江已建成 102 家社会组织促进会、基金会和服务中心等枢纽型、支持型社会组织服务平台，宁波、温州、嘉兴、绍兴、舟山等市已初步实现社会组织服务平台全覆盖，部分地方还向乡镇、社区延伸。

4. 创新社会组织登记机制

不破不立，浙江以敢为人先的精神破除原有的体制藩篱。2012 年温州市出台《关于加快推进社会组织培育发展的意见》1＋7 系列文件，规定公益慈善类、社会福利类等社会组织申请成立登记时，对开办资金不作要求。省民政厅从 2013 年 7 月 1 日起向所有设区市及义乌市民政局率先下放由内地居民担任法定代表人的非公募基金会登记管理权限，以及涉及民政领域的非公募基金会的业务主管单位权责。随后又出台《关于开展四类社会组织直接登记工作的通知》，从 2013 年 9 月 18 日起，行业协会商会类、科技类、公益慈善类、城乡社区服务类等四类社会组织在全省范围内统一实行直接登记。出台《关于社会团体登记管理制度改革的试行意见》，简化登记程序，取消社会团体的筹备登记环节。

5. 加强日常监督管理

组织开展社会组织标准化建设工作，对社会组织的成立大会、换届选举的议程和操作规范、财务制度、印章制度及档案管理制度等都提出标准化要求。不断完善年检工作，改进年检方式，将传统书面年检与网上年检相结合，与党建、评估、日常管理、执法监察等工作有机结合，对年检不合格的组织依法予以取缔。扩大社会公众知晓度，通过网站、简报、QQ、微博、微信等平台建设，重点对公益项目、公益慈善、示范点建设等内容进行展示和宣传。率先启动社会组织等级评估，建立社会组织评估等级准入制度，并将其结果纳入社会信用体系，对获得较高等级的社会组织，在政府职能转移、项目招投标、委托代理、社会服务、评比表彰等方面给予相应的优惠待遇。

三　嘉兴"三社互动"的实践

社区、社团、社工是创新社会治理的基础要素，加强社区、社团、社工建设，对于创新社会治理体制、保障人民群众权利、促进社会公平正义、维护社会稳定和谐具有重要意义。嘉兴市以加强和创新社会治理服务为重点，以群众服务需求为导向，充分整合社会资源，因地制宜探索"党政主导、部门参与推动、三社互动发展"的社会工作运行机制。目前，一个以社区为基础、社团为载体、社工为骨干，横向到边、纵向到底的扁平式网络化"三社互动"管理服务模式正在嘉兴逐渐形成。①

目前，该市有规范性社会组织 1969 家，社区社会组织 8981 家，门类齐全、涵盖城乡；全市有持证专业社工人才 2339 人，实现了"一村一社区多社工"；有各类社工机构 200 家，是全省专业社工机构最多的地级市。2013年，该市被民政部确定为首批全国社会工作服务示范地区，秀洲区新塍镇被确认为"全国社区治理和服务创新实验区"。2014 年，该市在全市 25 个社区开展"三社"互动试点工作，以社区、社会组织、社会工作者"三社"建设与互动发展，促进社会公共服务从政府一力承担到动员社会力量的转变，实现从"社会管理"到"社会治理"的提档升级。嘉兴的主要做法如下。②

---

① 参见杨建华《"三社互动"：一种新型社会管理体系的建构》，《中国社会工作》2012 年第27 期。
② 参见浙江省民政厅、嘉兴市民政局《嘉兴市"三社"互动撬动社会建设提档升级》，浙江省民政厅网站，2014 年 4 月 3 日，http：//www.zjmz.gov.cn/il.htm？a＝si&key＝main/01/sxdt&id＝4028e481452192f4014526c0294a00a4。

一是推动社区职能回归、拓展服务。在实施城乡社区服务中心硬件改造提升的同时，实现 96345 社区服务求助中心功能拓展，进一步完善服务网络和扩大覆盖面，加快提升社区服务能力。同时，大力培育和发展社区服务载体，目前，全市市级以上城市和谐社区全部设立社会工作服务机构，实现了"一村一社区多社工和一社工团队"的工作目标。该市南湖区解放街道探索开展社区社会组织承接街道部分社区服务性工作，在教育培训、公共文化、自治管理、便民服务等方面进行了职能承接尝试，进一步拓展了社区的服务功能。

二是推动社会组织展现活力、发挥作用。继成立全省首家地市级社会组织培育发展中心后，该市大力推动社会组织孵化平台建设，并实现了市县两级全覆盖。在南湖区解放街道、南湖街道等探索开展街道层面社会组织孵化中心建设，形成了市、县（区、市）、镇（街道）三级各有侧重、各具特色的社会组织培育孵化建设体系，为推动社会组织的发展提供了活力。同时，推动政府购买服务和社会组织承接政府职能工作，建立了政府购买社会组织服务项目评审委员会，开展项目征集、评审工作，并落实购买资金。2013年，全市政府购买社会组织服务资金累计达 1575 万元，并借鉴公益创投项目的做法，推动公益项目与企业、商会进行公益对接。

三是推动专业社会工作发展，创新社会治理。积极推动市委社工委单位和各类社工机构开展专业社会工作实务，将专业社工理念、技巧和方法运用到传统服务之中，社会工作服务的专业性得到彰显。2013 年，该市社工机构通过运用个案工作、小组工作和社区工作等专业知识与方法，共开展专业社工服务案例 2035 个（其中个案服务 1139 个，小组服务 380 个，社区服务 516 个），同比增长 134%，提供专业服务 4.8 万人次。嘉善县和平湖市的两个企业被民政部确定为首批全国企业社会工作试点地区和试点单位，平湖市推进全国志愿服务记录制度试点工作经验在民政部召开的全国性会议上作介绍交流。

"三社"互动新型模式以社区为平台，以各类专业社会工作机构为载体，以专业社会工作者为抓手，确立了"政府主导、社会参与、民间运作、社会工作引领、义工服务、群众得益"的社会工作运行机制，形成了"社工引领义工、义工服务群众、群众参与义工"的互动局面，理顺了社会工作与政府、社区、组织、居民间的关系，形成了运转流畅、资源共享、和谐互动的工作运行机制。嘉兴通过"三社"互动，不仅造就了一支结构合理、素质优良的社会工作者队伍，而且通过建立社区居民代表会议制度、开展民情恳谈、搭建公共服务平台和网络等载体，构建了一个全方位民众组织的网络，有力地推动了政府社会管理与公共服务在城乡社区的全覆盖，解决了居民生产生活中的各种困难，保障了群众的基本社会权利，提升了群众的归属感和幸福指数。

四　社区与社会推进基层社会自治

社会组织广泛深度的参与是现代社会多元治理的基本方向和重要特征。浙江逐步建立了与本省经济社会发展需求相适应的社会组织培育管理体系，初步形成了门类齐全、层次不同、功能互补、覆盖广泛、特色明显的组织体系，在推动经济发展、提供公共服务、满足多元需求、反映利益诉求、规范社会行为、促进社会公平、扩大公众参与、化解社会矛盾等方面发挥了重要作用。

（1）提升了基层社会的自治水平。基层社会组织的发展为社区居民提供了参与社区事务管理和彼此交往的组织平台，居民参与公共事务管理，参与社区公益活动，增进社会交往，发展各种文化、体育和健身活动，极大地提高了基层社会的自治水平。例如，宁波市北仑区的每一个社区都活跃着四五十个不同类型的社会组织，这些基层社会组织与社区（村）党组织、居（村）民委员会一起，在基层自治领域发挥着不可替代的作用。

（2）形成了多元主体合作共治的格局。社会治理创新的一个基本方向就是由政府自上而下统治向多元社会主体之间形成合作共治格局转变。宁波市近年来向社会组织购买公益性服务项目近400个，这些项目涉及扶老助残服务、就业帮困、基础设施建设、志愿公益服务等领域，通过购买服务，不仅增进了政府与社会组织之间的良性互动，也为社会提供了大量的就业岗位，为政府节约了财政支出。据不完全统计，浙江现有民办学校9500多家，拥有民办科研、文化机构1769家，民办卫生服务机构800多家，民办养老等社会服务机构1572家，它们对于满足民众日益增长的多元化公共服务需求发挥了不可替代的重要作用。

（3）增强了基层服务群众和回应群众的能力。社会组织的发展实际上成为给基层干部分担各种任务和责任的组织平台。机制灵活、贴近群众的基层社会组织，在医疗、教育、养老、救助等领域更具专业化优势，能有效满足人民群众日益增长的多元化、个性化的公共服务需求。"社区工作千斤担，社会组织挑八百"，社会组织已经成为基层管理服务中责任担当的重要主体。据统计，全省慈善总会历年累计筹集善款154.4亿元，援助困难群众927万人次。全省304家基金会年均捐赠收入和公益支出达20多亿元，实施和资助了1000多个公益慈善项目。

第六章
流动人口服务与管理

改革开放 30 多年来，浙江社会经济发展取得骄人成就，从一个在全国仅居中游水平的农业省份转变为率先发展的经济大省，与此同时，浙江也吸引了大规模的流动人口，自 2001 年以来，浙江省流动人口总量一直位居全国第二位，仅次于广东。浙江省不少地区的流动人口数量已经超过了本地户籍人口数量，流动人口已经成为浙江省社会经济发展一支举足轻重的力量。

流动人口也已经成为浙江省在劳动就业、教育培训、卫生服务、社会保障、社会管理、计划生育、信息共享等诸多方面必须提供相应公共产品与服务的社会群体。浙江省流动人口服务管理的理念从管理为主转变为服务为主；流动人口服务管理的内容也逐步从单项服务、单个领域的服务走向综合服务、全面服务；流动人口服务管理的模式也由以公安管理为主的单一管理模式逐渐转变为以综合服务为主的专门机构管理模式。浙江省连续出台了一批针对流动人口服务管理的管理制度和政策措施，并在取得试点地区成功的基础上，加快了省级层面制度建设的步伐，流动人口服务管理进入了制度化、法治化、规范化轨道。

第一节 重视流动人口的地位作用

浙江省作为民营企业大省和加工业大省，一向重视包括农民工在内的流动人口的作用。"我们的家政服务离不开民工，我们的社区保安工作离不开民工，我们的服务业离不开民工，特别是在我省的建筑行业中，民工更是一支极其重要的力量。广大民工用自己勤劳的双手，吃苦耐劳，流汗出力，撑起了城市建设和服务行业的一片蓝天，为推进我省经济社会发展作出了很大的贡献。"① 可以说，流动人口是经济建设的重要力量，也是构建和谐社会的重要力量。

重视流动人口的地位作用，要加强流动人口的调查研究。调查研究不仅是一种工作方法，而且是关系党和人民事业得失成败的大问题。因为调查研究是科学认识的前提、科学决策的基础、科学发展的途径。习近平同志在浙江工作期间，就把解决农民工问题摆上重要位置，并且亲自主持专题调研，总结了过去好的做法，分析了现实存在的问题，对下一步工作进行深入探讨，富有创造性地提出了"八有"理念，即"农者有其地、来者有其尊、劳者有其得、工者有其居、孤者有其养、优者有其荣、力者有其乐、外者有其归"。②

"八有"理念的主体内容是：农者有其地——保障农民工土地权益，使其进退自如；来者有其尊——充分使外来农民工与本地融合，实现人格平等、和谐共处；劳者有其得——保障及时足额兑现劳动工资；工者有其居——大力实施农民工的安居工程；孤者有其养——尽力扩大农民工的公共服务，在外来务工人员子女入学方面，普遍实行"同城待遇"；在就医看病方面，向民工发放"爱心卡"，为民工提供医疗救助；在养老保障方面，一些经济条件较好的地方扩大覆盖面；优者有其荣——充分保障农民工享有民主政治权利；力者有其乐——关注农民工的精神文化生活；外者有其归——企业工会要使农民工有归属感。

这八个方面既考虑了浙江省内流动人口的情况，也充分考虑了来自浙江省外流动人口的权益；既考虑了流动人口的物质生活，也考虑了流动人口的精神追求；既考虑了流动人口当下的福利，也考虑了流动人口的长远利益。这八个方面都是流动人口最关心、最直接、最现实的问题。"八有"理念的

① 习近平：《干在实处 走在前列——推进浙江新发展的思考与实践》，中共中央党校出版社，2006，第251页。

② 习近平：《干在实处 走在前列——推进浙江新发展的思考与实践》，中共中央党校出版社，2006，第252~258页。

提出，既是对浙江省以往流动人口工作的回顾和总结，也为今后工作指明了方向和重点。"各级党委、政府和领导干部要对解决农民工问题这一重大课题加强领导，深入调研、有效指导，多做调查摸底的工作，多做分析研究的工作，多做完善政策、落实措施的工作，努力走出一条解决农民工问题的新路，为全国大局作出积极的贡献。"①

重视流动人口的地位作用，要把流动人口问题放在巩固党的执政地位的高度来看待。"解决农民工问题，不仅是一个经济问题、社会问题，更是一个事关巩固党的阶级基础和扩大党的群众基础的严肃的政治问题。"② 工人阶级和农民阶级是我国社会主义现代化建设的主要力量，是党执政的阶级基础和社会基础，而农民工是从农民阶级向工人阶级过渡的群体，兼具了农民和工人的身份，在巩固工农联盟中具有举足轻重的作用。如何对待这个群体，党对其整合的力度如何，都直接关系着党执政的基础和执政的资源。

重视流动人口的地位作用，要把解决流动人口问题放在社会主义公平正义的高度来看待。"善待民工，就是善待我们自己。我们要更新观念，牢固树立以人为本的理念，积极营造平等相处的氛围，决不能对民工有任何歧视。这是观念问题，也是感情问题，更是学习'三个代表'重要思想和贯彻落实科学发展观的重大问题。"③ 要切实维护流动人口的合法权益，为其提供生存保障和发展的机会，使他们既能合理享受自己的劳动成果，又能共享社会发展的成果。

只有深刻认识到流动人口的重要地位和不可或缺的作用，才能更好地做好流动人口的服务管理工作。因此"一定要坚持以人为本，更加关爱和善待广大民工，积极为广大民工提供良好的工作环境，创造必要的物质和文化

---

① 习近平：《干在实处 走在前列——推进浙江新发展的思考与实践》，中共中央党校出版社，2006，第259页。

② 习近平：《干在实处 走在前列——推进浙江新发展的思考与实践》，中共中央党校出版社，2006，第252页。

③ 习近平：《干在实处 走在前列——推进浙江新发展的思考与实践》，中共中央党校出版社，2006，第251页。

生活条件，努力为他们解决好家庭居所、子女就学、个人婚姻等实际问题。"① "总的讲，这方面工作才刚破题，有了一个良好的开端，有些点上的好做法、好经验，正在面上加以推广。解决农民工问题，有赖于经济发展、社会进步，有赖于社会建设能力的进一步提高，有赖于农民工整体素质的进一步提升，决不是一蹴而就的简单过程。"② 历任的浙江省领导干部都十分重视包括农民工在内的流动人口的权益，不断探索流动人口服务管理方面的新举措。

第二节　创新吸引流动人口的体制机制

浙江作为经济最发达的省份之一，由于体制机制活力的优势、先进制造业基地建设和现代服务业的发展，以及浙江劳动力的老化，对省外各类人才和其他劳动力形成很大吸引力，从而导致人口的集聚。从流动人口的流动机制来说，它又是非常复杂的，因为影响流动的因素有很多，如收入水平、生活费用、子女教育、居住环境等，而各因素之间还会相互影响和牵制。在国内影响力较大、被应用于解释流动人口迁移的主要是"推拉理论"和"二元经济理论"。"推拉理论"由巴格内首先提出，他认为人口流动的推力是流出地不利的社会经济条件，拉力是流入地具备改善生活条件的因素，人口迁移是在这两种力共同作用下发生的。"二元经济理论"的创始人刘易斯提出了"两部门结构发展模型"，也称为"无限过剩劳动力发展模型"。他认为，发展中国家的国民经济结构由传统的自给自足的农业经济体系和城市现代工业体系所组成，亦即"二元经济结构"。而传统农业部门所使用的有限土地是非再生性的，随着人口持续增长将出现人口剩余，而剩余农民的产值和边际生产率接近于"零"，甚至是负增长，从而使农业经济收益呈现递减的

---

① 习近平：《干在实处　走在前列——推进浙江新发展的思考与实践》，中共中央党校出版社，2006，第251页。

② 习近平：《干在实处　走在前列——推进浙江新发展的思考与实践》，中共中央党校出版社，2006，第259页。

趋势；现代工业部门具有可再生性的生产资料，其生产规模的扩大和生产速度的提高可超过人口的增长。因而只要工业部门的工资水平略高于农业部门的工资水平，农业部门无限供给的农业剩余劳动力就会转移到工业部门。

具体到浙江省的流动人口而言，"推拉理论"和"二元经济理论"同样具有解释力。从浙江省来看，其主要表现为四个方面，即持续发展的经济、相对优越的社会政策、开放包容的浙江精神和多元丰富的生活方式。

一　持续的经济发展是吸引流动人口的经济因素

人口迁移理论鼻祖莱文斯坦指出"人口迁移以经济动机为主，虽然受剥削、受压迫，苛捐杂税，生活条件，气候，地理环境等因素是促使人们迁移的重要原因，但人口迁移的最重要原因仍是经济因素。人们为改善生活条件而进行的迁移占全部迁移的绝大多数"。这项法则一直被后来的学者肯定和应用。

浙江省经济持续较快发展是吸引流动人口的根本原因。2013 年，全省生产总值 37568 亿元，人均生产总值 68462 元，地方公共财政预算收入 3797 亿元。回顾浙江的发展历程，其不仅速度快，而且效益好。全省城镇居民人均可支配收入 37851 元，农村居民人均纯收入 16106 元，分别比上年增长 9.6% 和 10.7%，扣除价格因素，分别增长 7.1% 和 8.1%；城镇居民家庭恩格尔系数为 34.4%，比上年下降 0.7 个百分点；农村居民家庭恩格尔系数为 35.6%，比上年下降 2.1 个百分点。人民生活水平渐趋富裕型，全面小康社会基本建成。浙江省统计局公布的《浙江省全面建成小康社会进程统计监测评价》显示，从 2000 年的 62.7% 起步，浙江省的小康指数逐年提升，三四年上一个台阶，2004 年上升至 71.3%，2007 年提高到 81.4%，2010 年提升至 90% 以上，2012 年进一步提高至 95.8%，连续 3 年达到 90% 以上，近三年年均提高 2.53 个百分点，基本实现了全面小康目标。浙江的城市化水平不断提升，城市化发展加速，出现了上下推进、内外结合的多元化发展格局。2013 年浙江常住人口城市化率达 64%。全省已基本形成"四大都市区"，即杭州、宁波、温州以及金华－义乌四个都市区。而这四大都市区不仅是长江三角洲城市群参与全球竞争的国际门户地区，也是带动全省率先发展、转型发展的重要地区，吸引了全省一半以上的流动人口。

根据"推拉理论"，我们可以比较浙江省与其主要流动人口来源地省份的经济发展水平。考虑到各省区在区域面积、人口数量、资源禀赋等方面的巨大差异，经济总量的比较难以准确反映经济发展水平，因而这里选取人均经济指标，弃用总量指标。

浙江省与湖北、安徽、河南、四川、江西、贵州6个流入人口的主要来源地省份相比，农村居民人均纯收入指标上的差距巨大。2003年上述6省中农村居民人均纯收入最高的是湖北，为浙江省的47.27%，最低的贵州省仅为浙江的28.82%，1/3还不到。2013年，这些省份的农村居民人均纯收入也只有浙江省的33.74%～55.05%。如果将这些省份的农村居民人均纯收入与浙江省的城镇居民人均可支配收入相比，差距就更大了。

表6-1　浙江省与主要流动人口来源地省份农村居民人均纯收入比较

	2003 年		2013 年	
	城镇居民人均可支配收入(元)	农村居民人均纯收入(元)	城镇居民人均可支配收入(元)	农村居民人均纯收入(元)
浙江	13180	5431	37851	16106
湖北	7322	2567	22906	8867
安徽	6778	2127	23114	8098
河南	6926	2236	22398	8475
四川	7042	2230	22368	7895
江西	6901	2458	21873	8781
贵州	6569	1565	20667	5434
全国	8472	2622	26955	8896

资料来源：全国及各省2003年和2013年《国民经济和社会发展统计公报》。

浙江的经济持续增长，居民收入水平与主要流出地之间的相对差距持续存在，这就使得浙江省对流动人口的集聚具有比较优势。只要这种经济发展的相对差距继续存在，浙江省对这些地区人口的吸引力就将持续存在，流动人口就会持续流入。

二 优越的制度、政策是吸引流动人口的政治因素

面对长期化、家庭化的人口流动形态转变和总量持续增长的流动人口实际，浙江省各级政府坚持以民为本，为流动人口的生存和发展创造良好、和谐、可持续的环境，为流动人口提供更多、更好的公共产品与合法权益，包括加强公共设施建设，发展就业、社会保障服务和教育、科技、文化、卫生、体育等公共事业，发布公共信息等，满足流动人口对公共资源的基本需求。

首先，从就业环境来看，浙江省各级政府为流动人口提供了良好的就业服务。浙江省不仅清理取消了专门针对流动人口的限制性规定和不合理收费，还为流动人口提供免费职业介绍服务和职业培训服务。浙江省从2004年开始实施"千万农村劳动力素质培训工程"，2006年又制定了"来浙务工农村劳动者职业技能提升培训计划"，并且开展流动人口的职业教育。

浙江省还特别重视流动人口的欠薪问题。针对建筑施工等农民工工资拖欠比较严重的领域，浙江省专门出台了全省建筑施工领域农民工工资支付保障办法，建立了企业工资支付保证金和政府欠薪应急周转金制度，确保农民工能按时足额领到工资。针对农民工工资偏低的问题，浙江省明确规定农民工工资不得低于当地最低工资标准，加班则必须支付加班工资，有效维护了农民工的合法权益。

其次，就教育资源来看，浙江省的教学条件、师资力量、教学质量在全国都处于前列。这对于部分有一定经济基础的流动人口家庭来说，让子女受到更好的教育也是迁移的动力之一。同时，更为重要的是浙江省对流动人口子女特别包容，创造了低入学门槛，积极采取措施帮助流动儿童适应新的环境，增加流动儿童与本地儿童接触交往的机会，让流动儿童与本地儿童同受社会关爱，共享同一片蓝天，共同成长进步。

此外，浙江省连续出台了一批针对流动人口服务管理的制度和政策措施，加快了省级层面流动人口制度建设的步伐，这就使得浙江省的社会环境

具有比较优势，而将浙江的城市与流出地的农村进行比较，其优势就更为显著了。这正是吸引流动人口的政治因素。

三 包容的浙江精神是吸引流动人口的文化因素

浙江和谐共赢、包容共生的开放精神，使得多元的生活方式在这里共生。不同阶层的生活方式、不同职业群体的生活方式和不同区域群体的生活方式都在这里融合共生。

2000年浙江省委十届四次全体（扩大）会议上，初步提出了浙江精神"自强不息、坚韧不拔、勇于创新、讲求实效"的表述。经过一系列发展，2006年时任省委书记的习近平同志将需要与时俱进地培育和弘扬的浙江精神概括为"求真务实、诚信和谐、开放图强"。前者是在对浙江区域已有精神的总结和提炼中形成的，后者则是在浙江区域市场经济走向成熟的过程中提炼和概括的。2012年在"我们的价值观"大讨论中，"务实、守信、崇学、向善"凝炼成了当代浙江人共同的价值观。不管哪一种表述，都可以看到浙江人自强而不失温和的文化因子，和衷共济、天人合一、人我共生的人生情怀和精神品质。

浙江的包容精神，体现在对流动人口的接纳和认可上。浙江在历史上一直属于社会较为稳定的地区，人们性情较为温和，善于接纳外来族群，注重社会共同体的建设。浙江把流动人口称为"新居民"。这种称谓不仅是制度性身份的认同，更是心理认同和情感融通，可以说"新居民"的称谓是情感融通的外化，对外来者更具有亲和力和包容力。这种情感融通是比制度认同更适合外来建设者工作生活的和谐社会环境，它能够让外来建设者以轻松愉悦的心情参与社会经济建设，并能在社会建设中发现自己的社会价值。

浙江的包容精神，体现在制度设计中，就是以"大人口"理念消解由户籍差异所带来的权益差异，做到政治身份认同。在浙江的许多城市，流动人口子女就学与本地居民享受同等待遇；在人大代表、政协委员中，新居民都有一定比例的名额；对新居民实行政府指导和社会化维权相结合的权益诉求表达和维护机制。通过这些制度设计，外来人口被纳入当地的社会经济发展战略之中，在政治上与本地居民享有基本等同的地位，彰显了浙江社会制度的亲和力和包容力。

浙江的包容精神，还体现在流动人口在经济社会发展的共建共享方面，将流动人口纳入社会管理的主体范畴，与本地居民共同承担社会经济管理责任。如吸收优秀的"新居民"参与到社会治理中；在社会经济发展成果共享方面，推行同城待遇。通过各种措施，浙江省切实增强流动人口对工作地、生活居住地的认同感、归属感。

四 多元的生活方式是吸引流动人口的社会因素

城市商品经济发达，可供选择的生活资料和生活服务无论从数量上还是从品种上看都要多于农村；另一方面，城市生活内容丰富，社会化程度高，便捷的交通工具、异质的人口、充足的社交场所、多样的休闲方式，增强了人们自我实现的需求，也提供了实现这种需求的条件。作为沿海发达省份的浙江，商品经济的发达、城市生活的多元对流动人口来说都很有吸引力。

城市是一个相对于农村来说"匿名"的社会，在这里可以逃避包裹在周围的熟人网络所带来的压抑束缚感。在我国传统农村，大家生活在"熟人社会"，具有相当程度的稳定性。这种稳定的网络和单调的生活，在对主体产生保护作用的同时，也限制了主体的活动空间和活力，而"到城市里去"，除了可以体会到电视、电影中所看到的许多乡村所没有的生活元素外，也可以摆脱"乡规民约"和熟人社会的限制约束。

城市的另一个吸引力在于，迁移主体可以尝试在一些新鲜的领域做一些原来想不到的工作，有挖掘自身的潜力并自我肯定的可能。同时，城市资源、人口的密集，意味着需求和信息、机遇的密集。在城市工作，可以面对众多的选择，而由于人口和需求密集带来的高频度重复性操作，对于服务型、技术型农民工作能力的提高具有突出的优势，进而也使其收入增长的速度增快。由于机遇的众多，迁移后的流动人口，具有较高的选择工作的自由度。

第三节　流动人口对浙江经济社会的贡献

流动人口对浙江省社会经济发展贡献非常大。正如习近平同志所说的，"这些年来，随着浙江城市化的推进和效益农业的发展，有数百万省内外民工来到我省各地城镇打工，民工作为城市之友，现已成为推进我省经济建设的重要生力军和不可匮缺的人力资源。"[①]首先，从定量上来看，流动人口作为劳动力对 GDP 的贡献率达到了 26.84%，流动人口为企业节约的成本对 GDP 的贡献率达到了 2.04%，二者合计为 28.88%。其次，流动人口又以劳动年龄人口为主，缓解了浙江省劳动年龄人口老化的问题，为浙江省提供了丰富的劳动力资源，并且填补了城市用工的空白，缓解了劳动力供给的结构性矛盾。再次，流动人口作为生产者的同时也是消费者，刺激了消费市场的发展，带动了城市化的进程。最后，流动人口在区域间流动的同时，也在努力谋求社会地位的提升，激励了整个社会向上进取的心态，并且促进了政府社会治理能力的提升。

一　流动人口对浙江经济发展的定量分析

流动人口对流入地经济社会发展的推动作用已经被充分证明。分析流动人口与 GDP 的关系也可以清楚地看到流动人口为浙江经济社会做出的贡献。

表 6 - 2　2003～2013 年浙江省流动人口与 GDP 变动情况

年份	流动人口数量（万人）	GDP（亿元）	年份	流动人口数量（万人）	GDP（亿元）
2003	898.2	9705.02	2009	1944.1	22832.43
2004	1101.9	11648.7	2010	1950.3	27722.31
2005	1291.0	13437.85	2011	2215.1	32318.85
2006	1459.8	15742.51	2012	2459.5	34665.33
2007	1670.7	18780.44	2013	2362.5	37568.49
2008	1823.4	21486.92			

数据来源：流动人口数据来自公安厅材料，GDP 数据来自《浙江统计年鉴》（2004～2014）。

---

① 习近平：2004 年 8 月 6 日在考察西湖文化广场建设工地慰问农民工时的讲话。

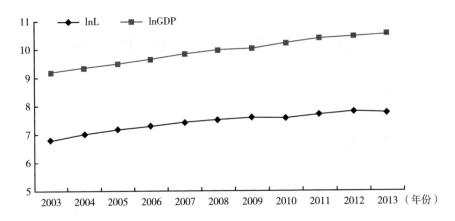

图 6 – 1　2003 ～ 2013 年浙江省 GDP 与流动人口的对数趋势

数据来源：流动人口数据来自公安厅材料，GDP 数据来自《浙江统计年鉴》（2004 ～ 2014）。

从表 6 – 2 和图 6 – 1 中，我们可以看到浙江省的经济增长与流动人口变化有密切的关系，二者呈现同向近似于线性的相关关系。

为了进一步验证这对关系，我们可以将 2013 年流动人口在全省的布局与各区域经济发展情况进行分析。如图 6 – 2，流动人口的布局与区域经济发展几乎是同步的，即流动人口多的地方，经济总量是高的，反之，流动人口少的地方，其经济总量也是低的。

从流动人口与经济发展的动态分析可以看出，流动人口在时间轴的纵向上与全省经济发展成正向相关，同时在区域分布上也与经济发展成正向相关。由此我们可以得出流动人口与经济发展呈现一体化的态势。

借用柯布－道格拉斯生产函数可以进一步计算出流动人口对于经济发展的贡献率。① 根据柯布－道格拉斯生产函数，要先计算出 a 和 b 的值，学界比较认同的是 $a = 0.6$，$b = 0.4$，理由是我国属于发展中国家，经济大多属

---

① 其一般形式为：$Q = AL^a K^b$，式中的 Q 代表产量，L 和 K 分别代表劳动和资本的投入量，A、a 和 b 为三个参数，A 表示技术或管理等参数对经济增长的影响系数，a 和 b 分别表示劳动和资本对产出的贡献程度。对该生产函数进行变形，两边取对数，以 GDP 替代 Q，则公式可转化为 $LnGDP = LnA + LnL + LnK$。

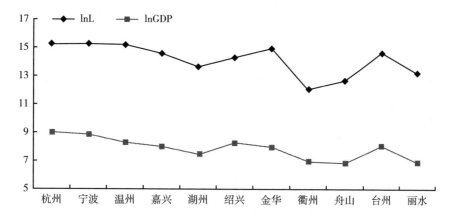

图 6 - 2　2013 年各区域 GDP 与流动人口的对数趋势

数据来源：流动人口数据来自公安厅材料，GDP 数据来自《浙江统计年鉴》(2014)。

于劳动密集型经济，因而劳动产出弹性系数一般较高，而资本产出弹性系数一般较低。[①] 浙江省作为一个加工型、外向型和以中小企业为主体的省份，劳动产出弹性系数也应当较高，因此这里也采用 $a = 0.6$，$b = 0.4$ 的值。

即 $LnGDP = LnA + 0.6LnL + 0.4LnK$，劳动投入每增长 1%，可使经济增长 0.6%，[②] 而资本投入每增长 1%，可使经济增长 0.4%。我们假设流动人口劳动生产率与本地人口的劳动生产率相同，利用公式 $L'/L * lnL/lnGDP * 100\%$ 就可以测算流动人口对 GDP 的贡献率，即流动人口占总劳动力的比例乘以总劳动力的贡献，就是流动人口对 GDP 的贡献率。

据浙江省公安厅的数据分析，近五年来流动人口中 16 ~ 59 周岁人员所占比例平均为 90.36%，而过去这一比例更高。在此，我们保守一些，将流动人口中 90% 的人当作劳动力来计算。具体情况如表 6 - 3 所示。

---

① 如支道隆 (1997)、叶裕民 (2002)、Young (2000)、Chenery et all. (1986) 等人的研究。
② 计算过程如下：$lnGDP1 = LnA + 0.6ln (L * 1.01) + 0.4lnK$
即 $lnGDP1 = LnA + 0.6lnL + 0.6ln (1.01) + 0.4lnK$
　　　$lnGDP1 - lnGDP = 0.6Ln (1.01) = ln (GDP1/GDP)$
　　　$GDP1/GDP = 1.01^0.6 = 1.00598$。

表 6 – 3　2003～2013 年流动人口对 GDP 的贡献情况

	全社会从业人员数（万人）	劳动力对 GDP 的贡献率（%）	劳动年龄流动人口占全社会从业人员比例（%）	劳动年龄流动人口对 GDP 贡献率（%）
2003	2918.74	52.15	27.70	14.44
2004	2991.95	51.29	33.15	17.00
2005	3100.76	50.74	37.47	19.01
2006	3172.38	50.05	41.41	20.73
2007	3405.01	49.59	44.16	21.90
2008	3486.53	49.06	47.07	23.09
2009	3591.98	48.94	48.71	23.84
2010	3636.02	48.09	48.27	23.21
2011	3674.11	47.44	54.26	25.74
2012	3691.24	47.14	59.97	28.27
2013	3708.73	46.81	57.33	26.84

数据来源：流动人口数据来自公安厅材料，全社会从业人员数及 GDP 数据来自《浙江统计年鉴》（2004～2014）。

从表 6 – 3 中可以看出浙江省劳动力对于经济的贡献率是在逐年递减，但流动人口对经济的贡献率却是在增长，从 2003 年的 14.44% 增长到了 2013 年的 26.84%。可见流动人口对于浙江经济的作用巨大。

另外一种定量分析的思路是：比较流动人口和浙江本地人员的平均工资，将其差额量化为货币投入，再根据资本投入与 GDP 增长之间的关系，来衡量流动人口对浙江经济增长的贡献。这里假设的前提是：如果不存在流动人口，浙江本地人口可以不断供给。那么，浙江经济的发展所需要的劳动力都可以从本地区获得。但由于本地区劳动力的工资较高，这使得浙江企业需要付出更多的成本。现在，多出的成本不用支付，都由流动人口劳动力"贡献"出来了。当然，这种假定本地劳动力与流动人口劳动力等同的前提存在偏差。因为二者相比，本地劳动力还是有一些自己的优势的。尤其是本地的一些个体经营户，其经营能力是流动人口所缺乏的。但由于社会上大部分人在素质、技能等方面都基本差不多，所以这种定量分析还是可以为我们提供一些依据的。

2013 年浙江省在岗职工年平均工资（含私营经济单位的全社会单位）为 44513 元。浙江省流动人口动态监测数据显示，流动人口 2013 年 4 月的平均工资为 3311 元，以此计算年平均工资为 39732 元，我们暂且把这一数据当作浙江省流动人口的年平均工资。这样一来，浙江本地劳动力与流动人口劳动力的年收入差距大约为 44513 - 39732 = 4781 元。这意味着，浙江企业雇用流动人口劳动力与雇用本地劳动力相比，可以减少 4781 元的成本。由于 2013 年浙江流动人口中劳动力人口为 2126.22 万人，浙江企业总共节约成本约 1016.6 亿元。

二　流动人口提供了丰富的劳动力资源，缓解了供需矛盾

区域流动人口增长是经济规律作用的结果，是经济繁荣、社会发展的重要标志。社会生产力的提高，可以促进人口的积聚，人口的积聚又带动了区域经济的发展。亚当·斯密认为人口的不断增长是一个国家和区域经济繁荣的象征，既是经济发展的结果又是经济发展的原因。浙江省流动人口的不断增长，促进了经济社会的发展。

首先从数量上看，流动人口为浙江提供了丰富的劳动力资源，缓解了劳动力供求的矛盾。自改革开放以来，随着浙江经济的快速发展，劳动力需求不断增长，流动人口为全省劳动力供给相对不足提供了补充。

从历史演变看，浙江新增就业人口四成多由外来人口弥补。浙江省经过 30 多年的发展，工业化水平已遥遥领先于中西部地区，成为中国的制造业大省，吸引了大批中西部地区的农村剩余劳动力到浙江来务工就业。据浙江省统计局公布的数据，浙江省从业人员总数从 1978 年的 1794.96 万人增加到了 2013 年的 3708.73 万人，增长 1913.77 万人，年均增长 2.10%；而浙江省户籍人口则从 3750.96 万人增加到了 4826.89 万人，增长 1075.93 万人，年均增长 0.72%。浙江省户籍人口增长率明显低于从业人员的增长率，且新增从业人员中有 43.80% 需要靠外来流动人口来弥补。

就 2013 年来看，较大的劳动力差额就是由外来人口弥补的。2013 年浙江省户籍人口约为 4826.89 万人，其中 18~60 岁就业年龄组的人口占户籍

人口的比重约为 64.70%，即 3123.00 万人，再考虑到 3.01% 的城镇登记失业率，即 94.00 万人的城镇失业人口，那么户籍人口提供的从业人员数为 3029.00 万人，相对于 2013 年末浙江省从业人员 3708.73 万人，至少有 679.73 万的就业缺口需要流动人口的补充。如果考虑 18～60 岁就业人口中因求学、伤病、外出等不能提供就业的人口数，那么这个缺口将会更大。浙江省 20 世纪 70 年代以来计划生育工作相对较好，使人口出生率大大降低，依靠人口的自然增长难以满足经济发展对劳动力的需求，而流动人口则提供了丰富的劳动力资源，补充了这一缺口，推动了浙江经济社会的发展。

其次，从年龄结构上看，流动人口缓解了浙江人口老龄化带来的压力，增添了活力。浙江省劳动年龄人口的平均年龄开始逐年上升，45 岁及以上的劳动年龄人口占总劳动年龄人口的比例也在逐年上升。浙江省统计局公布的人口抽样调查公报显示，2013 年末全省常住人口中，14 岁以下人口占总人口的 13.23%；15～64 岁的人口占总人口的 76.52%；65 岁及以上的人口占总人口的 10.26%。再看户籍人口数据，18 岁以下人口占 16.62%，18～60 岁人口占 64.70%，60 岁及以上的比重为 18.68%。显然，户籍人口老化程度更高。人口结构的老龄化必然影响经济发展的活力和创新能力。而年轻型的外来流动人口迅速增长，对浙江常住或实有人口的老龄化起到了一定的缓解作用。以 2013 年为例，流动人口中 16 岁以下的人口占 9.8%，16～59 岁占 89%，60 岁以上占 1.2%。流动人口以青壮年劳动力为主。流动人口因其具有川流不息、频繁更替的特点，可以说是一个"永远年轻"的人口群体，其在常住或实有人口中所占比例越大，对老龄化的缓解作用就越明显。

再次，从就业层次来看，流动人口填补了城市因经济结构调整而出现的劳动用工空白，有利于浙江劳动力资源的合理配置。一方面，流动人口为浙江第二产业的发展，提供了相对充裕的劳动力资源。浙江的工业化进程始于以"轻、小、集、加"为特色的工业快速发展，主要属于劳动密集型的产业结构。在以劳动密集型为特色的产业结构中，劳动力是其产业发展的主要要素。流入浙江的在业人口相对集中在第二产业，为浙江第二产业的发展提供了相对充裕的劳动力资源，从而为浙江的工业化、现代化的加速发展提供了劳动力保障。如果没有大量的劳动力资源的不断投入，浙江产业经济的快速发展很难支撑。另一方面，流动人口为浙江第三产业的发展提供了保障。第三产业所具有的门类广、行业多和劳动密集型、技术密集型、资本密集型产业并存的格局，需要大量的劳动力，如城市环卫工人、家政从业人员、餐饮服务人员等。中西部地区大量不同层次的劳动力涌入浙江，在宏观上有利于浙江劳动力市场供需匹配，有利于劳动力资源的合理配置。

三 流动人口刺激了消费市场，带动了城市的发展

城市化是人类生产和生活方式由乡村型向城市型转化的历史过程，其表现为乡村人口向城市人口转化以及城市不断发展和完善。城市化水平是用来衡量城市化发展程度的数量指标，一般用一定地域内城市人口占总人口的比例来表示。长期以来，城市化水平的度量是以城镇户籍人口占区域户籍人口的比重来表示的，而随着人口迁移流动的加快，这样的度量方式与实际越来越不相符，因此后来逐渐使用常住人口的口径。这一改变，实际上反映了迁移流动对城市化的发展产生了极为深远的影响。

流动人口促进了城市商业的发展。首先，大量流动人口本身就是一股巨大的消费力量，他们促进了城市周边地区的农、牧、渔和副业的发展。虽然流动人口消费水平有限，但因其基数大，所以消费力也是不容忽视的，对经济的拉动也是起到很大的作用的。浙江省流动人口动态监测数据显示，2013年流动人口家庭在当地每月总支出平均为 2479 元，那么年平均总支出就要达到 29748 元，再考虑到 2362.5 万流动人口的总量，则消费力也是非常可观的。其次，大量流动人口在城市经营商业、饮食业和服务业，他们在为自己增加收入的同时，也繁荣了城市的商业，并通过纳税、交纳管理费等方式，增加了城市的收入。

四 流动人口加速了社会流动，促进社会治理的现代转型

社会流动是指人的特定的社会地位的变动。社会流动包含垂直流动和水

平流动。垂直流动是指人们地位的上升和下降，水平流动主要是人口在区域空间上的流动。流动人口在区域间水平流动的基础上，也在不断地谋求向上流动。他们中的不少人通过自身努力，实现了身份、地位的提升。而这种提升又激励了社会整体进取向上的意识。

一个地区对待流动人口的态度，一定程度上反映了这个地区文明与和谐的程度，同时也体现了这个地区社会管理的水平。因为在市场经济下，一个地区不但不可能拒绝人员的流动，而且经济发展靠的就是大量的人才流动和物质流动。浙江省作为一个流动人口流入大省不断尝试、探索新的管理办法，这是流动人口社会管理的内在需求。2005年嘉善成立"新居民事务局"，由以公安管理为主的单一管理模式转变为以综合服务为主的专门机构管理模式；2006年浙江省率先提出计生工作全国"一盘棋"服务管理机制；2008年全省实现省、市、县、乡四级流动人口信息联网管理系统，部分县拓展至村（社区），大大增强了浙江省对流动人口服务管理的信息化水平；2009年浙江省又率先在全省范围内实行流动人口居住证管理制度。此外，浙江省还探索建立流动人口跨区域协作管理机制，如长三角区域协作机制、与流动人口主要来源地省份协作机制。由于流动人口本身具有复杂性、动态性，其对社会管理制度的创新与完善有一个不断推动的力量，将推动社会治理的现代转型。

第四节　建立流动人口的服务管理体系

流动人口综合服务管理涉及面广，是一项重大而复杂的系统工程，因而构建流动人口服务体系显得尤为重要。随着市场经济的发展和社会的转型，当前流动人口服务涉及的社会事务越来越复杂，因此首先要在理念上重视流动人口服务管理，从整体上设计流动人口服务框架，并以开放的心态对待流动人口服务管理过程中遇到的问题，不断创新流动人口服务管理体系。

一　理念导向，把流动人口服务管理问题摆上重要位置

浙江省委、省政府高度重视流动人口服务管理工作，将流动人口服务管

理工作作为加强和创新社会管理、促进经济社会可持续发展的重大问题进行研究。历任省委、省政府主要领导经常过问流动人口服务管理工作，亲自调研部署相关工作。

2005 年，习近平同志指出，农民工既是经济建设的重要力量，也是构建和谐社会的重要力量。农民工既是农民的一部分，也是工人阶级的一部分。农民工对城市和社会的发展作出极大贡献，我们必须去关心他们。农民工是流动人口的主体，如何看待农民工也就体现了如何对待流动人口问题。

把农民工作为工人阶级的一部分，那么就应该让他们享受和城镇工人一样的基本的工伤保险、医疗保险等，让他们平等地与市民进行交流，共享城市文化和他们创造的繁荣，让他们的子弟不受歧视地享受和城市孩子一样的教育，让他们和市民们共同分享城市化进程的硕果。

也只有把农民工看成是工人阶级的一部分的时候，我们才会更好地理解农民工也是构建和谐社会的重要力量，从而为包括农民工在内的流动人口提供公共产品和服务，维护流动人口的各项权益。

浙江省始终高度重视流动人口服务管理，坚持一张蓝图绘到底、一年接着一年干、一届接着一届干，坚持以人为本，积极构建流动人口服务管理体系。赵洪祝同志提出，我们要建立健全"政府统一领导、部门分工协作、各方共同参与、资源有效整合"的流动人口管理体制，要提高本地人对注入人口的包容度和认同感，提高注入人口对居住地的融合度和归属感；夏宝龙同志强调，必须始终坚持"以人为本、服务为先"，牢固树立公平对待、服务为先、依法管理的理念，寓管理于服务之中，在服务中实施管理，实现由防范、控制型管理向人性化、服务型管理的转变，全面提升流动人口服务管理水平。

二 制度先行，深化流动人口服务管理体制改革

制度结构的特定属性决定了各种社会资源、机会与权力的分配格局与配置方向。制度的设计创新不是单环节的，而是多个制度相互关联的，是一整套的制度设计和制度安排，制度体系本质上就是一个制度网络。良好的制度

可以为流动人口创造一个公平、和谐的工作和生活环境，解决他们在就业收入、社会保障、权益保护、生活环境等方面的紧迫问题，使他们获得公平的生存和发展机会，享受均等化的公共资源和社会福利，生存于包容接纳和友好共生的社会环境中。

首先，是制度的"顶层设计"，也即管理体制。2006 年，浙江省建立农民工工作联席会议制度，加强对农民工权益保障等工作的统筹协调。2006 年，浙江在省公安厅增设流动人口服务管理处，作为省级办事机构，负责流动人口服务管理日常工作。2009 年，省委、省政府成立了由 17 个相关职能部门负责人组成的全省流动人口服务管理工作领导小组，办公室设在省公安厅，具体负责日常工作。11 个市先后成立了由党委、政府分管领导任组长、相关职能部门负责人参加的流动人口服务管理综合协调机构，其中 8 个市、96 个县级单位在党委或政府层面设立了流动人口服务管理机构或常设机构。

其次，是具体的制度创新。浙江省的户籍制度改革可谓富于勇气和创新精神。在全国的户籍管理制度尚未有根本性变革的背景下，浙江积极探索，不断实践，进行户籍制度改革试点，在不断总结成功经验和吸取失败教训的基础上，于 2009 年 10 月 1 日起在全省范围内实施《浙江省流动人口居住登记条例》，流动人口的制度建设取得了突破性进展，这标志着浙江省的流动人口从暂住证管理时期进入了居住证管理时期。

当然，在流动人口的制度建设方面，除了流动人口居住登记条例外，浙江省还先后出台了一系列直接针对流动人口服务管理的文件：2006 年 1 月浙江省委、省政府提出《关于进一步加强和改进农村进城务工人员服务和管理的若干意见》，同年 8 月，省政府出台了《关于解决农民工问题的实施意见》，2009 年 9 月，省政府制定了《关于建立城乡居民社会养老保险制度的实施意见》，2009 年 8 月、2010 年 10 月，省政府办公厅分别下发《关于贯彻实施〈浙江省流动人口居住登记条例〉的意见》《关于印发浙江省流动人口综合信息平台建设方案的通知》，为流动人口的就业保障、公共服务、合法权益、社会管理、信息共享等方面提供了制度规范。此外，2009 年以来，浙江省连续四次以省委、省政府名义召开全省流动人口工作会议，部署推动流动人口各项工作举措落实。

三 开放交流，创新流动人口服务管理合作机制

流动人口的服务与管理不是单纯的以行政区域为界限的，因为流动人口是来源于流出地，而可能在不同区域间进行流动的，因此在流动人口的服务管理方面，浙江省一直抱着开放交流的态度，创新合作机制。

浙江省与流动人口主要来源地政府展开各种形式、各种层次的合作。如从 2007 年开始，浙江省人口计划生育部门就与河南省、山东省等签订了联合加强流动人口计划生育工作协作书，共建"新居民计划生育协会"开展跨省区协作，共搭"全员人口个性化跟踪服务信息管理平台"等。

浙江省还与泛长三角地区展开流动人口服务管理区域合作。2007 年江浙沪计生部门达成《关于加强流动人口计划生育服务和管理区域联动协作有关问题的意见》，明确规定区域合作的基本原则、生育手续办理等行政事务办理程序、生育技术服务管理职责、流动人口怀孕和生育信息通报、违法生育社会抚养费征收协作等合作内容。

2010 年泛长三角区域由浙江作为轮值省份召开区域协作会议，并签订了上海、江苏、浙江、安徽、江西、河南、湖北等六省一市区域协作协议书，共同落实《泛长三角流动人口计划生育区域"一盘棋"工作实施方案》《泛长三角区域流动人口服务管理网络协作工作方案》《关于泛长三角区域流动人口计划生育公共服务的指导意见》《泛长三角区域流动人口一孩生育服务登记有关规定》《泛长三角区域流动人口社会抚养费征收工作协定》，强化区域内部整合、协作和联动，搭建起包括信息交流、均等化服务、政策研究等方面的区域协作框架，加快形成区域间"信息互通、服务互补、管理互动、责任共担"的工作格局，为最终实现全国"一盘棋"打下基础。此外，从 2013 年以来，省政府先后与人口流入大省安徽、贵州、江西、河南、四川五省省政府开展流动人口双向协作机制建设，签订流动人口管理服务区域协作书，切实加强流出地、流入地政府和部门的交流与协作。

四 继承创新，保障和改善流动人口公共服务体系

劳动就业体系　浙江省认真贯彻落实《中华人民共和国就业促进法》《中华人民共和国劳动合同法》以及《中华人民共和国劳动合同实施条例》等国家法律法规，及时制定出台符合各地实际的地方法规，为流动人口劳动权利提供制度保障。

首先是保障流动人口的劳动报酬权。工资是流动人口收入的主要来源，拖欠工资直接影响他们的生活，影响社会稳定。目前浙江省已全面实施工资支付保证金、政府欠薪应急周转金和农民工考勤卡的"两金一卡"制度，而"无欠薪浙江"品牌的基础是从 2003 年开始打起来的。2003 年，全省各地探索建立了建筑业企业农民工工资支付保证金制度，规范建筑业企业劳动用工行为，解决建筑业企业拖欠农民工工资问题；2004 年，浙江省启动"欠薪应急周转金"；2007 年，省政府规定对建筑、装饰装潢、交通施工、租赁经营场地等五类企业和已发生过拖欠工资的其他企业强制预存保证金，实行专户管理，并专项用于该企业偿付拖欠的工资；2008 年，浙江省所有市、县（市、区）都建立了欠薪应急周转制度，通过政府公共垫付的服务功能，提高政府处置欠薪突发事件的能力；2011 年，浙江省政府与 11 个设区市政府签订了工作目标责任书，防范处置企业拖欠工资。

其次是保障流动人口的就业能力。浙江省从 2004 年开始实施"千万农村劳动力素质培训工程"；2006 年制定"来浙务工农村劳动者职业技能提升培训计划"，通过岗位培训和技能培训，加速流动人口融入城市的过程。

社会保障体系　浙江省针对流动人口的特点，从流动人口最需要的工伤、医疗保险入手，逐步将流动人口纳入社会保障体系的"保护伞"。2007年浙江省确定工伤保险扩面工作的重点是建筑施工企业的农民工，明确了建筑施工企业农民工参加工伤保险的政策。在医疗保障方面，2004 年浙江省出台了《关于进一步深化医药卫生体制改革的若干意见》，继续积极稳妥推进流动人口参加医疗保险工作。针对流动人口流动性大、年轻人多、集中在大中城市等特点，浙江省从多方面调动他们的参保积极性，如大力推动与用

人单位建立劳动关系的流动人口参加医疗保险；允许制造业、建筑业、服务性行业的流动人口在没有参加基本养老保险的前提下，先行参加基本医疗保险等。

住房保障体系　一个稳定的住所，对于流动人口而言不仅仅是解决了居住的问题，还是其融入城市获得归属感的基础。目前浙江省各地市对流动人口住房的保障方式主要有三种：一是鼓励购买商品房，对于有稳定工作且有一定积蓄的流动人口，地方政府积极探索建立流动人口住房公积金制度，帮助其解决购房的贷款问题；二是鼓励企业和地方政府建设流动人口专用房，如规模较大的企业或经济开发区通过自建、与地方政府共建、地方政府与村委会联建等方式为流动人口提供宿舍性质的住房或廉价租赁住房；三是妥善做好租住私房的流动人口的服务管理工作，2011年开始实施《浙江省居住房屋出租登记管理办法》。浙江省积极鼓励地方政府和企业多渠道改善流动人口居住条件，分阶段逐步解决长期在城市就业和生活的流动人口的住房保障问题，扎实推进流动人口的住房保障体系建设。

生育健康体系　2006年浙江省率先提出计生工作全国"一盘棋"服务管理机制，大力推广"属地化管理、市民化服务"，实行流动人口与户籍人口同宣传、同管理、同服务的"三同"服务模式；2008年全省实现省、市、县、乡四级流动人口信息联网管理系统，部分县拓展至村（社区），将绝大部分的流动人口纳入计生服务制度管理框架，不断提高浙江省对流动人口公共卫生服务的行政效率和服务能力。此外，各市地县也积极探索各种基层计生服务模式，如杭州、湖州、嘉兴等市建立了"一卡通"或"新居民服务卡"制度，宁波市的"六个均等化服务"，平湖市将计生服务主动融入居住证服务管理的"一站式"服务，诸暨店口镇的"外警管外口"等具体服务管理模式。

流动儿童教育体系　除认真贯彻落实国家《义务教育法》《国务院办公厅转发教育部等部门关于进一步做好进城务工就业农民子女义务教育工作意见的通知》等文件精神外，浙江省各级政府及时制定地方法规及实施意见，为流动儿童享有公平教育权利提供制度保障，基本把流动人口子女入学纳入了本地义务教育体系。2009 年年底，浙江省政府发布了《贯彻国务院关于进一步推进长江三角洲地区改革开放和经济社会发展指导意见的实施意见》，指出浙江将逐步实现流动人口子女教育等"同城同权"。2010 年 3 月，浙江省实施的《浙江省义务教育条例》明确规定持有本省居住证的人员，与其同住的子女需要在居住地接受义务教育，县级人民政府教育主管部门应当按照规定予以保障。具体措施有二：一是积极鼓励公办中小学尽可能多地接纳适龄流动儿童就学，并享受与本地学生同等的财政性经费补助。二是在一些外来人口较多的县（市、区）镇，开办民工子弟学校，在办学场地、学校设施、师资力量配备等方面给予扶助。浙江省各市地县流动儿童的就学率达到 95% 以上，基本解决了流动人口适龄子女的入学问题。

第五节　拓展流动人口社会融合的实践之路[①]

随着流动人口的规模持续处于高位、流动人口在流入地居留时间的延长以及家庭式流动的越发普遍，许多流动人口实际上处于"留"而不"流"的状态中，他们希望融入流入地社会，同等享受基本公共服务和福利待遇。而影响他们能否完成由外来人角色向本地市民角色的整体转型、实现文化和身份认同，并最终融入城市社会的因素，包括多个层面。

浙江省是流动人口大省，同时也是流动人口服务管理工作做得比较好的省份，在加快流动人口社会融入方面，浙江省有很多的探索和实践：浙江把外来人口称为新浙江人；浙江率先实行外来人口"居住证"制度；浙江不断探索外来人口"同城待遇"。浙江以一种开放包容的胸怀，创造了很多很好的服务新浙江人、促进社会融合的经验。

一　嘉兴市率先探索"居住证"制度

浙江于 2009 年 10 月 1 日起在全省范围内实施《浙江省流动人口居住登

---

① 本部分内容参考了杨建华所写的《农民工的称谓、流动及其社会学意义》，《中共宁波市委党校学报》2008 年第 5 期。

记管理条例》，而作为试点的嘉兴市这方面的探索更早。嘉兴于 2006 年 11 月出台《关于加强嘉兴新居民服务管理工作的若干意见》，于 2007 年 4 月被浙江省定为外来人口服务管理改革的地级市试点，2007 年 11 月在嘉兴平湖试点颁发了一批居住证，从 2008 年 1 月 1 日开始，嘉兴市全面推开居住证制度。新的居住证分为两大类三种证件，即红色的"临时居住证"，绿色的"居住证"和"专业员工居住证"。三种证件申报的条件各不相同。临时居住证申办条件与原来的暂住证基本相同，即年满 16 周岁、拟在暂住地居住 30 天以上的新居民都需要办理。居住证申办者，必须在嘉兴取得临时居住证或暂住证一年以上；具有初中毕业以上学历；自申领之日起，到法定领取基本养老金至少应满 15 年等。专业员工居住证申领条件相对较高，要求具有中专（含高中）以上学历，或者具有一技之长，持居住证满 2 年（持暂住证满 3 年）。同时，对申领人有无合法的固定住所、稳定的生活来源以及是否遵纪守法都有积分考核要求。

虽然居住证本身并非嘉兴首创，之前上海和深圳都曾推出过，但嘉兴的创新在于推进了附着于证件背后的福利待遇的改革。居住证将与社会保障、就业、居住、子女就读、计划生育等挂钩，使持证者享受一定的嘉兴市民待遇和优惠政策。有了这张居住证，外来务工者大病可以享受政府救助，还可申请当地的低价住房，如果符合相关条件本人还可落户，他们的子女就学不用再交借读费。居住证制度的核心，就是给新居民以一定的市民待遇，落实和保障新居民权益，让他们共享改革发展的成果。根据测算，推行居住证改革后，嘉兴市财政每年用于新居民子女就学的投入在 1 亿元左右，计划生育需要投入每年 3000 万元，还有医疗保险等方面的财政支出。

嘉兴市外来人口户籍管理的改革，对浙江省在省域范围内全面启动户籍改革具有重要的示范意义。2009 年 6 月，浙江省制定出台了《浙江省流动人口居住登记条例》，同年 10 月 1 日在全省范围施行，同时废止实施了 14 年之久的《浙江省暂住人口管理条例》。它规定：只要符合一定条件，所有流动人口均可申领浙江省临时居住证或者浙江省居住证，持有这两种证的流动人口可以享受社会保障、公共服务等具体待遇，并且浙江省居住证持有人符合县级以上人民政府规定条件的,可以申请转办居住地常住户口。这标志着浙江省流动人口由暂住证管理进入了居住证管理时期。这是一项重大的制度突破,其意义在于它是普惠型的,改变了过去仅对少数外来人员进行"奖励"的狭窄范围;"暂住"和"居住"只差一个字,但是外地人变成了本地人,使外地人内心感到了尊重,也获得了一种归属感,有力地推动了浙江省新型城市化的快速发展,促进了外来流动人口与本地人口的社会融合,促进了浙江省和谐社会建设。

二 杭州市实行外来务工人员"同城待遇"

杭州市积极探索外来务工人员同城待遇的制度安排,逐步破解外来人员因户籍在当地而无法享受居民福利待遇的难题,城市公共福利制度逐步向城市所有社会群体覆盖。2006 年 1 月杭州出台了《关于做好外来务工人员就业生活工作的若干意见》,通过"六有"来实现外来务工人员的同城待遇。即建立和完善工资支付保证制度,列入工资支付保证制度的企业覆盖率达到95% 以上,保证外来务工人员工资按时足额发放,做到"有收入";坚持市、区、街道(社区)、企业和个人联动,逐步形成多形式、多主体、多渠道、多层次的外来务工人员住房保障体系,做到"有房住";最大限度地扩大义务教育招生规模,保证凡符合有关条件的外来务工人员子女均能入学,做到"有书读";完善基本的医疗服务体系,扩大对外来务工人员的医疗服务,缓解外来务工人员"看病难"问题,做到"有医疗";适应外来务工人员特点的社会保障体系基本形成,社会保险制度日益完善,社保覆盖面进一步扩大,做到"有社保";组织化程度进一步提高,符合条件的外来务工人员加入工会组织的比例达 70% 以上,外来务工党员纳入企业或社区党组织管理,做到"有组织"。

杭州市自实施外来人口同城待遇以来,各方面的工作都在有条不紊地开展。在"有收入"方面,外来务工人员与普通产业工人同工同酬;严格实行最低工资制度,使外来务工人员所得最低劳动报酬不低于当地最低工资标准;建立和完善建筑企业职工工资支付保证制度,在中小型租赁企业、承包经营企业建立职工工资支付保证制度，积极推行工资集体协商制度；加强对外来务工人员工资支付情况监控，督促企业按月发放工资；建立和完善企业被欠薪外来务工人员生活保障应急周转金制度，预防企业主欠薪潜逃恶性案件发生。在"有房住"方面，通过鼓励企业为杭务工人员兴建集体宿舍，鼓励外来务工人员比较集中的城区、街道（乡镇）、社区（村），建设一批外来务工人员廉租公寓，并由政府提供必要的基础设施，改善公共交通和环境卫生状况，提高来杭务工人员的生活居住水平。在"有书读"方面，把外来务工人员子女就学纳入本地区教育事业发展规划，采取"公办学校为主，民工子女学校为辅"等举措，使外来农民工子女入学可依托公办学校资源享受"同城待遇"。2009 年 9 月，杭州市教育局出台了《关于切实做好进城务工人员子女义务教育工作的实施意见》，提出八大举措让外来务工子女真正享受到了本地孩子的"同城待遇"："一站式"招生报名机制，即符合条件的进城务工人员子女，只需向暂住证所在的学校报一次名，不再需要多处奔波；学费补助制度；困难"进城务工人员子女家庭"资助体系；成立杭州教育学会进城务工人员子女教育专业委员会；新建进城务工人员子女教育网；加大专项经费投入；"进城务工人员子女学校"纳入名校集团化发展战略；"进城务工人员子女学校"校长教师培训纳入中小学校长教师培训体系。2013 年杭州江干区"收编"了三所民办的民工子弟学校——笕桥镇培知学校、彭埠镇御道学校、九堡镇三村学校，以政府购买服务的方式，对三所学校的民工子弟落实"同城待遇"。在"有医疗"方面，将社区卫生服务机构的服务对象由户籍人口扩大到辖区内常住服务人口；加强"爱心门诊"建设，为外来务工困难人员和城市困难居民提供质优价廉的医疗服务；加强孕产妇保健管理，对困难务工人员孕产妇限价或免除分娩费；对在杭检查出血吸虫病、艾滋病、传染性肺结核病人等实施应有的检查和治疗；鼓励外来务工人员自觉实行计划生育。在"有社保"方面，全市工伤保险参保实现基本全覆盖；根据企业的筹资负担和外来务工人员承受能力，解决外来务工人员最基本的医疗保障问题；根据外来务工人员流动性较大、收入较低的实际情况，研究制定"低标准缴费、低标准享受"的养老保险政策。在

"有组织"方面,把外来务工党员统一纳入企业或社区党组织管理,做好外来务工人员党员发展工作,进一步保障外来务工人员参加和组织工会的权利。

三 义乌市加快外来人口"本地化"

义乌是一个快速发展的城市,而这种发展很大一部分是依赖外来人口参与义乌的经济社会文化建设而取得的。从人口规模上看,义乌已经成为一个外来人口超过本地人口的多民族聚居的"移民"城市。2010年的第六次人口普查显示,义乌常住人口达123.4万人,而市外流入人口为58.58万人,占比高达32.2%。由于近年来义乌经济的快速发展,来义乌务工、经商的外来人口越来越多。义乌的具体做法有:一是积极推行"外来人口本地化"政策,逐步使外来人口在社会保障、医疗、住房、就业、子女上学、职业介绍、劳动保护等方面享有市民待遇,增强他们的归属感和主人翁意识,真正使流动人口融入"第二故乡",由"城市边缘人"成为"城市建设的生力军",开创了"发展空间共存、生活资源共享、社会责任共担、社会秩序共管、经济繁荣共创"的新局面。二是坚持把服务融入管理的全过程,努力以优化服务促进管理,以优质服务凝聚人心。建立市、镇(街道)、社区(农村)三级管理组织,实行专管员、协管员、联络员"三员"管理,推行社会化管理、亲情化服务、人性化执法。针对常驻外商多的情况,积极探索涉外警务新机制,建立外事专管员和外事联络员制度。三是增强身份认同。义乌把"外来打工者"改称为"外来建设者",用开放、包容、平等的理念善待他们。其中突出的是在全国开外来职工参与人大代表、政协委员选举和担任人民陪审员的先河,已有许多外来建设者当选为镇级人大代表、市级人大代表、市政协委员。

四 宁波市打造外来人口"社保套餐"

作为东南沿海发达地区,宁波市经济社会快速发展,就业形势良好,成为农民工就业、生活的首选城市之一。宁波市高度重视和加强外来人员服务与管理工作，大力维护农民工权益，促进农民工社会融合，不断优化就业环境。从2004年开始，宁波市就根据社会保障优先原则，大力推行农民工先行参加工伤保险的办法，并制定实施了一系列相关政策，如允许用人单位在生产经营场地为农民工参保；农民工受到事故伤害或者患职业病后，在参保地进行工伤认定、劳动能力鉴定等。2006年5月1日，《宁波市职工低标准养老保险暂行办法》和《宁波市住院医疗保险暂行办法》正式实施，将农民工等低收入群体纳入参保范围。在适当减轻企业缴费负担的同时，农民工经申请后个人可以不缴费，保费和大病救助金全部由用人单位缴纳。

2007年10月，宁波市人民政府正式出台了《宁波市农民工社会保险暂行办法》（甬政发〔2007〕101号）并于2008年1月1日正式实施。该暂行办法采取一揽子社保的形式，囊括了农民工急需的工伤保险、大病医疗保险、养老保险、失业保险和生育保险，专门为宁波300多万农民工量身打造出一份复合型"社保套餐"。这项农民工社保套餐政策更加符合企业和参保人员的实际，既考虑到特殊性，又承认有差别，兼顾到了农民工和企业的双方利益；同时根据农民工就业多样性和流动性强的特点，做到新老政策能衔接、高低社保上下可沟通、内外异地可转移，力求兼容相通。这项切合实际的新型社保制度，有望改变目前大多数进城务工人员游离于社会保险制度以外的局面，对于完善和落实国家对农民工的政策，无疑具有重要的意义。

社会保障是国家赋予每个劳动者的一种权利，建立农民工社会保障制度是保障农民工基本公民权的需要。宁波市探索推出的农民工"社保套餐"赢得了全社会的赞许，它"低门槛、广覆盖、低费率、可转移"的特点及农民工不要缴费，就可享受工伤、大病医疗、养老、失业、生育五大保险，成为这一制度的亮点。这一制度的推出为浙江省乃至全国建立和完善农民工社会保障制度做出了积极的探索，提供了有益的经验。

五 诸暨店口创造性发挥"老乡"资源

诸暨的店口从2004年开始从贵州、江西协商"引进"三位"老乡警察"，建立了"外警协管外口"的模式。外警不参与本地公安机关的具体执法、办案，但是负责管理流动人口、提供线索、调解矛盾纠纷、法制宣传教育等。利用"老乡干部"来解决地域文化不同带来的管理难题，这种"老乡管老乡"的模式起到了促进当地政府和居民与农民工之间沟通与理解的作用。

"老乡"是以地域为特征先天形成的人际关系网络，外来人口到流入地后，往往利用老乡关系，积累个人社会资本，用于找工作、创业，需要救助时也找老乡，因此，老乡之间有着天然的信任和默契。"店口经验"很好地挖掘了"老乡"这个传统人际资源为现代社会管理服务，将"老乡"这一中国人传统观念中具有特殊感情色彩的词语所蕴含的信任、亲切、友爱、互助等情愫融入外来人口管理中。这种管理模式便于节约管理成本、提高社会管理的效率、利于社会的和谐稳定。

"老乡警察"与外来人口有着相同的地域文化背景，熟悉他们的生活习性，语言上沟通更为顺畅，感情上更能体恤这些外来人员的冷暖疾苦，因此"老乡警察"在处理纠纷中比本地警察更能获得外来人员的信任，更有威望，更易让他们信服，因此处理结果易被接受。

"店口经验"的最大意义在于在外来人口输出地政府、输入地政府和外来人口群体之间建立了沟通的桥梁，将社会管理建立在沟通和信任的基础上。"店口经验"从创造之初，就被广为学习，除了在浙江省内推广外，对全国都有借鉴作用。如今"店口经验"已经走过 10 个年头，"外警协管外口"的模式也逐步成熟，单就 2014 年 1 月至 8 月来说，店口外省籍民警就调处纠纷 76 件，化解控制群体性事件 2 件，协助破获各类刑事案件 29 起，打击处理 21 人。

第七章
平安浙江建设

平安是福，这是中国百姓常念叨的一句话，也是中国百姓朴实的生活信条。当社会的发展超越了生存和温饱，人们就对"平安"有了水涨船高的期待。当安全越来越成为人们的重要需求，作为民生的重要内容，平安的基础性意义就更加凸显。浙江在 2004 年正式提出"平安浙江"建设，至今已整整 10 个年头。平安建设如何推进了和谐浙江的建构？平安浙江建设有哪些好的做法与经验，对我们今天社会治理与现代化发展有着哪些启示？这都是本章所要讨论的问题。

第一节　平安建设与和谐浙江构建

一　平安建设是和谐社会的前提

社会和谐是中国特色社会主义的本质属性，是社会发展的理想追求。按照马克思主义的观点，"本质"是事物的根本性质，而"本质属性"，是事物的本质在一定关系中的表现，既反映事物的根本性质，又反映基本特征。这种属性与它所依存的本质之间具有内在、长久、稳定的联系。属性从属于本质，又体现本质。把社会和谐视为中国特色社会主义的本质属性，意味着我国的和谐社会建设在人与人、人与自然关系方面体现了社会主义的本质要求，不仅贫穷不是社会主义，不和谐也不是社会主义。从社会学视角来看，我们以为，社会和谐有三个基本指向，那就是社会均衡、社会共享与社会公正。其内容主要包括社会经济发展、社会结构合理、社会生活殷实、社会公共产品丰富、社会公平正义、社会环境平安。和谐社会何以可能？这是千百年来人们苦苦思考、探索的一个经典性理论和实践问题。

社会和谐稳定，是"平安浙江"的核心要素。社会和谐稳定是社会政治发展的有序状态，是社会发展规律性、社会控制有效性和社会生活和谐性的有机统一。良好的社会秩序、安定的生活环境，是人类延续和社会发展的基本前提。"和谐"一词，蕴含和衷共济、内和外顺与协调、和睦之意，是对立统一的最高境界，社会良性运行是构建和谐社会的必备条件和基本内涵。这正像习近平同志说的，"琴瑟和谐、黄钟大吕，这是音律的和谐；青山绿水，山峦峰谷，这是自然的和谐；天有其时，地有其财，人有其治，天人合一，这是人与自然的和谐；尊老爱幼，夫妻和睦，邻里团结，谅解宽容，与人为善，这是人与人之间的和谐；社会各阶层、各个行业相互平等、相互依赖，社会各种组织兼容而不冲突、协作而不对立、制衡而不掣肘、有序而不混乱，这是社会分工和社会内部的和谐"。①

（一）成长中的烦恼

浙江在进入新世纪以来，作为改革开放的前沿阵地和市场经济先发地区，在经济高速增长的同时，也更早地遇到了"成长中的烦恼"。这些烦恼主要有以下几个方面。

第一，经济结构加速调整给社会发展带来新情况。经过改革开放30多年来的发展，浙江经济发展进入了一个高速增长期，产业结构调整进入加速期，资源要素制约进入瓶颈期，社会发展进入转型期，这对浙江经济发展形成了较大压力和倒逼机制。原有的粗放增长模式难以为继，制造业处于产业链低端的问题突出，产业升级面临的外部压力有所加大，要素环境约束日益突出，如何解决经济结构调整给社会结构、社会治理等方面带来的新情况新问题，促进社会和谐稳定运行，是浙江社会发展中的一项艰巨任务。

第二，社会需求日趋多样给社会发展带来新要求。浙江进入新世纪以

---

① 习近平：《干在实处　走在前列——推进浙江新发展的思考与实践》，中共中央党校出版社，2006，第237～238页。

来，居民收入水平快速提高，居民消费能力明显增强，人们的需求从生活必需品升级到耐用消费品，从私人产品升级到公共产品，进入公共产品均等化与大众消费期，人民群众对公共服务供给更加期待。这主要包括对义务教育、公共卫生、基本医疗、社会保障等基本公共服务的需求，对生态环境质量以及食品安全、卫生安全等公共安全的需求。人们的需求从经济层面升级到政治文化精神层面。人们政治参与的需求、精神文化的追求、幸福感尊严感的期望日益增长，对维护自身经济权益、政治权益、文化权益、社会权益和生态权益的要求和期望值也越来越高。

第三，利益格局日益多元给社会发展带来新挑战。随着市场取向改革的不断深入，社会转型的快速推进，社会关系发生了巨大变化，呈现利益主体多元化、利益要求多样化、利益关系复杂化的趋势。不同阶层、不同群体、不同地区、不同行业有着不同的利益要求。由于发展的不平衡和体制机制政策中的不合理因素，改革发展成果受惠程度不均，尤其是基层群众受惠不足，城乡之间、地区之间的发展差距进一步拉大，社会成员的贫富差距进一步扩大，有些社会群体为改革和发展承担了较多的成本，利益受到损失，由此引发的社会公正、公平问题，已成为影响社会发展的重大问题。妥善协调、处理不同利益主体之间错综复杂的关系和矛盾，已经成为浙江发展面临的重大问题。

第四，社会矛盾多发给社会发展带来新考验。进入新世纪，浙江社会大局总体稳定，但各类矛盾纠纷多发、集聚、叠加的趋势日益明显，并呈现矛盾纠纷主体多元复合、内容多元复合、诉求多元复合、形式多元复合等特点。社会矛盾日益显性化，既有涉及物权、劳动权、经济活动的矛盾纠纷，也有涉及改革发展成果共享的矛盾纠纷。企业搬迁改制、农村土地征用、城镇房屋拆迁、环境污染、交通事故、医患、工资福利、劳务、民间借贷等涉及群众切身利益的纠纷不断涌现，如2003年丽水青田滩坑水电站事件，2004年温州鹿城老板欠薪逃逸事件，2004年海宁"2.15"特大公共安全事件，等等。社会矛盾涉及范围大，牵涉人员多，社会影响广。正确处理和化解这些日益复杂的社会矛盾，维护安定团结的社会秩序，实现社会和谐稳定的任务更加突出。

（二）平安是和谐的前提

在新的世纪，浙江正处于这样一个发展机遇期与社会矛盾凸显期并存的发展阶段，积极预防和有效化解这些矛盾和问题，既是维护社会大局稳定的现实需要，也是人民群众的根本期盼。2004 年 5 月，中共浙江省委在深入调查研究的基础上，针对浙江经济社会发展中出现的一些问题，作出了建设"平安浙江"、促进社会和谐稳定的重大决策部署。这是十六大以来，浙江省委在出台"八八战略"之后作出的又一项事关浙江发展全局的重大决策部署。将"平安浙江"建设上升到省域治理层面提出，体现了浙江所处的新阶段，折射出浙江发展的新要求。

"平安浙江"建设是以科学发展观为指导，根据"民主法治、公平正义、诚信友爱、充满活力、安定有序、人与自然和谐相处"的总要求，围绕全面建设惠及全省人民的小康社会的总目标，适应国内外形势新变化新趋势，把握浙江经济社会转型发展新阶段新特征，顺应全省人民要求过上更加公正、更加幸福、更加美好生活的新期待，通过源头治理、重点治理、系统治理、综合治理、依法治理，加快形成社会要素整合、社会资源兼容、社会发展协调、社会利益均衡、社会结构合理、社会管理有效、社会运行有序、社会关系和睦、社会保障有力、社会充满活力的局面，打造经济、政治、文化、社会、生态的协调发展，人与人、人与社会、人与自然整体和谐的"和谐浙江"。

社会主义和谐社会，首先应该是一个平安的社会，社会安定太平，人民才能安居乐业。建设平安浙江，是习近平同志在浙江工作期间作出的重大决策部署。建设"平安浙江"是落实科学发展观的具体实践，是构建和谐社会的重要载体，是一项顺民心、合民意、保民安、促民富、造民福的重大民心工程。它以人为本，着眼于人的全面发展，关爱生命、关心健康、关注安全，积极为群众创造平等发展、安居乐业、和谐稳定的社会环境，真正让改革发展的成果惠及最广大人民群众。习近平同志说："只有社会和谐稳定，国家才能长治久安，人民才能安居乐业。人民群众企盼生活幸福，幸福生活首先必须保证社会和谐稳定。"①

平安是和谐的前提，和谐是平安的深化。没有平安社会，也就没有和谐社会。习近平同志对"平安浙江"的丰富内涵做了深刻阐述："平安浙江"中的"平安"，不是狭义的"平安"，而是涵盖了经济、政治、文化和社会各方面宽领域、大范围、多层面的广义"平安"，是一项涉及经济、政治、文化的系统工程，既包括维护社会政治的稳定，也包括维护经济发展的平稳和人民生活的安定。他还郑重提出了建设"平安浙江"的总体目标：实现"五个更加""六个确保"，即促进浙江省经济更加发展、政治更加稳定、文化更加繁荣、社会更加和谐、人民生活更加安康；确保社会政治稳定、确保治安状况良好、确保经济运行稳健、确保安全生产状况稳定好转、确保社会公共安全、确保人民安居乐业。"平安浙江"体现了科学发展观的执政理念，蕴含着"富民强省"的新思路，完全符合中央提出的构建社会主义和谐社会的要求，完全符合浙江人民群众的根本利益和愿望，具有鲜明的浙江特色。

和谐社会是一个系统概念。从理论上说，它是社会各个阶层和睦相处，社会各级成员各尽所能，人民的聪明才智得到全面发挥，经济社会协调发展，人与人、人与自然协调的社会，是一个稳定的系统、有效的系统。构建和谐社会需要通过平安建设，坚持以人为本，加强社会建设，优化公共治理，增强决策和制定政策的科学性、全面性、系统性，妥善协调各方面的利益关系，努力使全体人民共享改革发展的成果，朝着共同富裕的方向不断前进。

（三）平安社会建设机制

和谐社会内部蕴含了三个有机的统一体，即民主和法治的统一、活力和有序的统一与多元和公正的统一。浙江通过"平安浙江"建设，夯实社会和谐的基础，在平安浙江建设中，始终坚持"大平安"理念，从统筹经济

---

① 习近平：《干在实处 走在前列——推进浙江新发展的思考与实践》，中共中央党校出版社，2006，第235页。

社会发展的高度来谋划,从贯穿于"五位一体"的总体布局来推进。"平安浙江"的实质不在于"平安"本身,而是经济、政治、文化、社会、生态的稳定、有序、理性、和谐地运行发展。和谐社会需要以平安建设作为基础和抓手,需要以制度化、科学化、规范化的机制把平安建设落到实处。浙江为此付出了巨大努力,做出了辛勤探索,建立起了一些科学规范的机制,来推进、保障平安浙江建设。

第一,领导保障机制。建设"平安浙江",必须加强领导,形成合力,完善和落实各项工作责任制。2004年5月平安浙江建设战略提出之初,浙江省委即成立了建设平安浙江领导小组,省委书记担任组长,省长、省委副书记担任副组长,5名相关省委常委担任成员。市、县两级也都相应成立了以党政一把手为组长、副组长的平安建设领导小组,下设办公室,加强对平安建设工作的指导、协调和督促。同时,这一领导保障机制并不因为领导更替而变化。10年来历届浙江省委、省政府按照"贵在落实、贵在坚持"的重要精神,坚持不懈、一以贯之将一张"平安图"绘到底,一任接着一任干,一年接着一年抓,始终如一把抓平安稳定工作作为第一责任,摆上与发展经济同等重要的位置,统筹兼顾、标本兼治,用实干回应人民群众对平安的新期待,推动平安浙江建设取得显著成效。

第二,两张报表机制。2004年1月,浙江省委理论中心组学习会首次提出建设平安浙江,深刻指出"富裕和安定是人民群众的根本利益,致富与治安是领导干部的政治责任"。自2004年开展平安浙江建设以来,浙江省各级领导干部的手中每月都有两张报表,一张是"经济报表",一张是"平安报表",切实把"一手抓经济发展,一手抓社会稳定"的要求落到实处。浙江省各级党委都建立起社会稳定形势分析制度,像分析经济形势一样,定期分析社会稳定状况,及时研究解决工作中遇到的重大问题。

第三,科学考评机制。浙江建立了完善的平安考核机制。平安市、县考核内容共涉及6大类100多个指标。其中有15个"一票否决"项目,涉及社会、经济、生态等各个领域,其中包括食品药品安全事故。也就是说,如果某地发生有重大影响的食品药品安全事故,将被"一票否决",不能参加当年平安市、县（市、区）的评比。同时，每年的市、县（市、区）平安考核评审条件都会有一些调整和完善，比如，2005 年的评审条件中食品药品安全问题是扣分项目，到了 2007 年则列入"一票否决"项目。自 2005 年开始，每年 1～3 月份，省委常委、省人大常委会副主任、副省长、政协副主席等省领导分别带队，分赴全省 11 个市对平安建设情况进行考核抽查。每年 3 月底，浙江都要召开全省平安建设电视电话会议，省委、省政府主要领导出席，对获得平安称号的市、县（市、区）授予"平安牌""平安鼎"，并对创建先进职能部门进行表彰。

第四，需求导向机制。在平安建设中，浙江各级党委政府认真倾听群众呼声，积极回应群众期待，求真务实、真抓实干，坚持什么问题突出就治理什么，哪里不平安就治理哪里，全力维护公共安全，努力使人民群众衣食住行处处平安。10 年来，浙江省着力解决经济、政治、文化、社会和生态等领域的安全问题，做到经济社会发展推进到哪里，平安建设就延伸到哪里；人民群众对平安有什么新的需要，平安建设就拓展什么内容，努力开创平安浙江建设和各方面工作相互促进、共同提高的良好局面。近年来，浙江治水、治堵、"三改一拆"、建设生态浙江，求真务实、真抓实干，推出的施政重点，事事涉及安全，处处关乎民生，为老百姓的衣食住行撑起了一把把平安保护伞。

二 平安浙江建设成效明显

党的十八届三中全会提出要提升国家治理能力，建立现代化国家治理体系。而 10 年前习近平同志任职浙江省委书记时提出的"平安浙江"建设正是提升国家治理能力的很好实践与先期探索。政治稳定、社会平安、经济发展、生态优美、生活富庶、人民群众安居乐业，正是平安浙江建设带来的新变化新气象。10 年来"平安浙江"建设取得了巨大成效。

（一）全面小康建设进展顺利

浙江积极推进"全面小康六大行动计划"，加快了全面小康建设进程。根据《关于浙江全面建设小康社会进程评价的说明》评估，2012 年浙江全面建设小康社会综合评价指数为98%，已基本实现全面小康（90%）。判断生活是否小康，重要标准之一就是城乡居民收入。2013年，浙江城镇居民人均可支配收入和农村居民人均纯收入分别为37851元和16106元，分别连续13年和29年位居全国各省区首位，已超出国家统计局制定的全面小康指标中的相应标准。全省城乡居民收入比，从2007年的2.49∶1缩小到2013年的2.35∶1，是我国城乡差距最小的省份之一。另一个主要指标是恩格尔系数。2013年，浙江城乡居民恩格尔系数分别为34.4%和35.6%。根据联合国粮农组织恩格尔系数划分标准判断，浙江目前正处于由小康迈向富裕的过渡阶段。

基本建立了覆盖城乡居民的社会保障体系。浙江依法推进以养老、失业、医疗、工伤和生育保障为主体的社会保障体系建设；积极构建以最低生活保障为基础，以养老救助、医疗救助、教育救助、住房救助等专项救助为辅助，以其他救助、救济和社会性帮扶为补充的新型救助体系；全面实施以大病统筹为主的农村新型合作医疗制度、城镇居民基本医疗保障制度，基本实现了医疗保障城乡全覆盖；稳妥推行被征地农民基本生活保障制度、农村"五保"和城镇"三无"对象集中供养制度，重点解决特殊群体的社会保障问题；先后出台了企业职工基本养老保障省级统筹实施方案等政策性文件，完善了社会保障体系。

社会事业全面较快发展。文化大省与科技强省、教育强省、卫生强省、体育强省等建设扎实推进。国家技术创新工程试点省建设加快，研究与试验经费支出占生产总值的比重达2.4%，区域综合创新能力居全国第5位。率先实行城乡免费义务教育，十五年教育普及率达97%，高等教育毛入学率达50%，稳居全国各省区第一。覆盖全省的文体服务网络初步形成，县级图书馆和文化馆、乡镇综合文化站基本实现全覆盖，医疗卫生服务能力明显增强，每千人执业（助理）医师数达到2.41人，人均预期寿命提高到76.9岁。

（二）基层社会建设快速推进

社区与社会组织建设快速推进。10年来，浙江省委、省政府先后出台了《关于进一步加强城市社区居民委员会建设的意见》《关于农村社区布局规划编制的指导意见》《全省城乡社区建设工作指导要点》和"关于高校毕业生到城乡社区担任专职社区工作者"的具体办法，先后制定了《关于规范异地商会登记管理的通知》《全省性社会组织评估实施办法》《浙江省行业协会发展实施规划》等多个规定。率先启动城乡社区建设试点，加强社区工作者队伍建设，加强城乡社区组织体系建设，加强社区服务中心和党员服务站（点）建设，按照覆盖社区全体成员、服务主体多元、服务功能完善、服务质量和水平提升的要求，建立完善城乡社区服务体系和服务设施，推进了基层社会治理，提高了社区服务能力。扶持和规范社会组织发展。制定公益捐赠税前扣除等财税优惠政策，积极向社会组织提供政府购买服务方面的支持，促进了社会组织的发育发展。截至 2013 年年底，全省经各级民政部门核准登记的社会组织总数已达 35021 个，在基层民政部门备案的草根社会组织超过 10 万个，社会组织数量位居全国第四。

基层民主政治建设成效显著。在积极推进人民代表大会制度、中国共产党领导的多党合作和政治协商制度在浙江省实践的同时，积极推进基层民主新发展。坚持以民主促民生，在进一步完善基层民主选举的基础上，积极探索基层协商民主。利用民主恳谈、民情沟通日、民主听证会、村民说事，充分听取群众意见，把决策权交给老百姓；采取行业工资集体协商等做法，促进职工与企业关系的和谐；通过乡镇参与式预算改革、社区居民参与社区事务管理等，探索建立了双向互动、民主管理的基层社会治理新模式。所有这些探索创新，打通了基层选举民主和协商民主的渠道，促进了党内民主和基层民主的互动，使基层群众的选举权、参与权、管理权、监督权得到了进一步落实。

（三）社会治理能力和水平得到全面提升

10 年来，浙江各级党委和政府高度重视平安建设，把平安浙江建设作为党委和政府的重要职责，针对社会发展新情况、新形势、新变化不断在大的方针、政策上进行社会治理创新，深入开展平安创建活动，坚持和发展"枫桥经验"，完善信访工作机制，创新流动人口服务管理，全面推行了

"网格式管理、组团式服务"的社会治理模式。完善社会治安防控体系，应急管理全面加强，突发事件应急处置体系基本形成。城乡社区建设深入推进，率先在全国形成了农村社区建设制度框架，基层社会管理和服务网络逐步健全，基层民主自治机制进一步健全，湖州市在全国率先尝试创新基层公共安全监管模式，建立了乡镇公共安全监督管理中心，与乡镇综合监察机构实行"一套班子、两块牌子、六个站点"工作机制，促进了社会安全稳定。全省还普遍建立了公共危机应急管理机制，有效地保障了人民群众的生命安全。全省各类生产安全事故起数、死亡人数和直接经济损失连续实现"三下降"，食品药品安全形势总体平稳，实现了食品安全示范店和药品监管网络全覆盖。人居环境稳中趋好。

国家统计局抽样调查表明，在推出平安浙江建设的第二年，即 2005 年，全省百姓安全感认可度达到 96%。国家统计局抽样调查表明，2004 年全省受访群众认为有安全感的占 92.33%，高于全国平均水平 1.49 个百分点。近 10 年来，浙江省人民群众对建设平安浙江的知晓率从 2005 年的不足 20%，上升到 2012 年的 79.2%。全省 11 个省辖市、90 个县（市、区）都获得过平安称号，其中，有 3 个市、64 个县（市、区）连续 8 年被评为平安市、县（市、区）。浙江"大平安"建设，已成为广大干部群众的自觉追求和行动。

2014 年浙江全省生产总值达 40153.5 亿元，比上年增长 8%，人均 GDP 超过 1.2 万美元。浙江城镇居民人均可支配收入 40393 元，连续 14 年位列国内各省区第 1 位；农村居民人均纯收入 19373 元，连续 30 年居于国内各省区第 1 位。城镇居民可支配收入和农村人均纯收入的比从上年的 2.35∶1 缩小到 2.08∶1。

民富则省强。2004 年至今 10 年来，浙江经济总量连续跨越 1 万亿、2 万亿和 4 万亿元大关。10 年前，浙江经济总量还不到 7000 亿元，人均生产总值还不到 2000 美元。而到了 2014 年，全省生产总值达 40153.5 亿元，人均生产总值超过 72967 元，突破 1.2 万美元，相当于中等发达国家的平均水平。

民富则境安。发展市场经济，浙江领跑中国，建设平安法治社会，浙江同样成效显著、引人注目。中国科学院发布的《中国科学发展2012》表明，浙江省社会公平度指数全国第一。浙江省刑事发案率、群体性事件、安全生产事故、信访总量4项主要指标逐年下降，最新调查统计显示，2014年，浙江省人民群众安全感满意率为96.8%，连续9年位居全国前列，被公认为全国最安全的省份之一。

第二节　平安建设的系统性

习近平同志指出，"平安浙江"中的"平安"，不是狭义的"平安"，而是涵盖了经济、政治、文化和社会各方面宽领域、大范围、多层面的广义"平安"，是一项涉及经济、政治、文化的系统工程，既包括维护社会政治的稳定，也包括维护经济发展的平稳和人民生活的安定。浙江自2004年做出建设"平安浙江"重大战略部署以来，历届省委始终坚持这一重大战略，从经济、政治、文化、社会各方面、宽领域、多层面地推进平安浙江的系统工程建设。这主要体现在以下几个方面。

一　科学发展保障平安

社会经济发展是社会和谐的基础和前提，只有社会经济发展了，才能给社会平安和谐提供强大的物质力量，才能改善人民群众的物质文化生活，才能逐步实现全面小康和现代化。社会经济发展要求转变经济增长方式，优化产业结构，进行制度创新，依赖科技进步、教育发展、人的素质提高，要坚持市场经济取向，提高管理效益，提高整体社会经济发展质量。只有社会经济保持持续快速协调发展，社会的矛盾和问题才能得到不断的化解，社会平安和谐的程度才能得到不断的提高。社会要和谐，发展是前提。而发展必须是科学发展，即坚持以人为本，坚持转变增长方式、提高发展质量，坚持发展为了人民、发展依靠人民、发展成果由人民共享，促进人的全面发展。

科学发展是构建平安浙江的基础，也是其基本内容和目标。习近平同志说，"人人平安，社会和谐，是科学发展观的题中应有之义，是全面建设小康社会的重要目标"。① 浙江在建设"平安浙江"进程中非常注重发展的人本性，注重发展成果的普惠性，使发展的成果更充分地体现于保障和改善民生，更好地体现在保障全体百姓享有经济、政治、文化、社会和生态权益上，最大限度地促进社会和谐。

浙江注重发展的协调性，把当前发展和长远发展结合起来，把当前利益和长远利益结合起来，努力推动经济实现投资主导与消费主导、出口拉动与内需拉动协同发展，实现投资、消费、出口"三驾马车"并驾齐驱；把遵循经济规律和遵循自然规律结合起来，把经济社会效益和生态环境效益结合起来，形成分工合理、特色鲜明、优势互补的区域产业结构，推动各地区共同发展，加大对欠发达地区和困难地区的扶持，加大对贫困地区、生态保护任务较重地区的财政转移支付，以解决危害群众健康和影响可持续发展的环境问题为重点，加快建设资源节约型、环境友好型社会，实施重大生态建设和环境整治工程，有效遏制生态环境恶化趋势，等等。

浙江注重发展的均衡性，把新型城市化和新农村建设有机结合起来，着力解决在推进工业化、城市化过程中出现的突出社会矛盾和问题，进一步打破城乡二元分割的状况，加快推进城乡基本公共服务均等化，统筹推动全省城乡和区域发展，让城市文明辐射到农村，农村文明渗透到城市，使城乡生活更美好，城乡居民享受到更高品质的文明生活。浙江各地都把基础设施建设和社会事业发展的重点转向农村，逐步加大政府土地出让金用于农村的比重，整合城乡医疗卫生资源，建立城乡医院对口支援制度，加强农村医疗卫生人才培养，提高农村师资水平，突出抓好农村广播电视"村村通"工程，以及维护劳动者特别是农民工合法权益；吸取拉美等国落入所谓"中等收入陷阱"的深刻教训，推动经济、政治、文化、社会、生态"五位一体"共同发展，五大建设相互适应、相互促进、良性互动、整体推进。

浙江注重发展的可持续性，把当前发展和长远发展结合起来，把当前利益和长远利益结合起来，把遵循经济规律和遵循自然规律结合起来，把经济

---

① 习近平：《之江心语》，浙江人民出版社，2007，第119页。

社会效益和生态环境效益结合起来，走生态立省之路，进一步增强发展的后劲，实现经济发展质量、生态环境质量和人的生命生活质量的共同提高，为构建"平安浙江"提供坚实基础，努力实现百姓富裕、社会和谐。

二　民生为重促进平安

民生包含着人民的生计、人民的福利和人民的权利。人民的生计有柴米油盐、吃穿住行、生老病死等；人民的福利包含社会保障与社会福利及社会公共产品与公共服务的享受；人民的权利则是公民权利，也就是公民所享有的社会权利，主要有社会公正和适当的资源分配权、工作权、医疗权、财产权、住房权、晋升权、迁徙权、名誉权、教育权、娱乐权、被赡养权，以及平等的性别权等。改善民生、增进民利、保障民权，是以人为本的内在要求，是科学发展、社会和谐的基本要求。努力解决社会民生问题，就是要根据人民群众的要求和愿望，从人民群众最关心、最直接、最现实的利益问题入手，真心实意地为民办实事，及时主动地为人民群众排忧解难。要使全体人民学有所教、劳有所得、病有所医、老有所养、住有所居。满足人民的需要，实现人民的愿望，增进人民的福利，维护人民的利益，保障人民的权利，才能真正体现出发展的人民性。随着市场经济体制的逐步完善，浙江省各级政府把工作精力和公共资源更多地转向社会领域，把政府财力的70%以上用于民生，每年有计划地为人民群众办一系列实事，把社会保障作为平安浙江的基础性工作来抓，在保障和改善民生方面创造了许多全国第一。

就业是民生之本，在建设平安浙江中，各地加强宏观调控的力度，促进灵活、统一、公平的劳动力市场形成，为城乡人口特别是人才的合理流动创造了宽松的环境，在全社会消除城乡分割所造成的身份歧视。收入分配是民生之源，经济增长对于普通民众来说，并不必然带来与之相称的生活水平的提高。浙江在经济快速增长的同时，制定实施低收入群众增收行动计划，努力让人民群众分享社会发展成果，百姓的收入水平普遍提高，浙江居民收入连续多年稳居全国各省区第一，城乡居民收入差距低于全国平均水平。社会保障是民生之安全网。浙江加快建立社会保障方面的法律体系，推动劳动保障法律、法规全面、正确地实施，不断扩大社会保险的覆盖范围，把让更多的人享有保障作为发展目标。浙江加大公共财政转移支付的力度，将社会保障基金落到实处。扎实推进基本公共服务均等化，率先制定并实施基本公共服务均等化行动计划，以社会保障、社会事业、公用设施三大体系为重点，明确了基本公共服务均等化的制度框架。浙江社会事业全面较快发展。文化大省与科技强省、教育强省、卫生强省、体育强省等建设扎实推进。国家技术创新工程试点省建设加快，研究与试验经费支出占生产总值的比重达1.82%，区域综合创新能力居全国第5位。率先实行城乡免费义务教育，十五年教育普及率达97%，医疗卫生服务能力明显增强，每千人执业（助理）医师数达到2.41人，人均预期寿命提高到76.9岁。浙江重视社会事业发展的质量和公平性，促进社会事业的发展从量的扩张转向质的提高和多元化发展，提高社会公平程度。

三 民主法治巩固平安

民主法治建设是平安社会的必然要求，平安和谐的社会本质上是民主的、法治的社会。只有不断扩大民主，健全法制，保障人民合法权益，维护社会公平正义，才能增强党和国家的活力，调动社会各界的积极性，建设充满活力、和谐有序的平安社会。浙江在平安建设中始终坚持人民主体地位，扩大基层民主，推进依法治省，依法保障人民群众平等参与、平等发展的权利，维护社会公平正义，为长治久安打下了坚实基础。

浙江在积极推进人民代表大会制度、中国共产党领导的多党合作和政治协商制度实践的同时，各地特别是基层在实行民主管理、民主参与、民主选举和民主监督方面有许多创造，如义乌市的工会社会化维权和把外来农民工选为人大代表，武义县建立村务监督委员会制度推进农村基层惩防体系建设，温岭首创民主恳谈会、"参与式预算"和行业工资集体协商机制，金华市推行政务公开打造阳光政府，杭州市构建"以民主促民生"的工作机制和市政府"开放式决策"运行机制，天台县推行村级民主决策"五步法"，乐清市实施"人民听证制度"构筑人民监督政府新平台等等，都是保障公民权利，扩大民主参与的积极探索。浙江各地积极落实城市社区民主选举、居务公开、民主决策、民主监督，规范农村村级组织的换届选举、工作规则和村务公开、民主管理制度，坚持在进一步完善基层民主选举的基础上，积极探索基层协商民主，充分听取群众意见，把决策权交给老百姓，使群众能够以理性合法的形式表达利益要求，及时化解利益矛盾，保障广大群众的合理合法利益，促进社会稳定和谐。

浙江省决策层坚持科学立法、严格执法、公正司法，自觉运用法治思维和法治方式推动发展、深化改革、化解矛盾、维护稳定。公民权益依法保障行动计划顺利推进。浙江省制定了一批保障公民权益的规章和政策，及公民合法权益保障评价指标体系，定期组织社会满意度调查并及时向社会公布调查结果。加强劳动争议处理工作，实施残疾人共享小康工程和青少年维权工程。大力推进依法行政，促进行政行为公平、公开、公正。推进政府信息公开的制度化，逐步完善行政决策程序，落实重大行政决策公开听取意见制度，实行意见采纳情况反馈制度，向社会公开征集政府实事项目。在规划编制、企业改制、征收拆迁等重点领域推行决策听证制度。切实规范行政处罚裁量权，对群众反映强烈的行政执法不严、执法不力等问题开展专项治理，加强和改进行政复议，落实行政应诉职责，行政诉讼生效判决和裁定的执行率达100%。

四 强化治理维护平安

（1）强化基层社区与社会组织建设。浙江近年来大力加强社会管理，完善社会治理机制，重视社会组织与社区建设，坚持不懈地抓基层打基础，筑牢平安浙江的根基。截至2012年年底，全省经各级民政部门核准登记的社会组织总数已达31448个，数量位居全国第四。重视社区管理，新建了244个乡镇（街道）社区服务中心和3000个村级社区服务中心，基本实现了全省村级服务中心全覆盖，利益表达机制建设得到加强。积极引导和充分发挥城乡基层自治组织和社团组织在协调利益、化解矛盾、维护稳定中的作用，开展群众性和谐创建活动。广泛开展基层和谐建设和平安创建活动，近年来在全省各地积极开展"和谐社区""和谐企业""和谐校园""和谐机关""和谐家庭"等创建活动,在乡镇开展了"示范平安乡镇(街道)"和"示范综治工作中心"创建工作,在村居深化"民主法治村(社区)"创建工作,在企业开展"诚信守法企业"创建活动,使平安和谐理念进一步深入人心,有力地促进了平安浙江建设。

(2)推广和发展新时期"枫桥经验",不断完善社会矛盾化解体系。完善矛盾纠纷"大调解"体系,着眼于预防和化解社会矛盾,构建人民调解、行政调解、司法调解充分发挥作用、衔接联运的大调解工作格局。推进区域性调解仲裁组织和专业性调解组织建设,积极培育和扶持民间的和谐促进力量。杭州市推行"五链式"社会矛盾化解机制,以"和事佬"调"和"、人民调解促"和"、综治中心维"和"、人民法庭求"和"、特殊举措保"和"。宁波市建立"和谐促进会",台州市路桥区金清镇设立"人和调解中心",实行社会化调解、多部门联动、一站式调解。浙江坚持和发展"枫桥经验",推广"网格化管理、组团式服务""和谐促进工程"等做法,共建立网格30.4万个,组建服务团队9.6万支,覆盖企业和基层单位21.7万家,夯实了基层基础。苍南县的"五站式"民情服务模式和湖州市"三好六有"城乡社区警务模式等也都结合本地实际发展了"枫桥经验"。

(3)建立健全社会风险防范机制。浙江省组织开展领导干部"走进矛盾,破解难题""蹲点调研""民情日记"和下访接访活动,进一步畅通领导干部与基层群众沟通的渠道,督促解决群众反映强烈的问题。各地各部门注重源头预防,重视改善民生,切实解决好事关群众切身利益的问题。各级领导开展了大接访、大下访、大走访活动,深入开展信访积案清理,积极探索涉法涉诉信访案件终结机制;集中解决信访突出问题,专项治理重信重访问题,协调解决疑难复杂问题。活动期间,省领导共接待群众40批124人次,市、县(市、区)、乡镇(街道)领导联动接访9350批24750人次,当场解决4721件。全省群体性事件和信访总量连年下降。浙江扎实做好社会管理重大项目建设,制定了《浙江省社会管理重大项目建设"十二五"规划》,不断开创平安建设新局面。各级决策机关都建立健全了重大决策的规则和程序，完善论证会、听证会、社会公示和专家咨询等制度，确保群众对重大决策的知情权和参与权。

五　改革创新推动平安

改革创新是"平安浙江"建设的动力之源。良好的社会体制机制是建设"平安浙江"的基础。在社会转型时期，相当多的社会矛盾、诸多不和谐现象，其深层原因就在于体制机制不适应。建设"平安浙江"就要以深化改革为动力、以创新体制机制为手段，解决影响社会和谐稳定的源头性、根本性、基础性问题，消除不和谐的体制机制障碍，合理建构政府、市场、社会三者之间的关系，该市场管的由市场去管，该政府管的政府必须管好，该社会管的交给社会去管。

深化行政管理体制改革。浙江在平安建设中，适应社会主义市场经济发展和从生存型社会向发展型社会转型的需要，深化政府机构改革，促进"简政放权"，理顺政府与社会的关系，把那些政府不该管、管不好的事务交给市场主体和社会组织，确立各级政府为公共服务的直接管理者、提供者角色，在加强经济调节、市场监管的同时，着力提高提供公共服务、保障民生的能力，实现从"全能政府、管制政府、权力政府"向"有限政府、服务政府、责任政府"的转型。不断完善省管县体制，深化扩权强县、强镇扩权改革，激发县域发展活力，鼓励县（市）资源优势互补、共建共享，探索构建跨区域发展的体制机制。深化行政审批制度改革，规范清理审批项目，精简审批程序。改进政府公共服务质量，规范公共政策与权力运行，健全公共财政体系，把财力物力等公共资源重点投向社会管理和公共服务。

深化经济体制改革。坚持"两个毫不动摇"，进一步深化国有企业改革，认真落实国务院两个"36条"，进一步放宽资本进入的非公有制行业和领域，拓宽非公有制企业融资渠道，依法保护私有财产权和非公有制企业权益，积极改进政府对非公有企业的服务和监管，帮扶民营企业加强制度创新、管理创新、文化创新、产业创新，加快向现代企业转型。积极支持国有、民营、外资经济融合互动，大力发展混合所有制经济，支持企业利用国际市场资源"走出去"做强做优。深化转变经济发展方式综合配套改革,重点推进国家级改革试点,全面推进省直部门、市县(市、区)多层次多主题的配套改革试点工作。深化资源要素配置市场化改革,健全土地资源配置机制,建立健全水权制度、排污权有偿使用和交易等制度。深化地方金融创新发展,大力培育和发展资本市场,优化金融环境。

深化城乡体制改革。坚持和完善农村基本经营制度,有序推进土地承包经营权流转,积极推进征地制度和用地制度改革。完善城乡平等的要素交换关系,促进土地增值收益和农村存款主要用于农业农村。建立有助于消除城乡二元结构的社会体制,改革突破体制性障碍,尽快制定相关法律法规,消除农民进城成本,取消地域、身份、户籍、行业等农民进城就业的限制,从根本上解决农民工社保、住房和子女就学问题;积极推进农村宅基地置换,鼓励引导农民到城镇建房落户,进一步推进城乡协调发展和城市化进程。

深化社会管理体制改革。不断完善巩固党委领导、政府负责、社会协同、公众参与的社会管理格局,推动建立政府调控机制同社会协调机制互联、政府行政功能同社区自治功能互得、政府管理力量同社会调节力量互动的社会管理网络。不断创新完善社会矛盾调节的法治机制,努力从法律、制度、政策上营造公平的社会管理环境。推进社会管理创新,重视引导社会组织健康发展,充分发挥群众组织和社会组织的作用,统筹协调各方面的利益关系。

六 保护生态提升平安

和谐社会强调人与自然的和谐。没有人与自然的和谐,就没有人与人之间的和谐。保证生态环境质量就是保障基本民生,就是保障人民群众的生存条件和生命家园。保护生态环境是构建"平安浙江"的基础。习近平同志说,生态兴则文明兴,生态衰则文明衰。经济与环境、社会与环境的和谐是构建和谐社会的题中之义。浙江从落实科学发展观的要求出发,做出并展开发挥"八个优势"、推进"八项举措"的战略决策和部署,其中一个重要方面,就是进一步发挥浙江的生态优势,创建生态省,打造"绿色浙江"。浙江的生态省建设既是"八八战略"的重要组成部分,也是建设"平安浙江"

的一个重要方面。

浙江深入贯彻落实省委《关于推进生态文明建设的决定》，以生态省建设为载体，以发展生态产业为重要基础，以节约生态资源为内在要求，以健全生态制度为根本保障，以建设"富饶秀美、和谐安康"的生态浙江为目标，深入推进生态经济、生态环境、生态文化建设，进一步推动全省生态文明建设迈上新台阶。

坚持走高碳产业低碳化、低端产业高端化的生态经济发展路子。浙江推动经济生态化和生态经济化，以环境约束为倒逼机制，以低碳环保为依据，以减量化、再利用、能循环、无害化为原则，以节能降耗减排为重点，大力发展循环经济，坚决淘汰落后产能，严格高耗能高排放产业、企业、产品的市场准入，逐步压缩高碳产业存量，着力扩大低碳产业增量，加快高碳经济向低碳经济转变；从生产和生活入手，真正实现低消耗和低排放；加快绿化、彩化、珍贵化、价值化步伐，进一步提高森林覆盖率，增加森林固碳量，扩大环境容量。全省开展了"四边三化"行动，把公路边、铁路边、河边、山边等区域的洁化、绿化、美化专项行动作为生态文明建设的一项基础性工作，并将"四边三化"行动纳入生态省建设考核的重要内容。大力发展绿色产业，构建水清天蓝的自然生态环境体系，加大水环境、大气污染治理和固体废物处理与土壤保护力度。加大监管力度，坚决制止因生态环境问题损害群众利益，严防因生态环境问题引发群众性事件。

第三节 各地平安建设实践

"平安浙江"建设是国家治理体系建构和推进治理能力现代化的先行探索与实践。近10年来，浙江在这一实践中大力弘扬讲求实效、敢于创新的"浙江精神"，非常尊重和鼓励干部群众在平安浙江建设中的创造性实践，认真总结和积极宣传推广平安浙江建设创新的成功经验，并且把平安浙江建设创新纳入"八八""两创"总战略。

一 武义村务监督委员会制度

2004 年 6 月 18 日，武义县在后陈村首创村务监督委员会，2005 年全县 546 个村全面推行"村务监督委员会"制度，这一制度也被称为"后陈经验"。"后陈经验"的核心在于，规范了村务监督委员会的权力来源、运行规则和治理方式，建立了激励约束机制，确保监委会在设定的制度框架内行使权力。一是创新了村务监督的载体，保障了村民的监督，完善了监督机制。二是构建了村级权力的制衡机制，从现有体制上保证了村民代表会议作为村级管理最高权威的地位。监委会与村两委彼此相对独立、互不从属、人员回避，在职能上实现了村务监督与村务管理的分离。并且明确规定了村民代表会议是村委会和监委会的最终裁决机构。三是通过村务管理、村务监督两项制度和村党支部、村委会、村监委会交列的组织体系，形成了一个能自主运作、自我化解矛盾的闭合系统，实现了村级民主管理的系统化。其主要做法有三。

第一，以"两项制度"明确监委会权力来源和运行规则。村务监督委员会制度的基本框架是"一个机构、两项制度"，即村务监督委员会和《村务管理制度》《村务监督制度》。

第二，以"一个机构"产生的相对独立性提升监督地位。村务监督委员会由村民代表会议直接选举产生。村监委会设主任 1 人，委员 2 人。同时实行回避制度，党支部、村委会成员及其近亲属不能兼任或担任村务监督委员会成员。村务监督委员会依据《村务管理制度》和《村务监督制度》，独立对村两委管理村务、财务制度执行情况进行监督，并向村民代表会议报告工作。

第三，以监委会监督的程序化确保监督质量。在监督过程中或接到村民举报后发现村干部有违规行为的，村监委会就启动纠错程序，向村两委提出纠错意见，村干部采纳并改正的，纠错程序完结；若村干部与监委会意见不一致，则提请村民代表会议审议决定，按决议执行。若村干部既不采纳村监委会的纠错建议，又不召开村民代表会议审议，监委会可以通过救济途径解决。即村监委会、村民可以向县、乡两级村务公开民主管理领导小组办公室申请救济，救济机构接到申请后 15 天内给予处理，保证村务监督委员会能借助外部力量排除障碍正常运作。

推行村务监督委员会制度，能及时发现差错和启动纠错程序，从制度和机制上保障了村干部"不能腐败""不敢腐败"，上访事件大幅减少，大量矛盾被化解在萌芽状态，为村级治理创造了良好的政治生态环境。建立村务监督委员会制度后，村民与村干部之间形成了良好的沟通机制，重构了村干部和村民之间的信任关系。村务监督委员会制度使村民参与村务特别是财务管理有了组织载体，对村级事务实现了事前、事中和事后的全程监督，保障了农民群众的知情权、决策权、参与权和监督权。

二　温岭市行业工资集体协商制度

近年来，"民工荒"问题突出，劳资纠纷引发的集体停工和上访事件不断，严重影响企业的发展和社会的稳定。为从源头解决问题，减少劳资纠纷，2003 年，温岭市选择在新河镇羊毛衫行业开展工资集体协商试点工作。其具体做法是：在新河镇组建羊毛衫行业工会委员会，由职工推选 9 名代表担任委员。工会委员会组织羊毛衫行业协会、行业工会以及企业主、职工代表就开展羊毛衫行业工资集体协商工作进行民主恳谈。具体的程序是：首先，划分工种工序，确定行业计件工资单价，将羊毛衫全行业归为 5 大工种，分解成 59 道工序；选择有代表性的职工，由劳动部门组织测试，确定各道工序的劳动定额；最终确定计件工资单价。其次，组织开展多轮集体协商，签订行业工资协议。鉴于羊毛衫行业易受市场、价格、成本等因素的影响，行业工会和行业协会还约定，每年就调整行业职工工资进行一次集体协商，保证职工工资与企业效益的增长相适应。

新河羊毛衫行业工资集体协商试点工作开展后，在当年就取得了明显成效，2003 年长屿羊毛衫行业因劳资纠纷上访的比例，比 2002 年同期减少了70%。新河镇羊毛衫行业的行业工资集体协商进行了 8 年，职工工资年均增幅 5% ~ 12%。温岭市及时总结了羊毛衫行业工资协商的成功经验，并在全市面上逐步推广。截至目前，全市已在羊毛衫、水泵、轴承、制鞋、船舶制造、工量刃具等 15 个行业、19 个区域 5500 多家企业中开展了工资集体协商，惠及职工 30 多万人。这一制度已在全国推广实行。

三 宁波海曙区"81890"基层公共服务平台

81890 服务中心建于 2001 年 8 月 18 日，是宁波市海曙区委、区政府设立的。81890 服务中心通过电话和互联网，构建起供需双方互动的诚信信息平台，把公共服务的规划方、供给方、使用方紧密地连在一起，既解决了规划方组织生产能力不足的问题，又解决了服务方供需信息不对称的问题，实现了政府、企业、市民的三赢效果，成为基层政府提供公共服务的一种新模式。81890 服务平台得到了市民的广泛好评。81890 服务中心先后获得了"第八届全国职工职业道德建设十佳单位""全国五一劳动奖状""全国精神文明建设工作先进单位"等 90 多项荣誉。目前全国已有 100 多个城市相继应用 81890 服务模式。

81890 的主要做法有以下三个。

一是建立大型综合性公共服务平台。目前，81890 有职员 50 人，开通 18 条电话热线，24 小时服务，日均受理服务 3000 件左右；设有中国81890 服务网站，日均点击量 2 万余人次；有 800 多家加盟企业，服务内容有 19 大类 189 小项，如衣食住行、生老病死等服务；与 56 个党政部门互动，服务内容有 14 大类 868 小项，如政策、法律、人力资源、党建和文化等方面的服务。2009 年，81890 向全市拓展，分别设立了鄞州、镇海、北仑、奉化、宁海、象山、余姚、慈溪 8 个分中心，江东区、江北区仍由海曙 81890 直接服务，进一步增强了自身的服务能力。同时，81890 根据社会需求的变化，不断拓展服务功能，由 81890 呼叫平台、81890 服务网站逐年拓展了 81890 失物招领中心、81890 爱心超市、81890 老年人应急呼叫系统、81890 企业服务平台、81890 来甬就业短信服务平台、81890 光明电影院、81890 党员服务中心、81890 文明创建平台等 40 个服务平台。

　　二是整合资源，提升服务能力。81890 通过整合政府的资源，及时将市民对于城市公共管理的呼声、意见和建议传达给政府相关部门，协调、监督相关问题的解决，使市民对公共服务的需求、意见、建议得到及时处理。为进一步加强政府资源与企业需求信息的对接，81890 设立了 81890 企业服务平台，将全区 56 个党政部门的服务职能纳入该平台，服务内容包括政策服务、法律服务、融资服务等 14 大类 868 项，为企业提供全天候、全方位、全程式跟踪监督服务。通过整合市场的资源，依托已加盟的 800 多家各类服务企业、27000 多名员工，81890 服务内容有 19 大类 189 小项，为市民提供全方位、全天候的生活服务，一大批加盟企业从中找到了服务的大市场。通过整合社会的资源，81890 组建了 10 万多名有一技之长的 81890 红帽子志愿者队伍，为市民提供各类个性化服务。

　　三是建立信用管理制度，树立服务行业的诚信形象。以 81890 信用平台为依托，81890 服务中心建立了服务企业约束制度、教育培训制度、服务质量保证制度，使服务质量有了基本的保证，从而较好地维护了广大人民群众的利益。如 81890 与加盟企业有严格的质量保证协议，与服务对象有认真的质量回访制度，对服务企业实行严格的监控；设立了面向全国的社区服务培训中心，对服务行业中的各类服务人员进行标准化训练；聘请 81890 服务系统的法律顾问和消费者服务质量巡视员，专门处理因服务质量和价格等引起的纠纷。

四　义乌工会社会化维权

　　在外来务工人员劳资矛盾日趋复杂繁多，以及政府管理部门的功能不足和服务不到位的新形势下，义乌市总工会主动适应新时期劳动关系的深刻变化，积极探索创新党领导下的工会组织依法维权新机制。2000 年 10 月，义乌在全国率先成立了工会维权的专职机构——义乌市职工法律维权协会，形成了运用法律手段开展职工维权的"义乌模式"。其具体做法是：首创社会化维权机构——义乌市职工法律维权协会（后改称为义乌市职工法律维权中心）。积极参与职工工资集体协商、劳动争议仲裁，主持劳动争议调解，为职工提供法律援助。中心的运作机制是：基层工会为团体会员，职工为自然会员；中心工作人员由市总工会向社会公开招聘，其与机关干部享有同等的政治、经济待遇；中心的维权经费采取"工会出一点，政府拨一点（每年拨款 50 万元），社会筹一点"的办法解决；维权中心由义乌市总工会主管，在业务上接受公、检、法、司的指导。

健全社会化维权网络。实现横向跨区域，与浙江开化、四川成都等 10 多个省外城市的工会实行"城际间工会维权联动"；纵向到企业，市总工会建立职工法律维权中心，镇、街道建立维权工作站，在企业建立劳动争议调解委员会；并建立社会化维权信息网络。

拓展社会化维权力量，发挥部门领导、司法机构、律师事务所、公共媒体、科研院校的协同作用；完善在劳动争议调解、劳动争议仲裁、代理职工诉讼、劳动合同和集体合同、安全生产劳动保护等方面的社会化维权机制；义乌市总工会积极尝试以倡导企业履行社会责任为维权抓手，通过制定"企业社会责任义乌标准"，将职工的权益诉求、工会的维权主张融入企业社会责任标准之中。

义乌工会社会化维权模式有效地维护了 130 多万农民工的合法权益。自2000 年 10 月至 2010 年 9 月 30 日，中心共受理投诉案件 4690 起，调解成功4387 起，调解成功率达 93.5%；接听回复维权热线 5027 人次；免费为职工出庭仲裁代理 519 起，出庭诉讼代理 175 起；接待集体来访 357 批 7197 人，阻止恶性群体性事件 33 起；共为当事人追讨工资及挽回经济损失 2304.882万元；促进了义乌社会的稳定和谐发展。义乌工会社会化维权模式解决了群体之间的不和谐问题，大大促进了社会各阶层的和睦相处，为构建和谐社会作出了突出贡献。

五 杭州市"开放式决策"运行机制

杭州市坚持"让民意领跑政府"，积极开展扩大公民有序政治参与，促进决策民主化、科学化的有益探索，成为网络时代地方政府决策创新制度化、规范化的典型个案，荣获第五届"中国地方政府创新奖"。其主要做法有三。

第一，推行政府决策的民主化、公开化。杭州市按照"开放式决策"的要求，在全国首创"12345"市长公开电话，创建"满意不满意"市民评议政府工作机制，向社会公开征集为民办实事项目方案，完善重大事项决策的专家论证、技术咨询和决策评估制度，积极拓宽公民参与渠道，广纳民意、集中民智民力，形成了公民广泛参与，决策公开化、民主化、科学化的良好氛围。

第二，推进政府决策的多元化、制度化。杭州市建立了市政府决策事项事前公示、听证制度；建立了人大代表、政协委员列席及市民与专家代表参加市政府常务会议制度，并通过邀请媒体列席参与、通过网络现场直播、开通网络论坛、设立视频连线、开通手机互动功能等方式，拓宽公众参与政府决策的途径；建立了市领导班子成员联系企业家、科技人员、文艺界人士的制度，确保普通市民参与市政府决策活动的常态化发展。

第三，保障政府决策的规范化、程序化。杭州市制定出台了《杭州市人民政府重大行政事项实施开放式决策程序规定》等9项地方性法规，对开放式决策的主要事项、列席代表、意见建议和启动程序、公示内容、公示方式、公众参与方式等各个方面进行详细规定，并在所辖13个区、县（市）推行开放式决策。这样有助于实现开放决策的区域联动，提高整体决策效益。

六 衢州市"三民工程"

衢州市以完善村民自治运行机制、推进依法按章办事、转变农村干部作风为切入点，在全市农村基层推行"建立民情档案、深化民情沟通、实行为民办事全程服务制度"（简称"三民工程"），深受农民群众的欢迎。主要做法有三。

第一，建立民情档案，搭建掌握情况、联系群众的平台。衢州市以村为单位，由乡镇驻村干部和村干部按照"一村一册、一户一档、一事一表"的要求，分村情、户情、事情三大类全面建立民情档案。村情档案涉及村情概况，近远期发展计划，村务及公开情况，村级集体资产，致富能人、老信访户、困难群体等重点人员情况等方面的内容。户情档案主要包括家庭成员及社会关系、生活状况、创业就业情况、面临的主要困难和致困原因等方面的内容。事情档案主要指重大项目和工程建设情况，重大事项决策、实施情况，村民的利益诉求和意见建议等情况。此外，衢州市还建立了网上民情档案信息系统，实行层级化管理、电子化操作、网络化运行；对调查发现的问题，分普通级、关注级、紧急处理级、特别重大事项四个等级，按照管理权限，及时采取针对性措施。

第二，深化民情沟通，畅通听取意见、解决问题的渠道。衢州市以村为单位，每月至少开展一次民情沟通活动，活动主题一般为上级部署的任务、村民的诉求以及服务事项。活动由村党组织主持，村党支部书记和村委会主任参加，主要议程是宣传上级党委政府的决策部署、工作任务；通报上次民情沟通承诺事项的办理情况，就有关问题作出解释；听取群众意见建议。村两委根据沟通情况，研究制定工作方案，由村委会负责组织实施，村党支部负责全程监督。

第三，实行为民办事全程服务。衢州市创新依法办事、服务群众的模式，以乡镇为单位，在全市106个乡镇（街道）设立便民服务中心，建立办事大厅，配备了400多名专职工作人员，实行集中办公，还在有条件的1238个村（社区）设立了便民服务代办点。规划、建设、国土、计生卫生、民政、农业、林业、水利等部门按照便民服务的要求，授权乡镇便民服务中心直接受理村级组织和群众提出的申报、审批事项，并实行全程代办，部门驻乡镇站所负责审核把关。

浙江基层的这些创新凸显了平安浙江建设所倡导的要求，即发挥群众主体作用，强化基层社会治理，保障公民基本权利，改善保障民生，促进社会和谐进步。武义县村务监督委员会制度的创新较好地弥补了以往农村社会管理中村务决策、监督、管理上的结构性缺陷，切实保障了农民群众的知情权、决策权、参与权、监督权，推进了基层民主制度化、规范化、程序化。温岭的工资集体协商制度消除了企业在用工上的无序竞争，规范了企业工资分配行为，确保了职工的合法利益不受侵害，减少了劳资纠纷与冲突。义乌工会社会化维权制度则有效破解了工会维权难题，保障了农民工的合法权益，在构建和谐稳定劳动关系方面发挥了显著作用，同时还进一步改善了义乌经济发展和投资环境，促进了矛盾化解的关口前移，改变了过去被动地解决社会矛盾的局面，减少了政府的治理成本，推动了政府治理模式的明显转变，整合了执政党的群众力量，延伸了工会整合职工群体的功能，夯实了执政党的社会群体基础。杭州市的开放式决策，借助网络与信息技术的创新发展，使地方政府决策在"开放"的过程中，实现了政务公开与公民政治参与渠道、形式、内容、领域的持续创新，有效地保障了市民的知情权，扩大了参与权和表达权，落实了监督权，也使民本导向的决策模式逐渐成形、固化，对网络时代的政府治理创新意义非凡。宁波的"81890"与衢州的"三民工程"是保障与改善民生的很好举措，而嘉兴的"三社"与桐乡的"三治"则突出了基层群众自治的要求。"基层群众自治"是我国基层社会治理的重要制度之一，基层社会治理的群众自治制度决定了基层社会治理的特点，即在居住地依法实行基层群众自治，自我管理、自我服务、自我教育、自我监督，对干部实行民主监督，对基层公共事务实行直接民主，并保障居民依法直接行使民主权利。社区、社团、社工是加强社会管理的基础元素，是构建和谐社会的重要基石。加强社区、社团、社工建设，对于创新社会管理体制，健全社会管理格局，促进社会公平正义，维护社会稳定和谐具有重要意义。

第八章
浙江社会建设经验与启示

社会建设与人民幸福安康息息相关，其目的是动员社会力量、整合社会资源、改善保障民生、发展社会事业、优化社会结构、完善社会服务功能，构建全体人民各尽所能、各得其所而又和谐相处的社会发展环境。

社会建设相对于经济建设来说，主要是一种生产关系的建设。经济建设是社会建设的基础和前提，只有经济发展了，才能给社会提供强大的物质力量，改善人民的物质文化生活。但经济建设不可能脱离社会建设而长期单独推进，经济发展不可能自然地增进全体人民的福祉。这是因为，社会建设是经济建设的重要驱动力。要实现经济持续、快速、健康发展，就必须提高劳动生产率，优化产业结构，提高整体经济质量。这些都有赖于科技、教育、文化等的发展，有赖于人的素质的提高。社会建设是经济建设的保证。要实现经济快速、健康发展，还必须有一个安全、有序、稳定的社会环境，这包括合理的社会结构，良好的市场秩序，公正的制度保障。社会建设还是经济建设的重要目标。人们从事生产和其他经济活动，归根到底是为了满足人们的多种需要，改善人们的生活环境，提高人们的生活质量，促进人的全面发展。很显然，经济发展是社会建设的前提和条件，社会建设又是经济发展的动力与目标之一，是经济发展的支撑和保证。因此，加强和全面推进社会建设，对于维护广大人民群众的根本利益、率先实现全面小康与基本现代化社会宏伟目标、实现长治久安具有重大的战略意义和深远的影响。

第一节　推进社会建设，破解社会发展问题

社会建设的内容十分丰富，主要包括改善保障民生、发展社会事业、优

化社会结构、完善社会服务、强化社区建设、创新社会治理。浙江尽管是市场经济先发省份，经济增长自 20 世纪 80 年代开始驶向了快车道，但与经济高速增长相比，20 世纪 90 年代浙江社会发展却相对滞后。根据国家统计局"八五""九五"社会发展水平历年综合测算，浙江省社会发展总体水平滞后于经济发展 3～4 个位次。公共产品与公共服务资源不足，在许多领域，民生保障供给的规模和质量难以满足人民群众日益增长的需求，如就业形势严峻，社会保障不能满足人民群众的基本需求，公共服务制度碎片化、缺乏整合。社区与社会组织建设水平不高、规范不足，城市化发展缓慢，收入分配不合理，区域经济社会发展存在不平衡，经济社会发展与资源环境矛盾趋紧。社会治理方式相对落后，政府对社会事务管理缺位、越位较严重。

进入新世纪以来，浙江省委、省政府高度重视社会建设工作，把社会建设作为贯彻"三个代表"重要思想、科学发展观和立党为公、执政为民的具体实践，摆到了党委、政府工作的突出位置，成立了由省领导挂帅的各类社会建设领导小组，形成了党委领导、政府负责、社会协同、公众参与的社会建设与管理格局，为浙江社会建设建构了良好的基础。同时以社会建设来破解社会发展难题，先后实施了以创业富民保障与改善民生，以推进社会流动与城乡一体化优化社会结构，以"四个强省"建设推进社会事业发展，以平安浙江建设提升社会治理水平，取得了显著成效。

一　居民生活步入全面小康

浙江积极推进"全面小康六大行动计划"，加快了我省全面小康建设进程。根据《关于浙江全面建设小康社会进程评价的说明》评估，2010 年，浙江全面建设小康社会综合评价指数已达到 93%，已基本实现全面小康（90%），距离全面实现小康（100%）还差 7 个百分点。判断生活是否小康重要的标准之一就是城乡居民收入。2011 年，浙江城镇居民人均可支配收入和农村居民人均纯收入分别达到 30971 元和 13071 元左右。浙江省城镇居民人均可支配收入和农村居民人均纯收入分别已连续 11 年和 27 年居全国各省区首位，其中 2009 年浙江农村居民人均纯收入实现万元跨越，2010 年比全国平均水平高出近 1 倍，已超出国家统计局制定的全面小康中的城镇居民人均可支配收入 18000 元和农村居民人均纯收入 8000 元的收入标准。全省城乡居民收入比从 2007 年的 2.49∶1 缩小到 2013 年的 2.35∶1，是我国城乡差距最小的省份之一。另一个主要指标是恩格尔系数。2013 年，浙江城乡居民恩格尔系数分别为 34.4% 和 35.6%，根据联合国粮农组织恩格尔系数划分标准判断，浙江目前正处于由小康迈向富裕的过渡阶段。

二 社会事业均衡快速发展

教育强省、科技强省、卫生强省、文化强省、体育强省等建设扎实推进。到 2014 年，浙江省十五年教育普及率达 98.9%，主要劳动年龄人口（16~59 岁）平均受教育年限达到 10 年。高等教育毛入学率达 52%，比 2007 年提高了 14 个百分点。高等教育布局趋于合理，形成了全省设区市"一本一专"或"一本多专"的高等学校设置格局。国家技术创新工程试点省建设加快，研究与试验经费支出占生产总值的比重达 1.95%，区域综合创新能力居全国第 5 位，经常参加体育锻炼的人数占全省总人口的 31.1%。医疗卫生服务能力明显增强，每千人拥有卫生技术人员（按常住人口计）数 6.82 人，其中每千人拥有医生数 2.65 人；人均预期寿命提高到 78.09 岁。

三 基本公共服务均等化制度体系建立

浙江从 2008 年开始实施基本公共服务均等化行动计划，以扩大基本公共服务覆盖面、提高基本公共服务均等化程度为目标，以社会保障、社会事业和公用设施建设为工作重点，努力构建覆盖城乡、区域均衡、全民共享的基本公共服务体系。自 2008 年以来，浙江每年组织实施 80 多项基本公共服务均等化项目，到 2011 年累计完成均等化项目投资 3100 亿元，城乡、区域、人群之间的基本公共服务差距逐渐缩小。2012 年，浙江省又出台了新一轮扶贫标准，确定年收入为 4600 元（2010 年不变价）的人作为扶贫对象，给予扶持帮助。这一标准比国家新扶贫标准的 2300 元（2010 年不变价）高出一倍。浙江省在新一轮扶贫开发过程中，将实施三大计划，分别是"低收入农户收入倍增计划""重点欠发达县特别扶持计划"以及"山海协作助推发展计划"。

城乡教育均衡发展。教育资源配置向经济欠发达地区、农村学校和薄弱学校倾斜，实施了农村中小学"四项工程"、农村小规模学校调整改造工程、教育对口支援工程，建立义务教育经费保障机制，城乡、区域、学校间教育差距不断缩小。特殊教育、外来务工人员随迁子女教育、民族教育、继续教育得到加强。建立家庭经济困难学生帮困制度，实施了一系列保障外来务工人员随迁子女、残疾儿童少年、家庭经济困难学生入学的资助政策；推进学习成绩后20%学生帮扶计划。义务教育实现全免费，职业教育学生资助面达100%。

基本建成覆盖城乡的医疗卫生服务体系。2014年，全省共有社区卫生服务中心（含卫生院）7314家、村卫生室1.24万家，每千居民拥有社区责任医生0.79人，初步构建了"20分钟医疗卫生服务圈"，形成覆盖全省、多层次、多形式的城乡卫生服务体系。疾病控制、卫生监督、医疗救治、应急指挥和信息报告等医疗卫生体系建设进展顺利。

城乡公共就业服务一体化初步形成。2014年，全省1001个乡镇、368个街道、3212个城镇社区、28273个行政村中，已建人力资源和社会保障服务平台分别为990个、352个、3131个和26273个，建成率分别为98.9%、95.65%、97.48%、92.93%。做到了机构、编制、人员、场地、经费、制度"六个到位"，形成了比较完善的城乡管理服务网络。实施了"千万农村劳动力素质培训工程"和"农村劳动力转移培训阳光工程"。

四 社会保障制度框架初步确立

全民医保初具雏形。在医疗保险方面，城镇职工基本医保、城镇居民基本医保、新农合和城乡医疗救助体系的"3+1"医疗保障制度体系基本确立并得到有序推进。工伤、失业、生育保险的覆盖面也大幅度扩大。针对农民工的特点，浙江从农民工最需要的工伤、医疗保险入手，逐步将农民工纳入社会保障体系的"保护伞"。浙江农民工参加工伤保险人数由 2006 年底的 50 万人，增加到了 2011 年底的 725 万人，增长了 13.5 倍。新型农村合作医疗取得突破性进展。全省所有县（市、区）已全部实行了新型农村合作医疗制度，参合率持续巩固在 95% 以上，新农合人均筹资额由 185 元提高到 285 元以上。

城乡养老保障制度正在建构。2009 年浙江省出台了《关于建立城乡居民社会养老保险制度的实施意见》，养老保险在制度上实现了全覆盖；2011 年，又制定出台了解决养老保险领域部分群体性利益问题的一揽子政策意见。到 2011 年年底，全省企业职工基本养老保险参保人数达到 1790 万人，其中在职参保人数达到 1580 万人，离退休人数达到 210 万人；城乡居民社会养老保险参保人数达到 1285 万人，其中农村 1145 万人，城镇 140 万人，已有 598 万人领取基础养老金，全省 60 周岁以下符合参保条件人员参保缴费率达到 90% 以上。

新型社会救助与社会福利制度体系正在形成。浙江省健全完善了低保标准动态调整机制，低保对象每人每月救助金额不少于 60 元，家庭年人均纯收入低于 2500 元、符合低保条件的农户全部纳入低保。医疗救助力度进一步加大，救助水平不断提高，医疗救助即时结报全面实施，以县（市、区）为单位，医疗救助人均筹资标准不低于 9 元。实施法律援助"五大工程"，突出保障农民工、老年人、未成年人、妇女和林农的法律权益。积极推动国家在浙江省的基本养老服务体系建设试点工作，加强养老基础设施建设，新增养老服务机构床位 1.5 万张，建设乡镇（街道）养老服务中心 300 个、农村"星光老年之家" 3000 个。深入实施残疾人共享小康工程，为 2 万名残疾人提供助听、助明、助行康复服务，完成 3.6 万名重度残疾人托（安）养任务，建设 42 家"小康·阳光庇护中心"，全省残疾人小康实现程度达到 75%，居全国领先水平。

五 社会结构加快转型

就业结构不断优化。近 10 年来，浙江结合经济结构战略性调整，大力推进产业转型升级，积极促进第一产业就业转移，稳定第二产业就业份额，大力开发第三产业就业渠道。一产从业人员比重持续下降，二、三产从业人员比重持续上升，从 2005 年的 75.5% 上升到 2012 年的 85.86%。

城乡分割向城乡协调、共同发展转变。城乡一体化快速发展。浙江围绕提高农民收入水平和生活质量这一中心，着力在"六个整体推进"①上做了大量行之有效的工作，着力形成统筹城乡发展的新体制，推进实施"乡村康庄工程"和"千村示范、万村整治"工程，直接惠及农村千家万户，乡村环境变得更洁、更美。浙江各地在试点和实验中，因地制宜、适民所需，积极探索农村社区建设的有效途径，使城乡居民的生活逐渐向"零距离"迈进。

城市化水平不断提升。近 10 年来，浙江城市化发展加速，出现了上下推进、内外结合的多元化发展格局，大批农村富余劳动力向非农产业转移，推进了农村劳动力向城市流动，也进一步推动了人口城镇化进程。2013 年，浙江城市化水平达到了 63.5%。目前，全省已基本形成"四大都市区"，即杭州、宁波、温州以及金华－义乌四个都市区。这四大都市区是长江三角洲城市群参与全球竞争的国际门户地区，是带动全省率先发展、转型发展的重要地区，也是全省加快创新体系、文化服务体系和综合交通枢纽建设的重点地区。

中等收入群体加快形成。我们以当前浙江城镇居民年人均可支配收入线为参照基准，把年人均可支配收入在该平均线以上到平均线的 2.5 倍的人群定义为浙江"中等收入者"。据统计，2010 年浙江城镇居民人均可支配收入为 27359 元，那么浙江中等收入者应该是年收入在 2.7 万 ~6.8 万元。这样的收入人群在浙江大约占到 31%。这也与浙江私营企业投资者、个体工商户以及各类经营管理人员、专业技术人员等中间阶层人数大致相当。

---

① "六个整体推进"是指：整体推进城乡产业结构、城乡就业结构战略性调整，整体推进城乡规划建设与生态环境建设，整体推进农村新社区建设，整体推进发达地区的加快发展与欠发达地区的跨越式发展，整体推进欠发达乡镇奔小康，整体推进城乡社会保障和公共服务体系建设。

六 城乡社区建设深入推进

浙江率先在全国形成了农村社区建设制度框架，基层社会管理和服务网络逐步健全，城乡社区服务中心建设稳步推进。各地积极探索农村社区服务中心长效运行机制，新建244个乡镇（街道）社区服务中心和3000个村级社区服务中心，现在已经基本实现全省村级服务中心全覆盖。全省不断健全完善社区服务网络。基层民主自治机制进一步健全，97.5%的村开展了"民主法治村"创建活动，95%以上的村达到村务公开民主管理规范化建设标准。社会组织日益发挥重要作用，截至2013年年底，全省经各级民政部门核准登记的社会组织总数已达34481个，在基层民政部门备案的草根社会组织超过5万个，社会组织数量位居全国第四。社会组织作用日益加强，初步形成了门类齐全、层次不同、功能互补、覆盖广泛、特色明显的组织体系，在推动经济发展、提供公共服务、反映利益诉求、规范社会行为、促进社会公平、化解社会矛盾方面，发挥着越来越重要的作用。

七 社会治理不断加强与创新

社会治理新格局初步形成。各级党委和政府高度重视社会治理与体制创新，把加强和完善社会治理作为党委和政府的重要职责，针对社会发展新情况、新形势、新变化，不断在大的方针、政策上进行社会治理创新，"平安浙江"建设成效显著：创新发展"枫桥经验"，不断完善社会矛盾化解体系，建立了人民调解、行政调解、司法调解三位一体的矛盾纠纷"大调解"体系，推进区域性调解仲裁组织和专业性调解组织建设，积极培育和扶持民间的和谐促进力量。近年来，省委还先后出台了一系列文件，支持人大、政协和群众团体履行各自在发扬民主中的职能作用，支持人民群众通过这些渠道表达自己的利益诉求。组织领导干部开展"走进矛盾，破解难题""蹲点调研""民情日记"和下访接访活动，进一步畅通领导干部与基层群众沟通的渠道，督促领导干部解决群众反映强烈的问题。完善信访工作机制，深入开展信访积案清理，积极探索涉法涉诉信访案件终结机制。全省群体性事件和信访总量连年下降。在基层社会治理上，创造了"综治工作中心"、"综治进民企"、重大项目稳定风险评估、人民调解"以奖代补"、信访问题"三堂会审"等经验；在流动人口服务管理方面，创造了"新居民事务管理局"、"和谐促进会"等经验。推广实施工资集体协商制度，缓和劳资矛盾。

公共安全形势趋于好转。安全生产总体水平明显提高，事故上升的趋势得到了根本扭转，安全生产形势出现了稳定向好的发展态势，生产安全事故起数、死亡人数和直接经济损失三项指标连续多年保持"零增长"，受到国务院安委会的通报表彰。食品药品安全形势总体平稳，在全国率先开展农村食品安全"三网"和农村药品"两网一规范"建设，实现食品安全示范店和药品监管网络全覆盖。

第二节　浙江社会建设十年的基本经验

浙江十年社会建设的实践与探索，积累了丰富的宝贵经验，这些经验概括地说，主要是实现了三个"同等重要"和"五个坚持"。

一　社会建设的"三个同等重要"

（一）百姓创业与政府职能转型同等重要

1. 百姓创业是实现民生为重的坚实基础

人民是社会发展的主体，是创造财富的主体和原动力。百姓创业，就是让百姓自己解放自己，自己造福自己，就是让百姓发展民有、民办、民营、民管、民享的经济，真正成为创业主体、经营主体、产权主体、管理主体、财富主体。只有人民群众成为创业创新主体力量和动力源泉时，才能推进经济持续发展和收入水平不断提升，才能为民生改善提供坚实牢固的基础。浙江民生的不断改善、人民群众生活质量的稳步提升，主要来自百姓的创业创新，来自百姓经济的发展与繁荣。

改革开放初期，浙江人就走南闯北，发扬了"四千精神"，走遍千山万水，说遍千言万语，想尽千方百计，历经千难万险，形成了浙江千家万户办企业、千军万马闯市场的波澜壮阔的经济发展大潮。小企业、小老板多已成为浙江经济社会的一大特征。如温州人的"走南闯北"，宁波人的"四海为家"，义乌人的"鸡毛换糖"，永康人的"打铁补锅"，都是较早在运用市场经济的运作方式来发展经济，富裕自己。浙江很多农民大力发展家庭工业和家族企业，他们从收破烂、拆废旧品、弹棉花、补鞋和打铁起家，从别人不愿做的微利行业做起，"白天当老板、晚上睡地板"，自强不息、艰苦创业、讲求实效，凭着敏锐的市场意识，依赖绵密的社会资本优势，表现出强大的社会资源的动员组织能力。众多百姓创业，产生了众多老板和企业家。在浙江现在的 5400 万人口中，有大大小小老板 600 多万，并涌现出了一大批善于经营、不断创新的知名企业家。统计数字表明，平均 25 个浙江人中就有一个老板，在温州和台州地区，平均每 4 个家庭就办有一个企业。

百姓创业富裕了人民，使城乡居民收入稳步快速提升，高居全国省区首位。百姓创业，也增加了财政收入，为民生为重的政策实践提供了坚实的经济基础。百姓创业，使贫困人口快速减少，中等收入人群快速增加，城乡居民的消费水平持续稳定提升，也促进了浙江经济社会健康持续发展。

2. 政府转型是实现民生为重的根本途径

政府转型，就是从建设性、全能型、管制型政府向服务型、有限型、责任型政府转变，向公共服务型政府转变。公共服务型政府就是要转变职能，坚持以民为本，以富民为目标，为人的生存和发展创造良好、和谐、可持续的环境，为人民提供更多、更好的公共产品与合法权益，包括加强城乡公共设施建设，发展社会就业、社会保障服务和教育、科技、文化、卫生、体育等公共事业，发布公共信息等，满足公民对公共资源的基本需求，为市场主体提供公平竞争的环境、良好的公共服务，使一切创造社会财富的源泉充分涌流，让人民富裕起来。

改革开放 30 年来，尤其是近 10 年来，浙江各级党委、政府十分重视政府转型，重视公共服务型政府建设，重视民生的改善与发展，制定了一系列重要政策、重大项目规划，采取了一系列积极有力的措施，促进民生事业的发展。实施了文化大省与"四个强省"（科技强省、教育强省、卫生强省、体育强省）的建设，实施了新农村建设、城乡一体化战略和"五大百亿工程"以及全面小康的"六项行动计划"，实施了"八八战略"、平安浙江、法治浙江、生态立省等战略，切实地推进了浙江民生事业的全面发展。

10 年来，浙江各级政府提供社会公共产品的功能不断增强。各级党委、政府精心编织"服务网"和"安全网"，覆盖全省县级以上部门的政府"服务网"的建立与完善，是浙江各级政府转变职能的重要成果。各地普遍设立了多种形式的便民服务中心和经济环境投诉中心，大大提高了办事效率。衢州市首创"农技 110"服务网络体系，充分发挥现代网络技术和现代传媒的服务功能。玉环县推行全程代理制，将 19 个县级部门涉及的 268 件办事项目全部纳入便民服务中心，平均每个月受理 1 万多件，办结率 100%。同时，浙江一方面积极实施中央关于政府职能转变的一系列重大政策，另一方面根据浙江实际，实事求是，顺势推进，逐渐过渡，不断调整政府职能、转变政府运行机制。这些都为政府转型、建设公共服务型政府夯实了基础。

（二）民生改善与经济增长同等重要

1. 百姓收入增长与经济增长相统一

经济增长是社会发展的重要前提，但经济增长仅仅是衡量生产的尺度，无法全面反映和体现全部社会现实，同时也不能确切反映人民真实的生活水平。经济增长对于普通民众来说，并不必然带来与之相称的生活水平的提高。浙江在经济快速增长的同时，百姓的收入也基本保持了同步增长，尤其是城镇居民收入增长。如"十一五"期间，浙江全省地区人均生产总值年均增长 11.7%，而城镇居民收入年均增长率也达到了 11.3%，与经济增长速度基本同步。

2. 富民优先与强省发展相统一

富民是改善民生的重要前提，人民群众最大的愿望就是富裕。而富民的实现路径，则是在"一部分人先富起来"的基础上，着力推进全民的共同富裕。富民优先、藏富于民，是浙江发展的重要经验。浙江的富，主要是浙江农村的富和百姓的富。富民是经济社会强省的基础。从浙江的富民强省发展之路我们发现，坚持富民优先、藏富于民，是强省的不竭源泉和根本保证。政府只有创造有利于百姓创业致富的环境和条件，让一切劳动、知识、技术、管理和资本的活力竞相迸发，让一切创造财富的源泉充分涌流，百姓的创业才智才能得以充分发挥，百姓的创业热情才能得以奔涌，社会财富才能得以快速增长。这样，最终也必然会使政府的税收得到稳定增长。

富民是扩大中等收入群体的依赖路径。有恒产者有恒心，当人们拥有了一份来之不易的、像样的家庭财产，有了一份稳定的职业，过上了比较体面的社会生活时，就会希望社会保持稳定的局面。中等收入群体是发展经济的中坚力量，是市场消费的主体，具有强劲的购买力，是消费需求持续增长的主要动力。富民过程也就是不断扩大中等收入群体的过程，寓富于民，藏富于民，放手让每一位公民都有机会成为创业的主体，成为市场的主体，从而有机会成长为中等收入群体或富翁群体中的一员，使一大部分人走向共同富裕。这样可使社会结构更加合理，进而化解社会矛盾，维护社会公正，实现均衡发展。

3. 社会政策与经济政策相统一

社会政策是指以国家立法和行政干预为主要途径而制定的一系列以解决社会问题、保证社会安全、改善社会环境、增进社会福利为主要目的的行为准则、措施、法令、条例的统称。社会政策的作用在于对社会弱势群体采取某种形式的补偿，满足社会需要和增进公共利益。社会政策是保证全体人民生活安全，提高生活质量，促进社会公平的一种制度安排。

在进入新的世纪后，浙江非常重视经济政策与社会政策相统一，重视社会政策在改善居民生活状况、提高居民生活质量方面的重要作用，给予社会政策相应的空间和地位，把制定完善的社会政策和化解经济发展中的社会矛盾，作为提高党和政府执政能力建设的一个重要方面来理解。建立被征地农民的社会保障制度、建立覆盖城乡的新型社会救助体系，健全"大社保体系"，均衡公共教育，为每位社会成员提供平等的发展机会，完善住房保障制度，实现"住者有其屋"，推进收入分配制度改革，实现社会公正，实行更加积极的就业政策，保障民生，保障农民工社会权利，促进社会整体向上流动。

（三）社会体制改革与经济体制改革同等重要

我们已经深化推进了经济体制改革，初步建立起了社会主义市场经济体制，但与市场经济体制相匹配的社会体制改革却远未到位。目前一些民生问题，如看病难、上学难、就业难、住房难、养老难等问题凸显，也是同社会体制改革滞后相联系的。在经济快速增长的情况下，我们还没有建立起一个与现代市场经济体制相配套的公共服务体制。目前计划经济时代的公共服务体制尚未根本打破，新的公共服务体制仍在建构当中。收入分配差距比较大，既反映了市场机制的不完善，也反映了社会体制的缺陷。近 10 年来，浙江加快了社会体制改革步伐，推进社会全面发展。

1. 清除中等收入群体成长发展体制障碍，促进中等收入群体更快成长

针对中等收入群体在创业、分配等领域的体制性障碍，浙江加大了这些领域的改革。鼓励中小企业和个体劳动者（包括大学毕业生）创业，鼓励农村家庭工业发展，以创业带动就业、健全创业服务体系，免收登记大学毕业生、失业人员个体创业的各项行政事业性收费。创造条件让农民拥有财产性收入。近年来，浙江充分利用中农办把浙江确定为农村综合改革试验联系点的有利条件，进一步明确推进改革试验和制度建设的重点领域与关键环节，坚持"面上改革创新"与"点上改革试验"两手抓，着力构建城乡发展一体化机制及制度体系。深入推进统筹城乡综合配套改革，包括深化农村产权制度改革，开展农村集体土地承包经营权、宅基地使用权和房屋所有权的确权登记发证工作，引导确权后的土地山林、农村集体建设用地、农村集体留用地等进行交易流转。积极探索土地股份合作等承包经营权流转形式，构建普通农民平等参与农业现代化进程、公平分享农业现代化成果的机制。

2. 健全合理配置公共资源机制，让基层群众享受更多的社会公共产品与公共资源

10 年来，浙江先后出台了推进城乡统筹就业、创业带动就业、加强普

通高校毕业生就业等政策，充分就业的体制机制基本形成；率先建立了城乡居民社会养老保险制度，不断扩大城乡医疗保险制度覆盖面，改革廉租房和经济适用房制度，努力构建广覆盖的社会保障体系；深化医药卫生体制改革，基本医疗保障制度、基本药物制度、基层医疗卫生服务体系、基本公共卫生服务均等化、公立医院五项重点改革全面推进；不断深化教育体制改革，义务教育经费保障机制、义务教育教师绩效工资改革等深入推进，农村中小学"四项工程"、职业教育"六项行动计划"等深入实施；加大事业单位改革力度，深入推进文化体制改革试点省建设，经营性文化事业单位改革、文化市场综合执法体制改革率先完成，公共文化服务体系建设、民营文化产业发展等走在全国前列；积极创新公共服务供给方式，鼓励社会组织提供公共产品与公共服务，放宽基本公共服务领域投资准入限制，对公益性事业和经营性产业进行分类指导，大力发展社会服务产业，截至2013年8月，全省民办养老机构有964家，民办机构床位12.4万张，分别占总量的47.53%和48.06%。

3. 城市体制改革与社会组织培育取得成效

浙江城镇化走在了全国的前列。2013年，浙江省城镇人口比重达63.5%，比2000年提高了13.5个百分点。浙江城镇化的发展道路与江苏、广东、山东等地不同，浙江的大城市相对较少，浙江大力进行小城市培育试点行动计划，着力提升小城市公共服务平台功能。各试点镇积极推进综合管理和公共服务平台建设，紧紧围绕"城乡一体化、农村城市化、农业现代化、农民城市化"四化目标，积极创新体制机制，切实推进土地集约和人口集聚；实施新居住证制度，不但将居住证扩展到所有外地务工人员，还赋予外来人员应享受的公民权利，这是破除区域限制和缩小城乡差别、利益均等化的努力。培育发展社会组织应该是目前新一轮体制改革的核心内容，也是社会建设的重要内容之一。浙江近10年来大力培育发展各类社会组织，加强政府与社会组织之间的分工和协作，充分发挥社会组织在提供服务、协调利益、化解矛盾、反映诉求方面的积极作用，在政府之外，构建了一个全方位的民众自组织网络。

二 社会建设的"五个坚持"

1. 坚持科学发展，全面提升社会发展战略地位

浙江始终坚持科学发展理念，突出"在经济发展的基础上，更加注重社会建设"的战略要求，积极完善社会发展政策体系，大大加快了全省经济社会协调发展的步伐。浙江的经济发展居全国前列，同时浙江的社会发展水平也居全国前列。如以 2007 年全省社会发展水平总指数为基准值 100 计算，2010 年全省社会发展水平总指数为 114.76，比 2007 年提高 14.76 点，发展水平明显提升。年均发展速度达到 104.70%，2008～2010 年各年增速分别为 3.60%、5.23%、5.27%，呈逐年加速态势。

2. 坚持民生为重，全面提升人民生活品质

浙江在经济快速增长的同时，努力让人民群众分享社会发展成果。百姓的收入水平普遍提高，民生改善的保障体系逐步完善。制定实施基本公共服务均等化、低收入群众增收行动计划，把为民办实事工作摆在更加突出的位置。"十一五"期间全省财政民生支出年均增长 21.1%，连续五年财政支出增量的 2/3 以上用于民生。高度重视经济政策与社会政策相统一，重视社会政策在改善居民生活状况、提高居民生活质量方面的重要作用，给予社会政策相应的空间和地位。把制定完善的社会政策和化解经济发展中的社会矛盾，作为提高党和政府执政能力建设的一个重要方面来理解。习近平同志指出，要"对社会困难群体进行特别的法律和政策保护，包括加快职业培训服务制度、社会保障制度、最低生活保障制度建设，保障困难群体在社会中获得参与市场竞争的机会"。① 建立被征地农民的社会保障制度、建立覆盖城乡的新型社会救助体系，健全"大社保体系"，完善住房保障制度，推进收入分配制度改革，实行更加积极的就业政策，保障农民工社会权利。

---

① 习近平：《干在实处 走在前列——推进浙江新发展的思考与实践》，中共中央党校出版社，2006，第 250 页。

3. 坚持党委领导、政府负责、社会协同、公众参与，全面提升社会建设水平

10年来，省委、省政府高度重视社会建设工作，充分发挥党总揽全局、协调各方的领导核心作用，不断提高各级党组织社会管理的能力和水平；加强政府的社会管理职能，重点解决"缺位""越位""错位"等问题，使政府切实担负起应尽的社会管理责任；充分发挥各类社会组织的作用，加强政府与社会组织之间的协作，建立健全提供服务、反映诉求、规范行为的社会组织网络；大力培育公众的参与意识，不断拓宽公众参与渠道，规范公众参与行为，依靠人民群众实现社会管理创新。各级党委根据中央要求与省委部署，建立健全党委领导、政府负责、社会协同、公众参与的社会建设与管理格局，统一思想，明确目标，健全机制，不断完善目标责任制，形成了统一领导、分工协作、齐抓共管、责任到人的工作机制。各级政府重视公共服务型政府建设，重视民生的改善与发展，制定了一系列重要政策、重大项目规划，采取了一系列积极有力的措施，促进社会建设事业的发展。着力加大政府投入力度，积极建立健全促进社会建设事业发展的长效机制，大大促进了"学有所教、劳有所得、病有所医、老有所养、住有所居"目标的实现。

4. 坚持从省情出发进行改革创新，全面提升社会发展质量

浙江市场取向的改革比较早，民营经济发达，社会阶层结构的急剧变化和社会经济成分、组织形式、就业方式的日益多样化，给社会建设及社会管理带来了巨大的挑战。五年来，省委坚持从省情出发，大力进行社会建设与管理的制度创新，加强社会良性运行机制的建设，在社会组织、社会管理、社会安全、社会整合及不同群体利益表达机制等方面做出了很多有益的探索与制度建设。

浙江进行了教育、卫生、文化、城乡公共资源统筹配置、公共财政体制、收入分配制度等领域的改革，用改革的办法破解发展难题，用创新的举措加强社会管理，保障社会和谐有序，不断为社会发展增添生机与活力；以重点领域和关键环节为突破口，深入推进社会领域体制机制创新，为转型发

展提供强有力的制度保障。同时，加快了社会管理方式改革，把政府各个职能部门各自为政的单项管理和服务整合在一起，推动管理方式从"分散"向"综合"升级；加快社会管理主体改革，构建"党委领导、政府负责、社会协同、公民参与"的社会管理新格局，积极培育基层自治，大力发展社会组织，壮大社会工作者和志愿者队伍，让非政府、非市场的力量在良好的环境中茁壮成长。

5. 坚持创新发展"枫桥经验"，着力建设社会安全基础工程

稳定是和谐的前提和基础。要推进和谐社会建设，就必须保持社会的平安、稳定、有序；没有稳定，构建社会主义和谐社会就无从谈起；唯有稳定才能发展经济，才能达到社会和谐。10 年来，浙江坚持创新发展"枫桥经验"，着力夯实保持社会安定有序的基础。浙江省委在 2004 年作出了建设"平安浙江"的决策部署，为促进经济、政治和社会生活各个方面的和谐稳定发展确立了目标。浙江省委、省政府建设的"平安浙江"，追求的是经济与社会、城市与农村、人与自然的和谐发展，习近平同志说："平安浙江中的平安，不是狭义的平安，而是涵盖了经济、政治、文化和社会各方面宽领域、大范围、多层面的广义平安。"①

浙江统筹考虑经济、政治、文化、社会的因素，综合运用行政、法律、教育等手段，正确处理经济建设与社会发展的关系，狠抓工作机制建设，努力从源头上解决问题。建立健全群体性事件预测预警、排查化解、应急处置、责任追究、工作保障等机制，促进维护稳定工作的制度化、规范化。加强社会安全机制建设，始终把重点放在基层，不断夯实工作的根基，重点推动综治工作中心建设和"综治进民企"工作，全省综治工作网络进一步向基层延伸拓展。认真抓好组织排查、调处化解、督查指导等各个环节的工作，实行经常性排查与集中排查相结合，人民调解、行政调解和司法调解相结合，对重大矛盾纠纷实行领导包案、限期化解，形成了预防化解矛盾纠纷

① 习近平：《干在实处　走在前列——推进浙江新发展的思考与实践》，中共中央党校出版社，2006，第 235 页。

的整体合力。总结推广了治安防控"枫桥经验""鹿城做法""义乌模式",不断完善专群结合、人技互动的立体型社会防控网络。

第三节　浙江社会建设经验对国家现代化的启示

一　民生为重始终是社会建设的一条主线

民生就是人民的生计及生计的保障，包括谋生之道、生活之事及社会公共产品与服务的保障。民生为重是社会发展的目标指向，是社会建设的根本内容。民生为重凸显了社会发展的三个主要特征，即人民性、普惠性和公正性。民生为重是贯穿浙江 10 年来社会建设的一条主线。这条主线凸显了浙江人民艰辛创业、快速改变自己生活状态、提高自己生活水平和质量的伟大精神，也凸显了浙江各级党委政府努力为民、艰辛探索的不倦追求。

1. 民生为重凸显了发展的人民性

人民性是社会发展的最高尺度。人民性首先意味着让人民的生计、福祉及权利得到不断的改善与增进。我们的社会是一个以民为主的社会，也就是人民当家作主的社会。人民既是社会现代化的建设者，又是社会现代化服务的目标和对象。因此，改善民生、保障民生，最大限度地减少人民为改革付出的成本和代价，让人民尽可能多地参与发展的整个过程，让人民尽可能多地分享发展的机会和成果，满足人民的基本需求，如就业需求、安全需求、教育需求、文化消费需求等，才能最大程度地体现发展的人本性。这正是改善民生、保障民生的坚实基础，是发展的人民性的最好体现。

改善民生、保障民生，是以人为本的内在要求，是科学发展、社会和谐的基本要求。努力解决社会民生问题，就是要根据人民群众的要求和愿望，从人民群众最关心、最直接、最现实的利益问题入手，真心实意地为民办实事，及时主动地为人民群众排忧解难。要使全体人民学有所教、劳有所得、病有所医、老有所养、住有所居。满足人民的需要，实现人民的愿望，增进人民的福祉，维护人民的利益，保障人民的权利，才能真正体现出发展的人民性。

2. 民生为重凸现了发展的普惠性

普惠性是社会建设的最基本理念。普惠性意味着让人民尽可能多地分享发展的资源和成果。政府与社会需要努力提供更多的公共产品与公共服务，以满足人民不断增长的社会公共需求。这也是指政府的职能转变，从原来的全能、管治型政府转为实施有效的公共供给战略，提供公共产品的政府。民生为重为社会发展提供了一个导向，树立了一个目标，即让全体人民生活得更加幸福，让全体人民获得更多的社会公共产品和更多的发展机会。

普惠性就是强调社会发展成果享受的全覆盖性。民生为重要求共建共享，打破城乡割裂的二元社会体制，推进城乡一体化，取消对劳动力流动和城市企业雇用农民工的不合理限制和规定，建立公平有序竞争的就业机制，实现农民工的市民化，使人人享有基本的公共服务和公共产品。

3. 民生为重凸现了发展的公正性

公正性是社会发展的根本目标。社会公正意味着起点平等、规则平等、机会平等以及一定程度上的结果平等。让人民尽可能多地分享发展的资源与成果，就需要社会的公正和公平。我国的社会主义性质决定了我们不能像早期资本主义社会那样只在小范围内体现社会公正，而必须一开始就最大限度地使社会公正在每个社会成员身上得到体现。这是中国社会发展战略的核心和本质内容，是我们实现现代化的终极目标和追求。民生为重就是把保持社会公平作为它的一个基本原则，最大限度地减少人民分担的发展、改革的成本和代价，加大社会公共产品和公共服务的投入，使民生能得到持续改善。

二　优化社会结构是社会建设的核心任务

在现代化过程中，在国家调控和市场调节之外，社会结构转型是影响资源配置与经济发展的另一只"看不见的手"，它既是经济增长的结果，也是社会变革的推动力量，同时也是促进经济发展的重要力量。

社会结构合理，对经济社会发展起着至关重要的作用。因为，社会结构以路径依赖的方式制约着各类社会主体的社会行动，决定着社会的稳定、和谐与发展。也就是说，社会结构这样或那样地建构着、塑造着社会行动。社会结构状况是社会的本质特征之一，社会结构的变革是社会转型和发展的一个过程。社会结构与经济结构一样，是观察和认识一个国家或地区发展情况的重要维度之一。经济结构的变化推动了社会结构的变动，而社会结构的变动又反作用于经济结构。

社会结构的核心是社会阶层结构，它直接体现了社会关系的状况，合理的社会阶层结构是社会稳定、社会和谐和社会发展的基础，不合理的社会阶层结构又成为社会矛盾、社会冲突和社会解组的原因。从金字塔形社会结构转变到以中等收入阶层为主体的橄榄形社会结构正是社会质量较高的重要标志。浙江注重创业富民，注重推进中等收入群体更快成长，在2010年，中等收入群体占社会总人口的31.6%左右，在全国处于前列。目前浙江正在创业富民的基础上，继续推进"两富""两美"建设，力争到2020年中等收入群体占比40%~45%，成为社会的主体，形成现代化的阶层结构。

优化社会结构也体现在不同居民之间的协调发展上。这就需要努力改善困难群体生活的社会生态。浙江10年来社会建设的一条重要经验，就是要让绝大多数人民群众在改革和发展中不断得到实惠。浙江不断加大对困难群体的社会保障力度，出台了一系列低收入群体增收计划，还通过切实的措施改善他们在市场中的境遇和地位，在政策、制度、机制上给他们提供更多的机会，努力使这些群体的生存环境得到更好的改善。

合理的社会结构还体现在城乡之间、不同区域之间的协调发展上。打破二元分割体制，推进新型城市化快速发展，促进城乡融合，是浙江社会建设的又一重要内容。城市化是扩大中等收入群体的一大引擎，有利于阶层结构的改善。10年来浙江城市化水平快速发展，从2001年的41%提升到63.5%，第一产业的从业人员已经下降到13.8%。

三 均衡协调发展是浙江经验的一个显著特征

发展的均衡性是浙江社会建设稳步进行的重要保证。发展的均衡性不是小农社会所追求的均平性，也不是乌托邦理念中的大同性，而是指社会的协调和人民的和谐，也就是社会学意义上所说的社会结构的合理性和社会运行的协调性，是均衡地推进城市与乡村、发达区域与不发达区域、经济与社会之间的发展，是合理地分配社会财富，消除贫困，防止两极分化。发展的均衡性是社会可持续发展的内在要求。如果一种发展模式导致了区域结构、城乡结构、贫富结构失衡，导致两极分化和贫困化，穷人无法合理地分享经济与社会发展的成果，那么，这种发展模式既达不到人们所期望的社会目标，也必将导致许多社会问题，以致发展难以持续。浙江社会均衡性发展，主要体现在以下几方面。

1. 社会发展与经济发展相均衡

社会的全面发展包含经济和社会两方面的发展。科、教、文、卫、体、保等社会事业的发展应当与经济发展水平相适应。经济水平提高了，社会事业也要得到相应的发展，不能一条腿长，一条腿短，要建立能够充分满足经济社会发展需要和居民生活需要的社会事业体系。浙江在重视经济发展的同时，越来越重视社会事业发展，全省社会发展综合评估指数逐步跟上经济发展的步伐，并与经济发展日趋协调。社会整体素质提高和社会事业全面发展，是经济发展持久而坚实的基础。社会发展还与提高人民群众的生活水平及生活质量相一致，从一定意义上讲，重视社会发展，也就是重视提高人民群众的生活水平，重视改善民生。国家统计局 2011 年和 2012 年连续两年对全国各地区社会发展水平进行的综合评价结果显示，浙江社会发展水平综合评价指数排在上海、北京、天津之后，居全国第 4 位，与经济发展水平在全国各省份的位次基本对应。

2. 乡村发展与城市发展相均衡

城市是社会变迁的产物，是社会发展的标志。城市化水平是社会化水平的衡量尺度，也是社会文明程度的衡量标准。截至 2013 年年底，浙江城市化水平达到了 63.5%，比 2002 年上升了 11.5 个百分点。农村发展是城市发展的基础，是浙江现代化的重点，农村发展也是民生改善与发展的重要内容，是建构和谐社会的关键。在城市快速发展的同时，浙江在全国率先推行城乡一体化建设，引导农民自己组织起来构建健全的农业产业体系，充分保证农民的利益。同时加大对农村公共产品的投入力度，加快推进农村新型社区建设。经过全省人民的共同努力，浙江的新农村建设取得了重大进展，百姓收入有了明显提高。

3. 后发地区与先发地区发展相均衡

由于地理位置等自然因素，相对于浙东北区域来说，浙江的衢州、丽水两市目前还暂属于后发地区。如果说浙江已进入工业化中期向后期转变的阶段，那这两个市整体上仍处于工业化前期向中期转变的阶段。党的十六大以来，浙江省委根据浙江实际，提出发挥山海资源优势、统筹区域发展的新思路，通过全面实施"山海协作""欠发达乡镇奔小康""百亿帮扶致富"等三大工程，加大欠发达地区农村劳动力培训力度，开展全方位、多领域的对口帮扶工作，进一步统筹区域发展。发达地区在加快发展的过程中，通过地区间的项目合作，完成了产业梯度转移和要素合理配置，实现了沿海发达地区与浙西、浙南欠发达地区的协调发展。全省有106个欠发达乡镇与沿海地区106个发达乡镇"结对"共谋发展。更多的企业把发展的触角伸向欠发达地区。这种合作，更加注重发挥市场配置资源的基础性作用，注重政府推动与市场运作相结合。

4. 低收入群体与中高收入群体发展相均衡

弱势群体的发展事关社会结构的优化，事关社会的和谐。关注、扶持弱势群体的发展，给弱势群体提供发展的机会，是政府的责任和义务，是社会道义和良知的体现。10年来，浙江加大了对农村等欠发达地区、农民等弱势人群的扶助力度，社会保障覆盖范围进一步拓宽，社会化救助体系初步形成。浙江在全国率先建立了农民最低生活保障制度，城镇"三无"对象和农村"五保"集中供养工作提前完成。医疗、教育、住房等社会救助制度全面建立，基本公共服务实现了全省农民全覆盖，基本实现了不让一个学生因贫困而失学，《浙江省城镇廉租住房保障办法》出台，为低收入群体和外来民工提供了大量经济适用房及廉租房。

5. 外来人口与本地人口发展相均衡

流动人口的权利得到切实保护。浙江是外来人口集聚较多的一个省份，到 2013 年，浙江共有流动人口 2300 万左右。浙江对待外来农民工完成了从最初的管理到观念上共享、方式上服务、称谓上融入的转变。习近平同志说，"民工作为城市之友，现已成为推进我省经济建设的重要生力军和不可或缺的人力资源"，[①] 他们为当地的工业化、市场化、城市化发展作出了巨大贡献，同时，他们已经熟悉或者接受了本地文化，并因为得到了当地人的认同和接纳而有了归属感，更加自觉地融入当地社会，建设当地社会。因此，各级地方党委、政府的领导深刻认识到了农民工是重要的人力资源，是地方经济社会发展不可缺少的建设大军，并深刻认识到农民工这一重要的人力资源应当是本区域人口的组成部分，对这些农民工公平对待，一视同仁，强化服务，完善管理。为保护他们的合法权利，使他们真正融入城市及本地生活，提高生活质量，浙江实施了新居民制度，改善农民工就业环境，为农民工提供基本社会保障，农民工培训列入社会发展计划，农民工子女教育受到高度重视，外来人口共享社会政治权利，他们被称为"新浙江人"。浙江各地认识到，"新浙江人"不断增长是区域经济活力和繁荣的重要表现，"新浙江人"推进了社会流动，激励了社会整体进取向上的意识，为更多的农民转变为城市居民开辟了道路。

6. 人与自然发展相均衡

2003 年，浙江省委就做出了生态省建设的决定，时任浙江省委书记的习近平同志指出，"绿水青山本身就是金山银山"，[②] 阐明了生态保护与经济社会发展的关系。2010 年，浙江省委又作出了推进生态文明建设的重大决定，提出了坚持生态省建设方略、走生态立省之路，大力发展生态经济，不断优化生态环境，努力实现经济社会可持续发展的生态文明建设目标。2014

---

① 习近平：《干在实处　走在前列——推进浙江新发展的思考与实践》，中共中央党校出版社，2006，第250页。

② 习近平：《干在实处　走在前列——推进浙江新发展的思考与实践》，中共中央党校出版社，2006，第198页。

年浙江省委又作出了建设两美浙江的决定，更是把生态建设推向了新阶段。
10年来，浙江环境污染整治成效显著，全面部署开展了以八大水系和省级
环保重点监管区为重点的"811"环境污染整治行动，提出了"两个基本、
两个率先"的工作目标和"治旧控新、监建并举"的工作方针；扎实开展
重点流域、重点区域、重点行业、重点企业污染整治，钱塘江、甬江、苕溪
等水系整治成果明显；加强建设项目环境准入，全面推进结构调整，腾笼换
鸟，累计否决或要求重新选址的不符合国家产业政策和生态环保要求的建设
项目4000余项。环境质量基本保持稳定。"十五"以来，全省生态建设、
环境治理的投入明显增加，高于全国环保投入平均水平。主要污染物排放总
量基本得到有效控制，工业产品的污染物排放强度逐年下降，重点流域、区
域环境整治有序推进，生态保护和建设得到加强。完成了三大产业带生态建
设与环境保护规划的编制工作，各地、各部门也相继完成并组织实施了生态
建设规划。安吉县被命名为全国首个生态县，杭州、宁波、绍兴、湖州和富
阳等多个城市被评为国家环境保护模范城市，30多个市、县（市、区）被
命名为国家级生态示范区。10年来，全省森林覆盖率提高到60.5%，万元
GDP综合能耗水平居全国各省份第4位（由低到高），处于全国先进水平。
根据中国科学院公布的年度中国可持续发展战略报告，浙江环境支持能力连
续多年排在西藏、海南之后，居全国第三位。另据中国环境监测总站发布的
《全国生态环境状况评价报告》，浙江生态环境状况指数位居全国前列，全
省生态环境支撑能力处于全国前列，全省生态环境质量总体上处于全国领先
水平。

四　政府与社会合作治理是社会建设的重要方式

从理论上说，一个健康的社会取决于政府、市场和社会三种力量的平衡。
中国现代化发展一个重要内容就是逐步理清国家、市场和社会的关系，凡是
市场和社会能够解决的问题，政府一般不介入，该由政府管理的事项政府应当
管住管好，在就业、基础教育、基本医疗、公共卫生、住房、收入分配、社会
保障、社会救济、安全生产、环境保护、社会治安等方面履行好职能。

人民群众是社会发展的根本推动力量，是我们党执政的基石。人民群众中蕴藏着维护稳定、促进发展的巨大力量。只有真心实意地相信人民群众，坚定不移地依靠人民群众，才能形成社会建设的良好局面。这需要在社会建设中高度重视人民群众的参与，高度重视人民群众的首创精神，拓宽群众参与渠道，为人民群众提供参与社会建设与社会治理的各种机会，形成社会公共政策制定的公众参与机制，健全重大事项集体决策、专家咨询、社会公示与听证、决策评估等制度，充分重视和利用互联网这一人民群众参与社会建设与治理的新渠道，提供群众了解、参与、监督社会公共事务的权利和机会。同时加强政社合作，建立现代型社会公共治理结构，满足多元社会需求。充分利用社会组织、社会力量提供公共产品和公共服务，以弥补政府公共产品和公共服务供给不足，提高资源利用率，最大限度地满足各个阶层和群众的公共需求，维护秩序，保持社会公平，促进社会稳定和发展。

五　平安建设是提升国家现代治理能力与水平的重要抓手

社会治理现代化是国家现代化的重要内容，国家治理现代化主要体现在社会治理的民主化、法治化与科学化上。平安，既是治国者的理想，也是老百姓的夙愿；既是人民幸福安康的基本要求，也是改革发展的基本前提。国家治理现代化强调把增进公共利益同维护公共秩序放在同等重要的地位，实现这两个目的的能力是国家治理能力最重要的体现。

平安浙江建设是浙江创新社会治理、落实推进国家治理体系和治理能力现代化的大平台。2004 年 1 月，浙江省委理论中心组学习会首次提出建设平安浙江，习近平同志深刻指出"富裕与安定是人民群众的根本利益，致富与治安是领导干部的政治责任"。① 自 2004 年开展平安浙江建设以来，浙江省各级领导干部的手中每月都有两张报表，一张是"经济报表"，一张是"平安报表"，切实把"一手抓经济发展，一手抓社会稳定"的要求落到实

---

① 习近平：《干在实处　走在前列——推进浙江新发展的思考与实践》，中共中央党校出版社，2006。第 235 页，

处。浙江省各级党委都建立起社会稳定形势分析制度，像分析经济形势一样，定期分析社会稳定状况，及时研究解决工作中遇到的重大问题。在浙江省经济社会又好又快发展的进程中，这两张报表体现了各级党政领导的"大平安"理念，承载了人民群众对平安和谐的殷切期待。在这一理念的指导下，全省上下协力奋斗，有力地促进了浙江经济、政治、社会、文化、生态五方面的稳定、协调发展。

浙江将平安建设置于经济社会发展的全局中来谋划，放到"五位一体"的总布局中来推进，做到经济社会发展到哪个阶段，平安建设就提升到哪个水平。适时调整平安考核的内容，做到影响平安的问题出现在哪里，平安建设就延伸到哪里。坚持在实践中探索有效的体制机制，正确处理维稳与维权、活力与秩序、民主与法治的关系，创新社会治理方式，以持续改善民生为重点，统筹抓好社会事业发展、社会治理创新和社会和谐稳定等各项工作，促进人民安居乐业、社会安定有序。

深化平安浙江建设是创新社会治理、推动治理体系和治理能力现代化的必然要求，是维护改革发展稳定大局、保障浙江省全面深化改革顺利推进的必然要求，是顺应人民群众对美好生活新期待、谱写中国梦浙江篇章的必然要求。我们深化平安浙江建设，就是要紧紧围绕完善中国特色社会主义制度，推进国家治理体系和治理能力现代化这个总目标，大力推进具有浙江特色的社会治理体系现代化，建立健全维护国家安全和社会稳定体系、社会矛盾源头预防体系、社会矛盾调处化解体系、公共安全保障体系和经济领域安全保障体系，努力建设经济更加发展、政治更加稳定、文化更加繁荣、社会更加和谐、人民生活更加安康的平安浙江。要下大力气加强社会治理能力建设，着力提高党委领导、部门履职、群众自治的能力和水平，确保社会治理体系有序、高效运转，为不断深化平安浙江建设提供有效保障和支撑。建立健全维护国家安全和社会稳定体系，加强信息建设，科学预测可能出现的情况和问题，下好先手棋、打好主动仗；建立健全社会矛盾源头预防体系，在保民为民、利民惠民上下功夫，在科学决策、民主决策上下功夫，在严格执法、公正司法上下功夫；建立健全社会矛盾调处化解体系，坚持和发展

"枫桥经验"，在制度上筑起调处化解社会矛盾的防火墙，力争就地化解矛盾、多元化化解矛盾、依法化解矛盾；建立健全公共安全保障体系，强化社会治安防控，强化公共安全监管，强化网络综合防控；建立健全经济领域安全保障体系，发挥好平安建设协调经济利益关系的"润滑剂"作用、规范经济秩序的"保护神"作用、创造良好发展环境的"助推器"作用，努力开辟"绿水青山就是金山银山"的发展新路子。

参考文献

1. 习近平：《之江新语》，浙江人民出版社，2007。

2. 习近平：《干在实处　走在前列——推进浙江新发展的思考与实践》，中共中央党校出版社，2006。

3. 毕天云：《迈向普遍整合型社会福利体系——论大陆社会福利模式的转型》，载《社会福利模式：从传承到创新》，（台湾）中华救助会，2010。

4. 费孝通：《小城镇，再探索》（1984），载《费孝通文集》（第九卷），群言出版社，1998。

5. 郭书田、刘纯彬：《失衡的中国》，河北人民出版社，1990。

6. 龚鹰编著《社会管理模式的创新——基于舟山市"网格化管理，组团式服务"的实践研究》，知识产权出版社，2012。

7. 黄坤明：《城乡一体化路径演进研究》，科学出版社，2010。

8. 韩俊主编《中国农村政策调查报告II》，上海远东出版社，2008。

9. 陆学艺、王春光、张其仔：《中国农村现代化道路研究》，广西人民出版社，1998。

10. 王春光：《中国农村社会变迁》，云南人民出版社，1995。

11. 王春光等：《社会现代化：太仓实践》（下册），社会科学文献出版社，2012。

12. 吴锦良：《基层社会治理》，中国人民大学出版社，2014。

13. 陈诗达、应建民、吴玮：《浙江省非公有制企业人才发展战略研究》，《第一资源》2012年第2期。

14. 陈达：《浙江：十年构建农村社会保障体系》，《中国财经报》2005年6月4日，第1版。

15. 段娟、鲁奇、文余源：《我国区域城乡互动与关联发展综合评价》，《中国人口、资源与环境》2005年第1期。

16. 傅志国：《浙江农民最低生活保障制度调查》，《农民日报》2005年9月17日，第3版。

17. 傅允生：《浙江产业转型升级约束条件与发展趋势》，《浙江学刊》2010年第5期。

18. 岳德亮：《浙江："3+1"促进城乡居民医疗保障全覆盖》，《中国社会报》2008年9月12日，第1版。

19. 胡作华：《浙江政策性农险破解保障难题》，《经济参考报》2006年3月25日，第2版。

20. 胡丹莺：《从区隔到统筹：省域社会保障一体化探讨——以浙江为例》，《浙江社会科学》2011年第5期。

21. 何子英：《走向城乡一体化的社会政策体系建设——以"十一五"时期的浙江经验为研究对象》，《经济社会体制比较》2012年第4期。

22. 江南：《浙江实行分层分类救助》，《人民日报》2006年5月9日，第10版。

23. 李洁、梁箫、杨志东：《桐乡："三治合一"打开社会治理新格局》，《浙江法制报》2014年5月23日，第1版。

24. 李刚殷、曹鸿涛：《浙江新增财力三分之二用于民生》，《工人日报》2007年1月23日，第1版。

25. 李传喜、杨建华、姜方炳：《论浙江乡村社会60年发展逻辑》，《"秩序与进步：浙江社会发展60年研究"理论研讨会暨2009浙江省社会学年会论文集》，2009。

26. 李建中：《关于浙江产业转型升级的几个问题》，《浙江经济》2009年第4期。

27. 刘天喜、夏雪：《改革开放以来浙江民生政策的演进过程》，《浙江理工大学学报》2012年第2期。

28. 刘晓清、陈国强：《加快构建具有浙江特色的社会救助体系》，《政策瞭望》2007 年第 2 期。

29. 刘志军、陈建胜：《救助管理制度的实践与社会反响——以浙江省三个地市为例》，《中南民族大学学报》（人文社科版）2011 年第 4 期。

30. 刘明中：《医疗救助拆去"门槛"》，《中国财经报》2007 年 8 月 2 日，第 2 版。

31. 罗卫红：《浙江：探索建立适度普惠型儿童福利制度》，《社会福利》2014 年第 3 期。

32. 吕玥：《扶贫济困解烦忧——我省各级机关干部下访接访纪事》，《浙江日报》2011 年 12 月 6 日，第 1 版。

33. 庞树奇、仇立平：《我国社会现阶段阶级、阶层结构初探》，《社会学研究》1989 年第 4 期。

34. 卜晓军：《新中国农村公共服务供给的制度变迁》，《西北大学学报》（哲学社会科学版）2010 年第 1 期。

35. 苏靖：《浙江启动全国首个基本公共服务均等化行动计划》，《浙江日报》2008 年 7 月 13 日，第 1 版。

36. 孙胜梅：《近年浙江社会保障制度的成效、问题及改进建议》，《统计科学与实践》2011 年第 7 期。

37. 田凯：《关于农民工的城市适应性的调查分析与思考》，《社会科学研究》1995 第 5 期。

38. 王诗宗：《地方治理在中国的适用性及其限度——以宁波市海曙区政府购买居家养老政策为例》，《公共管理学报》2007 年第 4 期。

39. 王春、许迎华：《首次将低保边缘家庭纳入社会救助范围》，《法制日报》2014 年 8 月 6 日，第 3 版。

40. 汪成明、闫拥洲：《构建新型社会福利体系》，《浙江日报》2009 年 9 月 25 日第 2 版。

41. 吴锦良、孙建军、汪凌云、丁友良：《网格化治理：基层社会管理的全面创新》，《决策参阅》2009 年第 37 期。

42. 徐家良、赵挺：《政府购买公共服务的现实困境与路径创新：上海的实践》，《中国行政管理》2013 年第 8 期。

43. 徐昱：《浙江建立全国首个省级救助管理系统》，《社会福利》2004 年第 8 期。

44. 姚引妹：《加入 WTO 浙江人才资源开发面临的机遇与挑战》，《中国人力资源开发》2001 年第 12 期。

45. 杨建华：《改革开放三十年浙江民生建设经验与启示》，《中共浙江省委党校学报》2008 年第 6 期。

46. 杨建华：《从平安浙江到和谐浙江》，《浙江日报》2012 年 5 月 24 日，第 4 版。

47. 杨建华：《"三社互动"：一种新型社会管理体系的建构》，《中国社会工作》2012 年第 27 期。

48. 杨建华、范晓光：《社会阶层结构现代转型——一项以鄞州区为个案的实证研究》，载《秩序与进步：浙江乡村社会巨变历程与经验理论研讨会论文集》，2008。

49. 杨建华、张秀梅：《浙江社会流动调查报告》，《浙江社会科学》2012 年第 7 期。

50. 郁建兴、徐越倩：《服务型政府建设的浙江经验》，《中国行政管理》2012 年第 2 期。

51. 叶辉：《把改善民生摆到更加突出的位置》，《光明日报》2008 年 3 月 3 日，第 6 版。

52. 张学明：《深化公共预算改革，增强预算监督效果——关于温岭市参与式预算的实践与思考》，《温岭理论与实践》2008 年第 2 期。

53. 张乐：《过去五年浙江新增财力超过七成用于改善民生》，《中国社会报》2008 年 1 月 21 日，第 1 版。

54. 张丽：《郡县治，天下安——领导干部下访接访的浦江样本》，《浙江日报》2014 年 3 月 19 日，第 8 版。

55. 张聪群：《基于产业集群的浙江中小企业转型模式研究》，《经济纵横》2009 年第 12 期。

56. 张清霞：《浙江农村相对贫困的演变及其应对方略研究》，《经济界》2011 年第 5 期。

57. 朱力：《论农民工阶层的城市适应》，《江海学刊》2002 年第 6 期。

58. 朱海兵：《平安中国的先行样本——建设平安浙江 10 周年回眸》，《浙江日报》2014 年 3 月 31 日，第 1 版。

59. 钟闻、谢方文：《从浙江到上海，习近平始终追求民生实绩》，《第一财经日报》2007 年 5 月 24 日，第 A4 版。

60. 章苒：《浙江修改立法保障养老保险"全覆盖"》，《中国劳动保障报》2008 年 4 月 10 日，第 2 版。

61. 浙江省发展和改革委员会社会发展处：《浙江产业结构与人才结构匹配现状调查》，《浙江经济》2005 年第 21 期。

62. 中央党校省部级进修班调研组：《没有社会保障就没有和谐社会——浙江加快大社保体系建设的考察报告》，《今日浙江》2005 年第 7 期。

63. 《浙江省基本公共服务体系"十二五"规划》，浙江省人民政府网站，http：//www. zj. gov. cn/art/2013/1/15/art_ 12460_ 71284. html，发布时间：2013 年 1 月 15 日。

64. 《浙江教育简介》，浙江省教育厅网站，http：//www. zjedu. gov. cn/gb/articles/2014 - 05 - 15/news20140515171310. html，发布时间：2014 年 5 月 15 日。

65. 《2012 年全省卫生工作总结》，浙江省卫生厅网站，http：//www. zjwst. gov. cn/art/2013/5/29/art_ 317_ 231802. html，发布时间：2013 年 5 月 29 日。

66. 《2011 年全省卫生工作总结》，浙江省卫生厅网站，http：//www. zjwst. gov. cn/art/2012/3/28/art_ 317_ 178057. html，发布时间：2012 年 3 月 28 日。

67. 《浙江省文化厅 2013 年工作总结》，浙江省文化厅网站，http：//www. zjwh. gov. cn/zwxx/2014 - 02 - 10/159303. html。

68. 金兴盛：《在 2013 年全省文化广电新闻出版局长电视电话会议上的讲

话》，浙江省文化厅网站，http：//www. zjwh. gov. cn/zwxx/2013 - 03 - 13/142333. html，2013 年 1 月 21 日。

69. 浙江在线：《发改委和统计局报告显示　社会发展水平，浙江居第三》，http：//zjnews. zjol. com. cn/05zjnews/system/2011/12/28/018107390. shtml，2011 年 12 月 28 日。

70. Allen Schick，"Modernizing the State：Restructuring China's PSUs Delivering Public Services，" Prepared for World Bank，2004.

71. James Midgley，*Social Welfare in Global Context*，Thousand Oaks，California：Sage Publications，1997.

后　记

中共浙江省委与中国社科院共同组织实施的"中国梦与浙江实践"重大课题社会卷的研究、写作从今年4月正式启动，到现在已半年多，课题组由中国社科院社会学所所长陈光金研究员任组长，浙江省社科院公共政策研究所所长、浙江省政府咨询委员会委员杨建华研究员任副组长。课题组在中国社科院、浙江省委、浙江省委宣传部和浙江省社科院领导的精心指导与全组同志的勤勉努力下，终于按时完成了研究写作任务。

在研究中，我们坚决按照各级领导的总体要求，特别是浙江省委宣传部胡坚常务副部长关于社会卷课题研究写作的具体要求，认真学习了习近平总书记关于社会建设的思想理论和《干在实处　走在前列》与《之江新语》两部著作，总结了习近平同志的思想、探索、做法和经验，以及后面几届省委一以贯之继承、一张蓝图画到底的实践经验，提出了这些做法与经验对浙江现代化发展的重大意义以及对全国发展的启示与借鉴意义。

在研究期间，课题组同志深入调研，从实践与事实出发，而不是从思辨出发，在调研基础上再思考、提炼。课题组在6月进行了集中调研，后又陆续进行了分散、小型的调研。课题组先后赴浙江省民政厅、浙江省政法委等部门和杭州、嘉兴、舟山等地市，通过走访、座谈和实地考察等方式，积累了大量的第一手材料。在浙江省民政厅，课题组听取了民政厅党组成员、副厅长俞志壮同志关于总体情况的介绍，与民政厅相关职能处室进行对口调研座谈，深入了解浙江省社会保障与社会救助、城乡社区建设、社会组织建设、养老与慈善事业、社会福利、社会事务、优抚安置等方面的情况，民政厅社会组织管理处、优抚处等11个部门的领导参加座谈。在省政法委，省综治办副主任朱益军率政法委综合协调处、基层指导处、督查考评处处长就平安浙江建设、社会治理、社会管理创新、外来流动人口管理与服务等与课题组成员进行交流。课题组走访了杭州上城区湖滨晴雨工作室、江干区凯旋街道南肖埠社区,与社区干部、社会工作者座谈,深入了解基层在社区治理、公共服务等方面的特色经验。

在嘉兴、舟山调研期间,课题组分别听取两市政法委、发改委近 10 个部门就两市社会发展总体情况、城市化和社会治理、社会事业和公共服务建设等情况的工作汇报,并实地考察了科学发展观在嘉善的实践、嘉善姚庄的新农村建设、海盐的就地城镇化,以及舟山市普陀区展茅街道的网络化管理、组团式服务。嘉兴市政法委副书记曹雪根,舟山市委宣传部副部长章隽达,舟山市综治办专职副主任杨宏伟以及嘉善县委副书记、政法委书记滕根林,海盐县委常委郭腾辉分别为课题组介绍了相关情况。

本卷以 2002~2007 年习总书记主持浙江工作期间,兼及后面几届浙江省委一以贯之、一张蓝图画到底的实践为主要研究内容,从民生保障与改善及一个地方的持续健康发展、发展与稳定等角度来思考,努力总结提炼习近平同志在浙江工作期间关于社会建设的思考与浙江在社会建设中的路径和经验,以及所带来的启示。因此,每章结构大致是思想探索——实践(举措、做法、方法)——案例——效果。

社会卷各章作者分工如下:

导论,陈光金(中国社会科学院);

第一章,田丰(中国社会科学院);

第二章,王春光(中国社会科学院);

第三章,汪锦军(浙江省委党校);

第四章,刘志军、应焕红(浙江大学、浙江省社会科学院);

第五章,郎友兴(浙江大学);

第六章,张秀梅(浙江省社会科学院);

第七章,杨建华(浙江省社会科学院);

第八章,杨建华(浙江省社会科学院)。

王春光、杨建华、刘志军、汪锦军参加了全书审读,全书由王春光、杨建华统稿，最后由陈光金、杨建华定稿。

　　本书研究写作任务得以顺利完成，离不开中国社科院、浙江省委、浙江省委宣传部、浙江省社科院各级领导的关心、支持与指导，离不开相关厅局办与市县领导的支持与帮助，离不开中国社科院科研局、浙江省委宣传部理论处、浙江省社科院科研处和办公室领导的协调、帮助与指导。中共浙江省委宣传部常务副部长胡坚、浙江省委党史研究室主任金延锋研究员、浙江省社科联原副主席蓝蔚青研究员、浙江省社科联副主席陈先春等领导审读了本书稿，提出了很多切中肯綮和建设性的意见，为本书的修改提供了很好的导向与帮助。

　　在这里我们深深感谢中国社科院李培林副院长，中国社科院社会学所党委书记汪小熙，浙江省委宣传部胡坚常务副部长，浙江省社科院党委书记张伟斌、院长迟全华、副院长葛立成，浙江省社科联陈先春副主席，浙江省社科联原副主席蓝蔚青，浙江省民政厅党组成员俞志壮副厅长，浙江省综治办朱益军副主任给予的指导和帮助。

　　深深感谢浙江省委宣传部理论处调研员、副处长俞国娟，浙江省社科院办公室华忠林主任、俞隽副主任，科研处卢敦基处长、李东副处长，嘉兴市委政法委曹雪根副书记，舟山市委宣传部章隽达副部长，舟山市综治办专职副主任杨宏伟，嘉善县委副书记、政法委书记滕根林，海盐县委常委郭腾辉，杭州市西湖区湖滨街道党工委委员许云台、湖滨晴雨工作室主任徐利民，杭州市江干区凯旋街道党工委委员施海燕、凯旋街道南肖埠社区梁旭珍书记给予的支持与帮助。

　　特别要感谢浙江省社科院办公室工作人员卢余群同志，她作为本卷课题组联络员，为本卷研究、写作做了大量认真、琐碎、细致的工作。感谢浙江省社科院公共政策研究所助理研究员莫艳清同志为本卷的调研、写作所做的大量行政与技术性工作。感谢所有为本卷调研与写作付出心血的领导与同志。

《中国梦与浙江实践·社会卷》课题组

2014 年 12 月 10 日

图书在版编目（CIP）数据

中国梦与浙江实践. 社会卷/陈光金主编. —北京：社会科学
文献出版社，2015.8
ISBN 978 - 7 - 5097 - 7678 - 0

Ⅰ.①中… Ⅱ.①陈… Ⅲ.①社会主义建设成就 - 浙江省
②社会发展 - 成就 - 浙江省 Ⅳ.①D619.55 ②D675.5

中国版本图书馆 CIP 数据核字（2015）第 147316 号

中国梦与浙江实践·社会卷

主　　编/陈光金
副 主 编/杨建华

出 版 人/谢寿光
项目统筹/王　绯　曹义恒
责任编辑/谢蕊芬

出　　版/社会科学文献出版社·社会政法分社（010）59367156
　　　　　地址：北京市北三环中路甲 29 号院华龙大厦　邮编：100029
　　　　　网址：www.ssap.com.cn
发　　行/市场营销中心（010）59367081　59367090
　　　　　读者服务中心（010）59367028
印　　装/三河市尚艺印装有限公司

规　　格/开 本：787mm × 1092mm　1/16
　　　　　印 张：19.5　字 数：293 千字
版　　次/2015 年 8 月第 1 版　2015 年 8 月第 1 次印刷
书　　号/ISBN 978 - 7 - 5097 - 7678 - 0
定　　价/68.00 元